加油！你是最胖的

bàng 棒

自由极光 ——

著

民主与建设出版社

目录

第一章

我和你，在一起，
同住城中村

·——·

〔一〕

"好吃吗？"媛媛姐的脸凑过来，像个审问官。

我嘴里塞满了苹果，迟疑地点点头，心里却惦记着她脸上的黄褐斑，是月经不调，还是长期没有性生活？

"脆？"她离得更近了，我能看清她稀疏的发际线。

"不，是面的，我特意选的面的。"我含糊不清地说。

不知道从什么时候开始，脆的苹果跟小脸尖下巴的姑娘一样，占据了审美金字塔的顶端。为了挑面的苹果，我辗转了好多家超市，终于挑到这稀世的面苹果，三十多元一个，我用优惠券在麦当劳可以吃一天。

好吃，真好吃，面的苹果让我回想到小时候。四合院门口，我围着布兜坐在小板凳上，我妈拿铁勺刮红富士的果肉喂我，耳边是鸽子哨，及邻居对我妈饲养能力的惊叹。

天好蓝，夕阳好美，我好肥……然而陷入回忆，并不会对我的消化能力有所帮助，在胃里装了仨苹果，嗓子眼儿里塞满了苹果肉时，我终于喷了出来。我使劲挤了一个笑，"噎，噎到了。"

媛媛姐从办公桌上拧开一瓶原产自法（一定要读四声）国的矿泉水，指挥旁边俩助理编辑，"你俩把她按住，我灌口水给她顺顺，不把这箱苹果吃完，她就甭想再干下去。"

〔二〕

插播一下刚刚发生了什么。

今天是《时尚风潮》拍摄九月刊的大日子，人物总监媛媛姐拼尽了老命，邀请的是名满国际的超一线女明星——肉弹女王，我爸的梦中女神。她红那会儿，北京还用粮油本儿呢，结果这么多年过去，她的名气仍然硬挺如当年，只要她出场，不管多红的女明星都变成丫鬟。

肉弹女王虽然是演技与性感并存的女神，但工作态度依然精益求精，我受益匪浅啊。封面拍摄方案终于在建国百年前最终定稿，我大概才写了半本儿红楼梦。体重才长了十斤，头发竟然没掉光，头上愣是还留有七根头发可以掩饰我面如脸盆的美脸。更让我感动的是，她拍摄时要求特别少，清场时没要求我杀光方圆十里的乡亲。所以，在拍摄现场只让准备一吨高档食物，随时投喂她，这种要求不过分。

我运气好，女王从那堆食物中临幸的第一个食物，就是本中年少女我，从进口超市买的三十元一颗的进口红蛇果，我专门挑的不脆的。

肉弹女王的性感红唇咬了第一口苹果时，开始是面色正常，再嚼时表情疑惑丛生。

我意味深长地笑了笑。这就是面的苹果的魅力，口感绵密如她和某国际大导演的初恋，如我家永康细皮嫩肉的身体。

她很快适应了这种口味，咬了第二口时，突然一惊，把苹果扔在了地上。只见那苹果被咬的横断面上，有半截虫子的身体藏在里面，摇曳着迷人的身姿。

哎，我这人吧，总是很急中生智，绝非池中物。为了挽救局面，我一个小象飞身，捡起苹果，脸上堆满讨好的笑。趁所有人都在想这坨肉干嘛呢，我一口把苹果上的虫子吃下，气壮山河地咽下了罪证。

所有人都吐了，肉弹女王甚至吐在了她的衣服上。

还好我反应快，我扑过去要服侍她，可大概是我的速度太快了，惯性让我的龙爪手抓错了地儿，直接把她裙子给撸了下来。

她明晃晃的胸部就这样展现在拍摄现场的几十号人眼前。

在她捂住胸发火之前，我迅速地跪了下去，以掩耳不及盗铃之势承认错误——我发誓我是发自肺腑的！

"女王我错了您原谅我吧我爸特喜欢您呐……"

〔三〕

媛媛姐当时没在休息室，但想到这一幕，举着法国矿泉水往我嘴里灌的她，现在就跟跳大神一样的暴躁。

"你怎么不把自己的手也吃了！那样不是更吸引注意力！还你爸特喜欢她？你怎么不说你爷爷是看她电影长大的！"

我的求饶声号成了命案现场，嘴里的水却一滴都不敢漏出来，多贵啊，不能浪费。

主编要下班了，晃动着屁股，一脸嫌弃的表情，"媛媛你干嘛呢，干嘛呢！要杀猪你去屠宰场，在办公室起什么劲！"

其实干时尚杂志的人，没传说中那么光鲜。干执行的，都是像媛媛姐这样的地道中年妇女，以及我这样的伪中年少女，擅长灰头土脸。但我们主编，就是样板书一样的人物：特能捅饬一女的、训人跟魔怔一样、装逼界的头牌。哎，简称女魔头，穿着V到肚脐眼的V字裙的V脸女魔头。

女魔头转头看看一嘴苹果的我，像看一个马桶一样，"长得还挺坎坷的，你叫什么来着，哦，胖沉是吧？"

媛媛姐今年新招的俩助理，长得跟水葱似的，《时尚风潮》的人都说，这俩妞儿跟咱们福子摆在一起，就是沉鱼落雁啊。我刚听到时，想把最瞧不上我的姥姥从坟头里拽出来，您听听，您听听！干嘛一辈子与人民群众的审美大相径庭？但好在我没去刨坟，同事们后来说，沉鱼落雁的意思是，"沉、鱼、落雁。"在下不才，就是沉。

在《时尚风潮》扒了三年，我真名愣是没在领导的脑回体上产生痕迹，这是职场上的大忌啊，我站起来说："主编，我叫福子，今天都是我的错……"

媛媛姐伸手止住我说，"行了你，别叨叨了，主编，今天出了这么大事故，要不是G老师跟我有交情，换别人，这封面早黄了，让这帮助理丢人现眼的。"

主编拿着镜子补妆，"哟，我还得感谢你呐，这总监当得够轻巧的你，出了错都是下边人的，好儿全是明星给你面子，她懂什么呀，你眼光low，招助理跟找保洁大妈似的，派不上用场，跟谁起劲呢。"

主编翻了个大白眼，又挪着大肥屁股，走了。

确定主编进了电梯后，办公室这仨人才炸了，炸的点不一样。

鱼比较敏感："谁像保洁，我这长相，做外围都得是十万一次的头牌。"

落雁跟我私交比较好："这么说福子我就不乐意了，福子就是气质大妈点，也不像保洁啊，谁家保洁这么白胖。"

媛媛姐又开启祥林嫂模式："杂志的江山是我打下的，谁不知道她是怎么上位的，她哪一点比我强……"

我默默地啃着苹果，不敢吱声。胃里的苹果似乎被消化了，饭点儿到了，该下班了吧。

〔四〕

我搬着半箱没吃完的苹果冲出时尚大厦的时候，忽然像有人在天上按下了开始键，下雨了，而我没带伞。

我条件反射似的看了一下天，想目测一下雨有多大，有一滴雨好死不死不偏不倚地落入了眼中，我揉了揉，结果把右眼的美瞳给揉出来了。我的世界，一下子变得一半清晰一半模糊。拿出手机贴在左眼看一眼时间，六点十分了。

我把美瞳含到嘴里，往地铁站冲去，还好，雨没有很大，我甚至觉得自己很滋润。我可不能迟到，永康最讨厌我迟到了。

我仿佛坦克一般挤进地铁里，身上的每一块肉都在颤动，我仿佛一条濒死的鱼，喘个不停。

身上的汗仿佛趵突泉一般冒着，我把那半箱苹果踢到一个瘦弱的男生脚下，虎视眈眈地看着他和他的座位，希望他赶紧滚下车。他自然是感受到了我的目光，然而一个短暂的交锋过后，他戴上了耳机，开始闭目养神。

快起来，快下车，好让老娘坐，我微笑着，内心却有个声音如此嘶吼着。下一站很快到了，他并没有下车，我好想揪着他的头发把他甩下车。刚刚可能冲得太过瘾，我的小腿开始隐隐的疼，伴随些许的抽筋症状。

此时，坐在旁边的一个大妈狠狠地拍了他的后脑勺，"屁股涂502了？起来！"

瘦猴被打，挺生气的，但看是坐地下就能变身为重型碰瓷儿生物的大妈，他又瞥了我一眼，只能艰难站起身，把座位让给我，口里还嘟嘟囔囔的："倒霉，还碰到个怀双胞胎的。"

我盯着座位，捏了捏肚子上的肉，犹豫了三秒钟，还是毫不犹豫地坐了上去。自尊算个屁啊。

大妈关怀地问几个月时，我迅速编织了一个幸福孕妇的假想人生。

是，我怀孕七个月了，在人民日报当记者……我老公是东北人，在劲松中学教语文的……房子买在劲松，八十平，房本儿写我名儿……今天车限号，只好挤地铁……生活可幸福呢。

除了永康是东北人，这种幸福人生跟我一毛钱关系都没有。

〔五〕

终于到了雍和宫地铁站，我应该是睡着了，车到站的一刹那，我结束了无梦的睡眠，搬起半箱苹果，跃起后冲出了车厢。我的后脑勺看见了瘦猴和热心大妈的惊讶。

一路小跑直奔雍和宫金鼎轩，哦，不，我太饿了，是星光现场。

在星光现场楼下，我没看到永康，我有些怕，又有点庆幸。怕的是我真的迟到了，永康跟我约了六点半啊，虽然演出七点才开始。庆幸的是，我知道我一定出汗了，我可以趁机拿出包里的香水，旁若无人地喷一喷，把自己弄得香一点。

看四下无人，我躲到门的侧边，翻开包，拿出那瓶樱花味道的香水，这是我从彭松那边抢来的，三十毫升，方便携带，听说很贵。

哦，忘记说了，彭松是我的男闺密，是我从小看着长大的小弟弟。叫他小弟弟他肯定会不开心，他肯定会翻着白眼说，小六岁就是弟弟了？哼，在姆们的世界，小一分钟也是弟弟。不过说归说，松松比我本事多了，他是人生赢家，年纪轻轻的就开造型工作室了。

刚喷完香水，电话就打来了。

"福子，你又迟到了。"

"我已经到了，就在门口呢，你在哪儿呢？要不要喝水？"

"不用喝水就被你气饱了，演出不用看了，我也不想看了。"

"看啊，为什么不看呢，票很贵的，不要浪费呀。"

"你知道浪费为什么还要迟到呢？为什么还要惹我生气呢？"

我知道解释无益，赶紧低头认错，"我错了，你别生气好不好？我现在立即就出现在你面前。"

"你说说你哪里错了。"

"我不应该迟到，我应该早点出发。"

"就这么点儿？"

"啊？不然你提示我一下……我有错就改。"

"呵呵，"永康发出了一声冷笑，"你都意识不到自己哪里错了，我说又有什么用呢？"

"你尽量批评，我虚心接受。"

"好，那我也就不客气了，你，吃得多，起得晚，不思进取，无所事事，死皮赖脸，毫无廉耻心。最近半年你竟然开始打呼了，三短一长，还带停顿的。半夜有几次我被你吵醒，你停住的时候，我都以为你死了你知道吗？"

原来永康这么关心我，我有些感动。"永康，我……我就知道你心里有我，你是很担心我死是吗？"

"我巴不得你死！死了反倒一了百了，死者为大，还能多留下点儿美好回忆。福子，你是吃什么长大的？为什么我都说到你脸上了，你还是不生气，还是不能自省？"

"……"

"你沉默是什么意思？"

我是沉默了，我也是有脾气的，你这样讲我，我还能怎么样，就地自爆吗？我的脾气上来了，我愤怒的小火苗开始燃烧了，我要让夏永康知道我福子也是一个有气性的北京女孩，我可是正经的八旗后裔！

"你别说了！"我一使劲儿，美瞳被我吞了下去，但我已然不管不顾，"永康，你告诉我你在哪儿，你见面骂我不是更好吗？你饿了吗？要不要去吃金鼎轩？"是的，我是一个孬种，在爱的世界里，福子不是一个格格。

"……"电话那头的永康沉默了，他一定是感动了，一定。

但很快，他说："你没救了福子，我没去星光，我们分手吧，你一会儿回来拿你的东西，我已经给你打包好了。"

电话挂掉了，我感觉脸上有点湿，不对啊，我没哭啊，哦，是下雨了。上天对我真好，适时的赐雨，让我片刻间有了一丝偶像剧女一号的感觉。

嗯，暴雨，太棒了。我在三十秒内，仿佛被整个太平洋的水浇灌了。

此时此刻，我有点儿饿了，我应该去金鼎轩吃一碗红油抄手吗？我头顶着苹果箱子，这样想。"哗啦"一声，被雨水打湿的纸箱散架了，苹果们砸完我的头，散了一地。

完美。

〔六〕🐑

我在金鼎轩怒嗑了三斤瓜子，终于等到位，服务员递给我菜单，我冷艳，我拒绝。"红油抄手、皮蛋瘦肉粥、韭菜盒子、流沙包、虾饺皇、豉汁蒸凤爪、蟹柳烧麦、斋肠粉……"一口气顺下来，连个逗号的空隙都没敢留。

给我一个悲伤的饭点，我能吃下整个地球——阿基米德·福子。

"是不是太腻了？再给我来个白灼菜心，再来瓶茅根水，甜品没点吧，就胖大海炖雪梨了，今儿例汤是什么……"

点菜完毕，服务员多嘴问一句，"是现在上，还是等人来齐了再上？"

"现在上！"

服务员惊恐离开。

菜很快就上了，但我没动筷子，等菜齐了，我才拍了拍手说了句日语，"一打一骂死。"就是我开动了的意思。永康嫌我吃饭不雅，我得时刻警惕别把饭桌当食槽。

电话响，最烦吃东西时电话响。但会不会是永康打来的？他肯定要关心我吃没吃饭。

我咬着一个虾饺，把包倒在座子上，在一堆薯片、QQ糖、张君雅之中，终于找出电话。呵呵，不是永康，是彭松打来的，so sad。

话筒那边特别吵，彭松特别开心，"我吃饭等位呢，特别逗，十米开外，有个女相扑，自己一人点了一大堆菜，跟你长得忒像了！你吃了没？来金鼎轩，跟我们一起吃饭，顺道跟你孪生姐姐相认！"

我爸是开出租的，但天生一副男中音，在北京的哥艺术团拿手的歌，叫《那就是我》，此刻，我也很想唱给彭松听。

挂下电话，彭松奔过来，掐了掐我的脸，"又胖若两人了，你爸妈还能认出你吗？"

哎，不是认不认出来的问题，是想不想认。我妈嫌永康是外地人，又比我小，自从我跟他搬过去一起住，老太太就跟我冷战。

彭松后面跟了个五颜六色的小崽子，对着满桌子菜发出小鸭子一样的叫声，"天啊，这也太能吃了！"

小公鸭嗓的腰也就跟我大腿一样细吧，衣服各种撞色，但一眼就能望穿他男儿身里藏着的那颗少女心。

"又换男朋友了？"我问松松。

彭松生气，"新找的助理！"

那小公鸭嗓也是个八卦货，特自来熟，一屁股坐我身边，"姐，他真是弯的啊？我们都猜呢。"

一想起彭松小时候，我心中的雾霾就被吹散了。彭松自小就秀气得跟丫头片子似的，挨胡同串子的大嘴巴都不敢哭，回回都得我给他报仇去，他常常像跟屁虫一样跟我后面，在母系社会耳濡目染的。他成长的环境也是问题，知道我们以前住哪儿吗？东吉祥胡同！老北京时就是给太监养老的，阴气太重。他上初中就长开了，好多女孩给他写情书，他谁都不搭理，就爱一个人扮孤僻。毕业后他一个男的又从事化妆师这种高危职业，活的女朋友没见他领过，身边的男助理倒是一水的山清水秀，还成天换。英文名叫什么不好，还叫十男九弯的Kevin。我让小公鸭嗓评评理，是不是从小弯得有迹可循？

彭松本来专心致志地吃着我的担担面，听到这里，他一摔筷子。

"够了吧你，还来劲了，从我发育那会儿就变着法儿地让我看《霸王别姬》、《蓝宇》，我变弯了你还拿提成啊！"

"电影记得够熟的啊，孺子可教，我是让你找到真实的自我啊，小时候我给谁画红嘴唇，谁睡觉都舍不得擦啦？谁小时候就爱往我妈胸上趴，就因为我妈胸口衣服上绣了一朵大花？香港回归咱们胡同搞联欢会，谁细着嗓子给街坊邻居唱《红灯记》'奶奶你听我说'？"

"福子！八百年前陈芝麻烂谷子的事儿，叨叨个没完了！我告诉你，我笔直笔直，最烦同性恋了！"

彭松声音有点大，周围静了，都看我们这桌。彭松要面子，自觉失态，连忙猛扒眼前的担担面。

好脾气的小公鸭嗓跳出来调和气氛，说他们本来要去星光现场给人化妆的，结果那个刚红的民谣歌手觉得化妆太商业了，不符合他的音乐精神。

我不忿，"装什么大尾巴狼啊，他一南城的，跟我们东城土著可不一样，low着呢。以前在后海他唱酒吧，给他一百，他能给你唱一晚上我和你心连心的。他那首成名作叫啥来着，就是痛诉南方没暖气挨冻、歌颂北方暖气太足的歌儿，是人家选秀翻唱翻红了，也不是他唱红的，还音乐精神，德行！他知道精神住大兴还是景山吗？"

小崽子相见恨晚地握住我的手，"他什么玩意儿，知道我们Kevin哥是谁吗，下午可刚给郝泽宇化完妆。"

"啊，你啥时候接的郝泽宇？听说他整容，一路傍富婆傍上来的，上回在电视剧里光屁股演戏，是他亲自上阵吗？"

小崽子也附和说我问到广大人民群众的心坎里了。

彭松撅断了筷子，特郑重地跟我说，"利用这个伸手不见六指的好天儿，跟姐妹们说一下：无论如何，不要问我关于艺人私生活的破事儿，我真不知道，他整容不是我领着去的，床戏不是我帮着脱的衣服。"

我不甘心："那他是不是弯的啊？这是你领域范畴的。"

彭松急躁得抓头发，"谁都没跟我睡过，是不是弯的我怎么知道！我都不知道我自己是不是弯的！你说你又睡不到人家，这么关心人家干啥？睡我吧你又不愿意，把你贱的！"

我摇摇头，对小公鸭嗓说："你看看你老板多心虚，一提是不是弯的，就激动地暴露自己。"

彭松把头扔在饭桌上，摔得跟皮球一样，湿炮仗点不着，彻底没声了。然而他被我气成这样，晚上这顿饭还是他买单。

趁着他去换发票，那小公鸭嗓对我赞不绝口，说他Kevin哥干活时那叫一个大牌，明星有时候都得忌惮他脾气，没想到在我面前这么无力招架。

他问："姐，你可真神，你哪儿蹦出来的？"

就等他这句话呢，我从包里翻出名片夹，故意露出上面的LV的花纹，掏出名片，"嗨，瞎混。"小公鸭嗓看到我《时尚风潮》的名片，哭着喊着要跟我义结金兰。

彭松却在后面贼心不死地补枪，"拉倒吧，她一个月赚的钱还没你多呢。"他把发票递给我，"工资还靠发票换呢，压根没编制。"

这一枪真扎到我肉少的地方了，我虚弱地争辩，"媛媛姐说明年就给我转正！"

小公鸭嗓不哭着喊着了，把烂苹果和打包袋递给我，去雍和宫坐地铁滚回大通州帝国去了。真现实的小崽子。

好在我家小松松不现实，我让他开车送我回家，上个月信用卡我还没还呢，我又不想坐地铁。而且我家永康裸辞在找新工作都半年了，我要为他省点。

彭松不干："算了吧，你那儿都快到河北了，不够费油的，又没电梯，我还得帮你搬上楼，你家那位又得给我一黑脸。"

"你换个角度想，是因为他在乎我。"

想起永康那小鼻子小眼，我还是涌起一阵柔软，手里要是有根黄瓜当话筒，我就一口黄瓜，立马就能那英上身为大家带来一首《心酸的浪漫》。

"得了吧，他心眼跟你家厕所一样小，你这么肥，他心装得下？"

也是，今晚不能回去，按照永康跟我分手八百多回的经验，估计气还没消呢，回家我不找电呢！

"不是，今晚你见不到他，我回我爸妈家。"

"得了，走！"彭松迅速答应，"你要是天天回家住，我拉你上下班。"

"你是有多不待见他啊！"我无奈了。

"我就恨两件事，一是你的没皮没脸，二是他不用铁链子搁东北拴好，放来我们北京破坏市容。"

〔七〕

晚上，东吉祥胡同被停着的私家车挤得跟上班点儿的二环一样。彭松找了个跟我面积差不多的地儿，利索地把车倒进去。

我正给永康发微信，告诉他我晚上回爸妈那里睡，他没理我。

彭松在车后座翻了半天，我纳闷儿，"干嘛呢你？"

"都到家门口了，我怎么可能不进去。"

他乐滋滋拎着东西跑进四合院，七拐八拐地开我家门，迎接的是一阵狗的撒欢叫，及山一样巍峨的我妈。

我妈跟我冷战这几天，看来身体康健得很，那中气十足的："儿子啊，你怎么来了？"

彭松那叫一会来事儿，还亲我妈一下，"想您了呗。"

"瞧瞧你，都累瘦了。"

彭松举起手臂，让我妈捏他的肱二头肌，"结实着呢。"

这母子二人拉着手亲昵地进屋了，亲妈愣是没正眼看我。妈咪啊，你命里是多缺儿子，请你看我一眼，我这么大体积，这么显眼。

彭松家是山东的，四岁时跟他爸搬到我们大杂院，他爸是个鳏夫，工厂画图纸在行，照顾孩子却粗枝大叶，拉扯得跟豆芽菜似的。我们两家住得近，饭点儿他爸煮清水挂面呢，他闻着菜味就钉在我家门框上，怎么拉都不走，就这样，他愣是把自己处成了我家的编外人员。

初中那会儿，他爸再婚，搬去了亚运村，彭松跟他继母不太对付，索性住校了，周末基本不回家，就爱往我家跑。工作后，他按照四季见他爸，按照天气变化回我家。

本来我们家这片儿一直说会拆迁，据说我们家这几间小破房能换好几间回迁房，我当时铁了心地要辞掉地铁售票员那职位，我妈还跟我吵吵，说将来房子都留给彭松和鸡贼。忘了说了，鸡贼是我们家的京巴狗。

知道我在我们家的地位了吧。我默默地进屋，冷眼旁观彭松对我爸妈的各种舔腚行为。

彭松先掏出一件彰显他性取向的基粉色衬衫给我爸，"去欧洲拍片买的，欧码，您穿合适。"

我爸也不说客气一下，脱了背心，立马给换上了，张嘴就说合身且舒服。舒服？

三尺的腰把扣子都快崩开了，睁眼说瞎话！

彭松又甩给我妈一套护肤品，我妈脸笑成一朵菊花，"上次你给我的还没用完呢。"

"那些扔掉，或者淘汰给福子吧。这套更好，国外买还四千多呢，您别不舍得用，明星送我的，这便宜咱不占白不占。"

"哎哟你也太出息了，上回你给我化那个妆，我出门买菜，人都说我看得像四十。"

"我妈哪是像四十，就四十！"

一家三口其乐融融的笑声，传遍了这小屋。

我咳嗽了几声，还是没人理我，我只好伸出双手，跪求关注。"Hello，要不塞呦，您一家三口，理我一下行吗？"

我妈眼皮都不抬，"你谁啊？"

"我是你如假包换的亲闺女啊。"

妈转头问爸："她说是咱家亲闺女。"

"听声像，但怎么可能是福子呢，她出息大着呢，跟了个好姑爷，找了个好工作，天天锦衣玉食绫罗绸缎着呢，才不像她一脸丧气样。"

"也是，姑娘大了，被野男人一钩就像进紫禁城当皇后了，指望不上，还是我儿子好。"

不愿陪这老两口演了，"行了行了，您二老别说话一捧哏一逗哏了，他是你儿子？二位贤伉俪加起来四百多斤，生得出这么苗条的儿子吗？我这身家族遗传的肥肉盖着家族勋章呢，上法院都没法跟我脱离关系，想跟我划清界限，没门儿！"

妈说："你还有理了，看看人家彭松，光送东西，都把屋子堆满了，你除了能气死我们送我俩上西天，你送什么了？"

"我这回带东西过来了……金鼎轩！爸，有你最爱的榴莲酥！妈，有你最爱的韭菜盒子！您摸摸，热的，跟我火热的孝心一样热乎。"

爹妈脸色好点，彭松咧嘴看半天好戏了，这时候突然英勇打小报告，"这是她吃剩的，她说没吃饱，给自己当夜宵的！"

"彭松，你皮痒了，今晚让我睡到外边，你有什么好处！"

我伸手就要打彭松，彭松连忙躲到妈后面，妈还护着他，指着我骂。

"我说你哪有那么好心，那点儿心都用在那小子身上了，要是用到最后人家娶你也行，娶你了吗？没房没车，比你小五岁，你也眼巴巴往过去当老妈子，说我缺儿子，是你缺儿子吧！"

彭松看妈越说越气，连忙拿出车钥匙，递给爸，"我换了辆新车，您还没看呢吧。"

"哟，奔驰啊，多大排量？"爸问。

"六点三哒，长得特普通，但可是跑车的发动机。"

"嗬！这排量牛，我一辈子都没开过这么带劲儿的车。走，媳妇儿，我带你娘俩夜游二环去。"

这仨人一块走了。

"爸，我还带了苹果呢，真心特意给你驮回来的……你梦中情人啃过的，口水味还在呢！"

没人理我。

我哀伤地打开金鼎轩的打包袋，拿出了一个榴莲酥，此时鸡贼过来了。鸡贼，家里只有你对我好，给你吃我珍贵的榴莲酥。鸡贼闻了闻，不满地唔了一声，也跟着他们跑了出去。

真的，连狗也嫌我！

〔八〕

但我还是亲生的。

晚上，妈还是给我铺了床，松松软软，阳光的味道。

我嘟哝饿了，爸给我做了碗炸酱面，看着胖十斤的我，还是嫌我瘦。他收下肉弹女王啃了一口的苹果，我没告诉他真迹已经被我啃坏了，更没说这些被摔得坑坑洼洼的苹果被雍和宫的土地亲吻过。

爸边看我吃面，边细细问我，肉弹女王现在老不老，她对人好不，工作顺利不，我缺钱不，永康对我咋样……

我的回答分别是：不老，好，顺利，不缺，棒。

其实肉弹女王细看脖子上都是纹，永远拿鼻孔看人。我在公司蠢笨如受气沙袋，十分缺钱。永康对我冷暴力半年了……但这事儿不能跟爹妈说，谁要真实，生活不就是哄哄自己开心过来的吗？

少女时，我坚信自己会女大十八变，我会瘦下来，我拔过智齿后脸会小，我会考上好大学，在职场上叱咤风云，倍儿有钱，真爱会把我宠成珍宝，三十岁我何止会成为爹妈的骄傲，整个东吉祥胡同都会鸡犬升天，划片成福子故居，最终挂牌：东城区重点文物保护单位。

但我还是胖，更胖了，脸跟个面板差不多大，我只是个民办野鸡大学毕业的，还是要倒贴才不会变成单身。三十岁的我，很穷，还跟着一群九零后助理，在《时尚风潮》专职给人定外卖。

挺惨的，是吧。没事，我卷了卷被子，翻了一个身，还是香甜地闭上眼睛睡觉。生活不遂我愿又怎样，只要有地儿睡，有班上，有饭吃，胖女孩总会有春天。

第二章

你就像那一把火，
熊熊火焰，燃烧了我

.——.

〔一〕

我决定在家住两天，让永康气消了再回去。

没想到刚把永康放进冬天冷冻一下，我事业上的春天就来了。媛媛姐安排我三天后采访最近走国际路线的白莲花，而且是封面文章！

按理说，这都是外请的撰稿人做的事儿，稿费是千字一千块，十月刊是双封面，时尚版和时装版俩封面加在一起，文章得有一万字，扣完15%的税，我能拿8500呢！

这好事儿哪轮得到我一个助理编辑干，但媛媛姐说，没弄过一线大咖封面的，说你是《时尚风潮》的专题编辑，谁信啊！听出来没有，媛媛姐这是要给我转正的意思！

早晨八点，出租车上，去往大郊亭桥东的摄影棚的路上，我虽然困成狗，但依然百感交集。这一步真是走对了，想想，我这一路走来，还挺励志的。

我原来在八宝山地铁站的窗口卖票，车呼啸而过，带着风，也带着尿味，这味道我闻了四年——谁这么缺德啊，老在地铁撒尿。

卖票太没劲了，我抽屉里就常备着点带字的书解闷，最能带我脱离这尿味的环境的，还是时尚杂志，看着看着，有人忽然买票，我连忙把抽屉关上，抬头望，感慨万千。

中国人的长相吧，挺博大精深的，比如有些乘客，长的真是让人一言难尽，春节直接把自拍贴门上，能当门神辟邪用了。

杂志上人家已经过着衣不裹体的高雅生活了，我还得闻着尿味，穿着军大衣，过早地过上了大妈一样的生活，已经没人把我当女的了。

但后来呢，某个领导非要搞标准化服务，严禁我们上班开小差，连这点乐趣都没了，没人买票时，我无聊到只好打腹稿编故事打发时间。

"安检那帮人的生活因为太没技术含量，最先退化成僵尸，抓人时嘴里还叫着请您安检谢谢配合，福子想逃离这僵尸之地，但带着时尚杂志逋走时，发现她的半条腿已经僵尸化了……地铁已经不运行了，因为司机的脑子被先僵尸化的同事吃掉了，福子用十月的双封面时尚杂志当武器，纸的质量真好，开辟出一条血路……她终于爬出了地铁口，呼吸着没有尿味的空气，啊，这是东大桥地铁站，离世贸天阶很近，福子用尽最后的力气爬到了时尚大厦门口，倒下……新一期《时尚风潮》就是用福子的遗照当封面……"

买票充值的乘客常常被我热泪盈眶的样子吓到，因为我正想着封面的标题，《福子：新时代的李素丽》。您要问我，李素丽是谁？行行行，你们90后年纪小，了不起！

但您也瞧出来了，我在胡思乱想方面很有建树，然而没有被发掘的才华只能埋在地底下，时间久了，没准就变成煤矿啥的。

美国一个保姆爱拍照，她死后底片被人洗出来，大家都夸说真是摄影界的扫地僧啊，但她已经死了，这种夸奖有屁用啊！

人生苦短，及时行乐。

〔二〕

乐很快就找我了。

我这人吧，经常有狗屎运。我初中时一个姐们儿，人鬼精鬼精的，在时尚杂志实习时，两腿一劈睡了杂志的男出版人，毕业后直接转正去那儿当销售。后来她发现当编辑的闺密正满世界找会写字儿的作者。她依稀记得上初二时，我帮她写了一份安妮宝贝风格的情书，追上了我们学校的大帅哥。她就把我给举荐了。

第一篇稿子写汪小菲，那时候他还没跟张雨绮好上呢，本来我请好假采访他，假都请了，编辑却说不用了，说是给我采访录音，后来他嫌麻烦，干脆打电话跟我说了汪小菲是什么样的。我吭哧吭哧地熬了三天三夜，采访开头抄了一段亦舒描写，结尾胡编了几条采访问答，写了三千字，战战兢兢地交上去了。编辑竟然爱不释手，我姐们儿觉得特有面子，她说福子啊，你天生就是干这行的。

两个多月后我接到了稿费，五百多块！我闻着尿味卖一星期的票，工资也就赚这些钱，我写三千字就得这么多钱。为了这五百块钱和来之不易的夸奖，我特爱汪小菲，他跟大S闪婚，挨全世界的板砖时，我还注册了好几个马甲满互联网地替他说话呢。

后来开始七七八八地接采访，开始因为不懂时尚，就写一些文化稿，情人节写爱情电影里的男装变革啊，身材像苹果像鸭梨怎么健身成芭比娃娃。

彭松那阵子取笑我，说时尚杂志里的字儿，就跟胡同口贴的专治不孕不育的老军医广告一样不能信，谁晚上十点必须吃两大海碗方便面，才能动笔教读者怎么减肥？良心过得去吗？

他怎么知道，我这是运气呢！你要白天闻着尿味卖票，晚上动笔给广大妇女编织美好生活，你也得运气，这夜宵跟古人写字儿之前必须焚香沐浴一个道理。

写了两年，编辑推荐编辑，我从千字二百涨到了千字五百，高峰期我专写男刊，把市面上所有当红的男明星都采访了个遍。

编辑邮样刊时，我故意留了单位地址，午餐时同事们叽叽喳喳地翻看我写的文章，问我明星真人咋样。

我会假装不在意地海嗑俩煎饼果子，波澜不惊，"嗨，特矮，还没我高呢。"

〔三〕

我以为这样的日子会过得很久，会让我成为写稿界的李素丽。

忘了是哪一年，长期合作的一个编辑邀请我参加他们一个活动，我嘴上说真不想去，但还是精心打扮去了。

套了一件鼓楼小店买的复古碎花裙子，外边罩了一件ZARA打折后二百块钱买的黑西装外套，还裹了一件淘宝爆款香奈儿风呢子料大衣，打车先找彭松给我化了个淡妆，又折腾到酒店，在厕所用粘滚轮粘掉大衣上的毛，喷了从彭松那里顺来的香水，换上包里的高跟鞋，这才气势十足地进去了。

结果保安拦住了我，说没有请柬不让进。

会场空调温度太高，我憋了一身的汗，站在入口进退两难，跟一群青面獠牙的十八线时尚达人挤在一起，打电话等着熟悉编辑来捞我。咦，他们也在打电话叫人来接他们。

有人推我让一让，我心虚地往后退，回头一看，是某男星和他经纪人，我连忙打招呼，俩人都愣住了，那男星看看他经纪人，他经纪人是一广州口音女的，脸上也是带着尴尬的笑。

我汗又下来了。嘿，我是福子啊，采访过你两回的福子啊，你妈特意打电话跟你说，这是写你写得最好的文章的作者福子啊！你还送了一瓶水给我的福子啊！我这么显眼，你咋还认不出我呢！

等编辑捞我时，我热得妆都花了，气势也被这处境撸没了。

堂会挺热闹的，众品种的明星生机勃勃，打扮得跟从不会拉屎一样，我杵在那里发呆半小时，悄然离去。

其实不"悄然"也行，因为也没人看我。

劲松桥下的知名卤煮摊，我怒吃了两碗卤煮，撸了十五个肉串后，终于做了个决定：辞职，我也要做时尚杂志！你要是参加那种人五人六的活动就知道，空气味儿都不一样，我真是受够了尿骚味了！

男明星和他经纪人的表现让我很欣慰：我人不是没存在感吗，但我的字儿是实打实的好啊，与其在外围刷脸，我干嘛还留着力气在地铁站卖票啊。下一回，我不让任何保安拦住我！我会给他一巴掌！认不出我的白眼狼，我封杀他！

要是拍我的自传电影，这一幕应该这么弄：福子一拍桌子，老板，再来一瓶啤酒五个腰子，然后摄像机大摇臂升上去，音乐起，车水马龙的立交桥，一颗冉冉升起的少女上进心……

与这光辉一幕比起来，后面的挫折真不值得一提：跟爸妈斗智斗勇，终于在一家邮寄杂志当小编辑，杂志倒了，又靠写杂志凑合活了半年，然后去另外一家二线杂志当新媒体编辑（因为好进啊），几经辗转，终于混上了《时尚风潮》的编辑——虽然前面有助理俩字，但过不了多久也应该擦掉了。

"嘿，姑娘，醒醒，到地儿了！"出租车司机把我叫醒，我揉揉眼睛，嗯，是竞园。

哎，怎么这么快，我还没回忆到我去《时尚风潮》第二周，就认识我家永康了呢。

付钱拿出租车票，我又运了很久气，清了清嗓子，面对摄影棚玻璃大门上映出的那一大块影子，对自己说了一声，"加油，福子，今天就看你的了。"

〔四〕

脑中还在连载我跟女明星白莲花姐姐相谈甚欢的景象，我一进去，发现一个人都没有，说好了八点进棚的！媛媛姐在电话里说，昨晚忘告诉我，今天改在十点拍了。

"没事，媛媛姐，我正好顺一下提纲。"

"福子真懂事儿，你不知道，为了让你采访她，姐我背了多大的压力，姐真的看好你。"

挂了电话，我依然兴奋异常，想从包里掏出采访提纲的A4纸，但先掏出来的是一袋鸡蛋灌饼。今天太紧张了，连早餐还来不及吃，我嚼着鸡蛋灌饼，却后悔没多买一份。

韩剧《制作人》里，金秀贤不是用一袋子红豆饼，打动了女明星Cindy的芳心吗？十点钟见到白莲花大美人，我要是掏出一个鸡蛋灌饼，"姐，你吃早餐了吗？我给你带了一份儿。"会不会被白莲花瞬间宠爱？

多贴心，嗯，白莲花姐姐肯定拍手叫好，不顾经纪人阻止，依然大口嚼下，然后用东北腔给我掏心掏肺，"老妹儿你不知道，我最好这一口了，什么国际女星，我还是那个淳朴的东北女银……"

一巴掌呼过来，我睁开眼，努力辨认眼前人，黄褐斑，荒芜的发际线。嗯，是我亲生的上司媛媛姐，我刚刚又睡过去了。

媛媛姐骂了我好半天，服装编辑也说我睡觉太占地儿，沙发都没地儿放包呢。

这时一个女人走进来。黑衣，身带杀气，条儿顺，腰也就我五根手指那么粗，脸拳头大，正用一条黑色的毛巾擦头发，眼睛像刀子一样扫过众人后，我发现身边所有人，脖子自动低下来，而我也有想跪的冲动。

白莲花！真人真好看，一点都看不出快四十了，还整过容！

白莲花毫不客气，说："媛媛，我今天感冒！冷气还开得这么足！想冻死我啊！"

在圈内干了十年的《时尚风潮》元老媛媛姐，立马化身媛公公，脸上的褶子都笑成菊花，连忙让摄影棚的人关空调，然后迅速地嘘寒问暖说："花姐，你吃药了吗？我现在就派人买药，您真是太辛苦了……"如此狗腿言论大概五千字。

白莲花看了我一眼。不对，是好多眼，还上下打量我。哇，梦里的一切出现了，我左手还攥着半个鸡蛋灌饼，右手擦了擦口水——花姐！这是睡觉流出的哈喇子！真不是你美得让我流口水——然后伸出友情的右手，自我介绍，"花姐，我是今天采访您的……"

话没说完，白莲花转头走了。

啧啧，白莲花人还不错，起码让我说了半句话，还看了我几眼。上次拍当红小花旦的封面，我因为呼吸声太大，影响她情绪，被请出去了呢。

〔五〕

等了三小时，午餐吃什么我都想好了，媛媛姐怕耽误采访进度，连忙把我塞进白莲花的化妆室。

"花姐，我是福子，如果采访时有什么问题您觉得不方便回答，您直接pass就行，没什么问题是必须要问的。"这是我采访的套路，先表明自己会全力配合对方，消除对立感，基本上是屡试不爽的套路，然后问这话的时候，脑中赶紧想问的第一个问题。

我的声音，越过化妆师、助理、满桌的化妆品，趴在镜子上捂了一会儿，又滑下来，掉在地上。没人理我，也没人给我拉把椅子坐，白莲花坐在化妆镜前化妆，化妆师和助理们嬉笑怒骂，白莲花偶尔搭他们一句话。

我清了清嗓子，先热热身，让花姐放松才行，"花姐，可巧呢，媛媛姐给我打电话说这周要采访你时，我正好看你演的《谈恋爱不如跳舞》，演得太好了，秒杀那个男主角。"我说得又亲切又职业，喷射在空中，让这句话趴在镜子上多五秒钟，又反射到白莲花的脸上。

化妆间终于有了短暂的安宁。

白莲花看了一眼镜子中的我，手一伸，助理恰到好处地递过去一个保温杯。嗯，一定是养生汤，啧啧，果然年过四十的女星，真是很会保养呢。

"这电影好久没人跟我提了。"

其他人屏息听完答案后，又松懈下来。

白莲花小口抿着喝养生汤，开始让助理找她要吃的药，跟化妆师开始聊上回拍英国时尚杂志的趣事，还模仿英国人的口音，其他人瞬间变成陈汉典，特给面子地大笑，然后说花姐你英语太好啦，花姐你太逗了，如此。

我插不上话，哼哼，一般的小孩采访到这儿，肯定慌了，但我是福子，我可不会被吓到。这时候不能问问题，那我就在一旁暗自观察，搜集素材好了，一个好的采访稿，除了对话，也要有现场感。

白莲花涂唇膏，画眉毛——女明星都有怪癖，白莲花的眉毛必须自己画。她又对今天的发型不满意，大呼小叫地叫今天的摄影师过来。

摄影师也是国内的A咖，都说她是把PS和摄影结合得最好的摄影大师，拍次封面能赚十万块。她把白莲花的头发打湿，开始一缕一缕地设计起发型来。

我对着镜子也拨了拨自己的一头乱发，脑中幻想她把我拍成胖了三十斤的范冰冰。

经纪人给我使了眼色，嗯，这是要让我借机问问题。

我清了清嗓子，连忙随机应变，"您拍好莱坞片子时，造型是怎么确立的……"白莲花和摄影大师诧异地看着我。没错，是我，元气中年少女福子，我不会放弃的。

经纪人大翻白眼，终于把我连拉带扯地推了出去。

摄影棚门口，刚刚在化妆室被冷落了四十分钟，几乎快站成一尊佛像的我，坐在台阶上，点了根烟，觉得此刻很电影。在白莲花那儿遭受的窝囊气翻上来，又沉下去，又翻下来。

刚才我就应该黄鼠狼掀门垫子——给他们露一小手。手机开始录音时，应该正色跟那些不安静的助理说："亲爱的，能尊重一下我的工作吗？我跟花姐正在很专业地做采访呢。"然后那群小助理肯定不敢吱声，白莲花也会正襟危坐，被我的气场镇住，化妆间会变成审讯室。

你整容了吗？白莲花会坦白从宽，说她的脸就是中国整容技术的实验田。

你改年纪了吗？她生怕抗拒从严，说她四十了，都快停经了，每次路过广场，她都忍不住要从保姆车下来跟大妈们一起跳广场舞。

这么想想，她也怪不容易的，这么大岁数还没结婚，应该没有性生活吧，跟我一样。兔死狗烹，唇亡齿寒，女人何苦为难女人……我涌起一堆排比句，有点心软了。我何德何能，被人家白莲花冷落，最适合我的生活应该是坐在售票口卖票啊，离她最近的时候，也就是中午吃饭时在同事嘴里听到她的新闻而已。我现在都混到离她一米远，近到可以亲手掐死她了。我有什么不满意的！

人家白莲花长得那么好看，年过半百了，还一副经得过ISO 9001认证的娱乐模范生架势一直在努力呢，我长成这样，人家媛媛姐还对我委以重任，我如此幸运，怎么还有空在这里计较自己的自尊呢？

想到这里，我自己都感动了。福子啊，福子，你真是向日葵女孩，永远向着阳光看。不，向日葵中看不中用，我是葵花盘子，不中看，但中用，葵花籽儿还能嗑呢。

我元气满满，把烟头大力摔在墙上，"加油，你是最棒的！"我振臂高呼。

一个男人不知道何时在身边出现。不知道是不是他站的位置不对，他背对着太阳，一部分阳光从他身上蔓延出来，刺得我睁不开眼。神说，要有光，于是就有了光。这光照得我羞愧地想立即转行当发型助理Amy，或者美容师小芳，因为只有他们才有在公共场合精神喊话的合法资格呀！

光的声音带着睡不醒的被窝味，"哪有人这么咒自己，说自己是最胖的。"他走近，嘴里叼了一根烟，"你是想说你是最棒的吧？"

不想让他靠得太近，没有对比就没有伤害。何况他不是一般的男孩，是明星啊。郝泽宇。

其实我挺惊讶，活人长这么大了？印象里他还是小孩呢，十八岁参加选秀那模样，在电视里哭得梨花带雨的。我看的时候挺烦的，因为我特喜欢的一个长得像吴彦祖的空少没PK过他，你哭屁啊，把我的小吴彦祖都哭走了。面对这些选秀出来的少年们，我总有《夏洛特烦恼》里马冬梅见到老师的惊讶："您还活着呢？"

我当年爱的小吴彦祖已经没有消息，而郝泽宇还活着，支撑着两条从肚脐眼就开始分叉的大长腿，脸上带着被千军万马爱慕过的痕迹，脑袋带着睡跑偏的发型，叼着烟，出现在我面前，管我借火机。

　　我自摸了好一会，才发现打火机被我放在了台阶上。郝泽宇把手伸过去要拿打火机。

　　我没递给他，直接给他点火，习惯性的。职业给人点火的，其实我也没啥烟瘾，不过《时尚风潮》的姑娘们都抽烟，我为了显示会来事，也练就了抽烟和随时给人点烟的技能。她们点烟不找打火机，直接喊福子，我就一脸笑容地举着打火机过来了，"来了，您抽烟呐？"

　　郝泽宇不知道我是服务型人格，还跟我客气："我自己来就行。"

　　"捎带手，捎带手。"郝泽宇扶着那根烟，我把打火机举了过去。

　　但火机打了好几下，还是没打出火，我和郝泽宇就僵在那里。

　　靠得挺近的，他脸上的白色绒毛我都看得清楚，近得我都湿了，我是说腋下。

　　我连忙调整了一下阀门，继续打火。哪知道火噌的一下喷出来，燎了郝泽宇一脸，前面刘海都着了。

　　郝泽宇连忙拍头发，我急中生智，赶紧把身上的披肩脱下来。今天穿了一个露肩膀的裙子，披肩明明是遮丑的，现在成灭火工具了。手忙脚乱一阵子，火终于灭了，我膝盖一软，又习惯性跪在地上。

　　郝泽宇吓一跳，赶紧扶我："你咋了？"

　　我带着哭腔："对不起，我真不是故意的。"

　　"没事，没事，你先起来。"

　　"把你脸烧坏了，我真赔不起啊。"

　　"不用不用，你看，我这脸不好好的，没红没肿的。"

　　"啊，真没事啊？"

　　郝泽宇伸脸给我看。谢天谢地，脸没烧伤。

　　"行了，你起来吧，被人看到，以为我怎么你了呢。"

　　我终于起来了，内心依然沉重，"那……你头发怎么办？"

　　"烧得挺厉害的？"

　　他刘海烧没了，发型变成了沙宣手册上那奇形怪状的女性短发，我咋说呢。

　　郝泽宇拿手机照了照自己的脸，"还真跟狗啃了似的，那你得赔点什么吧？"

"行行行，赔您什么都行。"我脑中迅速结算我的银行存款余额。

"赔我根烟吧，刚才没抽上。"

我连忙把自己的一包烟都塞到他手里，"都给你，都给你。"知道今天见白莲花，我特意买了一盒万宝路爆珠充场面的。

"那我可全要了。"这回他自己把烟点燃，长长地把烟吐出来，"烦死了，哪儿哪儿都不让抽烟。"

天有点热，他就默默地站着，对着门口的红墙，发会儿呆。他发呆是北方有佳人，遗世而独立，我发呆看上去像是等外卖。

"呃，你化妆师是彭松啊。"我没话找话说，昨儿彭松给我说来着，今天要来给郝泽宇做造型。

"彭老板？你也干化妆的？"

我继续摸，不用摸了，手里还攥着一张名片，刚才想递给白莲花的，攥了40多分钟呢。

他低头念，"福子，这名字好记嘿。"他又笑，"哎，我也没名片。"他把烟头扔掉，烟头撞向墙壁，零星地散出一个火花。他又甩甩手里的名片，给我一个笑脸，"我先撤了，回见。"

"等等！"我大吼一声。

郝泽宇诧异地回头，又笑了。真是，怎么那么爱笑呢。

他说："我头发没事啦，你不用担心。放心吧，没人会知道，这是咱俩之间的小秘密。"

"不是，我想说，你左眼角有颗眼屎……"郝泽宇自己弄了一下眼角，自嘲地笑了一下，"早晨没洗脸，哎。"他摆摆手，走了。

留下了被笑晕了的我。我跟郝泽宇之间竟然有一个小秘密了。福子啊福子，你上辈子一定是花千骨。

〔六〕

我在一个小化妆间找到彭老板，他正跟一个疑似男性的生物咬耳朵呢。

我气壮山河大吼一声，"公众场合，不要亲嘴儿！"然后毫不客气地坐在彭松大腿上，"又换男朋友啦！"

彭松把我推到一边，"你也不看人家是谁，就让我把他娶了。"

我以大姑姐看弟妹的心态——啊，我应该不是大姨子吧，我家彭松这么攻——定睛一看，我"弟妹"就是白莲花的经纪人。我顿时娘家人上身，以招待熟客的方式假装亲昵地拍打我"弟妹"，"哎呀，亲爱的，是你，我一进屋还想，哪儿来的大美人啊。"

白莲花的经纪人赶紧推我手，"别拍了，打死我了。"

彭松一副看好戏的心态，跟他说，"我就跟你说吧，她没眼力见儿。"

"侮辱我！你可以说我没智商没人品没底线没贞洁，但不能说我没眼力见儿！"

领导夹菜你转桌，领导打牌你自摸，领导讲话你唠嗑，领导喝水你刹车……您要是这种主儿，甭在姆们圈儿混！对时尚杂志编辑来说，有名就是祖宗，有钱就是大爷，有权就是领导，谁都惹不起，媛媛姐都混得有头有脸呢，现在一见明星不也跟丫鬟一样跪舔吗！

我怒斥彭松："你回东吉祥胡同打听打听，我这家族遗传的高情商，东城区有名的见人说人话、见鬼说鬼话，说我没眼力见儿，新鲜！我不就是进来没认出我大宝贝儿嘛，你也不能这么人身攻击吧。"

白莲花的经纪人听我这么一说，朝彭松点头，"就是个榆木脑袋，现在我看出来了。"

他说："彭松知道你采访我们花姐，提前跟我打招呼，说你没眼力见儿，让我多照顾点儿，我心说能有多没眼力见儿，结果你一上来直接说她那电影，叫什么来着？"

"《谈恋爱不如跳舞》，怎么了？"

"你拿肚脐眼看电影啊，多少年前的电影了，花姐在里面还是原装脸，那脸大的，搁二环，西直门都不堵车了，她百度百科都不放这个电影，生怕触脸生情。你倒好，眼巴巴地非要触这霉头？"

"我哪儿知道啊，我想让她知道，为了采访她，我把那么冷门的电影都撸了一遍，我是个懂行的人！我要知道这茬儿，我提这个干嘛啊，我找抽啊！"

"开始我还以为你成心让花姐难堪，要是一般人，人家不鸟你，早撤了，你跟一个电线杆子杵在儿，一点也不嫌自己碍眼，我看出来了，这就是个没心眼的二皮脸，我好心给你使眼色让你出去，你倒好，也不看花姐忙着，上杆子还要采访，胖姐姐，你在遭人嫌方面还真是挺有建树的。"

此刻的我，很想破罐子破摔，挥舞着上衣奔跑在大郊亭刚修好的高架桥上。身边的车慢下来，即使摇下车窗的是心爱的章子怡出面劝我，我也要奔向苍茫的天涯。

为啥呢？我给你举个例子吧。

你觉得自己是王菲再世，参加《中国好声音》，愣是没人转身，唱完后发现仨导师七窍流血晕过去了，身子骨强健的那姐劝你别唱歌了，也许在哭丧界能号成天后。

你穿越到清朝后宫，本以为能当皇后，后来发现自己资质欠佳，只能当宫女，就是当宫女也当不了崔槿汐，第二集就直接被华妃给干死了——咦，电视剧里被淹死那倒霉宫女好像也叫福子，太棒了。

这么多年，我误会自己多有眼力见儿，多会察言观色。但残酷的事实终于让我知道，我是误会自个儿了。

彭松问白莲花的经纪人："我觉得也没那么严重，花姐待会还能采吧？"

经纪人摇头："肯定不行了。"

"你经纪人都不能劝劝啊。"

"彭老板您太看得起我了，说好听了我是个执行经纪人，说不好听我就是个不陪主人睡觉的通房大丫头，专门伺候我家花姐和大经纪人的，连宠物狗都不如。像花姐这种吃过苦的明星，台下都有点反社会，我估计化妆前采访就不必想了，你就干等着吧，我随时提点着就是了。"

彭松安慰我："行了，多大点事儿，别一脸便秘的样子。"

我这人吧，有一毛病，一不开心，就挂脸。我连忙调整脸色，转换话题，"没有没有，我刚才看到你家郝泽宇了，还沉浸在他美色当中呢。"

彭松纳闷我也算见过挺多男明星的，郝泽宇又不是美颜盛世型的小鲜肉，我怎么好这一口。

"第一次有男明星离我这么近……你不知道，上次采访拍同志电影出名的那谁，让我不要离他太近，说怕我一身肉破坏他减肥的斗志……郝泽宇可真好，他身上的味我都闻到了，真香啊，他用什么香水啊……"我表演花痴来取悦观众，顺便掩饰我刚刚纵火烧他头发的心虚。

身边俩男的压根不捧场，我抬头，郝泽宇站在门口。今天诸事不顺，我站起来想赶紧闪人。

媛媛姐给我一个将功赎罪的机会，她让我顺道采访郝泽宇。这次拍摄，是要打包宣传的。媛媛姐跟我讲前因后果，说白莲花的形象一直跟政协女干部似的，硬邦邦没有女人味，她最近电影不是要上吗，准备来点绯闻。在他们公司男明星划拉一圈，要不对方有家室，要不对方不配合，要不白莲花看不上，划拉来划拉去，也只有郝泽宇能入眼，名气不大，起码形象挺好的，白莲花也不亏。所以我要在文章中塑造姐弟恋的CP感。

我惊着了："姐弟恋？这年龄差够母子恋吧，太惊世骇俗了，我写不了啊。"实际上，我才不想面对郝泽宇。刚才扮演谐星调节气氛，没扮演好，被他撞到，他不得误会我是个色欲熏心的怪阿姨啊。

媛媛姐也不看我了，"福子啊，你太让姐失望了，知道咱们公司的人怎么说的吗，说我这仨助理，落差也太大了，人家鱼和落雁什么出身，一个富二代，一个英国留学回来的硕士，你一个民办大学毕业的，原来在地铁卖票的，岁数这么大了，形象我就不说了，人家说你是我亲戚，我走关系才要的你。你看看，姐为你扛了多大的风险，还把白莲花这活儿交给你，是，白莲花是难搞，可是人家是一线大牌啊，鱼和落雁天天眼巴巴地盼着这活儿，我毅然决然地给你，还不是希望你干点成绩出来，早日转正吗？人家鱼和落雁干半年就转正了。"

这话说得我差点热泪盈眶，嗯，还是我遇到困难就退缩了，是我不对，媛媛姐多替我着想。

媛媛姐带着我跟郝泽宇的经纪人丹姐打招呼。丹姐长得挺像我高中班主任，满脸冒着青光，长得挺威严，人倒是好说话，"随便问吧，我家艺人心理素质可好了。"

但好说话，也可能是没工夫理我造成的，她在化妆间对着郝泽宇被烧焦的头发唠叨呢，"你们也没人看着他！"

"嗨，现在一块钱的火机真是不能买，我一个不小心，就这样了。"

我脸腾一下红了。

丹姐哼了一声："拉倒吧，你就是今天不愿意来拍，给我上眼药呢！"

丹姐又给郝泽宇上了半天政治课，让他端正态度，跟白莲花捆绑销售的机会挺难得的，他都快两年没正经作品了，还这么懒下去，肯定完蛋。

郝泽宇倒是好脾气，嬉皮笑脸："今年不是还发专辑嘛。"

"专辑？现在还有人听歌吗？发专辑能赚几个钱啊，跑商演，小地方你又不去，你想干嘛啊！你不是答应我今年好好赚钱，在北京买个房子吗？"

彭松脾气急："还吵吵什么呀，先想想怎么弄他的头发吧。"

他手拨了拨郝泽宇的头发："接个发片，要不弄个假发套？"

我有点急于销毁我的犯罪证据，我说："要……要不然剃了吧。"

彭松先不乐意了："不会说话，就别乱出主意，你以为男的头发跟你女的一样吗，本来就短，剃了就更没头发了。"

"不是，网上不是说了吗，寸头才是考验你是不是大帅哥……"

丹姐白了我好大一眼，"我家郝泽宇可是偶像，见过偶像剪寸头吗？"

"美人在骨不在脸，寸头多能突出他的五官啊。"

"那不行，我们还接洗发水广告呢。"

郝泽宇乐了："谁？谁还能找我做广告，请他马上打给我。"

"他们不续约，是他们眼瞎，今年还不能弄个新代言啊。"

郝泽宇把头发拢在后面，露出额头来："剪了吧，我受够了偶像头，现在是个偶像就弄这种小妹妹头，一点都不爷们。再说，要是真难看，我戴帽子呗，头发留长了再弄呗。"

大家都没说话，郝泽宇停顿了一下，又笑了，"剪吧，我又不红，谁注意我啊。"

再见郝泽宇时，他头发短得能看见白白的头皮。不知道是不是因为我出的建议，郝泽宇没刘海和发胶扰乱视听，眉眼如画，细长的丹凤眼怎么看怎么勾人。

我激动地拉住彭松的胳膊："这长相，放唐朝，武则天见他，还要什么张易之张献之啊。"

"行了吧你，净给我添乱呢。"

我一脸谄媚："其实你眉眼跟郝泽宇也有点像，也是丹凤眼，就是脸比他大点，要不然你剪更好看。"

"就你脸圆成那样，还好意思说我脸大？"

弄完头发，我们就在茶水间开始采访了。

不在化妆间采访吗？我们也想啊，可白莲花要用那化妆间放衣服，郝泽宇倒是好脾气，说哪儿都行。

午间外卖送到，大家放在一边，白莲花那边的工作人员倒是一趟又一趟地取餐。

我努力塑造相谈甚欢的局面，自带笑声音效，问郝泽宇这些年的成长啊，感受啊，选秀时认识的那些小兄弟现在是不是还情比金坚。

郝泽宇倒是很配合，一点也没染上五讲四美的公关腔背书范儿。

啊，我还顺便问了被他PK下去的、我心爱的小吴彦祖，他怎么下落不明了呢？郝泽宇说还是回去做空乘去了，现在孩子都两岁了，变成了秀儿狂魔。

我这个问题似乎开了个坏头，采访也变成了寻人大会，旁边人纷纷加入进来。

当年那个唱歌特好，人长得也太帅的上海小孩，发了几支单曲后，出国读书，现在好像在香港工作。

美国海归那个学霸，最后转成新闻主播了，也算高大上。

家境特别不好的励志小美人，说要给爷爷买大房子的，现在还参加选秀呢，都快熬成选秀精了。

那个国民校草呢，本来以为会成冠军的？这个郝泽宇不知道，丹姐接话，转幕后做演出呢，前两年见过一回，那肚子，跟怀胎十月一样。

现实还真挺残酷的。

想想，我记得郝泽宇被淘汰时，我看的是重播。要下雨，天闷闷的，我在那时的男朋友家午睡要醒不醒，就听见他不停换台，电视最后停留在那个选秀节目上，淘汰时很多男孩哭，男朋友无聊，不停地掐我的脸，说小猪小猪快醒啊。我假装还在睡，最后还是笑着醒了，两个人打闹一番，我回头看电视，郝泽宇肿着眼睛，跟大家挥手告别，台子降下来，渐渐地只能看到他细细的手臂在挥舞。

后来，我和男朋友坐公交车去商场，那天是他的生日，我花了五百块订了个电脑包，当时对我来说也算是天价了。公交车上人很少，我看到窗外，有点惆怅怎么靠二百块钱支撑到月底。突然我接到一个短信，是坐在身边的男朋友发过来的，短信说：我爱你。

我爱你啊。尽管三个月后，他甩了我。不过七年后，我还是相信，那时的我爱你，他是真心说的。因为如此，每次路过711便利店，我心里总是有甜蜜，毕竟是7月11号的生日嘛。前男友后来娶了一直暗恋他的白富肥，在外面又找了个小三，听说也挺胖的。当然，他自己也胖到物是人非了。

那个电视里哭的男孩子，现在倒是完完整整坐在我对面。人生的剧本，还真是写的胡乱无章。

"所以还是得好好活，咱们现在拥有的一切，都是劫后余生。"我感慨道。

大家都愣了一下，然而我肚子此时咕噜叫一声，打破了这美感。

彭松带头吐槽我，说这矫情，都是饿的。

大家开始吃盒饭。

我哈哈哈哈，赶紧又扮演谐星，说我最近又胖了，吃饭简直可以用憨态可掬形容。我狼吞虎咽，问减肥的人说你那盒还吃吗，安心承担着一个胖子在人群中充当开心果的命运，满地打滚一般，似乎湮没了我刚刚莫名其妙涌上来的情绪，鼻子酸酸的。哎，也许大姨妈要来了。

[七]

采访完郝泽宇，丹姐要去带另外一个艺人的通告，带着彭松就要撤。郝泽宇在那儿玩手机，一点情绪都没有，点了一下头，就算告别了。

我跟彭松赞叹郝泽宇没架子，"真好养活，身边没人都行。"

彭松跟我咬耳朵，"还不是因为不红，经纪人也不能在他一棵树上吊死啊。"

临走时，彭松偷偷跟我嘱咐，"你多照顾点郝泽宇，他挺不容易的。"

"我一定照顾好他，放心吧。"

彭松听我这么说，一脸生无可恋，"听你这么说，我更不放心了。"

"有良心没有！打小除了你没吃过我的奶，基本就是我养大的，我还不会照顾人？"

"拉倒吧，从小到大，每次你特想照顾我时，我都差点没命了，您今天就省着劲儿顾着点郝泽宇，他还能有命活下去。"

丹姐和彭松走后，摄影棚那边莺莺燕燕一片笑声，更显得茶水间这边空旷。

刚刚有人在，我还能跟郝泽宇假装谈笑风生，装熟。然而就剩我俩了，我真不知道说什么，只好对着玩游戏的郝泽宇放空。

哎呀，是不是该说点啥打破这尴尬局面，比如，你玩什么游戏啊，好玩吗，怎么玩啊，教我玩啊……我越想越觉得无聊，还是闭嘴吧。

郝泽宇忽然跟我说话："你相信第六感吗？"

"嗨，我就是靠第六感活着的。"

"本来我觉得人生就这样了，大不了以后改行，但今天我突然感觉特别好。"

"啊？"

"得感谢那把火，把我头发烧没了，这是好兆头啊，预言我今年特别火。"

我羞得抬不起头。羞之外，心里还有点酸酸的，甜甜的。打小我就是摔打长大的孩子，没人给我什么好脸，我乐呵乐呵就长成这样了。做杂志以来，明星再怎么 nice，也是傲慢的，第一次有人给我这样的好意，还是在我出错的情况下。没什么盼头的生活，就像是趴在井底的污泥之中，你习惯了污泥的环境，抬头望，却发现天上有一个月亮。

即使玩手机，嘴角也带着一丝笑容的月亮，是郝泽宇啊。月亮真美啊。

〔八〕

下午四点多时，白莲花终于折腾完自己的旷世服装大片，开始拍她和郝泽宇的合影了，当然，郝泽宇还有一张自己单独的照片，不过我知道，放到杂志里，也就邮票大小。不红，让人受尽委屈。

因此，我在旁边忙前忙后地给郝泽宇倒水，递吸油纸。虽然差点又把郝泽宇绊倒，但也算表达了我的照顾之情吧。

媛媛姐四处插针，还是没找到机会让我采访到白莲花。我把五页的采访提纲都撕下来，叠了一群千纸鹤，摆在桌面上，最终还是睡着了。

睡了才半小时，媛媛姐让我赶紧穿衣服，白莲花拍完了，要走。我胡乱地穿衣服，拎着包，飞奔到摄影棚外。外面有点风，我刚睡醒，吹得我有点胃疼，中午吃太多了。

白莲花的私服也挺好看的，她披着一件外套，跟去时装周一样万丈光芒，就要上保姆车，媛媛姐扒车门，脸上带着讨好的笑容。

"花姐，知道您今天忙，让我们编辑在车上采访您行吗？采访完，您把她随便扔哪儿就行。"

经纪人看看我，叹了一口气："姐，要不然就让她在车上采吧，胖丫头等了一天了，怪可怜的。"

白莲花没说话，媛媛姐也放弃了扒车的行为，脸上讨好的笑调整为服务员的专用笑容，意思是打扰您了，您走好。

郝泽宇自己背着包出来了，白莲花见状，一招手，"弟，怎么也没人带你回去啊。"

"打个车就走了，利索。"

白莲花骂了一顿郝泽宇经纪人不像话，让郝泽宇蹭她车走，他倒是也乖觉地上去了。上车前他看看我，跟白莲花说："姐，让她也上来吧，我跟她聊了一下午，挺有意思一人。"

白莲花翻翻眼，以在农贸市场盯肋排的眼神上下打量我一样，抿抿嘴。

啊，啥意思啊。

经纪人见状，下巴指着我，"愣着干嘛，上来啊！"

我坐在车上，看着车外，媛媛姐在挥手，脸上换上"大爷下次来玩"的告别笑容。

白莲花果然排场大，保姆车跟房车似的，我一人占一排座，郝泽宇和经纪人坐后一排，我跟白莲花面对面。我有点紧张，胃更不舒服了。

采访提纲呢，坏了，被我叠成千纸鹤放摄影棚的桌子上了。我赶紧从包里拿出笔记本，翻到最后一页，上面是我抄来的麻辣猪蹄的菜单，对着"水开后，放进处理好的猪蹄，姜、料酒……"努力抹掉白莲花和猪蹄的共通性，开始我的采访。

比如通过这些问题，我知道她是一个很干练的人。

"花姐，跟好莱坞的同行合作，有什么感觉？"

"还行。"

"听说您打戏都不用替身？"

"嗯。"

"您觉得中国电影发展趋势是什么？"

"很好。"

还有，我还知道她是一个很有个性的女演员。

"大家都关心您的终身大事，您会有压力吗？"

"你不问我就没压力。"

"您最近的荧幕形象都是侠女，是有意塑造吗？"

"不然呢？"

……

我看看窗外，车怎么还在三环呢？

麻辣猪蹄的菜谱篇幅已经用完了，我换上了万能问题，这不能得罪你吧。

"在您眼里，理想的另一半是什么样的？"

"别那么多话。"

白莲花经纪人打断了这一切，指着窗外，"胖大姐那麻辣烫又出摊了！"

大家讨论了一阵子，经纪人问白莲花，"姐，你吃不吃？在国外就听你念叨。"

白莲花本来说不吃，但咬咬牙说了句狠话，"今天不减肥了。"

我有点热泪盈眶，多好的女明星啊，原来她也吃麻辣烫，我还以为红到这个级别的，拉出的屎都是粉红色带香味的呢。

车开到路口，本来坐在副驾驶座上的助理要下车去买，我拿出钱包，"我去我去，你们每人都吃吧！"

我按照人头每人来了一碗，又让摊主把辣油啊麻酱啊醋啊都分着多装了几碗，小跑着跑回车内。

麻辣烫的香味顿时盖过了保姆车里的高级味儿，经纪人见我多带来的调料，教训前面助理，"看见人家怎么买外卖了吗？学着点。"

我嘿嘿一笑，但笑容里透出了高贵冷艳，我福子可不是一般人！三年前，本来媛媛姐不准备要我，但我当实习生那仨月，看大家都骂外卖送来的晚，我就自告奋勇去楼下买，比外卖快多了，这上楼下楼连跑带颠儿地伺候人，愣是让媛媛姐把我留下了。

有次我请病假回来，同事们都说："福子，同样的饭，外卖就是没你亲自下楼买的好吃。"

苍茫大地，谁主沉浮？姆们姆们姆们！

花姐脸色好点，接过麻辣烫时还问我："你不吃啊？"

我仔细解开调料碗外面的塑料袋："姐，给我一个减肥的机会吧，您是要辣椒、麻酱还是醋？"

"麻酱吧。"

好咧！

车此时开动，我一个没坐稳，手里的麻酱碗飞了出去。我大惊，可千万别把车弄脏了！可千万别蹭别人衣服上！上天听到了我的期盼，麻酱碗真没落车上。

而是——结结实实的，扣在了白莲花的脑袋上，真是一滴都没浪费。

我腿一软，直接跪车上，哭着说："对不起对不起我真不是故意的……"

司机特别棒，这时又停车了，我又一个趔趄，扑倒在了白莲花的身上。好家伙，醋和辣椒也没浪费，全倒进白莲花的V字低胸上衣里。

车里经纪人和助理的尖叫，在我耳里仿佛地狱奏鸣曲。

我惊吓过度，瞬间石化，想拔剑自刎，想就地自爆。

电光火石间，我看到郝泽宇向我抛了个媚眼。哦，不对，怎么可能呢，大概是美人什么眼神都会像媚眼吧。几秒钟过后，我明白了那眼神的意思，"跑啊，笨蛋！"那往车门倾斜了一百八十度的眼神如此明确地给我提示。

我于是拉开车门，直接跳车就跑。

只听车内一声东北腔脏话，"滚蛋！"

响彻三环，白莲花的嗓子真好，我边跑边想。我必须这么想，要不然我无法抑制我想一头撞死的心。

第三章

因为我们是一家人，
相亲相爱的一家人

.——.

〔一〕

在潮白河桥上，站了半天，还是没忍心跳下去。

好饿。人生好难啊，好想偎偎在永康怀里，吃一锅他做的排骨炖油豆角……

对了，还有永康。是啊，我从三环路口一路跑到潮白河这儿，北京与燕郊的交汇口，就是我的求生潜意识让我跑回我和永康租的房子——这世界最后的伊甸园。

此时，下雨了，我在雨中仰头。热恋时，永康总有很多甜言蜜语，他说我头大，下雨时仰着头，身上都不带湿的。想到此时，我更想永康了，仰着头，终于回了家。

在楼下，我数着窗口，家里还亮着！排骨、油豆角、东方夏威夷一区5栋2单元2704，永康，我回来了，我再也不离开你！

想到这里，我浑身充满了力量！我悄悄地打开了门。熟悉的味道，干净的家，啊，我不在这几天，永康收拾得这么干净，他一定在等我回来和好。地上还摆着一双粉红色高跟鞋，是永康给我的礼物吗？我穿上脚，有点小，哎，这个粗心，又贴心的小男人。

客厅亮着灯，我蹑手蹑脚地悄悄走到卧室，打开房门，大喊一声："Surprise！"

我以为永康又会生气并娇嗔地说："干吗啊？"

结果他躺在床上没说话，倒是他身下那具白花花的肉体说了句："吓死我了！"

永康没戴眼镜，眍着那双小眼睛吃惊地望着我："你怎么来了？"

但我没说话，注意力都放在那个陌生的女人身上，浓妆，略丰腴，但胸太大了，又白又嫩的。

永康用毯子挡住下身，气急败坏地跳下床："我不是跟你分手了吗？你东西都快递到你公司了！还没皮没脸地来找我！"

一股血涌上来，太欺负人了，这时候还骂我，是看我好欺负吗！

"打扰了，你们继续……"话说出来，我自己都泄了气。

我冲到楼下时，雨更大了。太好了，全世界的偶像剧都让我来演，我这三十年，一直在演女主角被这个世界收拾的前五集戏份，循环地演，啥时候能演凤凰涅槃被大帅哥爱上的高潮点啊。

我仰起头，迎接这无情的雨。肩比黄花瘦，脸大如肩宽，抬脸挡雨落，凄雨不沾肩。我应该站在楼顶，不应该站在楼下，真是太没自尊心了。

脚底刺骨的凉，我从家出来时，没穿鞋。北京老话儿说，人死时一定要穿鞋，黄泉路不好走啊。我死了，永康会不会更想我一点？他是不是更后悔最后一面如此惨烈，他会注意到我的鞋还在家里吗？

不对！这家是我家，不是他家！你单方面分手，我同意了吗？这不是劈腿吗！最后一点让我冷静了下来。是我的房子，房租还是我掏的呢！

我冲回电梯，直按二十七层！不行，我要打击，我要报复，我要拿出大奶的风采。

开门时，我手忙脚乱。不，不是手忙脚乱，我只是有点激动。以前搞对象，都混不到捉奸在床这个阶段，就被人甩了。我被甩的经验很丰富，捉奸在床的经验为零，此刻应该在知乎上取经："捉奸在床，是怎样的体验？"

等我回过神的时候，我发现我在卫生间，拿桶在接水。哎呀，真是伺候永康伺候惯了，每次回家，我都习惯性接桶水擦地。福子啊福子，你是要打死永康，你要把小三打个半死！抓清楚重点！

不过这样也好，我要接凉水，我要把这桶凉水泼到床上，泼到他们身上，泼到他们心上！好啊，你半年不碰我，却在外面跟别的女人乱来！这一切，想得我热血沸腾的。

然而脚步声近了，一定是永康出来了，我急出了眼泪，这水怎么接得这么慢啊！

"你干嘛呢！有病啊你！"永康套了一件平角内裤出来。

我不说话，拎着桶要冲出卫生间，我要浇死那贱人！

永康跟我拉扯，水溅到了外边，我脚一滑！全世界的摔倒都属于我！水桶就这样倾倒了过来，水都灌到了我脑袋上，我被呛懵了。

我躺在地上，捋了把脸，正眼看，小三穿戴整齐，伸出头。

"要死也不能溺死啊。"她说话东北腔，啊白莲花也是东北腔，我又想起我给白莲花扣了一脸麻酱，白天我给她那么多气，现在不知道她怎么炸锅呢，我工作怎么办？

我躺在地上不起来，顺便哭了一哭，"你就这么对我，这房租还是我掏的，你穿的这裤衩还是我给你买的，永康你良心被狗吃了，哎哎哎呃呃……"我泣不成声。

永康在旁边大骂，"丢人现眼还没够了，惹不起，我还躲不起吗？"

说着，永康就要拉那女的一起走。他走了，就回不来了！

我起身，抱住他的腿，"永康，你别走啊哎哎哎，我不能没有你啊呃呃呃，我可只有你了哎呃呃。"我是真伤心，肝肠寸断的，鼻涕都蹭了永康一腿。

永康拿手掰我，最后拿脚踹我胸，我咣当一下脑袋碰地，但手还是不放开他的腿。

"你别不要我呃嗯呃，我哪儿惹你了，我错了还不行吗……"

"福子，你自己看看，你还有点女人样吗？"

面对我的位置，是一个立式空调，不锈钢表面上映出一个女人的轮廓。妆花了，跟拙劣的脸谱一样，雨水打湿的头发，一张大脸，胳膊跟永康的腿一样粗。啊，我好丑。

永康的腿从我的怀里挣脱出来了，他骂骂咧咧的，"你不要脸，我还要脸呢，你不走，我走！我不跟你一块丢人。"

这次我没去拦他，事实上也没力气去拦，我面无表情地对着立式空调，看自己表演高超的无表情流泪，渐渐痴迷了。

呀，妆哭得更花了。我得想点美好的事儿，不能这么哭下去了。这么想了一会，我似乎哭得更厉害了。

我站起身，开始做深蹲：一、二、三……深蹲一百次，你就不知道难过是什么了。

〔二〕

"这点儿才吃？"

房东大哥见到我的时候，我正在厨房，盯着油锅里的一把葱段。

你要在家跟死人一样躺两天，肚子都变平了，几点吃饭都正常。

"要不一起吃点？"我问他。

大哥摇头，我心安，面本来就不够。

大哥陪我瞻仰了一会油锅，多嘴，"你这油有点多吧？"

"葱油面。"

"葱油谁用大葱炸啊，应该用小葱！"

我也不好意思告诉他，咱北京人最要面儿了，我不能说冰箱里只剩下一根大葱和半袋龙须面，有葱油面对付就不错了。

"没事，大葱是小葱的亲戚，放在油里都有点苦……人生本来就苦。"哎哟，说完我就想给自己一个大嘴巴，托物言志？自己长了抒情的脸吗？

我吃面时，房东大哥跟我畅聊了一下燕郊房地产方面的前景：北京政府都要搬到通州了，地铁都要修到燕郊，燕郊房价要涨，他手里这几套房子都会高价卖出去。

最后问到永康，"你跟你男朋友……挺好的？"

"嗯，好着呢。"哎，捉奸在床这事儿多脏啊，说出去污了房东大哥的耳朵，没啥可哭诉的。

"但有时候也不能太好吧？"

我心虚地想到房东大哥住楼下，我跟永康分手那天，我俩声音太大，这隔音也不好。

"您听到了？"我有点下不来台。

"声儿都这么大，能不听到吗？我说以前你俩也不这样啊。"

"……最近吧，我俩有点问题。"

"春天也可以理解，叫猫的季节，人也发春，但这都快入秋了，你这夫妻生活，不分白天黑夜的，让孩子听到了怎么办？"

"您说什么呢？"

"现在不好意思了？大白天的声音那么大，都大半年了！"

我打断了房东大哥："大半年了？"

"对啊，你们快活，白天也叫，晚上也叫，发春的猫也不带你这样的……"

我脑子迅速转了一下。半年前，永康就不给我好脸，别说碰我了，晚上睡觉，都以我打呼为由，把我赶到客厅睡。性格也变得特怪，每次回来我不打电话报备，他都跟我发半天火。他有一张我的附属卡，用钱还挺费的，那时我怕他找不着工作心里有压力，也不敢问钱花在哪儿了，原来我赞助的是劈腿基金呢。

麻利地跟房东大哥承认我就是他口中的那个女人后，我低头哈腰送走他，我欢快地刷了刷碗，觉得永康真好。为了分手，永康把自己弄得特别渣，我都不好意思难过了。不不不，我不是在说反话，我是真心的。

本来我这人条件就不怎么好，身胖胸小，面黑脸大，人家永康挺嫩的，小脸小鼻子小眼，游泳游出的好身材，挺招人稀罕的，又是学建筑的，他跟谁好不般配啊，非跟我好。说实在的，当初我也骗了永康，我刚进杂志社当助理，就敢觍着脸忽悠他说我是时尚大刊的编辑，他被我这光环弄得五迷三道的，第一次跟我那啥的时候都特卖力气，觉得自己身下躺着的不是一摊肥肉，而是路易威登、香奈儿、阿玛尼……后来我的工资暴露了我的助理身份，他也没说啥，熬了好几个月才劈腿呢，挺仁义的。啊，那小三也爱干净，你看这家里收拾的，比我强。样子也不丢人，俩奶子挺棒的，而且也不是瘦姑娘，证明永康就爱胖点的姑娘，当初对我还有点真心，啧啧。

我的心情，就跟北京一开重大会议的空气质量似的，绝地反击了。我背着手在客厅转了几圈，嗯，这房子住不下去了，要不然房东和邻居一看我的脸，就把我当成欲女一样，咱北京姑娘得要脸，这房子还是退了吧。

〔三〕

想到第一步，其他的倒也不是问题了。

我先去彭松的工作室找他。我关机这几天，他打了一万多个电话，我内心感动，嘴上却不饶人。"就会打电话，不会来燕郊找我啊！万一我想不开呢？"

"就你，心大得跟指甲盖儿一样，你要有脸死，我还高看你呢。"

彭松又换了一个新助理，小男孩听我俩粗俗的谈话，恶心得快哭了。

我俩意犹未尽地对骂一小时，这次会晤才谈到正事儿。

我让彭松开车拉我回《时尚风潮》，彭松不同意。"还惦记那破地儿呢！你有脸去，我还没脸陪你丢人呢，要白莲花知道我跟你一伙儿的，她肯定得封杀我。"

"必须得去，永康把我的东西都快递到公司了，天气越来越凉了，我秋裤还在里面呢。"

彭松听到后心花怒放，"你俩这是分了吧？行啊，有觉悟。"

"能别这么高兴吗！我现在还抑郁呢。"

"你不一直抑郁吗？"

"啊，你瞧出来了？"

我有点感动，彭松这丹凤眼真不白长，还是穿过我这皮糙肉厚的肉身，看出我水晶一般透彻敏感的内心。

彭松冷笑："抑什么郁，还不是因为穷，还不是因为丑！"

彭松拉着我去《时尚风潮》杂志社了，他跟前台一边找我行李，一边眉来眼去。

我趁他不注意，还是自首去了。我不是高尚，我就是不想受心理煎熬，一刀劈死我，给我个痛快吧。

媛媛姐在善后方面还是很棒的，听说事发当天，她给白莲花跪下了，还承诺今年新给她一期封面做补偿。要不然说我运气好呢，头发都快愁成葛优的媛媛姐，见到我面，吼我几声，踹了我几脚，我还憋着力气继续挨着呢。

彭松不乐意了，刚要为我出头，但好在我们主编女魔头身形矫健，她跳了出来，借此机会找碴儿，把这次事故完全都推到了媛媛姐身上。我消失这几天，听说都大战三百回合了，我来这天，俩人终于又找着机会专心斗法了。

办公室一片鸡飞狗跳的，坐在我办公桌顶替我的实习生，长得跟章子怡似的，性格倒是不如小章能扛事儿，吓得脸都绿了。这姑娘还欠练，没事，在这个圈子待久了，这种撕逼就见怪不怪了。我本来想以前辈姿态，给小章子怡点几句迷津，彭松一拍我脑袋。

"待着干嘛，找砍啊。"

"我办公桌东西还没收拾呢。"

彭松跟小章子怡交代，"办公桌不是你的东西，你就放在箱子里，快递到这地址。"他把一张名片塞人家手里，"到付啊，回头请你吃饭。"

彭松牵着我就跑了，把半车行李拉到东吉祥胡同。爹妈一副还有脸回来的样子，顺便又和彭松表演一副吉祥三宝的恶心样。

不过事儿还没完，我把彭松拉到一边，跟他说了我下一步打算，彭松大骂我一顿，"你有病吧你！你谁啊！今年要感动中国是吗？谁认识你啊！"

他不帮我，那我也有办法，我托人打听白莲花最近的日程。没错，下一步，我得跟白莲花当面道歉。真不像彭松说的那样，我也没那么偶像剧女主角人设，但你做错了事儿就逃在一边猫着，那可不行，咱北京姑娘不愿意欠了谁。

人家白莲花惹谁了，不就是采访时不给我好脸吗，人家一个腕儿不配合是应该的，要怪也怪我没眼力见儿，学艺不精，这事儿里外里都赖不着人家，人家就活该扣一脑门子麻酱啊！扣你你乐意吗？

我找到白莲花拍另一个杂志的摄影棚，挨个房间转悠，终于看到白莲花对着镜子画眉毛。哎，又自己画眉毛，是多不放心别人的手艺啊。

我一出现，大家都愣住了，眼尖的人认出了我，没等白莲花做出表情，周围的助理啊化妆师纷纷口吐莲花骂我来表达他们对主子的忠心。本来我就在那边候着，但看他们跟春晚大连唱一样，也不给我机会。我看了看表，晚上妈要吃涮火锅，待会儿还得去牛街清真店买羊肉，再耽误了就抢不上了。

我准备终结这一切，"没完没了还！"

周围人都震住了。

歹势，偶小时候是东城区少年宫合唱团唱中音的啦，童子功还在，丹田沉着呢。

刚才领头骂我最凶、还推我几下的那小兔崽子后退几步，"你干嘛，还要打人啊？"

抱歉了您呢，本人是北京一一六中学1996~2000年期间女子铅球校记录保持者，说实话，现场有人跟我动手，还真没人能近我身。想到这儿，我脸上露出谜一样的笑容，您还真多才多艺，但怎么还混得这么惨呢。

包括白莲花在内的一干人等，被我冒出的诡异笑容吓住，经纪人叫，"保安！保安！"

真是，还是速战速决吧。我从包里掏出袋子里的塑料碗，咔嚓一下扣在我脑袋上。没错，里面装的是麻酱。今天发挥得不太好，有些麻酱甩出了旁边，不如扣白莲花时那么利落。

在场的人又愣住了，我抹了抹脸，视线分辨出白莲花的方位，给白莲花鞠了三躬。

"对不起，我错了，不过这也算还上了吧。错都是我一个人的，您别为难媛媛姐。"

内心略有点伤感，以后就没机会再这么近距离地接触到这位一线当红大妈了，so sad。

我转身离开，在摄影棚前台小妹看傻帽一样的眼神中，我依然处事不惊，"卫生间在哪儿？哦，谢谢。"

洗脸时，我一边思索待会儿打车还是坐地铁去牛街，一边内心有一种庆幸加失落的情绪，跟事后烟一样复杂。

刚才扣麻酱时，还是应该按照原计划跪在地上，这样更显得有诚意点。其实我并不在乎白莲花原谅不原谅我，我哪儿有那资格。我也没那么担心媛媛姐，她哪儿轮得到我来照顾。我是扣给白莲花的执行经纪人看的，当时人家看在彭松的面子上提点我，我没表现好，闹了这么一出乌龙，不能就这么甩甩手撤了。我知道刚才那一出挺傻的，这不怕，别影响彭松的人脉就成。

该做的事儿终于做完了，事情告一段落，可以后我的日子，该怎么过呢？又胡思乱想了，打住，打住。

继悲伤时做一百个深蹲后，福子再为您分享一个生活小tip。当你惆怅时，想想自己的存款……找个高档商场厕所里的镜子照照……好点了，还有脸装林黛玉吗？还是身残志坚地去牛街买羊肉吧您呐。

〔四〕

大杂院里，我家的房型算好的了，是个凸字形，我的房间是上面那个小口。说是房间，不如说是个比较深的壁橱，拉个帘就算门了，塞张床就没别的地儿了，上面的空间放满了隔板，放着书和装杂物的箱子。初中那年，最上面的隔板放了俩哑铃，睡觉时不知怎么就掉下来了——我命大，爸妈心也大。由此训练出我打小睡觉就特安稳，从不翻身，沾枕头就着，外面天翻地覆我也不醒，一觉到天亮。

所以，当媛媛姐、白莲花和女魔头仨人伸脖子瞻仰我的睡容时，我知道，但我也没敢醒，睡吧。

岁数加起来快一百五十岁的成功女性们，坐在客厅，喝着下午茶，她们的谈话内容，似乎是媛媛姐和女魔头劝白莲花原谅我。

白莲花一脸无辜的样子，"我也没说封杀她啊，她谁啊，我谁啊，我能跟她一般见识？"

媛媛姐又是习惯性邀功的口吻，"你会喜欢她的，她采访写得可好了，你不知道，那么多写采访的作者，就她用心写，绝对不是行活儿，比如，我给你念一段。"

媛媛姐念出我的成名作，写小鲜肉的一段。没啥文化的，就觉得特有文采，一水的形容词堆积，各种比拟排比，把人物夸得没影，正经记者出身的作者，看了觉得跟老太太的裹脚布一样，又臭又长，但鲜肉粉们爱得不行不行的。

"……然而他并不觉得他在历史上的地位有什么微妙之点，脱去功名与烦嚣，只享受这一刻的寂静……在传奇里的倾城倾国的人大抵如此。"媛媛姐念完结尾，张冠李戴地造句，"写的真好，简直绕梁三日。"

姐姐，我明明是模仿《倾城之恋》的结尾！这还看不出来。

然而主编女魔头替我把白眼翻了，"福子的好，哪是她的文采啊，她来咱杂志这几年，办公室干净得连最勤快的保洁阿姨都被她惯得偷懒了，而且点餐时谁操过心，都是福子！"

"你们说的都不对，"白莲花一贯不听别人讲话，"她特有耐心，那天采访，换一般人早就慌了，她还坚持不懈地跟进……其实要不是她给我扣那一脸麻酱，我都有心把她挖过来当我经纪人了。"

尔后，三位成功女性又继续吟诵着我自出生时就有的优点，我在床上听得挺舒坦的。然而，当白莲花夸奖我，说永康劈腿，我处理得很好时，我就知道，天快亮了，我这个梦应该醒了，醒来后，没人能知道我的好。

就这样闭着眼，想延长这个梦。而眼角，仍涌出泪来。我再胖，长得再不好，脸皮再厚，再为着喘一口气吃一口饭，在这个世间不知死活地摸爬滚打。也是个爹生父母养，有心的人啊。有心，就会疼啊。

〔五〕

老牛听说我把麻辣烫扣了白莲花一脸的事儿，高兴地请我吃饭，理由是他仇人的仇人，就是他亲生的好姐妹。

老牛挑的饭店，人均消费起码得900块起。我特生气，像出闸的猪扑向那些美食，一边叫嚣着我不配在这种地方吃饭，一边跟老牛更正：我扣白莲花的不是一碗高温的麻辣烫，而是毫无杀伤力的麻酱。

老牛失望："你扣什么麻酱啊，怎么不扣一碗压马路的沥青啊，还能烫烫她脸上的皱纹。"

"你都娱乐大亨了，你就这么恨她？"

他cosplay华妃："所有红了之后翻脸不认老娘的人，都得死！死！"

老牛，江湖人称牛姑姑——据说牛姑姑这称号就是白莲花发明的。那时候白莲花被扔在公司没人理，只有110斤的老牛身兼数职，助理宣传经纪人什么的，相依为命。可后来白莲花攀上高枝，新老总死活看不上老牛。东北姐妹花只能泪别对方，各自投入社会主义文化建设当中去。

别后数年，老牛的体重涨到了200斤，也算时来运转，开了一家老板及员工都是他一人的娱乐宣传公司，开业之际，为了在网上造势，他打电话给白莲花，希望她录一段祝贺视频。没想到白莲花冷漠地说："那我得问一下我经纪人。"从此再无下文。

从那时开始，老牛朋友圈的常驻内容便只有三件事：骂傻帽类——快递、前台、摄影师、不给他档期的化妆师、看不起他的编辑、心比天高的五十线小明星；跟漂亮想红的小男生的合影；以及白莲花怎么还没死。

根据第三点，让我们来做一个例句。金雅琴去世了，就是《我爱我家》演于大妈那位。老牛十分悲痛，在各大社交媒体上发了一条："白莲花还活着，金雅琴老师却去了，怎能不叫人心生怒火。"

老牛喝了碗粥就不吃了，说自己又要减肥了。

我嘴里塞满食物，并不支持他的这个决定，"你再胖也是个小脸，你看我，一胖就胖脸，一瘦就瘦胸，你说咱俩差别怎么这么大呢。"

老牛以我是头猪为题，怒骂了我五千字，骂得我很舒坦，会晤又到了亲切友好阶段，我趁机让老牛帮我留意最近哪家杂志缺人。

"哟，您《时尚风潮》出来的，还找不着工作啊。"

真找不着啊。其他大刊呢，就是没麻酱这事儿，以我的资历也只能去那儿当保洁，我倒是想过从保洁逆袭到编辑这事儿，但是我这年纪也耗不起了。小刊物呢，我也问过，月薪基本三千起。倒是几个DM刊（邮寄广告刊）薪水能给到五千多，但人家还牛气十足不想要我呢。继续当自由撰稿人？年纪小时做这个，说出去挺浪漫的，我一中年少女还天天不上班，我自己心里都不舒坦。何况我花了十年的时间，稿费从千字六十一直写到千字一千。但告别自由撰稿界已久，现在我使尽浑身解数，只接了两篇千字三百元的稿子，题材是通过性爱减肥及怎样报复渣男，稿费还是三个月之后发……

所以，知道我为什么介意老牛请我吃这么贵的地方吧。我要是扣白莲花一碗热油，还能帮老牛出口气，也算抵过这饭钱了，就一碗麻酱？算了吧，我还得求老牛给我介绍工作呢。

但老牛没心情听我说那么多，他直接给我判了死刑："转行吧。"

"啊，别啊，我多热爱做杂志啊……"这话没说完，我就知道坏了。老牛毕业论文是研究中国当代女性文学，结果文学并没有让他过上好的生活，还害他被文学上了。于是，老牛痛恨热爱、信仰、情怀、梦想等一系列看上去很美的字儿。

果然，老牛喷了我一斤口水！"热爱个屁！热爱能让你的人生镶钻吗？你不就会写俩字儿嘛，可翻时尚杂志的人，谁认字儿啊，都看图！你要真愿意晃动你那胖爪子写字，行啊，你写网文啊，说不定将来你还能包养我，你去什么杂志啊？杂志编辑干嘛你不知道啊？统筹各种资源，利用各种渠道拼缝赚钱啊！你们那个总监，没头发的媛媛，光给公关公司当中间人，今年少说也赚了辆甲壳虫吧，要不然她干嘛跟你们那个主编成天撕逼，还不是站在那个位置能捞黑钱！你这种脸丑人蠢的猪，还留在杂志圈养膘干嘛，年会上把你杀了给大家分腊肉吗？还准备一棵树上吊死呢！对不起，您吊不死！你就是挂树上，树杈子也能被你这一身肥肉给弄折了！"

我一拍桌子："别说了！"凭什么说我是猪！老牛这张开了光的毒嘴！我要制止他！我抓起茶杯……

"老牛你要不要喝口水，我看你嘴巴都说干了……"我一脸谄媚。我不怪老牛骂我，我也是有点不上道，这一行的大门已然渐渐关上，我还恬不知耻地想从烟筒爬进去，我有那身手吗？动不动就把自己当圣诞老人是病，得治。

老牛误会了我的叹气，似乎更生气了，"就瞧不起你这没脸没皮的样儿，啥时候我骂你，你能回个嘴，我看你就活出来了。"

不过这顿饭吃的还挺值的，老牛临了了，还把他最近接的一个演员宣传外包的活儿给我了，写一篇宣传稿，给五百。我知道，通常这活儿都是批量一百一篇打包给学生写的，老牛怜我。

跟他分别十分钟后，我等地铁呢，老牛的电话却打了过来，"刚才我没反应过来，你今儿见我，是想管我借钱吧？"

这误会可大了！咱北京人，人里人外的都得体面，没钱了回家喝棒碴粥吃大白菜去，跟人张口借钱算怎么回事！我赶紧为自己的高风亮节解释，到底怎么了，让老牛觉得我穷得要跟他张口了？

我一抬眼，地铁玻璃门映着自己的身影。我迅速懂了。

老牛脾气真坏，"别跟我叨叨了，先给你打一万，我最近手头也不太宽裕，先给你这么多。你要是真缺钱，要不然来我这儿上班吧，饿不着你。"

挂下电话，想起亦舒写过的一篇短篇小说，叫《志愿》。

平凡的女主角羡慕同学到国外升学，她问妈妈："我们家有在国外的亲戚吗？"

妈妈也没好气，说："穷人走到哪里都没有亲戚。"

可老牛就是这样的"亲戚"。找工作这段期间，真是受尽了白眼，亲朋好友躲着你走，生怕你的穷困潦倒影响了他们。可老牛偏偏爱这个时候出现，冷着脸帮你，也不想让你念他的好。

图什么呢？老牛可真贱啊……我看地铁玻璃门映着的那个穷困落魄的自己，微笑着这么想。

〔六〕

人呐，发生什么事情都不能丢了精气神儿，尤其是人生这前不着村后不着店的阶段。

好在呢，我是具有TVB气质的女人："做人最重要的就是开心。"开心其实挺容易达到的。别不自量力地想当主角，咱们这身子骨也配不上顶级的传奇人生配备。配角最好也别奢望，你看韩剧，只有长得好看的才配当女二女三呢。所以啊，最好还是当TVB的道具鸡公碗。主角配角都死精光了，蓦然回首，碗还在呢。

当然除了心态之外，也跟您分享我的生活哲学：穷之艺术。即人生穷途末路之时，没钱也要过得像有钱一样。

比如多去高级的、不花钱、冷气还足的地方：去国图看看书，去798欣赏画展，去单向街听听讲座，去MOMA电影院的院里欣赏一下像乐高积木搭成的大楼。偶尔不能心平气和了，就去中国电影资料馆看一些悲天悯人的大师片。等你从小西天牌楼那里走出来，再看看周围老社区庸碌着的人群，就觉得大伙儿的人生都挺不容易的，没有谁比谁好多少，大家都会死，殊途同归。

但我这么努力减轻自己穷得咂腮的气质，却还是觉得爸起疑心了。

某天吃早饭时，爸突然一句："妞儿你最近是不是缺钱啊？"我不知道爸要跟我聊失恋还是失业的事儿，只能试探性地问一句："那您准备给我多少？"

爸摸摸光头，伸出三个手指头，"三千够不？"我哈哈大笑，说您在三千后面添俩零，我还能买辆车，三千就算了，我一篇稿费都不止三千。

靠吹牛把这话茬给混过去了，我们爷俩一块出门，爸不出车，把空车那灯给按了，非要送我去上班。我编了一路自己混得有多好的瞎话：领导特看重我，同事特喜欢我，男明星都暗恋我。

快到公司的时候，我指着窗外，委婉地跟爸显摆我混得有多好："爸，你瞧见没？我上班这地儿，人穿得也不一样，高档，讲究！"

爸瞥了一眼窗外，"敢情你们的讲究，就是不穿裤子啊。"窗外刚好有一女的，穿一one piece样式的衬衫裙。

我决定给爸上一课："爸，你可别瞧不起人家。你看人手里拎的那绿包！贵着呢！"

"你二舅估摸着喜欢。"

"啊，我二舅这么时尚呐？"

爸说："那包儿长得跟泔水似的，你二舅在饭店帮厨，看着亲切。"

这话可真够劲儿的。我不满："落伍了吧您，那包可是限量版，您想买，还不一定能买着呢。"

爸有点跟我较劲："哪有有钱还买不着的理儿！行，你今儿别上班了，我也不出车了，咱们现在就买去，你说去哪儿？西单还是大悦城？"

我连忙笑："跟您开玩笑呐！瞧您这脾气！"

爸开到世贸天阶前面的十字路口，把我放下，抬开计价器。

我还纳闷着干嘛不把我送到公司门口呢，爸就说："多新鲜，我要开个大奔，直接给你送到电梯口。"

刚打开车门，脚还没落地，一个打车的人就开门坐进后座了，爸忙把计价器再按下，跟我摆摆手，墨镜一戴，特酷地走了。

我拎着香奈儿2.55——淘宝买的，五金件做的可真了——目送爸的车离去，这才后知后觉：爸这是觉得，他一个开出租的，不能给高大上的女儿长脸，略自卑了。不该跟爸在这儿穷显摆，这个愧疚的念头持续了大概五秒钟，我就去想今天该怎么打发时间了。

那去宜家睡个觉？算了，那儿午饭不便宜，而且那些蹭睡的人，把我们这种没事干，需要找地儿待着的活路都堵死了。还是去超市吧，早上十一点或下午四点的大型连锁超市，简直美妙死了，为了迎接饭点儿，拌菜烤肉熟食等部门疯狂派发试吃产品，吃个半饱在上班狗们涌来买吃食之前撤离，临走时还能蹭俩促销的小杯饮料什么的。

芳草地那儿有个进口超市，里面吃的都挺贵，以前在《时尚风潮》受委屈时，我就跑那儿吹冷气缓解，路熟得很，所以闭着眼就走到了散发着迷人芬芳的叉烧肉试吃区。

今儿巧了，我跟一大妈志同道合，俩人抢得难舍难分，气势恢宏，她心生恨意，非说试吃的牙签扎到她了。

南方大妈说话语气助词多点，不招人烦，就是絮叨，"你看看我的手呢，哎哟哦，都有红点喽。"

我从试吃的透明盘子拿出牙签，"那您也别拉着我不让我走啊，要不您也扎我几下解解气？我还有事儿呢。"

"道理得讲清楚好伐，尊老爱幼懂伐？"

"行行行，我错了还不行吗？我爸妈没教育好我，惹到您了，我这就回家把尊老爱幼纹背上行吗？您说是赔钱还是送您到医院？"我看到有人围观，想赶紧撤。

大妈受到了侮辱，睁大双眼，开始伐来伐去，"哦哟！看不起我伐？我是那种人伐？我是有素质的呀！你北京人伐？北京人就这么看外地人伐？"大妈开始没完没了，我是没招了。

此时，却有个英雄，腾云驾雾来救了我——购物车就是他脚底的筋斗云，手中刚出炉的法棍面包，便是他的金箍棒。我一抬头，这人长的真带劲儿，用单田芳的话说："面如凝脂，眼如点漆。"最令人称道的是，这人我还认识。

郝泽宇眯着丹凤眼，对大妈笑得春风拂面的。在我还没反应过来时，郝泽宇就跟南方大妈打成一片了，道歉同时，还贴心地从包里拿出护手霜给大妈擦手，最后还把护手霜塞大妈手里了。

男色，是夺取女心的通行证，甭管多大岁数。我心里感动郝泽宇替我解围，至于为什么？可能是贪恋我的美色吧，哈哈哈。

大妈一瞬间仿佛融化了，脸立马换了，握住郝泽宇的手，说自己的玉手没什么事儿，就是请他下回看好我，别这么毛手毛脚的。

大概郝泽宇笑得不是凡物，南方大妈眼神突然一定，"你……你是电视里那谁伐？"

郝泽宇特大方，也不否认，笑笑。

"你别说，让我想想……哎呀，我孙女最喜欢你了……哎哟，年纪大略记性不好了！"大妈一跺脚，"想起来了，你叫吴亦凡伐！"

我眼前一晕，郝泽宇红得太清水挂面了，为难大妈的记忆力在流量小生里翻涌。

"没错，我就是。"郝泽宇并不在意，顺杆子上了。

但后面这话比较有杀伤力，大妈指着我，问这是谁？不会是你妈吧？

"你妈长得蛮年轻的哦……"大妈说完，露出了诡异的、自己都觉得满意的、大仇已报的微笑。

[七] 🦋

为了表达我对英雄救美行为的支持，我强行帮郝泽宇拎起超市购买的两大袋子东西，最好能拎到他家去，嘻嘻。

哪想着郝泽宇说待会要去见彭松，让我也跟着去。

与美同行，不亦说乎，再说顺便还能让彭松陪我一起说说那大妈的坏话。当然，跟郝泽宇说的是另外一套，我说你是明星，旁边有个女的跟着，被人拍到多不好，所以我不想去。但转念一想吧，我都可以被误解成你妈了，被拍到也没什么。

郝泽宇笑："这还记着大妈那话呢？"

这位爷也是个热爱世界和平的主儿，他说别怪大妈，老年人都挺寂寞的，她刚才跟你情感上来个碰瓷儿打发时间，要不回去都没人陪着说话。

我心里翻了个白眼，咱俩换过来，你要比我大四岁，被人误认为是我爸，我何止会给你灌鸡汤？人肉汤我都能灌，就拿那南方大妈的话当老母鸡煮了给你灌下去，你还别嫌柴。

彭松在工体漫咖啡见到充当丫鬟的我，一脸问号。

我三下五除二把来龙去脉解释一遍，并添油加醋烘托郝泽宇的侠义心态，还把南方大妈的行径描绘得罄竹难书。

哪想着彭松一脸冷漠："哦。"

接下来，是更奇异的场面，我一度怀疑我是乱入了一场恋人和平分手的戏。

郝泽宇拿了个不厚不薄的信封，一看里面就装着钱，递过去，说松松啊你跟着我本来就挺委屈的，这个你收下。

彭松说我不要，小宇你别玩生离死别这一套，早晚咱们还得在一块儿呢。

"松松"和"小宇"于是就着这信封推来推去，我盯着信封，这信封跟催眠的钟摆一样，让懵逼状态的我，迅速脑补了剧情。

过气偶像小宇，遇到了当红造型师松松，在踩高捧低的娱乐圈，俩人工作中磕磕绊绊，最终达成了难以割舍的默契，一天（啊细节没想好，比如其中的谁特别不顺），俩人天雷勾动地火，就那啥了。之后是一段甜蜜期，哪想着，世俗容不下这对雄鸳鸯，俩人亲热的时候被世俗看到。世俗应该被谁扮演呢？要不然就彭松他爸（啊彭叔我都好久没见你了呢），要不然就是郝泽宇那个长得特像我班主任的经纪人（啊老师啊每年教师节都特别怀念你当年骂我又笨又胖将来坐台都坐不上的盛况），说啥都要拆散两人。外力有了，再加上松松和小宇这时候爆发点小误会小矛盾什么的，俩人和平分手，小宇试图给松松分手费……

我想得热泪盈眶，啊，不枉我腐女这么多年，不断试图掰弯我家彭松，真是与有荣焉。

"彭松抽事后烟，突然笑了一下，郝泽宇洗完澡，擦着头发，问他笑什么，彭松捏着郝泽宇的脸，说想起以前我姐，老是试图掰弯我……"

等会儿，这出戏里怎么没有我呢！我可不能只在台词里出现啊。不行！这场戏里我一定要占到重要角色啊！装钱的信封被我以迅雷不及掩耳之势攥在手里，我决定拯救这对分飞的劳燕，"你们两个爷们儿，别这么叽叽歪歪的行吗？"

我特霸气地把信封扔到郝泽宇那儿，说："这钱你收着，干嘛啊！分手费啊，补偿我家小松子，这点钱能抵得过我家小松子对你的情谊嘛！"

郝泽宇仿佛被我的话震慑了，他不推信封了。

彭松赞许地看了我一眼，"就是！"又皱眉头，"哎，这话听着怎么这么不对劲儿啊……"

我大手一挥，"没什么不对劲儿的！他们让你俩分手就分手？按我说，郝泽宇——算了咱都自家人，我就叫你小宇了——小宇啊，干脆你俩移民算了，反正你在国内也不红，现在也赚不到什么钱了，国外多好啊，美国你俩都能结婚了……"

彭松一只手按住我的脖颈，另一只手按住我的后脑勺，我的头哐哐哐地撞桌面，频率一个字撞一下："那！我！俩！结！婚！那！天！你！能！死！吗！"

我揉着脑袋上的大包，又听他俩掰扯一段，才弄明白。郝泽宇的经纪约被经纪人卖给别人了，新经纪人要带着自己的造型团队过来。郝泽宇觉得之前彭松帮他太多，所以拿点钱表示一下心意……

郝泽宇笑嘻嘻的："这钱你必须拿着，你不拿着，我也打你卡上。"

彭松翻了翻钱，赞叹，"哟，够厚的。"又不屑地笑了笑，"小宇，要真论钱，你这钱也给得太少了，你出门打听打听，我在外边多抢手？白莲花当初想固定用我，我都没干。当然，我这也不是夸我自个多讲义气，在咱们这行，谁不想红，那就是没职业道德。我当初舍白莲花，取你，是觉得你会越来越红，哪想到白莲花在好莱坞打个酱油就咸鱼翻身了……"

郝泽宇像是谈论别人的事儿，依旧笑嘻嘻，"哪想着我成鱼干儿了。"

彭松摇摇头，"小宇你这么想就没劲了，你才多大啊，风水轮流转，机会有的是。"

他把信封把郝泽宇手里一塞，"钱你自己收着，你有多少钱我清楚，以后别乱买东西了，这两年你点儿背，想扛过去，不光靠意志，还得靠钱。我觉得现在钱特重要，我工作后就一直攒钱，我管这笔钱叫fuck you money，碰到你不愿做的事儿，或者有些特别low的钱你不想赚，咱们就特有底气地推掉，爷有钱。所以，你要真想报答我，就给我好好红，好好赚钱，到时候好好fuck一下那群拜高踩低的小子们，好好活着，气死他们。"

"知道啦。"郝泽宇沉默了几秒钟，又恢复了笑容。

郝泽宇走时，我下意识地想帮他把两塑料袋吃的拎回家，彭松却把我给拎了回来，"你别走啊，咱俩的话还没说完呢。"

"哎呀，我错了，你最直，你跟长安街一样直，行了吧。"我赶紧为刚才的事情跟他赔礼道歉。

"这事儿先放到一边，"彭松咄咄逼人，"你还在爸面前假装有工作呢？爸都知道了，担心的不行，电话都打到我这儿来了！"

〔八〕

我下午没继续"穷之艺术"，妈轮休，正坐院子里择豆角，她还纳闷，"今儿怎么回来这么早？"

我没好气，"您说呢？"

这老太太怎么揣着明白装糊涂啊！我摔门帘就进屋了。

妈在院子里嚷嚷，"吃枪药了！在单位受气朝你们领导发啊，跟我较什么劲！"

听妈说话这意思，估计爸还没告诉她。我躺在床上脑袋一团乱，到底是哪儿露馅了，让爸看出我没工作了。

朦胧间，听响儿，爸回来了，妈跟爸抱怨我回家就没好气，妈好像要叫我吃饭，爸拦着妈，说你甭管了，让孩子好好躺着吧。

半醒半梦间，姥姥不知道什么时候躺在了我对面，特愤恨地说："看你爸多惯着你，知道你没工作，也不跟你妈说。"

我心里也不好受，但对着姥姥，我嘴也不闲着，"惯着我怎么了，我是他亲闺女！姥姥您也是，活着就看不上我爸，死了还在背后说他坏话。"

姥姥不乐意，"我哪是背后，这不当你面说吗？"

"我爸这是为了家庭和平，我妈那性格，随您，有点事儿就炸锅！我没工作这事儿要是被我妈知道了，她指不定又要把我弄回地铁公司卖票去了！姥姥你赶紧回去吧，我心里烦着呢。"

"不是你心里念叨要让我把你带走吗？我刚来，又要赶我走！就知道你没良心！"

"我没良心？这几年清明节鬼节给您捎的东西，有哪样不是我买的？我那帮表姐表弟呢，你收到过他们的东西吗？"

姥姥活着的时候，我俩就老斗嘴，大概这就是我俩表达爱意的方式吧，跟姥姥在梦里面吵了一会儿，我心里稍微好受了点。

姥姥忽然又换了个画风，"大福子，你说你将来怎么办呢，没工作，又没对象。"

"您瞎操心什么，该有都会有的。"

"要不你去小松子那儿上班吧，他不是说，你没工作去他那儿上班吗？"

"嗨，他给人画脸的工作，我去能干什么？再说那是伺候人的活儿，咱家混得再不济，也是八旗出身！我哪是伺候人的人啊。"

姥姥撇嘴，"就瞧不上你爷你奶，好吃懒做，天天跟你念叨这点破家谱，惯着你这臭毛病。祖上八旗出身怎么了，你爸还不是开出租的，你妈，你们老福家的儿媳，还不是公交卖票的！"

我听着就没好气，"行行行，那我回地铁站卖票得了，再嫁个列车员，生个闺女当空姐，齐活儿了！"

姥姥突然把脸凑过来，"哎，大福子，中午小松子旁边坐着的那小子，模样可真好！是北京人吗？"

"好像是东北人吧。"

姥姥想了想，"东北姑爷也行，你姥爷也是东北人，要是没你姥爷，你妈你大姨估计都没法看。"

我笑了，"得了吧姥姥，咱家的女的长相都随你，一个个都跟胖南瓜一样，还想找人家当姑爷？你有空想这个，不如保佑我找份好工作。"

姥姥挺神秘地一笑，"你太小瞧你姥姥的本事了……"

这时候手机响，本来我还想跟姥姥掰扯一下，但才想起来老牛让我写的宣传稿还没写呢，我也不管姥姥了，赶紧醒来。

房间已经黑了，空寂寂的，有点儿冷。

我把手机摸过来一看，果然，老牛发了个信息："稿子还没写吧？那就别写了！"

我一惊，不会拖稿把老牛拖生气了吧？迅速打了一万字表达歉意、忠心、努力等意思，最后删成四行字儿，哪想着老牛又发来一条："那傻帽太难伺候了，以后不接这种小活了，你过来帮我吧，我签艺人准备自己做。"

啊？要是别人，我可能就特客气地回复说"您太看得起我了，这活儿我可干不了"。但对老牛，我可不敢说这话，把想回的短信都删掉了。

哎哟，怎么办呢？想着想着肚子就饿了。

我踮着脚去厨房找吃的。没想到爸抠着脚，正对着电视傻乐呢，电视也没声。

"爸您干嘛呢，大半夜不睡觉。"我假装没事儿人一样问。

"睡醒了？你这一觉够长的。饿了吧？我去给你下点面条。"

"不用不用，我吃点剩饭得了。"

爸不理我，一转身去厨房了。

北京台正重播《我爱我家》，演的是和平失忆，一家人都陪着演戏那集。真应景，我跟爸也在演呢。

我用遥控器把声音调得大一点，爸从厨房探出头："你妈躺着呢，小点声儿。"

我瞥了一眼厨房，发现材料都好了，只等下锅了。我问："爸，您手也太快了，这一会就切好了？"

妈的声音从卧室里传过来，"多新鲜，你睡觉那会儿他就切好了，就等着你睡醒后给你下锅呢。"

爸不满，"哪儿都有你，睡你的觉吧。"

妈继续千里传音："大福子，你将来可得好好孝敬你爸，看把你惯的！"

我心里一阵难受，爸端来的炸酱面也吃不下去。

"是不是太咸了？"爸看我吃得不畅快，拿过筷子吃一口，"是有点儿齁。"

"说的是呢，您撒盐跟撒手榴弹似的。"

爸盯着我吃面，突然特小声地问我，"现在你们年轻人，是不是都用叫车软件啊？"

"用啊，特方便，怎么了爸，你们出租车又闹着罢工取缔叫车软件呢？"

"我跟他们不一样，他们都老思想，我去年就偷偷装上这软件了，还单独开了张卡，就看看这一年能赚多少，今儿我查了一下，竟然有小三万。"

我吸着面条，"行啊，不错，我爸有本事。"

爸拿出一张卡，塞我手里，"不过今儿你妈洗衣服的时候，发现了这卡，我说就是高速交通卡丢了，补办的一张。不过等时间一长，就糊弄不了你妈了，到时候肯定得上交。我想着，还是放你这儿，你帮爸保管着，别让你妈知道。"

我愣了。

爸见我不吃了，拿过我筷子，把碗底那点面条都吃完了，拿起碗筷进了厨房。

"嗨，你回屋躺着吧，争取再睡一觉，明儿要是起不来，就在家躺一天，没事儿。"

"爸……"

爸朝着卧室走去，悠悠地说一句，"爸也没别的能耐了，这钱你拿好了，爱怎么花怎么花，买个真包去。"

他回屋睡了，我盯着那张银行卡发呆。父爱如山，父爱如银行卡，爸给我钱的方式可真委婉，委婉得让我觉得，自己好像应该去上班了。

今天是二号，扣白莲花一脸麻酱那天也是二号。可真快啊，一个月过去了，"穷之艺术"行为艺术月要结束了。

我摸起手机，打了个电话："那个……明儿我能上班吗？"

电话那头的人是老牛，"先让我想想，一个月给你开多少钱。"

第四章

许多人来来去去，
相聚又别离

.——.

〔一〕

芳草地那儿有个怡亨酒店，挺豪的。我第一次去还是《步步惊心》刚红那会儿，采访吴奇隆。我记成咸亨酒店，四处问路人，有个女孩特疑惑，"北京没有，你得去绍兴。"后来步行绕了得两三公里，终于找到了。

进门后，我转悠一圈，彻底记住这儿了，一万块钱一宿还是很壮观的，我特喜欢那个比我家都大的封闭式露台，如果把游泳池改成温泉就好了。我喝着香槟，望着玻璃天花板，身边再有个温柔的肌肉男，俩人在池子里泡着戏水，你泼我一点水，我泼你一点水……我绝对会做出不忍直视的三万字出来，啧啧。

我来老牛这上班的第一个工作，就是在这儿，盯老牛新签艺人的杂志拍摄。故地重游，再加上我马上要见伺候的艺人，我热血沸腾的。趁着摄影师在泳池边上布置灯光呢，我站在游泳池边给彭松打电话，让他猜猜老牛让我带的艺人是谁？

彭松特配合，"迈克尔·杰克逊？"

"中国的！"

"张国荣？"

"腕儿没那么大！"

"陈宝莲？"

我突然卡壳，陈宝莲是谁？

彭松说："陈宝莲你都不认识？你上初二那会儿不是早恋嘛，发育的早胸挺大的，还没胖，大家都说你是——六中陈宝莲……"

"嗨，我那些光荣事迹就别提了，但你还别说，那会儿我长得还真挺像她的。你说我要是瘦下来，改小年纪，整个容啥的，能不能做个艳星……"我忽然觉得有点不对劲，反应过来，在电话里喷彭松，"迈克尔·杰克逊、张国荣、陈宝莲这三位都死了！我带他们？我怎么带？我是牛头马面还是黑白无常？"我心说不就是没去你那儿上班嘛，小心眼，竟然咒我死。

正想着，老牛带着新签约的艺人进来了，我一个激动，朝他俩狂奔。我大叫："Surprise！"想不到是我福子吧！跟你致命邂逅了好几次的福子啊！

哪想着泳池边地滑，我高跟鞋没踩稳，直接仰过去了。我大惊，这脑袋要是磕泳池边上，得磕死，我不能死啊。也许是上天听到我的祷告，我硕大的身体直接掉进了游泳池里。

要不然说我人幸运呢，这半大游泳池也不深，大概才到我下巴，我命中注定的真爱大帅哥扑到水下给我做人工呼吸的机会不太可能发生。我呛了几口水，一个鲤鱼打挺，从游泳池里站了起来，头发盖我一脸，我生怕群众忍不住下来救我，我呼喊，"没事！大家别担心我！"

咦，大家这么冷静呢？我一撸脸上的头发，发现现场工作人员都在抢救水池旁的摄影灯，摄影师比较幽默，说我把半个游泳池的水都溅出来了。

因为隐形眼镜滑出来的关系，我只能依稀判断岸边的一个肉山是老牛，我赶紧滑过去，岸边的手机响了。摔游泳池里，手机都能掉到岸边，我运气真好。我接电话，是彭松的声儿，"你到底带谁啊？"我把电话递给肉身旁边骨骼清奇的身影，"彭松的电话，你帮我接一下。"

他接过电话，懒洋洋的被窝味儿，"松松啊，我是小宇……嗯，我也没想到我执行经纪人是福子。"

我微笑，我的人生简直是偶像剧女主角的设置，千回百转，还是幸运地跑回到心爱的郝泽宇身边了。一团"海藻"飘到我身边，我心痛地捡起来，今天唯一不幸的，是我带瑞贝卡的假发出的门。还是真的。

〔二〕

贵的酒店是有道理的，酒店工作人员跟见着亲妈一样，把我衣服送去干洗了，据说俩小时就能干——就是干洗费贵点，能买我三身这衣服吧。

我裹着白色的浴衣，郝泽宇穿了一身灰，被穿了一身黑的老牛按在化妆室召开牛美丽娱乐公司经纪团队的第一次动员会。

郝泽宇问老牛，"丹姐还过来吗？"

老牛纳闷，"她过来干啥？"

郝泽宇对着空气点了点头，"她躲着我干嘛呢？我又不会怪她。"

老牛坐姿特别淑女，二百多斤挤在椅子上，跷着二郎腿，说话一句是一句的，"郝先生，我知道改签到我这儿，你挺不乐意的。"老牛停顿一下，等着郝泽宇说不不不我挺乐意的你别瞎想。社交礼仪嘛，我这种不会来事儿的都能明白。

哪想着郝泽宇特自然地点头，"是挺不乐意的。"

这么不给面子？这还是我认识的那个特懂事儿爱笑的阳光美少年吗？这话让人怎

么接呢？

但好个老牛！不愧是伺候过各种烦人精的人精，反守为攻，"说实话，我也挺不乐意的。我平生呢，最喜欢两样，钱和男人。你呢，靠你赚不到什么钱，我又不想睡你，你说我能图什么呢？"

老牛交叉换了换腿，郝泽宇盯着镜子中的自己看，俩人都把自己当成大牌，谁都不说话。最怕空气突然安静。

鄙人没什么毛病，就怕这种尴尬的场面，我赶紧拿自己开玩笑，"你们说，我穿浴衣怎么这么丑呢？别的女人穿这个叫春光乍泄，我穿浴衣简直叫猪开屏！哇哈哈哈。"

郝泽宇看看我，"挺好看的，你白。"

"把你胸捂上，我头晕！"老牛白了我一眼。

气氛稍微缓和点，老牛的话虽然还带着气，但变了一个风格，"既然咱俩都不乐意，那以后合作可以光谈钱，不谈感情，这样高效、时髦。以前你那经纪人光跟你谈感情了，赚到钱了吗？没有！你跟了她这么多年，说转手就转手了……"

郝泽宇突然拍了拍老牛的肩头，"谢谢你。"

这下把老牛拍糊涂了，连我都有点蒙，郝泽宇不会是吃错药了吧？

郝泽宇笑了，跟换了一个人似的，"刚才我说话你别介意，没什么，我就是起床气，没睡醒。跟着你挺好的，我听别人说过，说你宣传做得特别好。"他摸了摸自己的寸头，看看我，"而且这两年吧，我老觉得我会火，没准儿就缺一个你。"

我想起烧他头发的事儿，我脸红，赶紧掩饰，大声鼓掌，"没错！今年一定会火！"

老牛摇摇头，"你俩干传销呢？"

老牛打开电脑，拿了郝泽宇的宣传策划案给他讲，老牛PPT做得挺好，翻了几十页还没讲完。

我总结了一下，老牛的主要意思是：前经纪人的策略是：唱歌、演戏、综艺、时尚有一杆子打一杆子，根本没清楚到底要啥。他的思路就一个：什么容易涨粉做什么，粉丝经济才是王道。今儿拍时尚大片放在网上溜粉，明天穿着各种大牌在网上直播晒自己。

讲毕，老牛很满意自己的成果，站起来特得意地转悠，"看了这么多，你有什么想问的？"

郝泽宇盯了半天PPT，手下意识地摘自己羊毛开衫上的毛球——这羊毛开衫真老土，我爸都不会穿，他今儿怎么穿这个？

他试图翻翻PPT，但不知道怎么翻页，最后挠挠头，目光转移到老牛身上，"你这身衣服从哪儿买的？挺好看的。"

老牛没想到自己的才华会这么被无视，气得想一屁股坐回到椅子上，但位置没找对，猛地坐到了地上。

我扑向老牛，安抚他，"疼不疼？这样也好，你长期没有性生活，后面都长草了，就当给后面除草了。"

老牛捂着屁股在地上打滚，顺便还叫嚣着要杀了我。

哪想着郝泽宇蹲在地上，特无辜地望向老牛，"你生我气也不能伤害你自己吧。"

老牛一秒也不想待在这间屋子了，他呲着牙，破罐子破摔，"行啊，那咱们接下来就互相伤害吧。你神经病是吧，老子不怕。"

〔三〕

"他不是神经病，他是诗人。"电话里，彭松这么跟我说。

我边下楼给工作人员买咖啡，边给彭松打电话求安慰。因为穿了浴袍当街横行，星巴克的店员看我的眼神是涣散的。

彭松在电话里接着说："我家冰箱不是散热不好嘛，我想换掉，他抱着那冰箱不放手，你猜他说什么？他说冰箱比人心好，人心寒，冰箱还有点热乎劲儿。"

"这反差也太大了，这还是我认识的那个阳光体贴见义勇为英雄救美的美少年吗？我都怀疑他私下里会不会打人。"

"别担心，小宇的丧吧，不是能让人看出来那种。那种写在脸上的丧，特别low。小宇这种叫高级丧，只丧给自己人看。他是骨子里的悲观，一人守着自己不为人知的丧，小火慢炖着熬日子，也算是一种业余爱好吧……"

挂下电话，一进房间，见摄影师闹脾气，他说郝泽宇眼里没事儿，跟个木头桩子一样杵在那儿，说着就要找姑姑。

前情提要，姑姑，即老牛在圈内的名号。

我也不能说牛姑姑正在跟化妆师撕呢，因为化妆师迟到、业务水平属于影楼风格以及听说郝泽宇明天要直播，化妆师忍不住来了句，"他直播有人看吗？"

牛姑姑正被郝泽宇气着，找不着发泄口，便拎起来把化妆师骂了，理由是我的艺人只有我可以骂。

我给摄影师递过咖啡，"您受累，不过您可以这么想，好歹他脸是瘦的，要换成我这样脸胖身胖心也胖的，您才该着急呢。"

郝泽宇在一边玩保卫萝卜呢，我把咖啡放在旁边，想嘱咐几句，后来想算了。其实也不能怪郝泽宇，这期主题太匪夷所思了，估计杂志出刊都要腊月了，还拍泳装。

摄影师的创意也够low的，让郝泽宇跟几个比基尼女模在泳池边卖弄性感，整体效果特直白，摄影师没办法，只好先去拍女模特。

摄影助理正在搬鼓风机，他大腿也就我手腕子那么粗吧，人特没力气，我看不过去赶紧过去帮忙。结果人家看到我，脸都红了，竟然把鼓风机一撂，跑了。我低头一看，搬东西时bra露了出来，今天穿的是良家妇女无蕾丝款。这孩子，我都不把自己当成女的了，你见比基尼脸不红，见我bra害羞个屁啊！

给鼓风机插上电，我贴心地打开开关，这鼓风机风大得很，虽然吹得我披头散发，但里面bra还湿着呢，吹吹还挺舒服的。吹风机吹得浴衣都飘了起来，我赶紧捂，突然灵感迸发，赶紧招呼人，"大家快来看！我这姿势像不像玛丽莲·梦露……哎哟风太大哇哩哇哇哇……"风太大了，吹得我音儿都变了，腮帮子肌肉在抖动。

旁边人都笑了，一小孩帮我调低了风量，这风吹得舒服，我神态自若地摆着各种姿势，支使着摄影师，"大师！我都牺牲成这样了，您就没点创作的冲动吗？"

摄影师特配合，拿起单反就拍了起来，我渐入佳境，旁若无人。他又拍了几张，直接笑得没劲儿拍了。我不管他，开始热舞，大家都笑疯了。

人群之中，瞥到角落里郝泽宇的目光，他也咧嘴在笑呢，我朝他眨眨眼睛，继续跳舞。其实我不怎么会跳舞，随便一跳都是车祸现场，但我心里清楚，我这么跳，大家都很开心。

小时候，我就是人来疯，经常在胡同口大爷下棋的地方，举着一根冰棍杆儿说接下来我给大家表演十个节目。妈就骂说十处打雷，九处有我。

其实我也没那么大表现欲，我就是乐意看别人开心。至于我这么做开心吗？这重要吗？大家开心最重要，大家开心最重要。

〔四〕

"我请你吃饭吧？"下电梯时，郝泽宇没头没脑地问我一句。

"为什么啊？"我看他的脸，不咸不淡。

"晚饭不想一个人吃。"

"好……好吧……"其实我不太想去。

酒店，我给大家散播欢笑散播爱后，现场拍摄很顺利，郝泽宇也变回了我认识的样子，爱笑、礼貌、特招人喜欢以及恰到好处的撩妹。在镜头前表现也好，简直瞬间有了十个灵魂。

拍摄完毕，他还跟摄影师鞠躬，"我这退流行的脸，就靠您P图变时尚了。"

这种好状态一直维持到老牛走，郝泽宇就像是开关调到了OFF一样，换成一副痴呆的表情，你要说不以物喜不以己悲也成，反正跟刚才差别挺大的。

尔后，他就这么丧着脸问我吃饭不。这要是以前，我巴不得跟着去，不带我吃，我在旁边瞅着都乐意。

但一天的助理生活让我对郝泽宇彻底改观，怎么说呢，我还挺怕这种又好看又丧的人的，摸不着他的脉门，觉得自己很多余。说实话，这种丧我特看不上，要丧大家一起丧啊，没事儿老折磨自己干嘛？玩自虐啊。

郝泽宇要去的烧烤店，门脸又小又脏，坐不了几个人，我跟郝泽宇面对面坐着，中间就隔着一个小折叠桌，烤串什么的一会就摆满了桌面，我试着吃一口，竟然挺好吃。

郝泽宇蜻蜓点水似的吃了几口，就把大部分食物都推到面前，撑着头看着我吃。

"减肥啊？"我问。

"吃东西多烦啊，有时候我恨不得身上长叶绿素，站在太阳下就饱了。"

我冷笑，上帝果然是公平的，食色性也，让你自己就占个"色"，其他两样就别想了——估计这厮也是性冷淡。咦，不对啊，以前我挺喜欢郝泽宇的，当了一日助理，怎么对他态度就变了呢？

我一边嚼烤韭菜一边给自己做心理分析。其实也可以理解，这种高级丧的美人，以前也遇到过。我在地铁上班，私下写时尚杂志时，分来一个低配版的吴彦祖，在微博上能被人偷拍说是地铁帅哥的那种。他性子冷，对人挑剔，大概是觉得我还算有见识，女生当中也就跟我有话聊，后来竟好到可以单独约看电影的程度。但时间长了，我就觉得这人不对劲，他对你全是膝跳反射一样的反应，没心，接收不到你对他的好。后来我就不怎么理他了，单位就有风言风语，说我是因为追求未遂恼羞成怒，才跟他不好的。又说这人不喜欢女的，才跟胖福子好。同事还问过这事儿，我说喜欢是真喜欢，我就喜欢长得好看的人，但纯粹是欣赏美的角度。追就算了，身为一个有自知之明的胖妞儿，这种人只可远观不可亵玩，整个一无性恋，地球人满足不了他。后来小吴彦祖变秃了吧……

手机快门声打断了我的忆往昔，我一转头，发现店里好几个女孩拿手机拍郝泽宇呢。我天生没气场，如果现在站起来铁着脸说不准拍，现场要是有个不着调的说郝泽宇不红还耍大牌，算不算是一种进阶刺激？

郝泽宇倒是没事儿人一样嚼着羊肉串。

我问，"哎，你怎么又吃了？"

"看你吃东西的样子，我也觉得饿了，你要不要考虑直播吃东西？我觉得你吃东西特有渲染力，厌食症见你吃，病都得马上好。"

我跟郝泽宇商量打包换个地儿吧，被人偷拍不好。

郝泽宇倒是不在乎，"拍就拍呗，我又不红。"

我摇摇头，"我现场就能编个特有杀伤力的题目，《郝泽宇与不明女士共同进食，关系暧昧》。"

郝泽宇笑了。

我生气，"你笑什么啊？我要长得好看，这绯闻对你还有点价值。长成我这样，跟你出现在同一画面里，影响你艺人品质。这还算好的，万一记者嘴贱点，《郝泽宇与一头猪共同进食，彻底堕落》，圈里人会笑你改行当饲养员了好吗。"

郝泽宇笑得嘴里的东西都喷出来了。

我生气，"你还笑，我跟你说，演艺圈都拜高踩低，天王巨星被拍吃苍蝇馆子，那叫平易近人不忘初心。你要被拍到，指不定会被写成《过气偶像在小店进餐，不红疑似经济堪忧》……"

完蛋了！我怎么哪壶不开提哪壶！我发现我就不能抖机灵，我偷偷瞄郝泽宇的脸色。

没想到郝泽宇抚掌大笑，周围人都侧目了。他笑得眼泪都出来了，招呼服务员打包买单。结账时，我还试着抢着结账，郝泽宇却把我钱包给推了回去，自己结了。

我没敢回话，还在回味他推我钱包这动作，他是不是闷头生气啊，然后自己丧给自己看……明儿要不我跟老牛辞职吧……

出了店门，郝泽宇问我，"那咱们去哪儿吃？"

咱们？还继续吃？看来没生大气。我放下心来，列了几个备选方案：咖啡馆？肯德基麦当劳？路边坐着啃？再找个大排档？都还不如在店里吃呢。

郝泽宇替我做出了最终方案：去他家吃，反正就在这附近。

啊？这个"啊"我能写出五万字百感交集，最猛烈的竟然是后悔：要是我瘦点美点年轻点，是不是还有资格误会郝泽宇要睡我？

我绝望地没话找话，"我家小松子来过你家吗？"

"来过一次就不来了，他说我家太怪了。"

怪，有多怪？

〔五〕

郝泽宇拿钥匙开门时，抱怨走廊的声控灯坏了，钥匙眼都找不着。

我拎着打包袋，望着他猿臂蜂腰的美好背影，迅速地编织了一个完美的故事。我在烧烤店说他是不红偶像，惹怒了他，他借机叫我去他家，然后分尸，啧啧……他白天是过气偶像，晚上是变态杀手，而且专杀胖女孩……郝泽宇家里铺满了白色瓷砖，这样分尸后好冲洗血水，所以我家小松子才说他家怪……

结果一进屋，我立马抛弃了我完美的犯罪故事。他家何止怪，简直变态。

一百多平的屋子，打通了隔断，全白。家里只有两样家具：床及椅子。床是一张床。椅子，全是椅子们。椅子的数量倒不惊人，只是椅子的来历挺吓人。

天鹅椅长得跟卫生巾护翼差不多；蝴蝶椅乍一看像个钓鱼凳，特别适合瘫在上面；PK9因为长得像郁金香，被叫做郁金香椅；钻石椅是用金属网做的，我一直觉得它放在火上就很适合烤肉；Eames经常被误认为是老板椅，但其实不适合霸道总裁，比较适合霸道总裁他妈；花瓣椅像是被捧在手心的感觉，很贴合周董的那个奶茶广告；各种颜色的伊姆斯椅，赤橙黄绿青蓝紫，整齐地被钉在墙上，下面是伊姆斯那款太有名的玻璃钢躺椅。

我面红耳赤，心潮澎湃，心跳加速……我知道大伙儿肯定特瞧不起我，会觉得有什么呀，姆们进家具店也没兴奋成这样啊？那我换个说法吧，比如你是要包不要命那种女的，你进一个大房子，里面有满满一屋子LV的包，从1854年第一款旅行箱，到2016年丑了吧唧的那系列彩色背包，一百多个包就放在一间民宅里落灰……你说你high不high！

这些椅子啊，都算是系出名门，那些特著名的建筑师，没事儿自己做家具玩，没想到玩出万古流芳的效果，不少原版被博物馆收藏。就是专门搞室内装修的设计师，咬咬牙也只能买几把复刻版，谁在家屯这么多椅子啊。

郝泽宇以为我不懂行，跟我客气，"我家就是有点简陋……"

我咽了各口唾沫，"别告诉我都是原版……"

"也有几把山寨货……"郝泽宇有点惊讶，"你还懂这个？"

"一、二、三、四、五、六……"我开始数椅子，算一万块一把的话，这一屋子够在通州交个小房子的首付了。

我泪奔，"你也太有钱了！我打小就想有个自己的房子，不用装修，全刷大白，然后都摆这种有品位的椅子，"我转悠一圈，"哎，你怎么只买椅子啊，你添个郁金香桌，再换个同样牛的灯具，我想想换哪个……"

家居审美与长相不成正比的我，震撼到有点晕，一屁股坐在角落的椅子上。

郝泽宇制止我，"那椅子不结实……"

我刚想站起来，椅子一歪，我一下子摔到地上，椅子也有点散架。哎哟，这椅子还真不结实，我还怕这椅子特贵，万一是原版孤品，有钱也买不到。但细看是特平常那种椅子，圆盘，三个腿，油漆也斑驳。应该不是贵椅子吧。

但郝泽宇楞在哪里，脸瞬间红了，眼神都不对了，感觉要原地爆炸了。

我有点儿手足无措，病急乱投医地赶紧安抚瘫在地上的椅子，"对不起，摔疼你了吧，实在对不起，我太重了……"

郝泽宇几乎是扑了过来，跟抢救病人一样，徒手试图把椅子组装起来。可是一来二去，椅子散架得更厉害了。他于是转而打开厨房橱柜，拿出一个工具箱，希望借着工具来。

我在一旁吓得没敢吱声。

郝泽宇手抖了，电钻使的劲儿不对，钉子直接钻穿圆盘，椅子更不成形了。他呆楞了片刻，眼睛都红了，一个转身就捡起破椅子，直接开窗丢了出去，站在那里直喘气。

我歉意归歉意，但心里冒出来更多的是：艺人果然是台上光鲜亮丽的，私下都有反社会暴力倾向。想到这儿，我也不怕了，怎么办？赔吧。

我扶着一把温莎椅，撅着屁股，撅了半天了，郝泽宇眼光才看我这边，"你干嘛？"

"要不然你打我一顿出气吧。"

郝泽宇笑了一下，仿佛程序又恢复了正常，但脸色还挺暗淡的，"对不起，吓到你了。"

我站也不是，坐也不是，留也不是，走也不是。

他依然给我道歉，"你觉得我特有病吧，我觉得我也是。"他又自言自语，"老天爷真棒，一点过去的念想也不要给我留了。"

电光火石间，我突然明白过来：郝泽宇憋了很久了，我是谁并不重要，他只想找个树洞倾吐一下。而我，天时地利人和，今晚，我变成了人肉树洞。

〔六〕

"我参加选秀的时候，那时候不是流行卖惨吗，导演给我下套，然后我就什么都说出来了。观众啊评委啊一听，这小孩太不容易了，都哭得披头散发的，其他选手比我帅比我高比我有才艺，但我有观众缘啊，你们再强，也架不住我惨啊，最后冠军就给我了。

"我没见过妈妈，三岁时她就跟我爸离婚了，听说是嫁去了南方。我一点也不恨我妈，换成是我，我也不跟我爸过。可是男人不渣，女人不爱，关键我爸还帅，所以我爸结了又离，离了又结。有次，我爸领着我跟三个不认识的小孩吃了一顿饭，我们的妈不同，都是同一个混蛋的爸，离婚后都被甩给爷爷奶奶姥姥姥爷了。我一度怀疑，我爸被创造出来，就是派到人间来播种的。

"我那几个弟弟妹妹命都比我好，起码姥姥姥爷都在，有的还是高级工程师什么的，活得可滋润了，是不是从小被宠爱的孩子心里都特世界和平？我看他们跟我爸相处得都特和谐，不恨他，也指望他。我怎么就不行呢？我特别讨厌他，可又忍不住要讨好他。是不是我跟奶奶过得太苦了，过得苦的人，情绪都这么分裂？

"其实这话说得也不客观，苦？我有什么过得苦的，不就是妈不见，爸不理吗？我也不缺吃，不缺喝。我奶奶这辈子过得才叫一个波澜壮阔。三十多就守寡了，本来都找好一个老伴安度晚年了，我爸把我扔过来，那老头就不乐意了。奶奶一生气，不乐意就不乐意，我就跟我大孙子过了，奶奶就是倔。我爸一年就给两千块钱，老太太那点退休金根本不够养我，后来她想了个什么招呢，她上学校时，那时候哈尔滨还算是满洲国的呢，中国小孩要上学，都得学日语，所以我奶奶日语特别溜，我奶奶就办日语补习班，教得不说有多好，架不住学费便宜，有个仨瓜俩枣的收入，也够我们俩紧紧巴巴地活了。可这钱赚得也辛苦，讲课得站着，教一天日语回来，她腰疼得躺都躺不下，只能坐在一把单薄的园盘三脚小椅子上。小时候我嘴巴就特甜，说奶奶，将来我赚钱给你买好椅子，坐得特舒服的椅子。

"听上去是不是特温馨，一老一小苦兮兮地相依为命？没有，我奶奶才不是那种普通的老太太！我奶奶是什么人呢，比如在街上，我奶奶要是过来，大家都得瞅她，太漂亮的老太太了！头发也不染，全白！都有关节炎了，一年四季还爱穿裙子，就擦那种大红的唇膏。我有一年去法国拍写真，站在街头都愣了，满巴黎都是我奶奶那种不服老又爱捯饬的老太太。她不光捯饬她自个，还捯饬我，我上托儿所，衣服天天不重样。你知道她最出风头是什么时候吗？就是接我的时候，人家一听是我奶奶，家长都围过来，说你孩子那衣服哪儿买的。买的？都是我奶奶一针一线做的，我家哪有那闲钱买啊！后来上小学，上初中，上艺校，人家都以为我家挺有钱的，因为我外边穿得好，实际上我们家住的那小破房，一九一几年俄国人盖的！没上下水，也不能洗澡，冬冷夏热。可这些其他人都看不到，就像他们看不到我内衣内裤都是补丁。奶奶说，有一百块钱，九十块钱得穿在外边，破烂藏里面。咱们可以穷，但别穷到骨头里，要不然一辈子也翻不了身。

"一般这样家庭出来的，家长不得天天教育你，只有知识才改变命运？连我那混蛋的爸，一年见一次，都说你成绩再这么烂，我只能送你当兵去了。要不然说我奶奶有意思呢，她从小就发现我长得好，别人都送孩子学奥数啊补英语啊，只有她送我学舞蹈弹钢琴什么的，什么都不精，但什么都懂一点。后来她送我上艺校，我不想去，男孩跳舞时穿的那练功服，下面鼓一大包，太丢人了。可奶奶说，小宇啊，咱家的家庭让你输在起跑线了，光靠学习你也追不上了，社会都是分阶级的，你学习也不好，咱们学点艺术，瞎猫碰死耗子，万一有名气了呢，有名就有利，这也是你唯一改变自己出身的机会。我不懂，但也没办法，想上好高中，择校费就得花一大笔钱，奶奶没钱，我那混蛋老爸也不会掏一分。可去那些不好的高中，估计也考不上什么好大学，我又不是那特爱学习的孩子。行，就听奶奶的吧。

"按照奶奶的计划，我上艺校，就是为了准备考中戏北影什么的。到时候奶奶把房子一卖，也够我四年学费。可快毕业那年，我跟朋友吃烧烤，被电视台导演看上了，他们正满中国找长得还行的男孩。我觉得是骗子，压根没当回事儿，可后来奶奶听说了，找那个导演细细地问了一遍，觉得靠谱，就让我参加。我说奶奶，咱们不考大学了？奶奶说要上大学咱们得花钱，参加这个能赚钱，万一红了，干嘛还上什么大学！我参加了，一路过关斩将，拿到东北分赛区冠军，然后去上海参加总决赛。这一路上我渐渐明白过来了奶奶的教育方式。让你从小把好的穿在外边，让你知道什么是好东西。把破的穿在里面，让别人看不见，就觉得你特好看，就会对你特好，也不会歧视你没爹没妈。让你从小到大都习惯受到别人注视，也不会自卑。让你吹拉弹唱琴棋书画啥都懂一点，靠这点皮毛功夫参加这种比赛简直太轻而易举了。奶奶可真牛，我特别服。可奶奶说，我是男孩，她才敢这么养，要是女孩，她也没办法富养，穷人家富养又长得好看的女孩，将来命都特别惨。奶奶说，她就是例子，她就指望着，我把她没经历过的人生，好好替她享受一遍。

"得了冠军，别的大公司想把我经纪约给签过来，可我不愿意，跟我一块比赛的兄弟们，都签电视台了，我可不愿意跟他们分开。可奶奶说，还得走。为啥呢？电视台签了那么多，能抛头露面的机会就那几个，分给谁啊？而且那大公司在北京，干文艺的，不往北京跑，留在上海干什么？就这样，我被签走了。没过几年，我就看出来差距了。比赛积累的人气也就能咋呼一年，过了两三年，签在电视台的几个兄弟都被耽误了。我奶奶眼光可真毒。

"刚红那阵子可真是忙，一个月跑了二十个地方，出唱片，演偶像剧，卖写真，接商演，上节目，我都快被公司榨干了。本来说要带着奶奶去旅行的，但奶奶说这挺好的，花无百日红，有钱赚的时候，赶紧去赚，后面不红了，能休息一辈子呢。我就咬着牙在镜头前活蹦乱跳的，终于攒了点钱，租了个特别大的房子，我打电话让我奶奶搬过来跟我一起住。老太太跟我叽叽歪歪的，跟我要了好久的大牌，最后还是来了。她这么爱出风头的老太太，一辈子不得意，现在孙子成明星了，她恨不得天天跟我绑一块呢。后来我老早就在飞机场等着，我还让我们司机把公司的保姆车开来了。我拿着一束花，心里想着狗仔在哪儿呢，他们快来采访我啊，他们要是问我来接谁啊，我就说我来接我最爱的女人，哈哈哈，明天等着上头条！奶奶一下子就成全中国都知道的老太太啦。结果飞机等了半天不来，我问服务台，人家说哈尔滨那班飞机刚起飞又掉头降落了，机上有个顾客好像不行了。我心说这人真讨厌，身体不行，坐什么飞机啊，这不耽误我见我奶奶嘛。结果给我奶奶打电话，打了好久，才有人接起，他问你是她什么人啊，我说我是她孙子啊。他说赶紧过来吧，你奶奶正抢救呢，敢情在飞机上不行的，是我奶奶。

"我在哈尔滨待到头七才回来，我什么都没带走，我什么都不想带走，我把房子留给我爸了，去机场之前，还是带着奶奶一直坐的圆盘椅子回了北京。到了家，我打开房间门，一屋子的椅子，都是好椅子。小时候说要给你买好椅子，我真买了，浪漫吧？我都替我奶奶感动。可我又委屈，跟奶奶抱怨，说老太太你也真是的，没享福的命。知道你孙子弄来这椅子多不容易吗？我去巴黎拍写真，拍完有一天购物的时间，翻译问我想买什么。我想了半天，看巴黎的老太太都跟奶奶你一样蹦跶蹦跶的，我就问巴黎这儿特有品位的女的，都爱买什么椅子啊？翻译正好是读设计的，特有品，她给我开了个单子，我满巴黎买这些椅子，都空运回北京。我回来拍戏时，翻译说她在一个二手跳蚤市场，发现一把特好的椅子，特便宜。我说以后就麻烦你帮我多搜罗，你看得上眼的，都买来给我寄，我给你代购费！攒了这么多，本来想给她个惊喜的，结果她老人家连个招呼都不打，就驾鹤西去了，我白这么浪漫一把。

　　"本来我也算劳模，可以三百六十五天都不休息。结果奶奶去世这当口，本来要上个戏的，我说我演不了，后来那角色就给那谁谁，结果他演，他就爆红了。这都好几年前的事儿了，公司现在一提这事儿，还后悔。可我真的觉得没什么，奶奶都没了，我红给谁看呢。我现在的日子挺好的，我不爱车，又不爱房，我就爱买衣服，没事收集一下谁都不认识的椅子，然后扔到这房子里，你问我说有意义吗？我也不知道，不过我想，奶奶那么得意的一人儿，死在将要享福的路上，她也不甘心吧，她是不是也会来看看我？所以我把圆盘椅子带回北京，让她能寻着物件儿来看我，我把这房子空出来，塞满椅子，等着她来坐一坐。如果她见到这么多椅子，"他顿了顿，"你说，她会说什么？"郝泽宇开始盯着一把温莎椅发呆。

　　我也盯了一会儿，这温莎椅算是变种，椅背儿跟孔雀开屏一样，材质看不出来，不过运到中国挺贵吧……甭想椅子了，两个人这么冷着，总得有个人说话吧。

　　我开口："你真有钱……"他头转向我，我觉得他没听明白，就又说："我觉得你奶奶会说，你真有钱……"

　　郝泽宇以看着之前那把温莎椅的目光，看着我。他眼神太清澈了，我顶不住了，带着哭腔，"我就上来吃个鸡翅！你跟我说这个干嘛呀，我们又不熟！"

　　我痛哭流涕，吓的。真的，大晚上的，一上来就给你演《艺术人生》你受得了吗！

〔七〕

　　郝泽宇送我下楼，当然，我俩很尴尬，路灯把我俩的影子拉得很长，瘦高的是他，黑滚滚的是我。

当然，我也在检讨，我要是小姑娘，发自拍配各种仁波切格言那种岁月静好型，听郝泽宇这么一说，我肯定立马爱上他了。可如果你三十岁了，你第一天正式入职见同事，见识他各种神经病，不小心去他家吃个饭，还惹了这位爷崩溃，他突然跟你真情流露半辈子苦辣酸甜，你怎么想？懂了吧。

我拿出手机，在叫车软件上看司机开到哪儿了。司机开得真慢。

郝泽宇双手插兜，看着远方。他突然说："其实我今天挺不高兴的。"啊？这又是哪一出啊？

"感觉自己特没尊严，跟牲口一样直接被卖了，真逗。"

"嗨。"我也不知道说什么。

"本来，特想今天搞砸一切，招儿都想好了。可看你在风扇那边跳舞，逗大家开心，我知道，你是为了我，想让我开心点，好好拍照，别让大家难做，所以今晚才想请你吃顿饭，哪想着，吓着你了……"

车来了。郝泽宇看着车来，"所以……今天……我平时不这样，我挺正常的，你别往心里去。"

我江湖气地拍着他的肩，"嗨！干嘛呀，没事儿都被你说成了有事儿了！今儿不挺好的吗？是我对不起你，坐坏了你那么重要的椅子。"

我身轻如燕赶紧上车，郝泽宇帮我关车门，"到家说一声。"

没有郝泽宇任何联系方式的我点头，"行，到家给你发短信。"

车开动，从后视镜里看郝泽宇一个人站在那儿，我突然叫司机停车。

我开门下去，走向郝泽宇。做事儿要有头有尾，这个尾我来收吧。

我说："今儿晚不能就这么结束，总觉还得再说点儿什么。郝泽宇，不，还是叫你小宇吧，这样显得亲切一点。我是真觉得，奶奶见到你那些椅子，都是外国买过来的，肯定会觉得你特有钱，觉得你混得特好。她肯定特高兴，即使她死了，没办法照顾你了，她也不担心，她会想，在没有她的世界，你照样会过得挺好。所以啊，我是真心觉得，你真有钱，我没跟你瞎胡闹。"

郝泽宇愣了，没想到我会说这些。我想了想，还是上前拥抱一下郝泽宇，特没肉欲那种，抱街边流浪狗那种。

"总觉得应该抱你一下，一个人扛着，很辛苦吧，可怜见儿的，你要加油，要好好地活。"我松开他，跟他摆手，走向车。

郝泽宇在后面叫我，"福子。"

我没回头，伸着手挥舞，"没事，今儿的事儿，我听完就忘了！"

"福子。"他又叫。

我回头了，"怎么了？"

"福子！"他笑了，又叫一声。

"神经病。"哎哟，今天终于把这句话说了。

他不说话，笑着挥舞着手。

车上，我想了想，这一天的光景，真是一篇特荒诞的烂尾网文，没头没脑的。但好在我刚才表现挺女主角的，生生把结尾掰成了日剧。希望郝泽宇得奥斯卡影帝的时候，感谢词会提到这一刻……

在胡思乱想的海洋里遨游了一番，我还是浮了上来，还有事儿没完。我探过头，"师傅，不好意思，您能再掉个头吗？"

"还有话聊呢？生离死别吗？"

"不是，我落东西了。"

"什么？你的心吗？"我愣了一下，这师傅网文看多了吧。

师傅从后视镜里看了我一眼，皱眉撅嘴，"姑娘，我多说一句，你这身板儿，这么折腾，我都替他恶心！"

第五章

不如跳舞，
谈感情不如跳舞

——

我家编外人员彭松消失了一阵子，终于出现了，开着车接着我们一家三口去他新家暖房。一路上欢歌笑语，显得他们更像是一家人。

彭松的新家天花板高，接地落地窗，整个装修风格跟小松子本人一样，样式时髦，大胆撞色，但也没什么文化内涵，不过糊弄爸妈这种老北京是绰绰有余了。老两口以豪华为主题感慨了三千字后，开始闲不住了，妈从卫生间拿块手巾开始擦灰，边擦边说："小松子，你家抹布真吸水嘿，临走时别忘给妈拿两条！"

我翻白眼，这"抹布"是Yves Delorme的，二十五欧元一条呢，能不好嘛？

爸也没看住，出去晃悠一圈，拎了袋面回来，说晚上包饺子，哼着歌就开始剁馅，破坏了彭松要去外面吃的机会，他进厨房帮爸忙，一会就战战兢兢地出来了，"爸又开始炸丸子了……"

我正蹲在地上研究那个蝴蝶椅，毫不在意，"这很正常，爸妈就是那种任何高难度食物他们半小时都能做出来的物种。哎，跟你说了也白说，你也没妈，你也不懂——这椅子哪儿买的？"

"小宇送的。"

"那就应该是真的。"我躺在上面，沐浴着名家设计师的盖世才华，"我说呢，你这种没文化的，怎可能有这么好品位。"

"你有品位……"彭松刚要回嘴，脸上突然闪现奸诈的微笑，朝卫生间喊，"妈，福子刚才又说我没妈。"

一条湿呱呱的毛巾马上呼我脸上，妈骂我，"再敢这么说，将来房子拆迁了，新房全写小松子的名儿！还坐着干嘛？端饺子去！"

饺子馅儿也平常，韭菜鸡蛋的，彭松又把爸的厨艺吹得宇宙无敌，我是亲女儿，当然不会这么谄媚，嘴上嘟囔着，"这丸子炸得太干了……我就不爱吃韭菜鸡蛋的，这一张嘴多味儿啊，待会怎么干活啊。"

彭松讽刺，"哟，真敬业。"

妈朝彭松挤挤眼睛，彭松会意，开口问我，"对了，你在小宇那儿干得怎么样……"爸瞪了一眼彭松，彭松不敢多说什么了，低头吃饺子。

仨人这点暗战戏，我都看在眼里。爸妈担心我新工作，妈让彭松问，爸怕我最近发展不好，不让彭松提这事儿。再不会察言观色的傻子，在最熟悉的家人面前，也是心细如发。行，我配合，演呗。

"特别好！真别说，这工作干得太舒心了，时间自由，也没啥工作压力，还不用加班，虽然工资没多少钱吧，但福利待遇好。"

同志们，我真没眨眼说瞎话。最近也没啥活儿，我闲得连驾驶证都考下来了。老牛也没从郝泽宇身上赚什么钱，工资给我发了一半，老牛怕我跳槽，还把他不用的一个包给我了。

彭松看了看爸，又看了看妈，终于忍不住开口替二老问，"糊弄谁呢？哪可能这么好！"

"真的！"我特真诚地回答，"老牛对我挺好的，小宇也对我挺好的。"我努力想想，找了个阖家欢喜的缺点增加说服力，"就是老牛跟小宇的关系吧，不太好……"哎，怎么，一想到这儿，我就吃不下了，肯定我吃了两盘子的饺子有关系！

"算了，我不耽误你们一家三口吃饭了。"我穿衣服准备走人，门厅放着一把车钥匙，我直接顺走，对彭松说："这车钥匙太碍眼了，我最近刚拿驾照，手痒，今儿让姐过过瘾。"

屋里的一家三口都说不行，我开门就跑，还顺便扔下话，"爸妈今晚就住你这儿了，姐走啦。"

〔二〕

健身房，我站在器械区，嘴巴都说干了，郝泽宇咬牙切齿地举铁，依然给我来一句，"爱你。"

听到这话，旁边推举一哥们——其实是姐们吧，一直偷偷盯着郝泽宇——很娘炮地把杠铃砸地下了，他看我的眼神犹如X光线，大概在分辨我这胖子是哪种婊。

我是哪种婊？可怜婊！自从老牛出现后，郝泽宇对大半的工作内容都采取非暴力不合作的态度。当然也不能全怪郝泽宇不合作，老牛也有点天赋秉异，有次接的通告在山东临沂，参加当地土豪的婚礼，唱两首歌给十万块钱。郝泽宇当然不去，他说自己网瘾挺大的，怕杨永信冲到婚礼现场，把他抓回去电疗。老牛气得那阵子在朋友圈怼天怼地怼社会。

后来老牛发现郝泽宇挺听我的，于是有什么工作内容，就让我传话。呵呵，我觉得老牛真看得起我。我在郝泽宇这儿，多数听到的也是"我不去"。听的次数多了，我都烦了，郝泽宇就换了个说法，把"我不去"换成了"爱你"。

想想这效果。

"求求你了，这通告你去吧！"

"爱你。"多么荡气回肠啊，这段期间，我把这辈子的"爱你"都听完了！

不过今儿我不想听到"爱你"这句话，老牛这次安排的，挺像样的。今晚有个私人俱乐部的开幕Party，都是影视行业内部的人去，老牛刷脸弄来两张邀请函，让我劝说郝泽宇今晚务必露脸，跟人多交流一下感情，万一能交流出拍戏的机会呢。而郝少爷说这类活动特没劲，老牛还不如安排跟富婆的饭局呢，吃顿饭人家还给钱。

他专心致志地对着镜子折腾自己的肱二头肌，自恋地让我摸他充血的胳膊，"感觉是不是大了？"

我生无可恋，"哎呀，你到底去不去？"

郝泽宇不接我这茬，"福子，要不你也在这儿办张卡吧，咱俩一起练。"

"我花那么多钱吃那么多好东西，才攒的一身肉，还要花钱送走？又被你带跑了，算了，你不去就不去吧，我也懒得废话了，反正你去不去，我工资都照发。"

我今儿穿了新鞋，磨脚，我干脆把鞋脱了，坐在健身房的瑜伽垫上。我搓着脚，心疼地说："早知道这样，我就不买这红底鞋了，还有这衣服，Jil Sander的！本想今晚给你充场面的！"

"给我充什么场面？你是要过去勾搭帅哥吧。"

我恬不知耻地承认，"当然主要是勾搭，顺便给你长脸啊。我听说你以前公司的人今晚也过去，万一碰到你以前的经纪人呢，不能让她瞧不起啊，我听说老牛今儿还借了块百达翡丽戴呢……"

我正说着，咣当一声，郝泽宇把哑铃扔到一边，他叹了一口气，"哎，你们真是逼死我。"他把我拉起来，"走吧，我回去换件衣服。"

郝泽宇是条汉子，说到做到。回家后，果然是换了"一件衣服"：他衣服都没换，就在健身房的衣服外边，披了件特别老土的羊毛开衫。

我这个宫女小心翼翼地跟小主进谏，"您就算不洗澡，里面的那件汗津津的T恤也得换了啊。"

郝泽宇嗅嗅衣服，"挺好，荷尔蒙的味道，我要是女的，我也喜欢我这样的小伙儿。"

"那你也不能穿短裤去啊！晚上可冷了！"

郝泽宇突然往后绷腿，向我炫耀，"你不觉得，锻炼之后的我，腿部线条特别美吗？"那你怎么不光着呢！气死我了。

开车去的路上，广播说深夜会迎来今年的第一场雪，我听到后特别高兴，冻死你这个神经病！

郝泽宇问我，"下雪有什么可高兴的，瞧你笑的。"

哎，我这人脸太实在了，我连忙找借口，"谁高兴了，我这种笑很高级，叫遗憾的笑，你不懂！"

他靠在座位上，饶有兴趣地看着我，"那你给我讲讲什么叫遗憾的笑。"

我清清嗓子，"我一直有个梦想，在初雪的夜晚，跟心爱的人手拉着手在雪里面蹦跶，跳舞！我以为今年能实现呢，可男人还没影呢，哪想着这么快就下雪了，老天爷压根不给我机会，真遗憾。"我咧开了嘴，挤出一个笑，指着自己的脸，示范，"这，就叫遗憾的笑。"

"这不是吃饱了的笑嘛。"他捏了捏我的脸，我把他手打过去，"开车呢……本来脸就胖，再捏就更胖了。"

郝泽宇笑了，头转向车窗，望着前方，"今晚的局，你就加油勾搭个男的，说不定明年这个时候，你这个梦想就实现了。"

他忽然不说话了，愣愣地看着前方，把座位调得特别靠后。

"怎么了？"

"你的梦想可真容易实现，真羡慕你。"

我哼了一声，"瞧你这话说的，那您跟我说说您的梦想，到底是有多高级，多难实现？"

他微笑地看前面，"我可没有梦想。"

哎，又到了《巨星会莫名其妙地丧一下》的节目时间了，节目主持是郝泽宇，我是唯一的听众。这节目播出时间不定，有时候停播一星期，有时候一天更新数次。节目内容呢，跟逛海澜之家似的，每次都丧出新发现。烦死了。

下面是观众互动时间。唯一的观众，我，清了清嗓子，"谁说你没有梦想？这个世界上有那么多好看的椅子呢，你买齐了吗？没有！买齐椅子就是一个梦想啊！"

他头靠在车座上，稍微偏向我，露出一种莫名其妙的表情，大概属于笑吧，他说："买椅子，嗯，这算一个，还有呢？"

我一边开车一边说："多了去了！你特喜欢章子怡是吧？那就跟章子怡拍部戏！

这算一个吧。"

"这太难了。"

"这还难？下一个梦想才叫难！你跟章子怡因戏生情，把她从汪峰手里抢过来！让人们一会骂你是小三，一会又叫你英雄！这梦想难不难？难！但是这梦想棒不棒？"

郝泽宇咧着嘴，笑得花容失色——我觉得我形容得特别贴切。他接过我的话，"棒。"

"哎，这就对了！人活着，就得靠这些梦想活着呐，要不然多没劲啊。"

〔三〕

被我狂灌土鸡汤的郝泽宇超常发挥，进门时发现包里就剩下一张邀请函，他让惊慌失措的我先拿着进去。他跟在我后边，进门人验票时，他直接刷脸，趁着那人发愣时，直接指指身后，"管我经纪人要去！"

满露台的人脸上都写着"高级"俩字：长得难看的，一脸有钱的高级，长得好看的，一脸美丽的高级，穿成了时装周。

我溜了一眼，全场可能就我们稍微档次低点，老牛穿着一身黑，跟晚上的景山一样分外好找。

老牛特亲昵地跟郝泽宇贴面礼，嘴里特假地说："哎哟我家大巨星来了。"好像他从未在我面前说过郝泽宇的坏话一般，也不介意郝泽宇不打扮，先展示了自己的一身穿戴，问郝泽宇他今天穿得怎么样。

我先抢话，"黑山老妖，山还是珠穆朗玛峰的那种山。"

郝泽宇评价说是美艳的黑寡妇。

不住地有人跟郝泽宇打招呼，我也是看低了他，再怎么不红，也是艺人，台前幕后认识一堆人。

郝泽宇引荐他原公司的宣传总监，给老牛认识。因为都是宣传口的，同是赚挂羊头卖狗肉的黑心钱的行业，再加上他们对巨星白莲花恨入骨髓的热爱，让俩人迅速义结金兰，就差拜把子了。这种social场合，找到一个能聊的就聊一晚上吧，要不然得尴尬一晚上。

郝泽宇也挂着个能聊的熟人，一娱乐公司的老总，三十多岁，貌不惊人，郝泽宇让我管他叫任总。任总怎么说呢，比个儿的话，还没穿高跟鞋的我高呢，人瘦瘦小小的，但极具个人魅力，跟从德云社退役下来似的，几句话一个包袱，也爱照顾人。几个人坐在卡座里，认识的，不认识的，混在一起，任总挨个如沐春风了一遍。

任总老婆，特飒一职业女强人，在韩国娱乐公司中国总部当高层，我特巴结地跟她找我俩的共同点，"嫂子您什么星座？您金牛？巧了！我也是，您上升天蝎？哎呀，我也是！"我心里想着，待会赶紧要她微信，没准这就是我跳槽时的下家呢。

郝泽宇的social开关一旦打开，也是很无敌的。他旁边的著名大经纪人玉姐，虽然我不是特喜欢她带的那几个面瘫人气小生，但感觉她也挺牛的，铂金包随随便便就放在脚下，郝泽宇捡起她的铂金包，大聊这包有多难买，俩人很快就聊得很热乎。

我闲得无聊，四处侦查了一下今晚的形势。今天的帅哥们真令人心碎，要不然就是明星，要不然就是自带美妞的富二代公子，剩下有几个美艳绝伦的，我挑了一个最man的，刚假装脚崴了扑到他身上吃豆腐，却不小心瞥到他在刷同志交友软件。天要绝我，这局太素了，一点荤气儿都没有。

我头转过来，发现有点情况不对。玉姐的手跟涂了502胶水似的，我观摩帅哥前就放在郝泽宇的膝盖上，我把现场的帅哥们观摩一遍了，她手还放在郝泽宇多毛的大腿上面，还伴有不为人知的摩挲。我愣了五秒，内心充满了兴奋。啊！这就是传说中的潜规则暗示吗？想不到我有生之年竟然有幸可以现场瞻仰！

我激动地赶紧百度玉姐的资料，八卦上说，正当红的国民初恋早年就跟玉姐传过绯闻。我端起茶几上的香槟杯直接倒在我的衣服上，然后惊呼，"哎呀！小宇，你帮我拿纸巾！"我话刚说完，服务生就不知道从哪儿窜过来，递给我一堆纸巾。我愤恨，服务意识这么好干嘛呀！郝泽宇连站起身帮我擦的机会都没有！

玉姐的手还在那儿呢，小宇直接把手放上去说："姐你咋知道我腿怕凉呢，姐真心疼我。"说完还把头靠近玉姐。玉姐迅速变身化身长辈，"现在还不穿秋裤，等老了你就变老寒腿。"手拍了两下膝盖，她手上的药水好像也失效了。

我放松了下来，郝泽宇眼神飘过来，我跟他相视一笑。

此时，场子里突然热闹了起来。

某电商平台CEO鸟总，领着好多网红脸上来了。嗯？是自己男朋友出轨，鸟总带领一群姐妹来砸场子吗？大家都看我，我才意识到我不慎把自己想的给说出来了。

任总说："他直的。"

"啊，不能吧！"鸟总因为长得有几分姿色，年轻又有留学背景，自己公司的广告都是他当模特，娘到爆表秒杀我家彭松呢。

任总解释，"真的，我就知道他一堆烂事儿。听说他最近签了十几个网红，砸钱做直播平台呢。"

鸟总四处跟人打招呼，并随机让姑娘们坐在各个卡座上跟大家认识一下。我们运气好，分过来俩清秀的姑娘倒是挺省心的，跟我们碰了下杯，见我们都没搭茬，就自己在那儿刷微博玩手机。

任总跟我使眼色，让我理理人家姑娘，怪可怜的。我心一横，稍微坐过去点搭讪，"哎哟，你俩可真瘦，我可真羡慕。"为了方便介绍，我心里管她们叫惊慌、失措。

惊慌听到我说她们瘦，有点高兴，"真的？我们老板还说我上镜胖，让我减肥呢。"

"得了吧，就他那脸，肉嘟嘟的，还好意思说你？哎，你们也不劝他打点瘦脸针？"

失措看向她老板的方向，小声说："哎，我有点不太敢跟我们老板说话，所以我特羡慕那谁，跟老板说话跟自家人似的，又会撒娇又会拿劲儿的……"

绯闻是促使陌生姑娘亲近的法宝，我们聊了一会儿鸟总的私生活密闻，话题又转到星座上来，在下不才，八卦星座紫微斗数奇门遁甲都略懂一点。此时，我在给美女们看面相，指出失措姑娘的夫妻宫有点差，失措被我折服，说她男朋友真的超烦。惊慌指着自己太阳穴，说她夫妻宫是不是也差啊，她正在追一名男神，追得可辛苦呢，微信上聊天特干。

任总笑，"简单啊，你把手机给我。"

我抬眼一看，任总不知道什么时候坐了过来。任总老婆早走了，玉姐也不知道带着自己的铂金包哪儿去了。

任总拿过惊慌手机，问了男神微信名字，微微一笑就开始打字。我们凑过去看他发什么，发现任总开头就发俩字，"早安。"

果然，一会儿男神的微信就炸过来了，"早安？几点了？""你是在国外呢？还是在外边玩喝多了呢？"

任总拿手机给郝泽宇拍照，然后就把照片发过去，附赠一句："跟帅哥在一起玩呢。"

那边微信也发过来一张自己裸半身健身的照片，"这才是帅哥。"

惊慌问接下来怎么办，任总就说你晾着他，这一晚上就够他抓耳挠腮的了，明天肯定约你吃饭。

俩姑娘眼睛都直了，觉得任总一米七的个头顿时变成了一米八。任总也趁机跟我换了位置。

我挨着郝泽宇，他脸上的微笑跟北京雾霾一样，都变成特产了，一直没消逝。我让他揉揉脸，郝泽宇说咋啦？

"这一晚上你都笑僵了吧。"

"嗨，挺好的，挺开心的，谢谢CCTV，谢谢Channel V，谢谢MTV。"

"你要累，我们打个招呼就走吧，你这social劲儿也省得点用啊。"

正要找老牛时，任总接了个电话，说玉姐让咱们去楼下包间。我看一眼郝泽宇，他笑着说行，拉着我就站起来。

惊慌、失措坐在那儿，也不知道该怎么办，任总说你两坐着干嘛，下去啊。

失措特乖，说："老板说不让我们下去。"任总却不管不顾地拽着这俩人就下去了。

一下楼，刚入座，就发现角落处鸟总正抱着一个女孩啃呢。

我跟惊慌、失措耳语，"我终于知道你们老板为什么不让你们下来了，哎，那女孩是你们公司的吗？"

惊慌冷笑，"我说她怎么被老板力捧呢。"

失措还真变成手足无措了，"老板看到了怎么办，不好吧，要不咱们还是走吧。"

惊慌是个明白人，"这种全是大佬的小场子，我们平时哪有机会参加，既然来了，赶我走我都不走。"

失措显然也是这么想的，但碍于对鸟总的敬畏，却又想走，坐立难安跟中邪了一样。

大家都不理失措了，任总也觉得这女孩有点神经质，跟玉姐及几个大老板聊完事儿，就跟失措越靠越远，跟惊慌玩起了骰子。

郝泽宇正跟男明星锋哥聊天呢。我以前采访过锋哥，man到爆，巨爱老婆，就是有点恐同，帮他试衣服的服装助理有点娘，他把那小孩骂得够呛。

失措见大家都不理她，自己拿围巾缠住半张脸低头在那儿玩手机，突然又一惊一乍，跟我说："我男朋友要来。"

"他来干嘛呀？哎，你男朋友长什么样啊，帅吗？"

她翻出照片，我眼睛直了，哎，土帅小狼狗型，我的菜呀。

"我也觉得他长得还行，就是爱吃醋，天天电话查岗……"正说着，失措电话响了，说了没几句，就差点吵起来，我拉拉她裙角，示意她小点声。失措赶紧压低声音，"公司的人都在，你让我怎么走！"

她挂下电话，一脸不情愿地跟我说："我得去楼下接他，非要跟上来。"

我安慰她，"挺好的，我要有这样的男朋友，我才舍不得出来呢。"

失措问我，"我要出去了，还能回来吗？"她眼神渴望地看着那边，惊慌在任总的引荐下正和一知名导演聊得热乎。

"没事，门口的服务员都认脸，不行你发微信跟我说一声，我去接你。"失措恋恋不舍地离开了。

我上了个厕所，在这个过程中，我脑补了一下剧情。失措大概是小城市来的，眼界没那么高，也不会来事儿。跟男友住在一起，男朋友应该没什么钱吧，失措觉得自己挺漂亮，然而没什么出路，就在做网络主播，然后瞎碰机会，跟男友渐渐有分歧，可又舍不得分手，大概男友活儿好？然而俩人吵吵闹闹，接下来的剧情该如何发展呢？窥视着名利场的美少女，她将拥抱滚滚红尘，还是忠于爱情呢？请听我大福子为您娓娓道来……

脑中排演了三十集的电视剧，想得很爽。路过男厕所，听到我家郝泽宇的声音，我看四下无人，探头一看，喝醉的锋哥趁着酒劲儿，正吃我家郝泽宇的豆腐呢。

郝泽宇脸上带着尴尬的笑容，拼命躲，嘴里念叨着："锋哥……你别这样……锋哥……你喝多了……"

我热血涌上心头。敢动我的人！你不想活了！北京一一六中学1996~2000年女子铅球校纪录保持者，福子！即在下，从原地腾空而起，像功夫熊猫一样飞踢过去！锋哥顿时被我踹得七窍流血，跪在地上跟我求饶……当然，这是我预想的结果。

现实的情况是，我刚出腿，郝泽宇一拳就打在了锋哥脸上。锋哥往我这边倒，我伸出的脚没收回来，又给他踹了过去。依稀记得初中物理课上老师讲过作用力与反作用力，大概是这样吧，锋哥在两力夹击下撞地，趴在那儿不动了。我用手探了探他鼻孔，有气。

热血之后，我瘫坐在地上才感到后怕。我不是没打过架，关键是没揍过这么贵的人啊！郝泽宇马上反应过来，拉着我赶紧跑。

哎！关键时刻还是郝泽宇脑袋好使，他嘱咐我，别引起别人注意，正常走。我俩刚步行到门口，我就先绷不住了，撒丫子往前跑。

郝泽宇也被我弄得有点紧张，我俩竟一路小跑到了工体东路，刚开的CHAO酒店门口。

突然，我看到了点儿什么，一个急刹车把郝泽宇扑向角落处。

"怎么了？"郝泽宇把我拢到身后，我俩探头往前面看。

任总正搂着一姑娘进酒店，细看，那姑娘不是惊慌嘛。

郝泽宇放心了，长舒一口气，"我以为保安跟过来了呢。"

我有点义愤填膺，"他老婆走了有一小时吗？他在床上都不能坚持一小时，就敢把姑娘往酒店里领！"

郝泽宇扑哧一笑。

我有点生气，"你还笑！"

郝泽宇说："都是成年人，男欢女爱愿打愿挨，你现在还有闲心管别人？"

我回过神了，也是，我现在属于潜逃的犯罪分子。冷静下来，我问郝泽宇怎么办。

郝泽宇他低头，问我，"你鞋呢？"

我这才注意到，刚才跑得太快，我鞋都跑丢了。

郝泽宇有点惊讶，"脚都流血了！"

我心疼，"流血算什么！那鞋可是Christian Louboutin的！新买的！"

他大笑，把我背起来，"别哭了，我再给你买一双。"

在他背上，我眼泪都快掉下来了，"秀水街那家店都关了，哪儿去买那么真的假货啊！"

[四] 🏃

便利店只能买来袜子和创可贴，郝泽宇又把我背到任总开房的那家酒店，他刷脸从前台那儿弄来一双拖鞋给我穿上。脚伤与担忧催人肚饿，路边的一卤煮摊儿上，我疯狂进食。

吃完我那碗，我问郝泽宇，"你那碗还吃吗？"

他把那碗卤煮推到我面前，一边欣赏我雄伟壮丽的吃相，一边应付我十万个为什么。

"他醒了，记得你怎么办？"

"他醉得都把我当成鸭子了，你说他能记住我不？"

"真是，我白把他当性幻想对象了，竟然是个弯的——哎，那万一监控拍到咱俩呢？"

"咱俩跑出来时，我扫了一眼，走廊没监控。"

"外边万一有监控呢？"

"那种私人俱乐部，包厢门一关，干的事儿都挺埋汰的，还敢装监控？谁敢来啊？"

"照你这么说，他就白挨揍了？咱俩没事了？"

郝泽宇特郑重其事地问我，"你知道三大真理是什么吗？"

"啊？"

"地球是圆的、人生特没劲、打完人就跑——尤其是最后一点，简直是千金不换的至理名言，我用血泪的教训和经验换来的。"他跟我讲他过去打架的故事，好像什么英雄事迹一样，特骄傲，"套麻袋特别好使，我用过一回，参加选秀那会儿，一化妆师就对我们男选手动手动脚的，大家都不敢吱声。后来我忍不了，趁他上厕所用衣服把他头蒙住揍了一顿，他也不知道是谁揍的。庆功宴上我还跟他敬酒了呢，说哥，谢谢你一直照顾我。心里却骂你这个大傻帽，挨顿打都不知道谁揍的你。"

他支着头沉醉在回忆里，"以前我多棒，多有血性，现在完蛋了，遍地都是我哥我姐。我惹不起，人家想摸我就摸，想占我便宜就占。"他把烟头掐灭，"不过反正我无所谓呀。"

就见不得他这时不时的丧劲儿，我说："你今天也挺棒的啊，不也揍了那个伪直男一拳吗？"

"不一样，"他点了根烟，"我那是心里有气，他赶上了。"

我点头承认错误，"这事儿怪我，这局是不应该来，一屋子偷奸耍滑的，有事儿也没人替你挡着。"

"不是这么回事……算了，不说了，再把你吓着。"他突然鼓起脸，阴阳怪气地学我，"我们又不熟。"

我掩饰，假装特别大气，"我们都一起揍过人了，用你们东北的规矩讲，咱们也算是过命的交情吧，现在还不熟？"

他抿了抿嘴，又点了一根烟，看了看表。

"过十二点了是吧？"

"是。"

"今儿是我生日。"

我心里咯噔一下。这份工打得太不专业了，竟然连艺人的生日都不记得！在《时尚风潮》当助理时，我连媛媛姐大姨妈的周期都一清二楚呢！生日得送礼物，想想全身最值钱的就是我的贞洁及兜里彭松的车钥匙。我的贞洁……算了，我自己都送一万次了，车钥匙……就是彭松愿意，我还不愿意呢……

我还是博君一笑吧。我一拍掌，笑，"哎呀，你可真幸运，过生日能和福子在一起。你不知道，谁要过生日时，我要是在，一整年都是好福气呢……"

郝泽宇歪着头看着我满嘴跑火车，不相信，他说："那我福气可真差，我今年生日最想见丹姐，可今晚我才知道，她前几天就不在北京了……"郝泽宇笑着扯了扯身上的羊毛开衫，"这个是十年前丹姐送我的生日礼物。她那个时候还是个小编导，满世界找好看的小男孩参加她们那个选秀节目，她在哈尔滨的烧烤摊发现了我。后来参加比赛，丹姐就送了我这个，说是补给我的生日礼物，杰克琼斯呢，当时对我来说可是特贵的牌子。她说奶奶不在你身边，我就是你的亲人。因为这句话，我一直对她死心塌地的，来北京签公司，唯一的条件就是说啥都要让她当我经纪人。可这么多年，我发现，我能给她赚钱，我才是她亲人，不红了，我就是个商品，说把我卖了就卖了。我不怪她，好聚好散嘛，可是她连告别的机会都不给我，拍杂志是她接的最后一个工作，以为她会出现，结果没有。今儿你不是说她会来嘛，我就穿着她当年送的羊毛衫，想假装偶遇，好好地讲一句再见。今晚不是听任总说起，我都不知道她是前几天的飞机，已经移民加拿大了。我觉得挺好笑的，你说十年了，人的感情还不如一件衣服长久呢。"

我在接话方面一向很蠢，此时此刻我一句安慰的话都讲不出来。急死我了。

突然，我大脑亮了个灯泡。算是兵行险招吧，虽然我自作主张的惊喜最后总能搞砸一切。但来不及细想了，一个人连生日都不能开心，那命得多苦啊。

想到这儿，我心一横，站起来把他身上的羊毛衫扒了，他连忙捂住衣服，"干嘛呀？这反应还不如你吓着了跟我说不熟呢，兽性大发是吗？"

孔武有力的我把羊毛衫塞到路边的垃圾桶里，"这样的感情，不要也罢。"

我拉着他，"我也送你一件生日礼物，你跟我去个地方。"

"哪儿啊？"

"我家啊。"

郝泽宇愣了，跟小孩见鬼似的。我有意调戏他，说："哎，你怎么不问我送你什么生日礼物啊，来，问我啊！"

他问了。

我对着他，把西装打开，头仰着，闭眼，一脸陶醉，"我的身体。"

他咧嘴笑了。终于笑了。

〔五〕

我家四合院的门口，我拎着一身运动服出来，递给郝泽宇，"你先对付穿着，别把你冻着。"

郝泽宇接过来，乖乖地站在原地，套上裤子。裤子肥而短，他腿长而瘦，穿着跟七分裤一样，裤腰肥，他干脆在裤腰上打个结。穿着上衣，袖子可以当水袖甩了，郝泽宇的表情也挺复杂，羞涩而高兴，或者说是感激又不满，说："这生日礼物也太肥了。"

"你想要，我还不给呢！这衣服是我爸的，你明儿还得还给我，不用洗！"我从门后搬礼物出来，放到地上，"这才是给你的。"其实也不是什么好东西，就是在郝泽宇家我坐残的那把椅子。那天晚上回家，我又让车掉头把这椅子残骸给捡回去了。说礼物都有点儿牵强，其实是我给弄坏了的啊。

郝泽宇目瞪口呆地看着椅子，我有点不好意思，"能钉的，我都钉了，不过腿碎得厉害，钉不上的，我拿502给粘上了，手艺有点烂，只能看，不能坐……"

郝泽宇没说话，把目光转移到我身上，估计是吓的吧。哈哈，这是他人生中收到的最破的一个生日礼物吗？

我从兜里掏出一根白蜡，边点边说，"生日蜡烛这种洋气的东西，我家可没有，先拿这洋蜡对付着用吧。"呵呵，这蜡还是我姥姥葬礼上点的呢。

我把蜡烛粘在椅子上，托起椅子，对着郝泽宇唱生日快乐歌。

他目光灼灼地看着我，烛火映在他眼睛里，晶晶亮。

我让郝泽宇盯得有点尴尬，赶紧加速唱完后半段，然后说，"我也知道有点丢人，不过都进行到这儿了，你也给我点面子，许个愿吧。"

郝泽宇顿了几秒，说："下雪了。"

我抬头看天，"天气预报够准的。"

趁我伸舌头接雪时，郝泽宇把蜡烛吹灭了。

"啊，这就吹了？你许愿了吗？"

他突然说一句，"许了啊，我的愿望是，可以跳支舞。"

"别说啊！愿望说了就不准了——哎，你这什么狗屁愿望啊？"

郝泽宇笑笑不说话，双手插兜，看看天。

我突然明白过来，因为有个名人曾经这样说过。"初雪的夜晚跟心爱的人一起跳舞，多么浪漫。"——钮祜禄·福子。

这是今年北京的第一场雪。郝泽宇伸出手邀请我，我突然不知道怎么办了。作为一枚元气中年少女，现实从不遂人愿，有些浪漫，自己心里想想，我就挺乐呵了。还有人帮我实现？

我撒娇，说了一句，"哎呀，什么呀。"还像一般少女一样娇嗔地推他一下，但我忘记了我天生神力，他一个大男人被我推倒在路边。

他眼睛瞪得跟死不瞑目似的，"你跳舞怎么跟柔道似的。"

"还不准人家不好意思啊！"

郝泽宇舞跳得真次，配上我这个舞痴，我俩基本上就是拉着手瞎转悠，跟两大傻子一样。

初雪其实特矫情，落到地上就没影了，弄得地湿湿的，尘是泥，土也是泥，郝泽宇踩我脚好几次，弄得一次性拖鞋上都是黑印。

但我依然觉得很美好。即使眼前陪我跳舞的不是我男人，是一个以丧著称的男艺人，一个工作伙伴。即使明年我也够呛能找到男人，后年也悬。即使往后的人生中我依旧没什么出息，不会成为什么传奇，就这样平庸地活着。但面对这场初雪，我收起巴结的笑容，特认真地跟郝泽宇跳舞。

谢谢你啊，郝泽宇，等孩子问我，妈妈，你人生中啥时候最浪漫啊，我就说是2016年下第一场雪的时候。对不起啊，郝泽宇，我虽然会说起这一晚，但我也会把你的角色换成未来的孩子他爸。我知道，平庸如我，也只能找个平庸的男人嫁了，他有浪漫的劲儿也不会往我身上使。所以请容我把这一刻，移花接木到我之后寡味的人生里吧。这梦一样的闪光瞬间，能让福子再坎坷，都能笑着过完一生。

掌管风雪的神啊，你能让雪多落一会儿吗？就多一小会儿，我不贪心。虽然我现在想对着天空嘶吼：我真是个公主啊。我忘记把彭松的车开回来了！停车费得多少钱啊！

第六章

不红
何止让人受尽委屈

——.

〔一〕

　　我终究没把车钥匙还给我家小松子，过几天初中同学聚会，我得拿这车充场面。大学和高中的我不怎么参加，感情不深，当然最重要的，我在初中同学那儿不露怯啊。我初中那学校挺烂的，去那儿的孩子也是家里没什么能耐，自己没多大出息，毕业二十年，卖菜的卖票的开黑车的做小买卖的一堆，偶尔靠家里拆迁致富的，也没多大眼界。对比之下，一直从事祖国文化娱乐事业的福某人，我，简直高端到姥姥家。这是我每年仅有的横行时光，用这一次的欢愉，陪着笑，撑到下一年。

　　所以这次同学聚会，我嘴跟开了光似的，"哎，班长说得对，他俩真处过，我那阵子天天大半夜的接这女明星的电话，她跟我哭，说她想结婚，可这男明星却不离婚，我天天骂她，说她赔钱货。哎哟，我这怒其不争的，她又美又有钱的，当什么小三啊，我现在都不愿意理她了。"

　　"啊，早说你老婆喜欢那男主角啊，那你去年结婚我就把他给弄来了！他是我老铁！我上回搬家，你知道他送我什么？一床垫！十万块的床垫！送什么不好，还不如折现给我钱呢！再说他送我这么贵的，等他过生日我送什么？送车？我可真送不起！

　　"你真看得起我，我带的艺人不红，拍一个广告也就能拿一百万，我最多能抽二十万。我又不像你，家里好几套房子，我还得买房呢。可我一年就是给他接十个广告，我也才赚二百万，能干什么？三环买个厕所？

　　"别别别，你这种家庭幸福的，可别干我这个，能给你干离婚咯！我呀，天天游走在道德的边缘，中戏北电毕业的那帮表演系小男孩，天天往你身上扑，你受得了吗！你说你是睡还是不睡呢？睡吧，咱又不是那种白睡的人，你得推人上戏，被同行知道了，我这脸还要不要！不睡吧，人家那脸那肌肉，在你眼前晃悠，一口一个姐，摸手蹭大腿的，比坐牢还难受！"

　　你要问我，我往脸上贴金，不脸红吗？当然不脸红。我只是把未来的福利提前说了而已，也不算骗人。嘻嘻。

　　我炫耀得有点不知廉耻，我女同桌上学时外号德胜门，脸方如门，她问我，"哟，既然这么多抱怨，那就别干了啊，看你干得还挺有劲的。"

　　"那是！"我抒了一下情，说了点实话，"能成为明星的人，除了葛优黄渤这种珍稀品种，基本上都是极端好看的。啥叫极端好看？就是放在古代倾国倾城那种，我现在带的艺人就是四舍五入算起来也起码能倾个地级市吧，保不齐什么时候就因为好看万古流芳了，我说不定还能沾点光，一同被载入史册呢。"

有人问，"怎么记得？一百年后，教科书上，你照片还能被印上？"

我不满，"能不这么俗吗？能不能隽永一点？'曲有误，周郎顾'的故事，听过吗？周瑜长得太好看了，弹琴的女的都看上他了，可能这女的长得次点，弹了一晚上，周瑜愣是没意识到她的存在，这女的气得都弹错了，周瑜这下才看了这女的一眼。然后这女的就名垂千古了。"我对自己这段话十分满意，支着头，回味着，"我就觉得我家郝泽宇将来肯定特火，说不定将来的历史课本上就写着，郝君牛，福子亦牛……"

演艺圈现状能聊的也就那么多，很快大家就开始讨论房子啊车子啊孩子的教育啥的，就剩我一人在那儿独自抒情。这帮人，我说胡话，他们捧场，说点实话，他们就当我是疯子。好在没说一些更深的，要不然就破坏我今晚努力塑造的形象了。

其实最近我想的挺多的，不要脸地说，几乎上升到了哲学的角度。比如最近，我就老想，我存在的意义呢。我的人生平庸到用一百字就能说完，然而跟郝泽宇在一块工作的日子，我的生活竟突然丰富狗血多了。我要长得好看点，天生女主角人设，老天爷冥冥之中安排这些事儿，肯定是让郝泽宇爱上我的。但我是福子啊，这些戏份跟我不符合啊。

后来我想明白了，有一种电影，主角是小人物，讲的却是另外一个人的故事。比如《被嫌弃松子的一生》，由侄子的视角去看自己姑姑如何把自己作死的；比如《肖申克的救赎》，由黑人老头看入狱的主角，怎么找到希望的。按照这个讲法，我其实是个视角人物，我是在讲郝泽宇的故事吧，讲一个不红的明星如何在元气助理的鼓励下蛰伏成为巨星的。我想通了，我要为郝泽宇上刀山下火海。那其他人呢，比如我爸妈？算了，这故事跟二老没啥关系。彭松呢？郝泽宇的感情线？哈哈哈哈。如果这么想，老牛没准是郝泽宇的贵人。虽然按照目前剧情发展，这位贵人貌似泥菩萨过江的意味更浓些。但是令人喜闻乐见的是，他跟郝泽宇的关系终于逐渐趋于了缓和。

〔二〕

以前上网搜郝泽宇，出来的多数是寻人的帖子："郝泽宇是退出演艺圈了吗？以前不是还挺红的？现在在哪儿呢？"

工作室兼老牛住宅，老牛看着这些帖子，甜美地自言自语，"还能在哪儿呢？在本宫这里啦。"

牛姑姑打造郝泽宇的第一步，是给郝泽宇制造存在感。门户网站上，老牛买通编辑发满了他的旧杂志照。又找来一些做公众号的朋友，半威胁半利诱地夹带着一点郝泽宇的内容。当然少不了老牛最擅长的宣传稿：把郝泽宇跟一群当红艺人罗列在一起，起个《谁是最具有中国风的男艺人》《腐女最爱的十大男艺人》《天啊！男人画烟熏妆这么美，让女人怎么活！》这种风格的名字，发出去。

这样的攻势下，一家十八线的宠物杂志发出了封面邀约，连一向冷漠的郝泽宇都有点感动涕零，"我在宠物界这么红吗？"

我趁机编瞎话，"老牛可不容易了，说不让你上这个封面就要睡他。"

郝泽宇没听懂，"谁睡谁啊？"

"当然是老牛睡人家编辑，人家编辑吓得马上答应了。"

郝泽宇看看不远处的老牛，他正打电话跟10086吵架，穿得美艳绝伦，最近的愿望是瘦回200斤。郝泽宇感慨，"这个威胁确实挺狠。"

老牛回来了，大概吵赢了。他心情愉悦地随口一问，"有个线上直播，去吗？"

大概是习惯了郝泽宇的不合作，他也不抱希望，没等郝泽宇回话，老牛就自问自答，"不去是吧？行，那我回了。"

"去吧。"

老牛愣了，又问，"河南台有个音乐节目，在北京录……"

"唱歌啊？行啊，好久没唱了。"

郝泽宇上厕所去了，老牛问我，"他病了？"

我又开始邀功，"没有，他是良心发现了，被我说的。我说老牛为了你，都累瘦了，你能不能心疼点？他都被我说哭了……"

虚假的人气犹如肥皂泡，残酷的现实把这些都扎破了。

郝泽宇这次线上直播就露出原形了，来看的人有小两千，其中一千人是老牛买的僵尸号，当然没人送礼物，唯一一个送飞机的，还是老牛自己花钱来充场面的。

但这些无用的努力还是有效果的，郝泽宇录的那个音乐节目，在河南平顶山电视台深夜播出，唱了首"九九那个艳阳天来哎哎哎，十八岁的哥哥走到河边"，视频被某知名音乐大V在微博上转发了，转发量二百多条，留言多数都是："这歌真好听，这人赶紧出道吧！"

老牛的座右铭是："在哪里跌倒，就在哪里躺下。"他马上转换思路，人气不行，那就发单曲吧，询问了一圈音乐人的价后，老牛开始磨刀，我问他干嘛。他说准备把我肾割了，换首曲子。

然而郝泽宇保住了我的肾，他特不以为然地说："买什么歌啊，我自己能写，我其实是个音乐人！"

郝泽宇邀请我和老牛参加他们音乐圈的聚会兼作品试听会。

作品试听会在鼓楼一个脏兮兮油腻腻的酒吧，灯光不足，酒水便宜（假酒当然便宜啦），地方小，转个身就能跟隔壁无意间亲个嘴，周围人长得都一副很有才华的模样：穷、丑、脏。对比之下，我和老牛的盛装特低俗。

听了一首实验性音乐作品，我跟老牛更自惭形秽。我问老牛，"这就完了？"老牛更惊讶，"开始了？我以为音响坏了！"

再听一首，我心虚地问老牛，"这曲子啥意思？"老牛拭泪，"我想我二姨了。"

"我怎么听不出亲情来？"读过研究生的老牛就是高深啊。老牛说，"我二姨跳大神时，嘴里的吆喝跟这一样一样的。"

很快，我们郝泽宇上场了，不得不说，我们郝泽宇虽然不是国色，但在一圈没洗头的音乐家里面，脸好看得发亮啊。我和老牛跟粉丝一样尖叫，引起周围人侧目。

老牛捂着胸口，"我有灵感了，以后郝泽宇的宣传语就是男版龚琳娜，专做高规格的，专做其他人听不懂的……哎，你说要不要让他留长发留胡子？这样显得更艺术一点。"

郝大师不玩人声试验，玩电音的，其他的我也听不懂，主旋律取材《红灯记》里那句"奶奶，你听我说"，"奶奶奶奶奶"一直重复了一分多钟，其他人叫好，说特有魂儿，有种革命的感觉。我和老牛互看一眼，顿时从艺术的天堂落了地。不落地也不行了，我和老牛都快被吊死在上面了。

郝泽宇下来，一副成仙儿的状态，沉默是金。老牛这只老狐狸马上站起来说去吧台买酒，把夸他的大任放在我手里。

我酝酿了一会儿，冒出了一句，"这帮人也太不支持国货了，怎么都搂着外国妞呢。"

他解释，在中国做地下音乐的中国男的，很难认识质感特好的中国女的，外国女的比较天真。

我看着旁边几个鬼哭狼嚎的混血熊孩子，"我说地下跑的，怎么都是小洋人儿呢……"几句闲聊的空档，我还没想好夸他的方式，"哎，你怎么不找个外国女朋友？"

他挠挠头，"她们看不上我，觉得我不够纯粹。"

"我觉得挺纯粹的，尤其是你做的音乐。"说完这话，我都想亲自己，太有才华了，纯粹这词儿多好，好听难听都能用，中国语言就是博大精深啊。

郝泽宇一副"你是我知音"表情。

"但是吧……"我不落忍，话柔和一点，"这音乐好是好，但咱大众艺术水平太低了，接受不了……"

他脸色变了。我正要解释，那边老牛却跟人吵起来了，我们过去拉架时，俩人正可劲儿地骂对方没文化。

原因是老牛今儿穿了一件挺中性的山本耀司黑色毛衣，下摆到膝盖那儿。旁边的一疑似艺术家琢磨了一晚上老牛穿没穿裤子，忍不住搭讪，"你这衣服够朋克的，上面写的字儿怎么骂自己不是人呢。"

这件衣服贵就贵在毛衣中间绣着的"生而为人，对不起"这句话上，老牛的品位不容诋毁，他大翻白眼，"就是没读过太宰治，《被嫌弃的松子的一生》你看过也行啊，有没有文化！"

郝泽宇夹在中间，两边劝，"别吵别吵，都不是外人。"

那艺术家不满，"小郝，这胖子谁啊！"

"瞎说什么！这是我经纪人！"

对方恍然大悟，"我去，经纪人啊，不就是交易员吗！俗！市侩！"

胖、俗，是老牛最听不得的字眼。果然，老牛原地就爆炸了，"你有文化，我问你市侩俩字儿怎么写你知道吗？装什么装！我俗，但我有钱。你高雅？这一晚上我是听明白了，就这一屋子人，你们那破音乐，就一个字！穷！穷得连冈本都用不起，还想约姑娘那种！"

老牛迅速被群殴，我赶紧去挡啊。郝泽宇本来还要劝，结果他也急了，"女人你们也打！"哪儿有女人？哦，才回味过来，我是女人。

半小时后，我们仨扶着出来。还好都是艺术家，不经常锻炼，小时候估计也很少打架，虽然他们人多，但也不看我们仨是谁。老牛，一个二百多斤的东北籍胖子，体型占优势。郝泽宇，一个打小不好好学习，瞎胡混的东北籍艺校生，经验占优势。福子，我，北京土著大胖妞儿，初中时铅球校纪录保持者，技术占优势。

郝泽宇扶着我俩，"这群犊子！以后不跟他们玩了。"太棒了，还真怕郝泽宇被艺术得羽化归西了。

老牛看身上的山本耀司被撕坏了，心疼，"五千多呢！"

"我给你买！"郝泽宇特大气。

老牛鼻子哼气，"你给我买，这阵子你一分钱都不赚，拿什么买？"

郝泽宇笑，"你现在给我安排饭局！我现在就傍富婆去！"

"少忽悠我！我真现在就安排！"

"你安排我就去，谁不去谁狗癞子！"

都这么晚了，一个大概没完成业绩的健身房销售过来发传单，"先生小姐，要健身嘛？"

真没眼力见儿，光看到我跟老牛的块头，没注意我们一身杀气。本来没准备理他，谁知道他追着问，"我们还有舞蹈课呢……"

郝泽宇停下脚步，回头看他，"有孔雀舞吗？"

小孩愣了，"没有……"

"可我就想跳孔雀舞。"郝泽宇无辜地看着他。

〔三〕

对于东北人来讲，没有什么矛盾，是一顿烧烤不能解决的。还一起打过架？就算是拜把子了。

老牛深谙其道。从此之后，他对郝泽宇十分上心，又拓展了郝泽宇的发展方向：时尚。

于是郝泽宇被安排上了美妆节目。这美妆节目简直了，主持班底都是台湾的，一个掌舵，其他都吆喝，感觉挺没脑子的。拿手电筒照她们瞳孔，光大概能直接映在后脑勺上。

老牛正在外边跟制片人套近乎呢，我在台下看着，心里正说着女主持人的坏话，没想到转瞬被拉上台了。

女主持把我脸掰向镜头，把头放在我旁边，"让观众看一下，保养和不保养的区别，你看她啦，眼角这么多皱纹，再看看我的眼角，有皱纹吗？有皱纹吗？"

"有啊。"郝泽宇悠悠地说了一句。

我事后埋怨郝泽宇，太不给人家面子了，人家毕竟上过《康熙来了》。

他说："瞧她一脸褶子，我一见她，差点跪下管她叫妈，"停了停，又有点气愤，"她谁啊，你是我的人，凭什么用你！"

我心里热乎乎的，"你是我的人。"已经很久没男人这么跟我说了。啊，爱郝泽宇！我要成为他的脑残粉！

下一场通告是拍宠物杂志封面，为了增加气势，老牛更是斥巨资租了保姆车。

我坐在车里，跟郝泽宇后援会的会长在微信里交流，上回转发微博送十张签名照，五张没送出去，剩下五张全是我俩的小号抽中，会长正忧愁怎么办呢。

突然，她发过来一顿叹号，"滕子君死了！"

"谁？"我回。

"选秀时跟他组CP那女孩啊，他俩关系特好！"

想起来了，是有这么一个人。我上网查新闻："艺人滕子君在上海坠楼身亡。"

我看看郝泽宇，他正噘着嘴吐烟圈呢。我叫他："小宇。"他往我脸上吐一个烟圈，特幼稚。

"滕子君你熟吗？"

"老滕啊，怎么了？"

"她好像死了。"

他作势要扇我巴掌，"别瞎说，我死了她都不能死。"

郝泽宇见我没说话，脸色一变，赶紧翻手机。我们仁人都扎在自己的手机里看新闻，老牛看完新闻，冒出一句，"抑郁症啊。"

郝泽宇突然笑了，像说一件好笑的事情，"跳楼多疼啊，老滕你真舍得。"

我带郝泽宇之前，曾经上网做过关于他的功课，寒武纪一样久远的娱乐新闻里，出现过滕子君的名字。

选秀比赛刚结束，郝泽宇最火的时候，被拍到跟滕子君在机场勾肩搭背，他特大方地回应，"没事的才搂着，有事会刻意保持距离，以后我会见人就搂。"

另外一组八卦就复杂得多。某女明星上节目时哭诉，明知道她对狗毛过敏，拍对手戏的男演员天天蹭一身狗毛来现场。网上有人说这男演员是郝泽宇，网友就开始骂他。后来有人又爆说郝泽宇这是追求未遂，因爱生恨，网友又骂他不要脸。新闻闹得越来越大，记者就求证，郝泽宇说太看得起他了，当小三这么不要脸的事儿，他干不了。后来就有人说，郝泽宇这是骂女明星呢，这女明星当年抢了滕子君的男朋友。大家又转而骂女明星是绿茶，赞郝泽宇是中国好蓝颜。

有记者也问过滕子君，你跟郝泽宇就没有发展的可能吗？滕子君的回答特帅气，"友谊这么美好的事儿，就别让爱情这种不靠谱的东西给玷污了。"

记者把这话传到郝泽宇这儿，郝泽宇笑说："谁说没可能啊，我跟她说好了，等我俩五十岁都没人要，我俩就领证一起过。当然了，如果我俩能活到五十岁的话。"

彼时的我马上搜索了滕子君的照片，长得漂亮真是占便宜啊，我当年还想让篮球校队的中锋当蓝颜知己呢，结果只换来人家拿篮球给我一顿砸，哎哟，疼得我。

滕子君的蓝颜知己郝泽宇，现在心应该很痛吧。此时应该配乐，黄格选的《伤心是一种说不出的痛》——黄格选是谁？你祖宗！九零后今年也二十多了，少跟我装年轻！

我特意自费去前台买了杯咖啡，给郝泽宇端过去。哪想着他在化妆室跟老牛大聊白莲花的八卦，我把咖啡放在他手边，摇摇头。这孩子一向嘴严，现在却聊八卦，这内心得多难过。我打断这一切，问郝泽宇，"你听过这首歌吗？"我一脸沉重地给他唱，"伤心是一种说不出的痛，心中的泪……空中的雨……"老歌真好，歌名总在歌词里，好记。

郝泽宇愣了，看看老牛。我继续说："我懂……你要难受，就哭出来吧。"

郝泽宇笑了，指着我，跟老牛说："我就说福子要搞这一出吧。"他把脸转向我，"你干嘛呀，非要逼我哭，你才爽是吗？"

哎，这孩子肯定是心碎了，怕我们担心。我刚要张嘴，老牛说："我看你是闲的吧！出去干活！"老牛把我拎出化妆室，劈头盖脸给我说一顿，"都成年人了，非得哭天喊地的才真心吗！你要同情心泛滥，你去卖肾给贫困山区建一所希望小学啊！"

"可……"我心有不甘，我体贴还体贴错了！

"可什么可！人家对你和善点，你就蹬鼻子上脸了？摆正你的位置，关系再好，他也是艺人，你就是个助理！连朋友都算不上，就是一最熟悉的陌生人！"

我看了看表，微笑，开始不怀好意地唱，"终于等到你，还好我没放弃……"

"你哼个屁，猪下崽啊，老娘还没骂完呢！"

我心情愉悦地提醒他，"我是替咱妈唱她的心声呢——您相亲的点儿到了。"

老牛立马没声了，这几天，相亲是他的痛点。牛妈依然没放弃老牛结婚的梦想，这几天从齐齐哈尔杀过来，天天架着他见各种适龄女青年，如果他不去，牛妈就要原地核爆炸。为了世界和平，老牛只得含泪答应相亲。

老牛临走时，仍然不放心，问我，"今天这身儿怎么样，仙不仙？"

"母！都快仙瞎我了！"

"那我就放心了，不过现在你们女的是不是瞎啊，我都故意打扮成这样了，还有人能看上我，想搞实验是吗？"

独自主持大局的我，去摄影棚看郝泽宇今儿拍的衣服，奇了怪了，都是女装。编辑说穿你们自己带的衣服就行，今儿拍摄简单。封面其实就是个大型招商广告位，明星穿的、戴的都是广告位，我前东家《时尚风潮》就特不要脸，拍个封面，连洗发水厂商都能要来赞助款。这宠物杂志可真够高风亮节的，赚钱的机会都不要。

我长了个心眼，转头去服装助理那儿要了他们内部的拍摄流程表，发现郝泽宇排在后面，拍摄时间就给了二十分钟。二十分钟就能把一套大片拍完？拍证件照呢？

我偷看旁边化妆室，编辑正跟某电视剧小花旦热聊呢。呵呵，这待遇，别说拍封面了，封底都轮不上吧。给老牛打电话打不通，我回化妆室，发现还没开始化妆呢。我压住火儿，跟编辑和颜悦色地又要求了一下，化妆师才到。

那后娘脸，拿着比郝泽宇肤色深两个号的粉饼，灭火似的往他脸上扑。

我问，"是要拍非洲特辑吗？"

他没好气，"要不你来？"

郝泽宇却不在意，"深一点挺好的，爷们。"

让化妆师做头发，他也叽叽歪歪的，说只让他化妆的，没让他弄头发……

郝泽宇两眼不观窗外事，一心只玩阴阳师，连个脸色都没摆。嗯，主子不好说话，现在是不是该关门，放福子了？得，那谁都别过了！

我跟化妆师说："行了，不用您干了。"掏出十块钱塞到他手里，"这是您的辛苦费，够吗？不够我再给您两块。"

化妆师当然要闹，编辑刚巧过来，忙问怎么了。

我没理编辑，直接跟郝泽宇说："现在有两个选择，第一个，咱们现在走。第二个，待在这儿，继续拍，但我跟你保证，这绝对不是封面，我估计你出现在杂志里，就一张明信片篇幅……"

编辑叫屈说哪有的事儿啊，我大骂她一顿，"你糊弄谁呢！你家拍封面连衣服都不准备？你家拍封面只拍二十分钟？你家拍封面连个化妆师都不给配？你瞧不起我家艺人不要紧，但你不能瞧不起我！我干杂志的时候，你还没破处呢！告诉你，我在这一行的资历不能让你过得更好，但我完全能让你在杂志圈消失，敢得罪我？你还是赶紧收拾行李滚回你老家……"啊，如果真这么骂，多爽啊，我真这么有血性就好了。

现实是，化妆师依旧在啰唆，可我不敢得罪他，还大讲自己被永康劈腿的糗事逗这位爷开心。后来等了俩小时，郝泽宇被各种怠慢，我敢怒不敢言，他今儿的脾气也特好，一直笑，笑到最后，连原本冷漠的摄影师也不好意思只拍二十分钟，他让郝泽宇又换了套衣服，多拍了几组。

这时，老牛才姗姗来迟，带来两个消息：这次相亲的姑娘没看上他，万幸啊；这期封面的确临时换人了，主编嫌郝泽宇不红，换了那个电视剧小花拍封面。但他们答应用两期内页拍摄加三篇软文的篇幅补上。

〔四〕

嘴硬的老牛，当然不会说这是他的失误，他只是大讲他是怎么跟编辑发脾气，然后极力争取到了多少东西，叭啦叭啦的。我不好意思替郝泽宇委屈，我自己也够怂的。

送郝泽宇回家，他下车时外边下雪了，他拎着箱子的背影特可怜，我母爱被激发了出来，让老牛先走了。我跟着下车，说什么都要把行李箱给他抬回家。郝泽宇当然跟我客气，说不用。

"你是巨星，巨星怎么能自己抬箱子呢？

郝泽宇又笑了，意味深长地看我一眼，说："福子，我真没事。"

"我没说是滕子君的事儿啊。"

他缓了一会儿，才挂上一个安慰人的笑，"不就是个封面嘛，这种事儿我早习惯了。"然而还是有事儿，回家后我帮他收拾行李箱里的衣服，他发现一条MC QUEEN的围巾无缘无故不见了。

他把箱子翻了个底朝天，又几乎拆了衣帽间，那执着的劲儿，很像我把他奶奶的椅子坐碎了，他疯狂要修好的样子。

我小心翼翼地问，"那围巾特珍贵吧，谁送的？"不是滕子君送的吧？

我迅速脑补了剧情。"最后一次见面，好友滕子君送郝泽宇一条MC QUEEN，今天郝泽宇莫名其妙地翻出来，然而得知她去世的消息，这条围巾又莫名其妙不见了，啊，也是，送的人都没了，礼物还留着干嘛，郝泽宇十分难受……"

哪想着他说围巾是自己买的，一次都没戴过呢。哎，我刚才白感动了。

他发着狠，"今晚我必须找出来！"

"没准落摄影棚了。"

我打电话问编辑，他们早走了，又打电话给摄影棚，那边没人接，我说："别找了，明儿我给摄影棚打电话，家里没有，肯定落那儿了。"

郝泽宇崩溃地坐在椅子上，问我，有烟吗？

我摇头。

他在烟灰缸里挑出一个较长的烟头抽，又想起什么似的，吐烟圈，自己最后都笑了，"福子，你觉不觉得现在特电影。"

"啊？"

他看着窗外的雪，"在这个下雪的夜，一个没有安全感的美少年……多电影啊。"

我笑，开始收拾地上的衣服，我提醒他，"你卸个妆洗个澡吧，今天晚上你不是约了朋友吃饭吗？"

"哦，差点忘了，"他站起来，掐灭烟头，自嘲，"我明明是朝阳区最大方的男孩，却被一条一千块的围巾击倒了。"

我摸摸他的头，"你别找了，找东西跟找对象一样，你越想找越找不着，说不定你睡一觉后，就蹦出来了。"

雪越下越大，我央求出租车师傅先别按表，在摄影棚外边等我一会，这雪下的，不好打车。司机特不情愿地答应了，我小跑进摄影棚，在化妆室翻了翻，地上连一张纸片都没有。

出来时，前台回来了，特没好气地问我干嘛的。我说拍片时落东西了，见到一条围巾没有？骷髅头的？她说没有。

我心里开始怨自己，没事抽什么风，明天一个电话就能解决的事儿，偏偏要今晚冒着大雪跑过来，白来一趟吧。行，既然找不着，我也心安了，待会吃饭去吧。

转身离开时，保洁阿姨正拉着一塑料袋垃圾出门，拉得费劲，我看不过眼，帮她拉一下。也许是太在意那条骷髅头围巾了，我一个眼花，阿姨的脖子上都能有骷髅头出现。啊，真要吃点什么了，都饿出幻觉了。脖子上有骷髅头纹身的保洁阿姨，多魔幻啊，简直可以写一篇小说出来。阿姨跟我道谢，嗯？不是幻觉，阿姨脖子上真围着一条MC QUEEN的骷髅头围巾。这混蛋的围巾！让我现在还没吃饭的围巾！阿姨倒是实诚，说是捡的，以为没人要，二话不说就还给我了，我有点过意不去，给阿姨塞了一百块钱。

我百感交集，不敢相信自己的好运气，赶紧回出租车上，没开几步，一香河肉饼店还开着，我又央求师傅再等我会儿，买了一个香河肉饼回来，热气腾腾的，一车的香味。哪知道师傅闻不了这味，直开车窗，我也不好意思吃了，捂着诱人的肉饼到怀中，把围巾都捂热了。啊，饿得我耳鸣眼花，联想颇多。

亦舒在《喜宝》里写，喜宝在梦里，恍惚接到爱人的信，她舍不得拆，先把信捂在怀里，捂热了才看，跟我捂这香河肉饼似的……啊，这不是喜宝做梦吗？现实中她是被包养的剑桥女学生，挺不招人稀罕的，劲儿劲儿的，被包养也要有被包养的道德吧，但她天天勾引德国帅哥教授，人家金主都提醒她了，她还继续勾引，终于把人家帅哥勾引死了，多浪费啊，给我啊……

胡思乱想着，时间很快过去。到了郝泽宇小区门口，保安不让我进去。我给郝泽宇打电话，问他去跟朋友吃饭了吗，在哪儿呢，他说在他家楼下某个茶餐厅吃饭呢，问我怎么了。

"我没事啊，就是给你个惊喜。"

郝泽宇在餐厅里很好找，神采奕奕，我懂，丧劲儿只留给自己人看，在外人面前洒满阳光。啊，这样的郝泽宇看到围巾后应该会很感动吧。

咦，他朋友长得，怎么说呢，我刚看他一眼，连我俩的孩子在哪儿上学，我现在都想好了！完全是我的理想的孩儿他爸呀！我偷偷补个妆，我预想接下来的两小时肯定特愉快：郝泽宇感谢我找来了围巾，留下我一起吃饭，然后把我介绍给我未来的孩儿他爸……啊，一条围巾换一个生育对象，太值了！

哪想着走近时，恍惚听见孩儿他爸说太胖太胖了。啊，孩儿他爸，别这么说我们家郝泽宇啊，他可不胖。更近一点，才发现，他正拿着郝泽宇手机看我照片呢，还皱着眉头说："你能不能换个美女当助理啊，你这助理跟头猪似的，太恶心了。"我一愣，突然决定不跟他生孩子了，竟然背后说我坏话！

郝泽宇笑笑，没接话，转头却看到我，脸上绽出笑来。我假装没听见刚才那话，拿出带着香河肉饼味儿的围巾。郝泽宇对围巾不怎么在意，却心疼我跑了那么远去摄影棚找，说一条围巾而已嘛。

我刚要摆大方说是顺带手的事儿，谁知道他把围巾围到我脖子上，送我了，"反正刚才我从网上定了十条，这回丢了多少条我也不怕了。"我哑然失笑，敢情刚才我白跑一趟呢。

"你坐啊，吃饭了吗？"

我赶紧说："吃了吃了！"其实我想说的是，你怎么老问我吃饭了吗？我是因为适合吃饭而被派到人间的吗？

孩儿他爸也挽留我，"点了一大堆菜呢。"怎么，我就只能吃你们剩的啊。

但现实是，我只是特豪爽地说："不用不用，你们继续聊，回见。"

我转身出门，郝泽宇追过来，说要送送我。他没穿外套，我赶紧让他回去，冻感冒了怎么办。

他说："没事，我觉得我最近脂肪多，抗冻。"

我说谎说我开车来的，就在前面，我把他赶回去，走向我口中停车的地儿。没有车，下雪打不着车，我还没吃饭，天这么冷。我把手插进兜里，戳到一软鼓鼓的东西。啊，肉饼！香河的骄傲！救我命的香河肉饼！可肉饼怎么这么凉呢，刚才不还热的吗，我吃了几口。

这时候手机响，老牛的声音听上去特别喜悦，"福子！郝泽宇要红了！"他说滕子君死了，其他明星都发微博，郝泽宇没发，网上都在骂他呢，评论好几万条呢！微博实时搜索第一名就是"郝泽宇为什么不发微博"。老牛说给郝泽宇打电话了，郝泽宇闹脾气说他不发微博。

"不发就不发了，你以他的口吻写点什么，反正他微博密码咱们都有，你就偷偷晚上发上去，尽量写得有情有义一点哈。"

挂下电话，我嚼着肉饼，一张嘴，雪都灌到我嘴里了，突然觉得挺没劲的。爸今晚还炖牛肉呢，我为了找围巾都没吃上，围巾找到又怎么样？给我涨工资吗？郝泽宇领这个情吗？滕子君死了，他还买了十条围巾庆祝！还让我白跑一趟！福子你是在干嘛？准备当感动中国十大人物吗？我埋怨自己，肉饼扔到雪地里，脖子上围巾也扎眼，一块扯下来，扔到雪地里。什么MC QUEEN！不就是印着骷髅头的破围巾吗？还卖两千多！抢钱啊！设计师活着的时候，你们说这些骷髅头什么玩意啊，他死了，你们又觉得这些骷髅头特好看，疯抢！真没良心。

因为太气愤，我霸气走到路旁一家餐馆，意大利餐厅？贵怎么了？今儿不过了！我把肉啊海鲜啊贵的都点一遍，服务员问我不点前菜汤啊沙拉吗？不点！我又不是羊！吃什么草啊！

服务员问我点什么酒？谁要喝葡萄酒，一点味儿都没有！顾客就是上帝，上帝要喝啤酒！这儿没有啤酒？快给上帝买啤酒去！我啪的一下把信用卡掏出来，服务员被我的气势震慑，赶紧去给我买啤酒了，我瞪着落地窗，呆成一座雕塑。

外边雪越下越大，车来车往，一条带有骷髅头的MC QUEEN围巾在路上翻滚，而我坐在名贵的意大利餐厅，又豪气地不看菜单点了一堆好菜。啊！真有一种焚琴煮鹤的快感！

此时，我终于知道我为什么这么生气了。你朋友说我像头猪，郝泽宇你竟然笑着默认了？真不够意思！我们可是一起跳过舞打过架的哥们啊！把愤怒溺死在食物里吧。

然而再大的愤怒面对结账时两千多的账单，也立马颓了。两千多？都够买条MC QUEEN的围巾了，可这两千多我吃肚子里了，那两千多我刚才扔在雪地里了。我后悔了，得回本啊。我肉痛地结账后赶紧跑出去找围巾去，扔围巾那地儿白茫茫一片真干净，只留下我悔恨的心。

看来我真不适合发脾气，这一顿脾气发的，小一月工资没了！

〔五〕

回家就发烧了，爸给我找药，妈又嘟哝，嫌我这工作下班没个正点儿，一月赚不了多少钱，天天瞎折腾，不如辞了回地铁卖票去。

吃了感冒药，我裹着被子迷迷糊糊睡着了，睡到半夜，烧得我嗓子冒烟，我开台灯。

"渴了啊？"姥姥突然出现了，吓我一跳。

"姥姥！您下回显灵能不能提前打声招呼啊？亲外孙女也扛不住你嘎嘣一下就冒出来啊！"

"这不看你生病，下来看你嘛。"

我还生着气，"来也不给我弄杯水，就看着我在那儿烧！"

姥姥下巴指指床头柜。床头柜摆了一杯水，我一摸还温着呢，我有点感动，但嘴上还不饶人，"你们上面的管理可真差，死了的老太太没事就回来吓唬人。"端起水杯，一饮而尽，哟，还是蜂蜜水呢，"这还有点姥姥样儿。"

我脑洞大开，"姥姥，你现在都能变出水了？我围巾丢了，你能给我变回来吧？"

姥姥撇嘴，"我要能给变，那就真闹鬼了。水是你爸给倒的，你这一发烧，你爸都没睡好觉，往你这儿跑好几回。"

我喝完水，还是觉得头晕，把头靠在姥姥肩上，"姥姥你可真没用，"手硬伸进姥姥的胳肢窝，"给我暖暖手。"

以前的大杂院点炉子，冬天可冷呢，我手老生冻疮，姥姥就一抬胳膊，把我手塞下面，可暖和呢。姥姥身体还像以前那么暖。

我叹了一口气。"难受死了……"

"哪儿难受啊？身子难受，还是心里难受？

"都难受。"

"有什么可难受的？"

我不服气，"姥姥你就是站着说话不腰疼，我这样好性子的，都气得吃了两千多块，要是换成你这种暴脾气的老太太，你肯定气得活回来……"

姥姥把我拍到床上去了，"我可不气，我有脾气当人面发，可不在背后抱怨人家！人家怎么你了？你这工作，就是伺候人的活儿！其他角儿对着下人非打即骂的，那个东北小尖孙把你当成个人一样对待，你就矮子想登天，不知道天高地厚啦？大雪天给他找东西，这不你分内的活儿吗？你还委屈了？你记住了，找围巾是你自己要找的，人家可没让你干！你要干了，就别图回报，咱家女的可没那么矫情！"

我嘴硬，"可他朋友说我是猪呢，他还不帮我说话！"

"我还说你是猪呢！你妈还说你是猪呢！你自己还嬉皮笑脸地老说呢！别人说就不行？再说了，是人家说你吗？他哥们说的，怎么了，还得让人家打他朋友一顿给你出气？还有，人家围巾没了，再买十条怎么了？人家要是不买，那么贵的围巾能到你手里？"

"我不稀罕！"

"瞧你那阳奉阴违的样儿，前脚收到了一脸笑，后脚就给人扔雪地里。后悔了去找，找不着还冻感冒了，你还有脸难受？这怪谁啊？还不是怪你自个儿把鼻涕往脸上抹——自找难看！"

我把脸捂在被子里，不吭声了。姥姥说的都对，其实我也是这么想的。

姥姥把被子给我盖上，恨铁不成钢，"你就是怂惯了，发脾气都不在点儿上。"

"可惜那条围巾了，就那么丢掉了，两千多呢。我一辈子都没用过那么好的东西，不应该要的。"我蔫蔫地说一句。

姥姥没头没脑地跟我说一句，"要不你给他织一条围巾吧。"

"啊？"

姥姥振振有词，"两千多就一块布，这大冬天的，围着也不暖和。我看啊，人家对你也挺好，咱亲手织个差不多的，上面也有骷髅头的，就当赔礼道歉了。"

我觉得姥姥说的话挺对的，又觉得不太对，干嘛要送围巾呢。不过我现在也知道，这是个梦，能在梦里看到姥姥，祖孙俩人说点话，我就挺高兴了，也不指望姥姥说话严丝合缝的。

姥姥说："我该回去了。"

"姥姥，哄我睡一会儿再走吧。"在梦里，我有资格撒娇。

姥姥拍我，"水牛儿，水牛儿，先出犄角后出头……"

我不满，"不要这个……"

姥姥的脸越来越模糊，换了首，"天长了夜短了，耗子大爷起晚了。天塌了地陷了，小花狗儿不见了……"

我渐渐眯着了。但还有意识提醒自己：明儿醒了，上网看看好点的毛线，妈那儿还有毛衣针吧……

恍惚间，我听到姥姥笑了，"傻福子，还不知道自个儿为什么生气呢？"

为什么？咣当一声，我坠入睡眠的深渊。

第七章

你看，
　你看，月亮的脸

．———．

〔一〕

在杭州参加完滕子君的葬礼，我们赶回北京。

葬礼没什么可说的，悲痛而平静。哦，忘了说，郝泽宇笑了一下被拍到了，这一笑激起了千层浪。本来滕子君死时，他没发微博，就有挺多人骂他的。滕子君的葬礼上，他还敢笑？照片传到网上，原本帮他说话的人也觉得他这人太薄情了。

顿时，他的最新微博评论数超过十万，各种咒他死的话题每天也乐此不疲地被开发出来。自诩正义的键盘侠甚至去骂他关注的人，我和老牛当然也被人肉出来。

因为老牛的微博一直骂白莲花，又把白莲花粉丝引入战局，甚至老牛的母校——北师大的官微——也不能幸免于难。

对比之下，我的下场还行。我前东家《时尚风潮》的官微被骂几天后，终于正式发表声明，说我早就因为工作能力不足被开除了，现在跟《时尚风潮》毫无关系。这把我感动的，前上司莎莎姐在《时尚风潮》工作了十多年，官微上都没出现过她的名字，我这个小助理竟然上了前东家的官微，命真好！

我这么厚脸皮的人当然会过得好，然而郝泽宇史无前例的"爆红"，老牛各种公关压不住，他失心疯地决定不回北京了，要去灵隐寺出家。

我劝他半天，最后说灵隐寺不是尼姑庵，你这样美貌，出家后日子也不会平静的，更六根不净了。终于劝住了他。

一人吃了四人份的麻辣香锅后，老牛缓了过来，觉得现在也没什么，别人都是红到发紫，咱家红到发黑，也是一种千金不换。

至于郝泽宇，这几天感冒了，人虽然蔫儿，但精神头不差，拿着一个小本比比画画的，更让我高看一眼，原来抗压能力这么强。

我心大此时成为了优点，老牛也忍不住问我："你就没愁的时候吗？"

"愁什么？有饭吃，有觉睡，今天有什么可愁的，反正明天会更惨。"

回北京的飞机一落地，天就特嘚瑟地猛撒头皮屑，后面的航班都因为暴雪延误了。

出关，好多媒体的长枪短炮围过来，我本想蹭在前面抢镜的，哪想着老牛抢镜的功力比我更深厚，怪不得他下飞机前换了一身衣服。

见媒体围过来了，老牛把行李箱往我身上一抛，拎着见客用的BV包，稳稳地抢在镜头中心，说："我们暂不回应……"

此时，一个扎小辫的女生跑来，一边破音尖叫，"你给我去死！"一边向郝泽宇泼来一瓶黄色液体。还好液体没落到郝泽宇身上，半途就落地了，直接洒了老牛一身。

在场人无不目瞪口呆，媒体兴奋地猛按快门，马上丢弃毯星老牛，又来拍郝泽宇。

此时，我觉得应该配乐——《感恩的心》。好在没抢过老牛，否则被泼一身尿的就是我了，感恩！郝泽宇没被泼到，要不然他以后该怎么混啊，感恩！郝泽宇又要上头条啦，虽然这样的头条没人想上啊，感恩！好在只是尿，万一是硫酸呐！老牛的花容月貌怎容有失？感恩！

老牛眼疾手快地就把泼尿那小孩制伏了，我们去机场安保协查了一阵子，就出来了。

一堆话筒凑过来，本来要让老牛换衣服来着，但老牛不换，把话筒扒拉到自己面前，以外交部发言人的口气，答记者问，"绝不接受和解！强烈谴责由网络暴力引发的现实暴力！我方保留法律诉讼的权利！"

有记者问，"你们最近天天有新闻，是不是炒作啊？"

依然带着骚味的老牛再也忍不住了，靠近那记者，"炒作有用尿炒的吗？炒完了你喝啊！"

记者捏着鼻子，服了。

当然，老牛作为经纪人的优秀，还在于他的判断力，上飞机前，他预料到得面对记者的长枪短炮（飞来横尿这事儿当然没想到），他打电话遥控，弄来一辆巨星标配的GMC保姆车以壮声势。

这让我们上车时十分有面子，好像郝泽宇多红似的，好像牛美丽娱乐有限公司背景多雄厚似的。豪车果然豪，有电视，有冰箱，冰箱里还有香槟——老牛让我别乱动，这车他就租了仁小时，酒水另算。啊，在机场时耽误了俩小时，就剩一小时可以享受了！怎能错过，赶紧补妆，自拍了一千多张，顺便劝老牛把衣服脱了，换件干净的。

老牛不理我，拍自己带着尿味的一身衣服，发到微博上，内容是："助理让我把衣服换掉，我说不，这件带尿的衣服，对于一个北师大中文系研究生来说，是耻辱；但对于一个经纪人来讲，是军功章。何止是尿，就算是有人泼卸妆水，我也会奋不顾身迎上去，因为没有什么比我的艺人更重要。"这条微博在五分钟内留言突破了一千，大多数人都怒赞老牛。好多人纷纷@他们偶像的经纪人，说看看人家怎么做经纪人呢，再看看你！

手机备忘录响，上面写着服药时间，我从包里拿出一堆药，先找出郝泽宇的药，给他递过去，再找出我的药。翻翻包，就剩一瓶水了。我把药强咽下去，把水递给郝泽宇。

郝泽宇看到，"你喝吧，我药早就咽下去了。"

我俩好似在举行排球大赛，这瓶水就是球，我们说啥都不愿意把水放在自己手里。哦，排球比赛又混合着吃药大会：我俩比着赛似的咽药，以此证明自己不要这瓶水。

老牛实在忍不了，从冰箱里掏出一瓶水，扔给我，说这瓶水他掏钱，我俩这种没读过大学的人，就别在这儿学孔融让梨了。

嘿，可以说郝泽宇，但这么说我，我可有点不乐意了，凭什么说我没读过大学？我们母校大小也算是个野鸡大专！我可爱我们母校了！而且我们毕业生可有出息了！以前天上人间的头牌，还是我们学校的呢！带着这种怨恨的心理，当老牛让我把包里的香水借给他时，我干脆把包扔过去了。哼，虽然我脸上还是带着谄媚的笑，但我一定要用实际行动，捍卫我们母校毕业生的尊严！一定要砸中老牛！

结果，包的拉链没拉，包里东西掉了一地。哎，好在包里东西多，要不然香水就碎了。

郝泽宇帮我收拾东西，拎起来一团毛线混合物。

老牛惊讶，"哟，还会织毛衣呐？你这织的什么呀？"

郝泽宇辨认半天眼前的图案，"熊猫？"

老牛笑得都失态了，"我看是熊瞎子吧！"

我心里骂道，你们这帮瞎子，这明明是MC QUEEN的骷髅头啊！

是，没错，我在织一条围巾。哎哎哎，同志们，我顺带手织的，不是故意要织的！

那天我睡到下午，醒来后，想起姥姥在梦里说的，我也觉得太好笑了，本来把这事儿都忘了，哪想着爸在厨房里煮山楂，说今年不知道怎么了，山楂下来的特别早。

妈嘟哝说大福子又不是小孩了，做什么糖葫芦啊，一边又找来毛线针。毛线针？哦，爸做糖葫芦，就爱拿毛衣针当糖葫芦杆儿。

妈又说张家二闺女，在街口开的那家店要兑出去了，毛线打特价呢，要不要给小松子织件毛衣……

后来呢，路过街口，我顺手买了一堆毛线……没事我就织织……去上海参加滕子君葬礼，我想空闲时间这么多，趁着大家不注意，我就织着玩吧……嗯，一定是姥姥怪力乱我神！一定的！

虽然大家不知道我为什么要织围巾（甚至他们都没认出这是围巾），但我仍然脸红了，给自己找理由，"现在厂家多黑心啊，一个粗线毛衣两千多，我自己也能织……"

"毛衣啊？袖在哪儿？"郝泽宇翻来覆去地看。

"不是毛衣，是围巾！我先练练！"

我跟郝泽宇之间的空气突然凝固了一秒。郝泽宇看我一眼，眼里忽然多了一份温柔的诚恳，"福子，看到这个，我突然想起来，我丢围巾那事儿，你记得吧？"

"记得啊，"我把毛线混合物抢过来，"这围巾可不是给你织的！"

郝泽宇没看出我的慌乱，继续说："我找围巾的时候，跟疯了似的，是不是吓到你了？"

我假装大度，"哎，吓着什么呀！我丢东西也那样。"

他却解释起来了，"我这人，就怕两件事，一是东西丢，一是东西坏。不在乎它值多少钱，只是会觉得，一样东西吧，它来到我身边，就是我的物件，总应该对它负责，应该看好它。这可能是没有安全感的表现吧，怕一切改变，恨一切物是人非。"

啊，巨星在跟我交心，我好感动！然而一束目光射了过来，瞬间切割了我的感动。"物是人非"这种文言词儿，引起了北师大中文系硕士的不满。

老牛恶狠狠地说："您害怕物是人非，那您也别把您的演艺事业搞得物是人非啊。今儿人家泼尿，我还能挡住，明儿人家要是泼硫酸怎么办？"

我插话，"老牛你要不要脸！你在微博上可不是这么说的！"

郝泽宇感兴趣，"老牛在微博上说什么了？我也要看！"他要抢我手机，我说："你怎么不拿你手机看？"

他有点不好意思，"我卸载了，那么多人骂我，我怕我手贱，看到了难受。"

我大惊失色，我还以为他不在乎呢。

老牛更生气了，"你怕被骂，那你别干招人骂的事儿啊！"

到郝泽宇小区楼下了，司机问仨小时的租车时间到头了，还续租吗？

老牛说又没记者拍咱们，当然不续，然后我们就结账下车了。

好家伙，外边雪越下越大。郝泽宇不顾阻拦，陪我们在他家门口拦车。

老牛刷了一下手机新闻，冷笑，"你们北京人真爱大惊小怪的，还'北京十年一遇的大雪，全市交通停滞'，我们东北天天下这种雪，我们说什么了？"

我换了个手机软件叫车，等了半天也没司机接单。我还惦记着吃，"不会回不去了吧？爸今晚做懒龙了。"

"懒龙是什么？"郝泽宇问。

"跟包子差不多，不对，就是带肉馅儿的花卷。"我正准备跟这位东北人民科普老北京饮食文化呢，另一位胖点的东北人民突然开始普及东北语言文化，东北脏话太博大精深，老牛骂速太惊人，我记不住。

原来老牛刷到新闻：机场泼尿的那位少女说自己是白莲花的粉丝，老牛在微博上老骂白莲花，她气不过，才泼老牛一身尿。

我懂老牛的气恼：本以为这泡尿是送给郝泽宇的，没想到这泡尿是送给自己的。自己没成英雄救美，反而成了笑话。

更可气的是白莲花回应说，我自家粉丝犯错了，是我没教育好，跟大家道歉，但恳请各位不要继续骂我的这位粉丝了，她还是个孩子。"我的粉丝，只能我来骂！你们没资格！"

群众又转风向，纷纷赞白莲花仗义，"路转粉！"微博话题纷纷刷起："来世也要做花粉。"

……

总之，白莲花一分钱不花，又上了一次热搜。

老牛骂了一圈，依然怒不可遏，他把外套脱了，把里面那件沾尿的衣服扯下来，摔到雪地里，破口大骂，"白莲花，我跟你势不两立！"

我和郝泽宇一下子被镇住了。我猜郝泽宇是被这种有文化的骂法镇住了。但镇住我的是光着膀子的老牛。大雪天，一白胖子，下垂的胸部以及肚子。我顿时想跪下，师傅啊，你怎么那么会穿衣服，那么会藏肉呢，快教教徒儿怎么穿衣服！

〔二〕

因为大雪封城，再加上老牛体现了悲哀悲伤悲愤，三悲一体的精神状态，郝泽宇干脆把我和老牛架到他家去了。

郝泽宇家酒倒是不少，不闭眼都能想到这个小丧星一不开心了，躲在这满是椅子的屋子里自斟自饮，悲着没味儿的伤的精彩画面。

老牛喝了几杯，对着郝泽宇露出欲壑难填的表情，同身为胖子的我，当然没误会老牛，我们胖子，一旦饿了，表情跟欲壑难填差不多。再说了，喝酒没有下酒菜，怎么喝多啊?

呵呵,我霸气十足地利用冰箱里的边角料,随随便便就做出了三道硬菜,美味到郝泽宇把自个儿的半条舌头都吞下,然后他利用剩下的半条舌头,称赞我是美貌与厨艺的化身,我用洗发水广告中甩头发的方式,做作地甩了一下,发出银铃的笑声,"铃铃铃铃铃,谁让我是厨神的女儿,我告诉你,我爸就是用厨艺征服了原本看不上他的我姥姥……"

"刺啦"一声,郝泽宇下锅炒东西的声音,打断了我的幻想。对不起,以上内容,除了我爸用厨艺征服我姥姥,其他都是我编的,我吃在行,做饭只能看着。

什么?你们说胖子都会做饭?哼,这是歧视!当然作为厨神的女儿,我简直是厨艺界的王语嫣,虽然不会亲手做,但看别人做菜,我记得可清楚了。

当当当当!下面是《美男厨房》的节目时间,让主持人福子带你领略巨星郝泽宇的美好厨艺。

节目开头有点香艳,不过也不算跑题,食色性也嘛。

郝泽宇把浴缸放上水,让老牛先洗澡。老牛生无可恋地说:"除了睡我,其他免谈。"

郝泽宇体贴地说:"你先洗干净了!"

厨房,郝泽宇打开冰箱,发现能用的食材,只有冷冻室里的海虹、牛肉和冻馒头。他盯着这些食材呆了一会,点了一下头,利落地拿了出来。他先把海虹解冻了,拿干辣椒炝锅,把海虹倒进去猛炒。我去!他还会颠勺!又放了生抽、白砂糖、蚝油,最后起锅的时候,手法轻盈地撒上白酒。牛肉倒是好伺候,他炒海虹之前,已经把牛肉切成条,拿料腌上,放在一边。搞定辣炒海虹后,他把牛肉用锡纸包上,放进烤箱里。

我不太明白馒头的存在。郝泽宇说,上次他蒸馒头蒸多了。我露出看变态的惊恐表情,他到底藏着多少秘密?干嘛呀?没事蒸馒头来排解抑郁吗?我脑中立刻浮现一个画面:他穿着Tom Ford的宝蓝色西装,梳着背头,在蒸馒头。一边揉面,一边还不忘散播负能量,"好忧伤,好难过……"太变态了!比在家肢解尸体还变态!

郝泽宇当然没看到我编排的恐怖片,他炸着馒头片说:"其实炸馒头片特别难吃,刚出锅的大馒头,配新鲜的青萝卜,那才叫美味呢。"他脸突然亮了,"对了,我还有一个青萝卜!"

他从阳台上翻出一个青萝卜，还夹出来一条蔫大葱，跟夹着一根金条似的，"有葱！咱们炒馒头吧，小时候我奶奶老做，可好吃了！"

　　炒馒头很简单，把馒头切成块，锅里放大量的豆油，用葱花炝锅，放馒头猛炒，出锅前加点盐和胡椒粉。

　　下面是《美男厨房》的品尝时间了。

　　先是炒馒头。我这人特假，因此赞美词库特别丰富，但对待这道貌不惊人的炒馒头，我只能用一个朴实的"香"来形容，"真香，葱花的香味，跟混在馒头里的豆油香，水乳交融……"而辣炒海虹，也让我赞不绝口，"海虹虽然不新鲜，但在酒味与辣味的颠鸾倒凤之下，肉质竟有一种别样鲜美，吃起来宛若舌吻……"

　　郝泽宇用手在我眼前晃悠，"你跟谁说话呢？"他顺着我的视线看，"我家闹鬼吗，你往哪儿看呢？"

　　我瞪他，"别打搅我，我在练习当美食节目嘉宾呢！"

　　此时牛肉也好了，他把牛肉摆盘，推到我前面，"那你试试这个，这菜是我第一次做。"

　　我惊讶，"啊，你做菜不看食谱啊？"

　　"冰箱里有什么，我就做什么。"

　　"那这菜得起个名字吧。"

　　他想了想，"既然第一个吃的是你，叫福子烤牛肉吧。"

　　名字虽然很淳朴，但吃上去，有一种初夜的味道……算了，吃东西期间就不讲那么色的事情了，反正福子烤牛肉美味到可以申请专利了！

　　我拿起青萝卜抚摸，那形状让人意犹未尽。

　　郝泽宇夺过去，洗干净，切成条，摆盘摆成一朵花，又拿起一个小碟，放入寿司酱油，挤了一点芥末，混当蘸料。

　　郝泽宇解释，"拿萝卜条蘸了吃，有一种日本料理的感觉，我平时老这么吃。"突然他笑了，"当然现在是这么吃，以前我都生吃。刚出道时记者采访我，你最喜欢的水果是什么呀，我说青萝卜。"

　　"青萝卜不是水果。"

　　"那记者也这么说，我一直以为是呢。小时候我吵吵着要吃苹果，我奶奶就把青萝卜切成条，摆在盘子里，摆得特高级。奶奶说苹果不好吃，水果之中萝卜才好吃呢，又好吃又有营养。后来我才明白，奶奶那时候买不起苹果，可你看老太太多要强，穷也穷得这么高贵。我跟记者说完这段，丹姐连忙阻止，说这段掐了别播，太影响形象了。也是，我一直走的都是贵公子路线，谁会爱一个爱吃青萝卜的偶像呢。"

哎呀，我可不上当了，我一个助理，在新开发的美食节目《美男厨房》露露脸就行了，再也不会上王牌节目《巨星会莫名其妙地丧一下》当观众了。

我连忙转移话题，"哎，你做饭这么好吃，怎么平时老吃泡面啊。"

"我讨厌洗碗。"

"哎，巧了，我这人最爱洗碗了！"本来我想说这句话，后来想想这话有点越界了。大概同志们也觉察出我的变化了。丢围巾那件事，让我最大的反思是：老牛说得对，助理就是助理，郝泽宇对你再亲，人家也是客气，别把自己不当外人，那不是给郝泽宇添麻烦嘛。做助理，插科打诨搞热气氛就行，走心可就没劲了。

老牛突然出现，吓我一跳。沐浴后的老牛情绪好了很多，围着两块浴巾——身上的浴巾围成抹裙，头上的浴巾卷成长长的浴帽，整体造型跟热水器广告模特出浴一样，高贵得我等凡人无法直视。

我挡住眼睛，"老牛，有话好好说，别这么穿啊！大伙儿都不容易！"

郝泽宇说："我不给你准备换洗的衣服了吗？"

老牛气愤，"我穿内裤了。"他手里拿着我爸那身运动服，"这衣服太丑了——哎，这么肥，你哪儿来的？我看还是旧的呢。"

郝泽宇看看我，刚要说，我端起菜，"下酒菜做好了，咱们开喝吧！"

〔三〕

喝high了，每个人的表现都不一样。比如我就捧着手机，面带淫笑，给朋友圈暧昧的男人留言，给不熟的男人点赞。郝泽宇呢，就坐在那儿，脸红得跟年画娃娃似的，别人随便说点什么，他都乐。

对比一下，老牛就显得很正常，喝多了，话多不闹事，嘴里翻来覆去就这老三样：骂人都想骗他钱；骂白莲花怎么还不死；骂自己没成为作家，现在做这么没文化的工作，还这么胖，应该去死。

我一边刷着手机，一边机械地捧哏，"是，人渣去死……是，白莲花快死了……是，你该死……不行，你不能死，社会主义文化事业还等着你添砖添瓦呢……"

老牛终于趴那儿睡着了，郝泽宇第一次跟老牛喝酒，不知所措，"要不要把他抬床上去？"

"让他趴那儿睡吧，待会他还吐呢。"我抬抬头，"放心，我经常跟他喝，业务熟练。"

郝泽宇说："你脸都贴手机上了，手机有什么好玩的！"

我淫邪地微笑，"手机里有男人啊。"

他好奇，"男朋友？"

我叹气，"哎，喜欢我的男人，都变成了前男友，我喜欢的男人，又都不肯做我男朋友。"

"你喜欢什么样的？"

"要瘦。"

他忍不住笑了。

我不满，"怎么了，瞧不起我？我跟你说，别看我胖，我这人桃花运可好了。而且我特旺夫，跟我分手的男人，过得都特好。"

我也纳闷了，这算不算天赋秉异？初中时的男朋友是我初恋，我俩刚被班主任翠花拆散，他家就拆迁了。变成了拆二代，大学都不上了，天天特闲，见天起早开宝马去超市，跟老头老太太抢特价鸡蛋什么的，瞧瞧人家这人生境界。高中时的男朋友现在也是个富贵闲人，女朋友家里有个矿，对他那叫一个呵护，他要啥，比他妈还大两岁的女朋友就给他买啥。大学的男朋友比较优秀，毕业后创业，上次同学聚会，一同学说他最近B轮融资融了两千万美元。大家都替我惋惜，说福子就是不珍惜，他是弯的怎么了？当个有钱的同妻，也总比我现在混得好吧，我无语凝噎，悔不当初。

就是永康，最近混得也特好，在广西北海弄什么北部湾大开发，好像都做到什么老总级别了。人家不计前嫌还要带我赚钱，交69800能获利1000万元，拉人越多赚得越快。听得我都心动了，要不是手里没钱，我也开发北部湾去了。

我的心头忽然变得无比温柔。有句话怎么说来着：只要你过得比我好，我就受不了？我这人不这么想，旧爱过得比我惨，我才受不了。我宁愿我过得比他们惨，也不愿证明当年我眼瞎。

我沉浸在万般柔情里，为自己的有情有义感动。

郝泽宇突然来了一句，"福子你变了。"

我高兴地捂住脸，面带微笑，"是变漂亮了吗？"

刚说完这话，肚子一阵翻腾。我一脸愉悦，便秘好几天了，此时肛门的括约肌有一种蓄谋已久的欢呼。

他没意识到我的紧迫感，还不紧不慢的，"你跟我变客气了。"

"说什么呢，咱们亲着呢。"我带着强大的屎意，慢慢站起来，准备冲进厕所。

老牛却醒了，捂嘴要吐，奔向厕所。我迟疑了一秒，赶紧也奔向厕所，看似要服侍老牛，实际上是想抢马桶去。吐一会就得了，哎哟，你怎么还吐啊，你们姓牛的，长牛胃啊。不行，括约肌开始疼了，我夹紧屁股，无语凝噎。

郝泽宇这才看出我的异样。

我挤出一丝微笑，尽量说得委婉一点，"我肚子不舒服，大概是大姨妈来了……"

"哦，要不你用主卧的厕所吧。"

"谢谢。"

他还在那儿矫情，"以前你可从不会说谢谢，现在你跟我说什么之前，都会斟酌半天，一点都不走心……"

谁要跟你走心啊！我现在只想走大肠——哎哟，不行了，我不顾形象地捂着屁股，艰难地踮步到卧室。

我哭了，这卧室也太大了！就摆着一个地台床，厕所门在哪儿啊。我痛得灵魂已经出窍，我见到宇宙天后孙悦劲歌热舞起来。啊，不要唱那首《魅力无限》！宇宙天后不听我的，晃动着头发，直接唱到高潮，"就在就在就在就在就在……这一天我要我要我要我要我要我要……你看到骄傲骄傲骄傲骄傲骄傲的心……"不要唱那句！我求你了！

千钧一发之际，郝泽宇替我推开了卫生间的隐形门。我冲进去，此时，宇宙天后终于唱到，"……尽情绽放放放放。"第四个"放"时，我终于坐在马桶上绽放了！岂是一个爽字可以形容，此时可以换歌了！不劳烦成龙或者林子祥大哥出场，我亲自把宇宙天后赶跑。我开始唱了起来，"傲气面对万重浪，热血像那红日……"肚子又一顿泻，我脸扭曲，接着唱，"……光！"

此时厕所门默默地被拉上。啊，郝泽宇一直站在门外呢？我撅着屁股，踮脚跳着把排气扇打开，又坐回马桶上。我拿起架子上的洗发水瓶，专心阅读瓶后的使用说明。

啊！现世安稳，岁月静好。

忧伤地把瓶瓶罐罐后面的使用说明努力地读了好几遍，似乎能背诵下来了，我又宽心起来。我干嘛要这么维护自己在郝泽宇面前的形象？我要出道吗？本来我就很擅长丢人呀！我开心了起来，把洗发水放到了原地，却又把郝泽宇放在洗手台上的旅行包蹭掉了。

我撅着屁股把衣服捡起来，一个小本子掉了下来。哎，不是郝泽宇这几天整天捧在手里的小本本嘛，老见他写写画画的。

此时，洗手盆上突然出现坐着的两个小人。邪恶福子笑着说："你要想翻就翻翻看嘛，反正也没人知道。"正义福子阻止我，说："不能翻，那是人家隐私！"

就是，怎么能随便翻看别人的东西呢，我挥手把邪恶福子打跑了。在正义福子鼓励的眼神下，我有点不甘心地把本子放到包上。呀，没放稳，本子掉在地上，露出了里面的内容，是胡乱画的小人。呀，又没放稳，本子再次掉到地上，露出不同的页面内容，这是随手写诗吗？还是歌词？

这可不是我偷看啊，这本子太难放了，我跟正义福子这样解释。正义福子向我猛翻白眼，刚要说什么，却被我捂住了嘴。你看嘛，我把本子的四分之一角放在洗手台上，本子果然不负我望地掉下来。"重心不稳。"一定是这样的。

咦，这一页怎么有我的名字。邪恶终于战胜了正义，正义福子被气跑了，我抱起本子大看特看起来。

整个本子大多数是郝泽宇随笔画的画，画风往好听了叫黑暗哥特风，往难听了说特别负能量。坟墓之下，小男孩在棺材里看电视；小男孩把自己的心挖出来，烤羊肉串；夜晚，小男孩躺在床上，床底下的怪兽蠢蠢欲动……

写我名字的那几页，是篇手写的文章。郝泽宇的字儿特别丑，文章的名字叫做《活着》。我一目十行，偷窥得很专业。

[四]

活着

1

福子活得特日剧，成天蹦蹦哒哒的。对比她的正能量，我的负能量显得特别没劲。不过我也有比她强的地方，我不爱哭啊。她看电视剧哭，看电影哭，看动画片也哭，看小动物被虐待的新闻哭。以前我演的一个大烂片喜剧，她竟然也看哭了。我说你哭个屁啊，她擦着眼泪说一个根本不搞笑的人，还在努力逗别人笑，我家艺人太不容易了。

后来老滕死的那天，福子就总想让我哭，我不得不防着她。吃饭时，她又说这几天你一定很难过吧。我说还好，男人嘛，面对死亡，用的不是眼泪，而是好好活着。说完这话，连我都觉得自己说得太棒了。她点点头，却又开始引诱我，说但你还是很难过吧，如果我的朋友死了……她又开始目光含泪。

我摔筷子，"还让不让人吃饭了。

2

飞机没晚点，我折腾一夜，赶上了葬礼。

穿什么呢？戴墨镜会不会很装？该拿多少钱？我变成了小孩子，像参加运动会或者春游的前一天，忧心忡忡地考虑这些没用的细节，弄得我都不想去了。

葬礼上人很多，好多人围过来拍，该做什么表情呢，要不然我笑吧，反正老滕最喜欢笑，我也喜欢。

哎？我俩好像说过葬礼的话题，我说我希望我葬礼上放的不是哀乐，而是《不爱我的我不爱》——要是能请到王菲现场唱就更好了。那时候我们还挺受欢迎的，每天晕乎乎地享受着即将成名的幻觉，我美滋滋地做白日梦，一定要红到王菲认识我才能死啊。老滕给我泼冷水，说那你可别想了，王菲比你大那么多，那时候她早死了！

我生气，扑过去，掐她脖子。你死了，她都死不了！2016年，王菲活得好好的，跟谢霆锋复合了，年底还要开演唱会，而老滕真不在了。

3

我正胡思乱想呢，福子目不转睛地看着我。我感受到一种不祥的气氛，警觉地问，你想干嘛？

福子递过来一条管状物，说要不你擦个BB霜吧。我感动，福子真是个体贴的好女孩啊，她会嫁入豪门的。

福子接着说，你最近皮肤太差了，被记者拍到，我们都没法P图，被厂商看到怎么办？我拒绝擦BB霜，她不会嫁入豪门的。

她说不擦也行，待会儿一哭，你脸会一道一道的，更难看。还是把她卖到东南亚当童养媳吧！什么助理啊！甭以为我不知道你包里装了好多袋纸巾，生怕我待会儿不够。

我是不会哭的。男人哭什么哭！这是老滕说过的话。

4

男人哭什么哭！她说。

看《玩具总动员3》，结尾的生死大危机，小可爱们以为自己会葬身火炉，不知谁说了一句：没事，还好我们在一起。然后它们手拉着手，默然面对死亡。

她发现我竟然看哭了！我这个从来不爱哭的家伙，比赛时谁被淘汰，其他人全抱着哭，都木着脸一滴泪不掉的我，现在竟然看动画片看哭了！

那时离比赛已经好几年了，我俩蹲在路边抽烟，我跟她抱怨，我的葬礼上估计王菲是不会来了，我太不红了。

老滕问我，有多不红？

我说，以前咱俩出街可是要闹绯闻的，你看，现在都在路边蹲多久了，连个合照的路人都没有。

老滕说，那是因为咱俩都不红。她专注给我灌了一大堆鸡汤，一会说大不了我们拍戏赚钱好啦，一会又说别让我担心，说女的好接戏，将来她会找个靠海的地方住，到时候我晚年落魄，她会留一个房间给我。

我狠狠地把烟头捻灭，说老滕要不咱俩结婚吧，不想这么混下去了，你拍戏养我，我给你做饭，我做饭特别好吃。

她说，你没人要，我可是有人要的。

5

以前，老滕跟我分析过，为啥我俩不能在一起。我说我俩太熟了，熟得拉个手都会笑场。老滕却说，我是0.3，她是0.8，在一起就是乘法，我俩最后都会变成0.24。咱们这种小于一的人，在一起就是毁灭。她说，所以啊，咱们都得跟大于一的人在一起，她这个0.8，找个1.1的，也会变成1.08。我却担心那个1.1的人，他跟我们这种人在一块，岂不是越变越小？老滕说管那么多干嘛，反正他们都大于1。

老滕劝我，还是要多跟她学习，要多跟大于1的人谈恋爱，不要老一个人待着。0.3永远是0.3。

我有点担心，万一那个人只是像大于一，实际上却也是小于一的人，怎么办？咱们也越变越小。她说那也得赌一把，我可不能永远是0.8。

老滕果然赌了，输了，她拒绝再玩，去了。古往今来，都说我们是戏子无情。也许是我读书少，几千年过去了，也就只有我们戏子，会真正因情赴死。

这还不是有情？那什么是有情，我不懂。

6

葬礼上的遗照是她微博头像，还是我拍的呢。

鞠躬完，我却觉得很好笑。她明明手里夹着一根烟啊，怎么遗照里，那根烟被修掉了呢。

旁边的人不时啜泣，那些生前给她白眼，给她气受的阿猫阿狗，现在都变成了深情的至交。对对对，你们都特重感情！老滕要是突然活过来多好，她一定会跟我当面取笑这帮人。

这葬礼真没意思，根本不是老滕想要的。老滕想要的葬礼是什么样呢？我想起来了，我说我的葬礼要让王菲唱《不爱我的我不爱》。老滕说，她的葬礼，大家都要穿马褂，要邀请郭德纲，把她的一生都编成相声，讲给大家听，讲到好笑的地儿，大家要集体叫好，喊，"于。"大家只准笑，不准哭。

我记得她说这话时的表情。她说，哭什么？我这辈子，永远是个喜剧。

在眼泪快出来的时候，我及时地止住。我笑了起来，小声地喊一声：于……
……

〔五〕

虽然有点感动（啊，第一次被人写到文章里），很想拿支红笔批注：错别字挺多的，偶尔比较复杂的字还用拼音代替，的确文化底子差点；不过郝泽宇刷新了我对这一代明星的看法，他能写超过500字的文章，我都已经高看他了；相声叫好，喊的不是"于"，而是"噫"；终于知道他为什么不哭了；终于知道他为什么在葬礼上笑了。

我扫了一眼后面的，都是抒情段落，大概内容是郝泽宇剖析内心吧。这孩子真是的，在本子上写这么多干嘛呀，发到微博上去啊，就这朴实又细微的文笔，这哀而不痛的深沉感情，肯定能征服没什么文化的看客，立马黑转粉什么的……

哎，不管他了。我释放完毕，像是在五星级会所里做了一个高级的SPA，十分酸爽。分分钟感觉在马桶上打个坐，就可以羽化成仙。身体的极端洁净感让我的道德感倍增，想马上跟刚才一边坐在马桶上释放、一边偷窥别人隐私的脏胖子划清界限——当然，我也看够了。福子才不是偷看别人写的字的人呢，我刚才就是无聊，不是故意要看的！

我合上本子，用智能马桶圈把自己洗成一朵纯洁的雏菊，把本子混进衣服里，把衣服塞回包里，把洗手台上的Jo Malone熏香液撒到外边一点，掩盖气味。

现在只要按下马桶抽水键，嗯，一切如初。然而我或许把一年的排泄量都提前释放了，马桶水竟然冲不下去。我又按了两下，水漫延且徘徊，反而快漫了出来。

我想拿水盆接点水继续冲，但郝泽宇家卫生间太高级太简约了，我只看到一个牙刷。拿牙刷捅？

我从厕所出来，面对郝泽宇，我一言难尽。我能说什么？难道说亲爱的，我不小心把你家马桶堵了？还是说巨星！你文笔太好了！我知道你为什么笑了，笑得好，万一我死了，也请你在我葬礼上笑，不不不，请你当我的葬礼执行人，谁要是不笑，就拿鸡毛掸子挠他脚心？在这种情况下，我只好说："我尝试了很多办法……"

郝泽宇喝得有点晕乎，不以为意，然而当他面对马桶，我看到他瞬间清醒了。我和巨星之间的友谊，如果因为一坨屎而被毁掉，那我也欣然接受。

呆立片刻，郝泽宇没说什么，默默去厨房拿了一个特大的水盆出来。然而冲了五次，冲到我都纳闷了，仍然无济于事。

一时间，我和郝泽宇都有点无语了。我恨不能把这坨屎冻成冰刀，然后扎死自己。

终于，郝泽宇打了个电话叫物业过来。豪宅的物业真好啊，感觉是瞬间转移来的。师傅带着机器进门，见怪不怪的样子。在机器马达"哒哒哒"的声音中，我跟郝泽宇以西安农民蹲墙角吃饭的姿势，凝固着蹲在门外，共赏通马桶的奇观。我的凝固，是生无可恋导致的。他呢，我估计是视觉加嗅觉被剧烈冲击后，导致了短暂死机。

郝泽宇突然跟我说："对不起。"

我一惊，这是要逼我自尽对吗！"说对不起的应该是我吧！"我欲哭无泪。

"不是这事儿，"他转向我，问我，"那条围巾呢？"

我又一惊，"不是说了吗？那不是给你织的！"

"啊？我是说我送你的那条，骷髅头的。"

啊！那条被我丢了的昂贵围巾！我又开始编谎话，"在家呢，我舍不得戴……我准备定做一个画框，把围巾裱起来，让你签名。嘿！等你大红之后，那得值多少钱啊……"

他笑笑，把头趴在膝盖上，像是在说一个无缘无故的梦，"我这人特有病，丢围巾那天，你走后我忍不住又找，找得都快精神分裂了，躺在地上难受得不行。后来我想，不就是条围巾嘛，我就找代购刷了十条出来。但我不知道你会那么上心，冒着大雪跑回去给我找……我应该给你打个电话的……"

说实话，这事儿我早就选择性遗忘了。但我也挺高兴郝泽宇这么说的，堵马桶和丢围巾的双重内疚感下去了点儿。我一副北京大妞的义薄云天，"哎哟，怎么又提这事儿了。跟你说实话吧，我那天是特馋那儿的香河肉饼，回家的路上想起来才折回去的。你知道的，我这嘴，馋什么得必须吃，要不我这身肉怎么来的……"

他突然来一句，"福子，你觉不觉得我也胖了？"

"对，是胖了，胖了二两。"

"我发小就说我胖了，就是那天跟我一起吃饭的男孩，他说我胖得像头猪。嗨，他说谁都是胖得像头猪，你说这人多讨厌，猪怎么了，我就喜欢猪。"

我点头，打哈哈说是挺讨厌的，脑袋却突然有灵光一闪而过，仿佛我应该明白点什么事儿。等我快要追上那灵光问个究竟时，通马桶的师傅出来了，说马桶好了。

他兴奋地说："嘿，我就没见过这么多屎，谁拉的？"他看了看我和郝泽宇，我的身形是毋庸置疑的答案，他看向我，"你拉的？真牛！"

我对这话没什么感觉，我不会再受伤了，因为我已经麻木了。

送走师傅，郝泽宇还想跟我喝点。老牛在沙发上睡得憨态可掬，还打呼噜。

杯中酒，我一饮而尽，跟郝泽宇说："小宇啊，我预感咱俩的友谊会地久天长。"

他问为什么。

我说："因为咱俩共同面对了一个特别艰难的人生难题。"

"就因为一坨屎？"

我更加忧伤，"那不是普通的一坨屎，那是我纯洁的灵魂，和自尊……"

郝泽宇放下酒杯，走了。我不满，"干嘛呀，人家正抒情呢！"

他没理我，背影真是绝情。

尘俗多少伤心事，都付笑谈随酒杯，我一杯又一杯。老牛醒了，开始扫荡桌子上的剩菜。

我手机响了，显示郝泽宇要跟我视频通话。呵呵，除了跟我裸聊，我不想跟任何人说话。

但是我还是打开了视频，屏幕上没出现郝泽宇，光线有点暗，看不清东西。刚才多喝了几杯，我眼有点对不上焦，老牛脑袋凑了过来。

他嘴里嚼着东西，边看边说："啥玩意啊？黄了吧唧的。"

我把话筒开到免提，问那边的郝泽宇，"你去煮东西了？这什么呀？"

画面突然亮了起来，郝泽宇的画外音响起，"我的灵魂和自尊啊——对不住啊，我一般不习惯这个点拉，灵魂和自尊有点少，别介意啊。"

老牛没明白过来。我忘了他还在吃东西，或许我也有点震惊，下意识解释，"这是屎。"

老牛不以为意，以为我开玩笑，又看了一眼屏幕，我确定他相信了，因为他吐了，又跑向厕所。

那边话筒传来笑声，"你也算见到我的灵魂和自尊了，这下咱俩扯平了。"

我把手机扔到一边，问抱着马桶吐的老牛，"我能辞职吗？"

不愧是北师大中文系研究生，老牛吐的时候，表达依然很清晰，"不用辞职了，"吐，"我先跟他解约。"

〔六〕

老牛认为，明星是一种商品，要不被爱，要不被恨。如果你是个明星，没人爱你也没人恨你，怎么办？去死好啦！

郝泽宇被人恨了一星期，硕果累累，接了几个微博广告，这几条微博竟赶上了他去年小半年的收入。

老牛有点走火入魔，问我，郝泽宇还有什么事儿，说起来特让人恨的？他准备操作一下。

我想了想，"丧？"

"不行，恶人也要恶得正能量。"

我又想了一条，"让我看屎？"

"不够震撼，让你吃屎，还差不多。"

所以啊，同志们，为什么有的明星团队矢志不渝地热爱炒作，形象算个屁，关注度才是钱途！

好运没有就此结束，郝泽宇接到了一个恐怖电影邀约，叫《谁胖谁先死》，充满了对胖子满满的恶意。

老牛拒绝看剧本，气得买了个包泄愤，而我买了二十个包子，吃完后恢复了元气，开始翻看剧本，准备看我们这种胖子是怎么死的。看完这剧本，我跪下，跟剧本磕了三个头。能把恐怖片写成喜剧效果，编剧太牛了，绝对烂片之霸，谁演谁被挖祖坟。我都能想象上映后，群众新仇旧恨加起来，应该会在言语上跟郝泽宇家的女性亲属全发生一遍性关系。

郝泽宇问："演什么？"

"男主角。"

他脸红了，捂着脸，特娘炮地娇羞，"人家这么红啊。"

"不过二十分钟就死了……"

"啊，这也算男主角？"

"后来他变性了，后七十分钟，换了个带资进组的女演员演。"老牛脸上突然露出遗世而独立的表情，"其实我觉得吧，我还挺适合这角色的，男女都能演。"

我点头，"嗯，是挺适合你，你演肯定挺恐怖的。"

郝泽宇翻翻剧本，"但这个角色好像跟女二有床戏……"

老牛犹豫一下，看向郝泽宇，"要不算了？太恶心了……"

他犹豫接不接，看看我。作为见过巨星之屎的兄弟我，一向是美艳与贴心的化身，我迅速懂得了他的为难。虽然郝泽宇没什么文化，但他十八岁就出道了，红的时候演过不少电视剧，也算老油条了，他用膀胱都能看出这剧本有问题。但他没演过电影，现在拒绝，下回不知道什么时候才有机会呢。也许，永远没机会了。

我当然不能说这电影是百年一遇的烂片之霸，很适合你黑到发紫的艺人路线。对自己的艺人，不能这么说话。我说："接啊，拍完之后你就是电影咖了，离你热爱的章子怡就更近一步了。"

郝泽宇竟觉得有道理，决定接了。

老牛这边开始打电话，准备跟导演和投资人见面，郝泽宇又开始犯病了，觉得自己最近特别胖。

我翻个白眼，男艺人有时候真像个女人，"你这叫胖？那我算什么？"我拿自己举例子。

他说："你这胖不叫胖，胖得独一无二的。我这胖，叫大众胖，一胖，泯然众人。"

我一听就乐了，"那怎么办，把其他的胖子都杀掉？让你胖得光辉灿烂？"

"好办法！为了让我的胖独一无二，我准备吃掉所有的胖子。"

"留一个啊，我还挺喜欢贾玲的。"

他煞有其事地说："不，都吃掉。"

神经病，郝泽宇又重复了一遍，"为了让我的胖独一无二，我准备吃掉所有的胖子。"

我不理他。半响，他突然冒出一句，"除了你。"

我没什么反应，开始查将要合作的导演资料。我把外套脱了，今年的暖气怎么这么热呢，热得我有点热泪盈眶。我想可能太久没有性生活了，一个男神经病的胡言乱语都能被我听出情话的感觉。一定是我不对。

〔七〕

跟导演见完面，挺晚了，院里的邻居都睡了，我刚把钥匙插到锁里，门就开了。爸又等着我，客厅暗，光线都来自电视屏幕，爸大概按了静音，购物专家扯着脖子在荧幕上演哑剧。自从我工作了，我一晚回来，爸就坐在客厅这么看电视等我，怕吵到妈，电视也没声儿，就这么看电视看了这么多年——这毛病什么时候能改啊。

爸进厨房帮我热菜，说东北的二姨又邮酸菜过来了，这回腌得味儿特正，晚饭做的酸菜炖羊肉可好吃了。

我边吃边说："爸，你记得小时候，你领我看的第一个电影吗？"

"啊，啥时候的事儿了？"

"五岁吧，我把一个小男孩揍了，老师让你去幼儿园带回。你也没骂我，领我去电影院看电影去了。这事儿我记得可清楚了，僵尸片，吓得我够呛。你还说我没出息，打人不害怕，看电影却怕上了。"

"哦，好像有这事儿，怎么说起这个了？"

"你说巧不巧，今儿我见的导演，就是拍这片的，香港人，岁数比你都大，没肚子，花白的头发还扎着辫儿，看着特有派头，我见他老感动了。"

爸听我琐琐碎碎地讲了一堆，问我，"这电影定了让小郝演吗？"爸记了几次郝泽宇的名字，愣没记住，干脆就叫他小郝。爸也看过郝泽宇的照片，说小郝长得像我姥爷年轻时。

我突然有点惆怅，"我也不知道，本来挺有谱儿的，但现在看，有点悬，看导演喝得怎么样吧。"我又问爸，"爸，你说男的喝多了，跟他说过的话，都能记得吗？"

"我哪儿知道，我又不爱喝酒——瞧你说的，香港人怎么跟东北人似的，不喝高兴，事儿就不成吗？"

我把碗推到爸面前，让爸再给我盛一碗，爸说我喝了酒还吃这么多饭，不好消化。

我说我没喝酒，爸说得了吧，"一身酒味，一进屋就熏得我睁不开眼睛，你呀你，就跟你姥姥家的人一样，都是酒漏子。"

爸开始收拾碗筷，絮叨着让我把给他买的商业意外险停了，说这么多年也没事，有这钱还不如存银行呢。

不愿意跟爸掰扯，我回屋睡觉去了。想了想自己的存款，还行，把今年的保费交上，还能挺过年底，老牛的年终奖还能用来给爸妈包个红包。想到这儿，我睡得异常安稳。哪想着姥姥又来了，冷嘲热讽。

"穷鬼装阔，还有钱给你爸交保险，你怎么不想着给我换个好点的骨灰盒呢！"

我不怂，"行行行，给您换个金的！真是的，您那骨灰盒还不好？我爸买的呢，您去你们阴曹地府打听打听，谁家老太太是女婿给送终的。"

姥姥也是战斗力十足，说："他应该的！谁让他没能耐，你也出门打听打听，谁家结婚没房子，还得让女方家里准备的？"

"谁家？姥姥你家呀！我姥爷跟你结婚的时候，也是住你们家的房子，我太姥姥可没跑我梦里跟我抱怨我姥爷没能耐。"在梦里跟死去的姥姥吵架是我人生一大乐趣。

姥姥在梦里又开始颠三倒四的，又开始帮我爸说话，"哎，大福子，你爸是心疼你没钱了。"

"我知道，不过姥姥，说不定郝泽宇年底还给我包红包呢，这个年太好撑下去了。"

有一年那才叫惨，我在广告公司当文案，到年底钱包里一百块都凑不齐。好在年底做了一单医药客户，人家送了三千块的礼品券，我去他们店里提了好多的保健品，凑数给爸妈当了过年礼物。现在这日子，多好啊，也不知道爸担心什么，也不至于惨到姥姥托梦吧。

我安慰姥姥，"今年稍微坎坷点，但这不也好点了嘛，等明年郝泽宇更红，我还能涨涨工资。放心吧姥姥，说不定这两年天上掉馅饼，砸我脑袋上，我打开一看这馅饼是房本馅儿，东三环七十年产权南北通透大三居那种，我立马把爸妈接出去住。"

姥姥摸摸我的眉，又摸摸我的脸，她手上有茧子，感觉硬硬的。姥姥又突然给我玩温情那套，说："大福子啊，还是咱家底儿薄，要不然你也不能被人欺负。"

我笑，"谁欺负我了？"

"今儿被人劈头盖脸地泼了一身酒……"

啊，要不是姥姥提这事儿，我都快忘了。我没觉得委屈啊。

今儿见导演，我跟老牛盛装出席，把自己捯饬成两个舞女模样，又特意让郝泽宇穿得寡淡一点，故意不化妆。对比之下更显得他剑眉星目，就差我拉着他跟香港导演自卖自夸，"就这长相，演恐怖片，鬼都不好意思杀他！"

当然郝泽宇这种顶级丧星想要讨人喜欢，太容易了，本来来的路上他还在丧着脸呢，坐在诺金酒店的咖啡馆的前十分钟，因为生疏更是丧得不知所措，然而某个时刻social开关一打开，如沐春风起来啊，简直不是人！我要是导演，我都要爱上他了。

局面相谈甚欢到两伙人都要义结金兰了，老牛东北人的劣根性就体现出来了，瞎大方，吵吵请客要请大家吃饭，在一个特贵的饭店订了个包间。

去的路上，老牛说自己的信用卡超支了，让我用我的信用卡先结账，我略微心疼地说："香港人太鸡贼了，见面就喝咖啡，账还是咱们结的，接下来这顿饭怎么也得小一万，事儿还没成呢，花这么多钱合适吗？"

老牛骂我目光短浅，舍不得孩子套不到狼，他信誓旦旦地大谈自己的计划，先通过这片打入北上发展的香港导演圈，然后接拍各种合拍片，拿金像奖，然后咱们涨片酬，如此这般计划到建国一百周年。

本来事情进展到香港导演恨不得马上跟郝泽宇签合同，大家喝得酒兴正酣，香港导演要喝茅台，这个饭店没有，我赶紧出门打车买，很快带了一瓶茅台回来。

香港导演打开茅台，闻着酒，说味道不对。

我说不能吧，我从路边超市买的，六百多呢。

老牛嫌我办事不利，说六百多的能是茅台嘛。可我也想买八十年代产的茅台啊，现在去哪儿买啊？

香港导演又突然变脸，笑嘻嘻地说算了，买回来的，别浪费。拧开酒盖，直接从我头上倒下去。

我一下吓愣了。香港都回归这么多年了，怎么香港同胞喝多了，这么别具一格呢。

导演边倒边用粤语说，身为TVB资深粉丝的我大概能听明白一点。"猪呢，用酒泡上，明天放到烤箱里烤，特别美味。"

香港团队那边的人一边拉导演，一边跟我们赔不是，说导演以前是厨子出身，一喝多就变厨子。

我强挤出笑容，说："导演还挺可爱的。"

郝泽宇那时去厕所了，洗了一把脸，回来后知道我这事儿，笑笑，闻了闻我身上的味儿，说这酒还挺香的，他取来那瓶酒，自己倒上喝，依旧谈笑风生。

说着说着我就有点心虚，那导演一直挺记仇的。吃饭时，他一直让工作人员灌我酒来着，他讲荤段子时，我因为特配合，他还说我这个老处女怎么这么开放啊。我回说导演你瞧不起谁啊，我男朋友可多了，他又说那些男子是不是眼睛有问题……

我气得很，"姥姥你真是的！本来我都没注意这事儿，你非要提，现在好了吧！弄得我也小心眼起来，小心眼的福子还是福子吗！"我又推了一下她，"您光在这儿说我有用吗？真心疼我，跑那香港人梦里吓唬他啊！要是吓得深刻了，没准还把你拍到电影里呢！"

姥姥伸着脖子喊，"你以为我没去啊！人家祖坟冒烟，祖宗八辈都护着他呢！"

"那你打不过叫人啊，以为咱家没死人啊！"

"我叫了！说到这个我可气了，你们老福家只护着孙子，没人护着你！这把我气的，把他们一顿骂……"好嘛，为了我，这帮死了的长辈还打起来了。

我搂住姥姥，说："行了行了，有这个心就行了，您也是的，活着就天天跟你亲家斗，死了还上门找碴儿。我爷爷奶奶那边最大的亲戚还是清朝皇帝呢，他心眼可小，您一个小老百姓，跟他们斗什么啊。"

姥姥依然战斗力十足，"我怕他们？我还有毛主席呢！"姥姥生前是党员，小时候对我最大的文化辅导，就是背《毛主席语录》。因为有童子功在，梦里姥姥教育我的话，我都记得可清楚了，"什么时候都不能忘了阶级斗争"、"帝国主义都是纸老虎"以及"彻底的唯物主义力量是无穷的"……

我打断姥姥，"这条就算了，要真是彻底的唯物主义，姥姥您没事可不能下来看我了。"

姥姥想想也对，她又问我，"小郝同志睡眠不好吧？"

"我又没跟他睡过，我哪儿知道，"我突然警觉，"您不是还跑他那儿去了吧？"

"嗯，看了他一眼。"

我炸了，"您跑人家那儿干嘛呀？看自己孙女叫托梦，看人家叫闹鬼。"

"我还不能感谢一下人家啊，今儿这事儿，人家也算是有良心，为你出头了。"
我心里咯噔一下，我还以为是我看错呢。

姥姥说："本来今天我想过去，跟他说小郝同志，谢谢你今儿帮我们家大福子。
我都知道，你看那扎着辫子的南蛮子欺负我家福子，你气不愤，就故意灌他酒……"

吃完饭，我从厕所回来，郝泽宇有点不对劲，对导演殷勤得很，哄得那导演很高
兴，郝泽宇以东北作风跟导演各自都喝了快半斤白的。

后来我们撤的时候，老牛去结账，我给香港团队叫车回酒店，他们都喝得七零八
落的，角落处，郝泽宇扶着导演，还一副好哥们的模样，他拍拍导演的脸，"导演，
你知道傻帽什么意思吗？"

"我当然知啦。"

导演刚要解释，突然吐了，不知道是不是隐形眼镜有点干，我看到郝泽宇脚下一
绊，那导演立即倒在了一堆呕吐物上，我跑过去要扶，只见郝泽宇蹲下，对着导演说
了句什么。

导演挣扎起来，有点激动。等那边香港团队的人过来扶，郝泽宇就没再管他，拉
着我就走了。

我问他，跟导演说了什么。

略带酒意的他，特像一个新鲜的草莓，他微笑，"我说，你是个好人。"

为什么我看口型，觉得他刚刚说的是"你真是个傻帽"呢？

〔八〕

我之所以现在还不肯定这想法，是觉得他那么热爱和平一个人，谁都不愿意得
罪，不至于为了自己的助理就得罪一个导演吧。而且还是那么幼稚的方法，跟初中男
生似的。

姥姥还在自顾自地说，我打断她，问，"你跟他说完这些，他什么反应？"

姥姥一听这个来劲儿了，说："我还没开口，一个老太太就把我拽走了，还给我
摆椅子阵……"

"啊？还有个老太太？敢情死了的老太太，都爱回人间遛弯啊。"

姥姥一副看不上的表情，"感觉那老太太是个老不正经，特能捯饬，还穿着貂……"我脑袋一亮，知道那老太太是谁了。

姥姥突然神秘一笑，"这回有点仓促，下回我好好会会她……"

还想继续问姥姥，手机此时却响了一声。我睁开眼睛，姥姥当然不见了，我看着天花板，发了一会呆。冬天平房就是冷，手机突然又响了一声，我打开一看，老牛给我发了一千块钱的红包。我惊，赶紧回，"这是干嘛？"

没想到老牛没睡。老牛回复，"老妈子对自己旗下最丑的傻姑进行一下慰问。多多犯二，早日从良。"

我内心一暖，躺在被窝里笑了。老牛这人啊，就是个外冷内热的暖水瓶，把全世界的狠话都说给你，也把全世界的温情都带给你。导演要是往我头上倒开水，老牛不得给我发一万块钱的红包啊。老牛真好。导演您来吧，我皮厚，受得住。

我边刷朋友圈，边想着用这钱给妈买瓶擦脸油。谁知道看到一分钟前，郝泽宇分享了一首歌《天边一朵云》，白光的。

我哼着歌，"天边一朵云，天边一朵云，浪荡又逍遥，我的情郎，孤独又飘零，就像天边一朵云……"

我给郝泽宇发信息，"没睡呢？"

"睡了一觉，又睡不着了。"

"你是不是睡眠不好？"

"老鬼压床。"

"啊？梦魇吗？"

"差不多吧，刚才那觉，还碰到个老太太。"

我心里咯噔一下，我问，"你奶奶？"

"不是，特土的老太太。"

我摇摇头，默念了一遍"彻底的唯物主义力量是无穷的"，又觉得不对。什么叫特土的老太太，我姥姥才不土呢！

他发来一张照片。东北的冰灯前面，剃着平头的郝泽宇面容稚嫩，搂着一个老太太。老太太很漂亮，嗯，穿着貂。照片里，郝泽宇笑得春暖花开，我在现实中没见他那么笑过。

郝泽宇打字，"我奶奶洋气吧。"

"长得是挺带劲儿的。"

"活得也挺带劲儿啊，别看照片里我奶奶穿着貂，那一年过年，买完冰雪大世界的门票，我们家只剩一百多块钱。"

"你奶奶心真大。"

"是呢，奶奶的口头禅是：反正明天不一定会好，不如今天乐乐呵呵的。"

我笑，手机打字，回复过去："那你真不孝，只记住了前半句，明天不一定会好，后半句你可没贯彻实施。"

"嘻嘻。"

我放下手机，准备睡了，谁知道郝泽宇突然打电话过来。

"嘻嘻。"他在电话里笑。

我骂他，"神经病啊。"

我听见郝泽宇微醉的声音飘在话筒中，"福子，你的窗子里看得见月亮吗？我这边，对面楼的形状像只怪兽，月亮是他的眼睛。"

"我窗户外边，是邻居的墙。"我可不觉得这话大煞风景，甚至觉得我说的有点别具一格，住在四合院的北京微胖中年少女，半夜面对艺人的发疯抒情，真酷啊。

尔后，屏幕突然出现郝泽宇的视频邀请。是让我看他刚拉出的"灵魂与自尊"吗？如果是真的，郝泽宇你更酷。

我接受邀请，刚说："你想看我卸妆后的美貌，还是想让我看你刚拉的屎啊？"

"想让你看月亮。"

镜头一转，郝泽宇那边的月亮，银色的，有着绿的光棱。

我愣了半天，摸了摸屏幕上的月亮，才说话，"……这月亮长得还行。"

没想到郝泽宇嘱咐我说："你别指月亮啊。"

"我哪儿指了，我擦屏幕呢。"

"那也算指！"

"指了又怎么了？"屏幕上的月亮跟口痰似的，我故意指了几下，"月亮还能下来打我嘛？"

手机屏幕出现了郝泽宇的脸，他靠着床头，真服了他们这种上镜的人，这个角度竟然没有双下巴。

他煞有其事地说："你没听过吗？指月亮掉耳朵。"

我笑了，"什么呀，那是对月亮不能说谎。你要说谎，晚上你睡着了，月亮就派人剪你耳朵，这才是正确版本。"

"你听谁说的？"

"我姥姥啊。"

"哦，我听我奶奶说的。"

我卡壳了，死者为大。但一想也不对啊，我姥姥还死了呢。我硬气了起来，"怎么办？你奶奶对我姥姥，谁对呢？要不咱俩决斗吧。"

屏幕上，他笑，"别啊，你说得对，对月亮不能说谎。"他把手机又冲向月亮，问我，"福子，你跟着我，是不是特没劲儿。"

怎么说到这茬了？

他接着说："当着月亮别说谎啊。"

我心生一计，"那你今天，是不是骂那导演是傻来着？"

"啊，什么时候？"

我也说："当着月亮可别说谎哟。"我疑心信号断了，因为屏幕里的月亮一动不动，他也不说话。我下床满世界找信号呢，这时，那边有声了。

"嗯。"郝泽宇"嗯"得奶气十足，把我都逗笑了，是不是神经病都不容易老？是不是丧精都容易幼稚呢？

我说："我不觉得导演傻，我觉得你这样还挺傻的……老牛花这么多钱，不就是为了推你上戏吗？你对得起老牛吗？"

"我知道。"

"知道你还这么做。"

"不怪我。"

"那怪谁？"

"怪风，我脾气藏了一晚上，出门让风一吹，就忍不住了。"

我终于忍不住了，对着屏幕中的月亮哈哈大笑。

他还解释，"我觉得我表现挺好的了，就把他喝吐了，只骂了他一句傻帽，这要被我们东北人民知道了，他们得开除我东北籍——跟他废话那么多干嘛呀，直接上脚踹啊。"

"行了行了，你可厉害了，"我又嘱咐，"下回你可别这样了。"

"嗯。"

哈哈，我感觉我是小学老师，在教训一小学生。我对着屏幕中的月亮，继续答记者问，"所以啊，回答你最开始的问题，跟着你，我挺有劲儿的，感觉谁欺负我，你都能替我出头，多好的小主啊。"

后来我对着屏幕的月亮，跟他聊了会儿《甄嬛传》，说他要是甄嬛，我就是浣碧、流朱、槿汐……我渐渐盹着了，厚重痴肥的眼皮将要覆盖整个世界的时候，我想，郝泽宇就这么举着拍月亮，胳膊不酸吗？

那一瞬间，手机屏幕的月亮变成了一个人的脸。我困得看不清了，无法辨认是不是手机没电了映照的我的脸。只听一声笑声，谁呢？我笑了吗？还是他？朦朦胧胧中我仿佛看到手机屏幕上出现了郝泽宇的脸，又出现了久违的那张老照片上曾灿烂过的笑。

郝泽宇，无论这是不是我的睡前幻觉，我都希望今后的日子你能永远都这么笑。你一笑，福子，可以永远有劲儿。

第八章

我能想到最浪漫的事，
就是跟你一起慢慢变胖

·——·

〔一〕

　　我以为《谁胖谁先死》这电影，跟我们没关系了。隔两天，导演那边却说，定了郝泽宇当男主角。为了方便介绍，导演叫那大肠吧——他姓那，我记得上次吃饭，他又特别爱吃大肠。

　　我在工作室设了一简易神坛，中间摆着那大肠导演的照片，放上香炉插上三根香，还摆了贡品，弄得跟灵位似的，我天天跪在那儿，无比虔诚，就祈求两件事：导演一定要身体健康、艺术青春永驻；郝泽宇一个月内一定要胖二十斤。

　　关于为角色增肥一点，老牛还犹豫了一下，心说要不要把片酬提到五十万，导演悠悠地抽了根烟，说："化特效装，不利于郝先生拿金像奖提名……"老牛一激动，片酬要了十五万。

　　我说："就为了十五万，还得胖二十斤……"

　　"你胖二十斤，有人给你十五块吗？"

　　行，接就接吧。

　　往好了想，北上拍片的导演，大多都是糊弄人的，那大肠导演还是有点艺术追求的。

　　郝泽宇本人有点蒙，也不是他不乐意为艺术献身，而是不知道怎么增肥。我跟老牛相视一笑，从来没有听过如此荒谬的问题！吃胖还不简单？

　　头三天，我天天饭点给郝泽宇打电话，"吃了吗？"

　　"吃了吃了，我吃得可饱了。"

　　"那你胖了多少了？你站在体重秤上，给我拍个照片。"

　　他把照片发给我，我盯了半天，又转发给老牛。

　　老牛回复我，"三天就胖了十五斤？他骗谁呢？"

　　我说："这不作弊吗？你看那照片，体重秤旁边的影子，估计他拎着哑铃站在上面呢。"

　　老牛跟我一合计，咱们两个体型丰韵的美人，竟然没办法让旗下的艺人胖，说出去太丢人了。

　　第四天中午，我俩拎着箱子，准时出现在郝泽宇家门口，郝泽宇睡眼惺忪地开门时，还以为我俩是快递呢。

　　我和老牛跟绑匪一样，把他架到体重秤上，原封不动，还是六十五公斤。

郝泽宇正要解释，老牛看看我，"你睡哪儿？"

"我睡书房，你睡次卧吧。"我俩打开箱子开始拿东西。

郝泽宇惊恐地问："你们要干嘛？"

老牛甜美一笑，"同吃同住啊，从今天起，我就是你的饲养员，福子就是你的奶妈。"

我握拳："填鸭行动开始了。"

一天五顿，必胜客肯德基麦当劳这种高热量的食物最容易胖了，临睡觉还要煮包方便面，再干一瓶啤酒。平时能坐着别站着，能躺着别坐着，而且切记，千万别运动，最好把烟也戒了，要是嘴总想叼点什么，就先干掉一袋薯片吧。郝泽宇作为一只被填的鸭，第一天就吃吐了。

胖子多喜庆，瘦子多丧精。郝泽宇的胃口跟他家一样，走性冷淡风格，这么多年缩成了一小团。但是在我和老牛的影响下，他吃饭也开始穷奢极欲起来，还提议从网上买了个日本暖桌，摆在电视机前，吃了睡，睡了吃。

然而他这人也够讨厌的，如此饲养之下，竟然只胖了八斤，我们后来又见了一回那大肠导，导演说唔得啦（不行啦）。填鸭行动有点失败，饲养员和奶妈倒是合伙胖了十斤。

导演说你们要不行，我们就换人了，我跟老牛就像两口子刚参加完家长会，被老师骂了一顿，忧愁而悲愤。

老牛这边的工作也不顺利，本来谈了个网络直播的合作，让郝泽宇聊聊要拍电影的事儿，人家却觉得没爆点，想换人。

老牛仰天长啸，"怎么哪哪儿都要换人啊。"

我想了想，心生一计，跟对方负责人说："要不咱们吃播呢？"

我解释，现在直播，好多都说怎么减肥怎么化妆，太没劲了，网友白天那么累，晚上看个直播都要学习，多扫兴。不如我们直播怎么催胖，反正我家郝泽宇为新戏要胖二十斤，也不能白胖啊，就把他催胖这过程直播出去，跟真人秀似的，绝对吸睛。

对方负责人有点蒙。

我一摊手，说："你们要是不做，我们就给其他家做了，反正经常看到有人怎么减肥，增肥的过程我可没见过。"

这事儿定下来了。

老牛有点担心郝泽宇不同意，我说这事儿好办，咱们卖点惨就得了。我让老牛把上次买的泰国减肥药拿出来，那药吧，减肥没什么用，却一吃就拉。咱们泻完就吃，吃完还泻。这么自残下去，郝泽宇一心疼，肯定得为了咱俩好好吃饭，顺便也能把吃播答应了……

我和老牛从厕所出来，郝泽宇以为我俩肠胃炎犯了，要去买药，让我俩躺着。

我说那怎么能行，我们不是说好了吗？此时我特煽情地唱《时间煮雨》："我们说过不分离，要一起一起胖下去。"

如果说唱歌还带点虚假演技，但晚饭的时候，我拿起筷子刚吃几口饭，就要狂奔厕所泻肚子，那就是真实反应了。

郝泽宇果然感动，说自己一定好好吃东西。

我顺水推舟，说你吃东西多痛苦啊，咱们要把痛苦转化成金钱，这阵子就吃播吧。

果然，爱面子的郝泽宇不同意。一切都在按照剧本走。

我跟老牛微微一笑，老牛已经攒了半天要泻的量了，他冲进厕所，痛苦地呻吟了起来。老牛演技不如我自然，此时的呻吟跟哭一样。在这样的氛围下，我一脸凝重，跟他说为了拍这电影，老牛推了不少商业活动，片酬只拿了百分之十的定金，老牛这个月还有房贷要还，工作室的房租还得交。而且你注意了吗，老牛有颗牙一直没补，他舍不得。老牛在你身上花钱特大方，上次请导演团队吃饭，花了一万多，眼睛都不眨……

郝泽宇叹了一口气，"你们这是要逼死我。"

〔二〕

自从吃播之后，郝泽宇的脸像气球一样鼓了起来。整个人的气质也变了，以前一笑，你说他像水仙也行，像向日葵也好，现在一笑却像水仙的亲戚，蒜，还是扎在水里长蒜苗那种蒜，特有生活气息。

冬天，日本暖桌像是罪恶的深渊，我俩都爱扎在暖桌的被子里面，日子过得很逍遥。最近也没太多工作，就等着进组了，我们闲得很，唯一的工作就是吃播。

第一次吃播的效果太好，这个工作就固定了下来，从每周一次，变成三天一次，又变成一天一次，郝泽宇上了好几次热搜，他吃东西的样子被做成了表情包，不少洋快餐品牌还找来做微博广告。

很多艺人也开始跟风吃播，不过网友都不认他们。

"不像郝泽宇吃胖二十斤，好意思在直播里说自己是吃货？"网友如是说。

郝泽宇的吃播，逐渐成为一种娱乐现象。老牛甚至上了《三联人物周刊》和《南方人物周刊》，大论自己是如何营销郝泽宇的。

郝泽宇躺在日本暖桌下，拿着iPad，念网上关于老牛的采访文章。

我剥小龙虾呢，心怀妒忌，哼，这老牛可真会抢功劳，吃播明明是我提出来的。

郝泽宇突然兴奋起来，"哎，这里面提到你了。"

我眼睛一亮，剥了两枚虾肉，塞到他嘴里，兴奋地说："快给我念念！"

"郝泽宇的吃货营销路线，如此成功，也是因为他的工作人员都是胖子，他们更懂胖子的心理。比如，那句著名的宣传语："爱你，就陪你一起胖下去"，就来源于助理的一条微博……"

"接着念啊。"

"没了。"

郝泽宇又张嘴，让我喂他吃虾肉，我气愤地把虾肉都塞到自己嘴里，"太气人了！连个名字都不提，白陪你胖了十斤！"

郝泽宇看着我的吃相，笑了好一会儿。忽然，他停住，愣着说："我现在一笑，都有猪的声音了。"

我没听见，他原样又学了一遍。还真是，笑声之间都开始哼哧哼哧了。

我安慰他，"你这笑，最多是头小香猪，我这笑才是大猪。"我边笑边模仿猪的声音，又把他逗乐了。

他惬意地躺在地毯上感慨，"好久都没这么高兴了，其实像猪没什么不好，要不以后我继续胖下去吧？"

我说："那不行，胖子当不成偶像，对于艺人来讲，胖，就是犯罪。"

"就让我犯罪吧！不高兴了，就吃东西，这快乐来得真容易……"

我摘下手套，给老牛发信息，问他什么时候回来，哪想着，手机上面出现一张人脸，吓得我叫了一声。

他凑过来，问我："怎么了？"

"手机突然出现一个特别丑的人，"我又看了看手机，"哦，是没电了，原来是我的脸啊。"我摸摸自己的脸，嘟囔着，"胖到镜头都装不下我了。"

"没事，我心能装下，我心大。"他歪着头，就这么看着我。

我愣了，盯住郝泽宇，半响，我抚掌，大喜，"这句不错，赶紧发微博，撩妹啊！"

好多年后，想起这一段，我都疑心是个梦，因为太美好了。每天睡醒了就吃，吃的时候跟郝泽宇说笑，吃完的时候，我俩都困了，钻进日本暖桌下美美地睡上一觉，有美梦好，没梦也很好，反正最后会被屁臭醒，我俩会说是对方放的屁，拿脚踹彼此，闹够了再吃东西，看电视，就这么吃一个月，老牛来了，给我发工资……

就这么过一辈子，也挺好的。但不知道是不是跟郝泽宇待久了，我也学会他悲观那一套。我习惯了被生活敲敲打打，生活偶尔给我点美好的场景，我都怀疑这是假的、短暂的、幻觉。

很快，现实就印证了我的想法。我们去见那大肠导演，连导演的助理都认不出郝泽宇了。

老牛像是炫耀自己小孩胖的母亲，得意地说："当然啦，超额完成任务，胖了三十斤，都胖若两人了。"

导演拍拍郝泽宇的肩膀，夸了郝泽宇好多，然后说对不住啦，现在需要你瘦身。

对，我没听错，那大肠导演，一个月前让郝泽宇胖二十斤，我们自作主张胖了三十斤后，现在让郝泽宇一个月后瘦回去，比原来还要瘦。

我们仨都愣住了。

那大肠导演特别兴奋，说《谁胖谁先死》原来的故事太俗了，但要是把整个故事改在明朝发生，多棒啊。朝代一换，郝泽宇就不应该是个胖子了呀，明朝哪有胖子呢，明朝的伙食太差了呀！而且女一号不准备演啦，就剩郝先生一个人来演男女主角啦，怎么能胖呢？

老牛先反应过来，脸上带着谄媚的笑，附和着那大肠导演，说导演真英明神武之类的，最后依然忍不住抱怨，为什么不早点告诉我们呢。说这话时，老牛嘴角有点抽搐。老牛这么暴脾气的一人，忍成这样不骂街，真为难他了。

导演微笑，说："唔紧要啦，你们不愿意演，我找其他人啦，剧本也是刚改完啦，改动也是为了让电影更好啦。"

老牛继续低三下四，说："导演啊，您别误会，真不是我们不乐意，一个月胖三十斤容易，但一个月瘦回去，太难了……"

导演说："一人分饰两角，很方便拿奖啦。"

拿你个大头鬼奖！我刚要站起来说什么，郝泽宇攥住我的手腕，他笑得山清水秀，"导演，那我瘦回去。"

回到工作室，我才发现那神坛碍眼，上前收拾着。

郝泽宇说："我饿了，咱们点吃的吧。"

老牛问："你想死啊，不减肥啦？"

"死也不能当饿死鬼呀。"

我点头，"对，就当最后的晚餐了。"

这一餐，我们点了好多知名外卖，永安里的清蒸大闸蟹啊，东城的辣烤猪蹄啊，望京的小腰啊，满满一桌子，还让楼下超市送来一箱啤酒。

大家喝得很开心，默契地不说过去，不说现在，只说未来。未来啊，郝泽宇红到上《时代周刊》，老牛成为国内最牛的经纪人，小鲜肉们排着队要签给他……美好都要说尽了，酒也要喝干了。

郝泽宇突然说："我最近胖了好多哦。"

生怕他难受，我和老牛开始争胖。老牛翻白眼，"当着我的面儿，谁敢说胖。"

我举手，"我啊，老牛你看你，二百斤了，脸还这么小。你看看我，脸多大，你俩加在一起，都没我大。"

郝泽宇摸了摸脖子，"我脖子上好多褶儿哦。"

我连忙扯自己的双下巴，要给郝泽宇看。

老牛没双下巴，觉得很失败，恼羞成怒，狠狠地说郝泽宇，"对，咱们仨，你脖子上的褶儿最多。感觉适应能力很强的样子，海水淹没陆地，你的肥下巴可以直接当腮来用。"

郝泽宇跟我听了哈哈大笑，"老牛，你太有才华了。"

老牛听到称赞后，不以为意，又开始酒后骂人三部曲，"我这么好，都没人爱我，都想骗我钱。"

郝泽宇捧哏，"让他们都去死！"

老牛又说："白莲花怎么还不死啊？"

郝泽宇回，"她快死了，肯定死你前头。"

第三步，老牛又该感慨自身了。果然，他说："我堂堂一个北师大中文系硕士……"

郝泽宇也很熟悉老牛这套，抢答，"……当经纪人，你觉得特别白瞎自个儿，是吧……"

老牛看看郝泽宇，眼圈红了，"……不能让你红，我真该死……"

对话没按照剧本走。老牛脸扭成一团，努力想把眼泪憋回去，然而眼泪依然抵抗不了地心引力，大滴落下，转瞬流成了水龙头。

我笑，"老牛你一个真汉子，哭什么哭……"

我眼泪也落了下来。这也哭得太莫名其妙了，我连忙擦眼泪，努力笑，说："老牛你看你，我都被你吓哭了……"

老牛估计憋了一阵子了，放声大哭，"我们不就是不红，至于让人这么玩吗！"

我本来给老牛找纸巾呢，听到这话，眼泪又止不住了。

郝泽宇笑笑，撑着头，也不说话，默默地看着我俩哭。

我把纸巾按在自己眼睛上，心酸了三秒钟。说实话，陪郝泽宇走通告，跑商演，被人怠慢的时刻太多了，我们也觉得没什么，不爽就跟对方发火儿呗，不爽就跟对方打一架呗，反正对方跟我们一样low。然而遇到正儿八经的机会，我们不红的本质就暴露出来了。不红就是不红，在跟人家谈判的时候，人家说什么就是什么。不红让人受的所有委屈都是应该的，没资格不爽。因此，我们这么齐心协力地陪着郝泽宇一起胖，仿佛他身上多出来的三十斤，不是肉，而是我们破釜沉舟一般的决心——只要我们比其他人都努力，是不是我们就会变好一点？老天爷，你别笑，尽管我们仁年龄加一块儿都快一百岁了，但是不是有这个可能呢？我们想选择相信。然而五光十色的名利场，谁理你努力不努力呢，运气更重要，机会更重要，一步差，步步差。

我替郝泽宇心酸了三秒钟后，突然觉得好笑：我哭个屁啊，人家老牛有才华有学历有能力，今天触景生情，感怀一下自身命运，哭得理直气壮的，我在这儿起什么哄啊，我现在的生活挺配得上我这人的。想到这儿，我豁然开朗，一年心酸的量都用光了。

我把纸巾扔到一边，要把老牛抱在怀里，好好安慰他。哪想着，老牛推开我，一下子扎到了郝泽宇的怀抱——这个重色轻友的贱人！好在郝泽宇胖了三十斤，也有点儿分量，没被扑倒在地上。他搂着老牛，摸着老牛的头发，安慰说："姑姑我爱你。"

"我不要你爱我，要你睡我。"

他跟哄小孩一样，"好，你不哭，我今晚就睡你。"

老牛情绪稳定后，抽了根爱喜，一根烟的工夫，他有主意了。

"算了，咱不做电影咖了，这活儿太邪了，明儿我就给否了。"

郝泽宇说："别啊，要不然我白胖三十斤了。"

我忍不住插嘴，"你还真信他说的啊，演完这电影，就能拿金像奖？"

没想到郝泽宇点头，"嗯。"

他自己先忍不住笑了，"没想到吧，我这么颓的一人，还挺有野心的吧。"他顺手拿起一个酒瓶当奖杯，"要不要听听我的获奖感言？"郝泽宇清清嗓子，眼睛突然一亮，瞬间有了明星的样子，"感谢金像奖。其实这一幕，我想了很多年了，天天在卫生间拿着洗发水瓶子，对着镜子练习我的获奖感言。有好多个华丽的版本，可是今天想一想，那都不是我的真心话。我没那么多的艺术追求，十八岁我入行，也只是当一份工作，有钱拿，还能让奶奶高兴，多好啊。带着这种想法，十年过去了，发生了很多事情，我不红了，奶奶去世了，当初带我入行的人也离开了我。我很多时候都很不开心，但没变的是，我依然把我现在干的事儿当成一份工作。对我而言，这个奖杯就是我今年的年终奖，我希望明年，后年，大后年，我的年终奖会越来越多。感谢天上的奶奶保佑我，感谢我的经纪人和助理……"他突然指着老牛，"老牛，我知道你一定会哭成狗，"他又指着我，"福子，你现在一定高兴得饿了。让我迅速结束这段获奖感言，咱们去大吃一顿庆祝一下！我会继续加油的！"他站起来，挥了挥手，鞠了个躬，然后望着我俩，"鼓掌啊。"

只有我一个人给面子，老牛又在翻白眼。

郝泽宇坐下，依然沉迷在刚刚的幻想里，"是不是挺幼稚？我也觉得挺幼稚的。我大概这辈子都没机会得金像奖了，所以我特珍惜这个电影。这大概是我离金像奖最近的一次——因为导演是个香港人。"郝泽宇被自己的冷笑话逗笑了。

我不满，"谁说的？以后咱们电影多得是。"

他脸色平静地看我，"平时你们都哄我，我知道。我在这一行这么久了，知道我大概也就这样了——我没丧，我说的是事实。我没什么演技，也没后台，人气近乎零，趁着我最近有点曝光度，人家脑袋被门挤了，才能看上我。人家毕竟是个正经电影导演，以后呢，我可能就去拍网络大电影了，也可能去县城啊商场啊跑商演了。反正中国那么大，明星更新换代那么慢，我怎么样都能活下去，但能演电影，大概就这么一次了吧。所以，不就是胖了之后又让瘦嘛。"他捶捶自己的胸，"我扛得住……"他突然止住了，自嘲地笑了一声，"我废话真多。"

他脸严肃起来，"这个圈子，每个人都有好多梦想。虽然混着混着就混成了别人梦想的养料。我没什么梦想，可这一次，我想跟大家一起，努力一下。"

几秒钟后，老牛脸皱起来，又要哭。我嫌烦，从旁边的架子上取过老牛的泰国减肥药，拆掉包装，吞了下去，"行，那咱们就为没梦想搏一把，姐们儿陪你一起减。"

我义薄云天，把药递给老牛。

老牛惊恐地说："福子，那是痔疮栓啊。"

我奔向厕所，开始抠嗓子，泰国减肥药怎么跟痔疮栓长一个样！

〔三〕

年三十的晚上，尽管春晚难看到生灵涂炭的地步，我依然吃了很多。

我问爸："什么东西，既补身体，又能减肥？"

妈插话了，"我看你是鹌鹑要吃树上果，想得倒美！"

爸劝我，"你不胖，减什么肥？"爸头往我这儿一凑，小声问，"处朋友了？"

我把郝泽宇减肥这事儿说了一遍，爸妈都挺同情的，说这钱不好赚，连个年都过不好。

彭松打过电话来，跟爸妈拜年。往年彭松都是中午在他爸和后妈那儿吃完饭，就跑我家过年三十。今年他后妈生了个弟弟，彭松跟他爸关系又紧张起来，他干脆去马尔代夫过年了。彭松跟爸妈说了好一阵子，电话才轮到我手里。

我逼问彭松，下午我在朋友圈里看到的那照片，谁给他拍的，"就知道你不是一个人去的马尔代夫。"

他也不否认，笑，"你以为谁都跟郝泽宇似的，能一个人过年呢。"

我想到年三十晚上，郝泽宇一个人，待在那个满是椅子的屋子里，丧着，饿着。心里忽然又一阵不是滋味。

我打电话问郝泽宇："干嘛呢？"

"在家待着呢。"

"今儿吃什么了？"

"吃了三根黄瓜，俩西红柿。"

"过年你得吃顿饺子啊！停一天不行啊。"

"嘻嘻。"他在电话里笑。

太可怜了，我给老牛打电话说这些。老牛在东北老家过年，十分羡慕郝泽宇，"亲人都死绝了，一个人多清净啊。"

我觉得还是得去看郝泽宇一眼。爸进我屋看我捯饬自己呢，问我，"真没处朋友？"

"爸，你别给我添乱了，我看郝泽宇去。倒是想跟男的幽会，可身边连个男的都没有。"

"你老板不是男的吗？"

"他算是我姐们儿吧。"

爸不明白。我权衡一下，说："人家不喜欢女的。"

"可惜了。"

我心里冷笑，哪天你干儿子彭松给你带个男媳妇回来，你再可惜吧。

爸又问，"那小郝呢？不会喜欢男吧？"

"他？"我想了想，"大概是无性恋吧？"

爸不明白，我解释，"异性恋吧，就是男的喜欢女的，女的喜欢男的。无性恋呢，就是不喜欢男的，也不喜欢女的，自己跟自己就能搭伴过日子。"

"难怪敢一个人过年，性子这么怪。"

我说："他啊，就像只猫。面儿上不冷不热的，骨子里却火热，可知道疼人呢。"

到了郝泽宇家，我也没敲门，直接按密码锁就进去了。换了拖鞋，就看到郝泽宇正对着电脑刷网页，嘴里嚼着什么东西。还行啊，这小子还知道吃东西。

郝泽宇减肥跟自残差不多，老牛吓得干脆退出了减肥阵营，说这辈子再不敢动减肥这个歪念头了。

郝泽宇见到我，特别高兴。

我问他，"吃什么呢？"

他把嚼的东西吐出来，"榨菜。"

"这有什么好吃的？"

"我就过过嘴瘾，尝尝咸淡。"

吃榨菜过年？旧社会也没这么困苦啊，我眼泪都快飙出来了。电脑上是麦当劳的外卖网页，郝泽宇分享说，对着麦当劳干嚼榨菜，就仿佛吃到了满汉全席。早知道这样，就应该早点过来，拉郝泽宇去我家吃年夜饭，我劝郝泽宇，大年初一去我家吃饭吧，说我爸做饭多好吃，又补身体又不胖。

郝泽宇拒绝了我，不过还是羡慕地说："有爸真好。"

不知道是不是最近大姨妈，荷尔蒙分泌不正常，郝泽宇说什么，我都觉得特可怜。我说："要不你也认我爸当爸吧，彭松给我爸当儿子，当得可好了，感觉我爸也挺喜欢你的。"

他挺高兴，"你跟你爸说起过我啊？"

"他老问，还问你有没有对象。"

"你怎么说的。"

"实话实说咯。"我当然没说他是无性恋的事儿。

他又说："感觉你爸跟你一样，脾气特好吧？"

"嗨，脾气怪着呢，也不知道是不是更年期，现在天天觉得我在谈恋爱。我跟谁谈啊，怎么说他都不信，他还说只要别找年纪比我小的，什么样的他都同意。"

"为啥不让你找年纪小的啊？"

我回忆了一下历任男友，"可能以前的男朋友都比我小，都不靠谱，给他留下了不好的印象吧。"

我认真跟郝泽宇探讨，"你说也怪了，我没故意找小男生啊，怎么次次姐弟恋呢，我长得也不好看呀。"

他特坚定地安慰我，"我觉得你长得挺好。"

"怎么个好法？"

"你长得特下饭。"

我还挺高兴有这个标签的，别人长得刺激性欲，我长得刺激食欲，多出类拔萃啊。

饿得前胸贴后背的郝泽宇，与长得特下饭的我，有一搭没一搭地聊了会儿，转眼就十一点了，郝泽宇看了看表，试探性地问我是不是得回家守岁。我当然想陪孤寡巨星多待一会儿，但今年我进步很大，比较懂看人眼色了，郝泽宇这是给我下逐客令呢，我得走了。

郝泽宇以一种跟墙撒娇的姿势，靠在门厅的墙上，看我穿鞋。

我担心地说："要不然你吃点东西吧，你看我的眼神都直勾勾的了。"

他摇摇头，笑得风情万种，像女人，又像是小孩，欲说还休，最后却什么都没说。

惹得我出门还想，饥饿真是个好东西，能饿出性感来，怪不得明星必须得饿。

下了楼，冷风吹过来，混合着火药味和雾霾，总之你一闻，就知道快全城放炮啦——这大概就是年味吧。年味是清冷的，凛冽的，刺激得人想回家，我伸着手，沿着路边走，希望现在赶快出现一辆出租车，带我回家。过年呢，得跟家人聚在一起包饺子，看难看的春晚里主持人说着一点都不真心的主持词，十二点钟声一过，大家听春晚文物李谷一老师唱《难忘今宵》……然后这个年就这么无聊地过去了，总之不适合一个人，站在路边打车。

旁边有个二十四小时的麦当劳餐厅，还开着。过年多热闹，就显得麦当劳多寂寞。我突然灵感大发，开始想自己八十岁时，爸妈啊小松子都死光了，过年我一个人去麦当劳买吃的。这故事悲怆到有点搞笑，我万一孤独终老，过年也不能吃麦当劳过啊，谁这么惨呢。

他的脸突然浮现了出来。他更惨，过年连麦当劳都不能吃，啃着榨菜，看麦当劳的网页。脑中跟闪回似的，郝泽宇特讨好地问我，是不是要回家了……他风情万种地靠在墙上看我离开……风情万种个屁，那根本是讨好而祈求的表情。嗯，他一个人，没有家人，没有难看的春晚，也没有饺子……他不想一个人，我终于明白他所有被我误会成逐客和风情万种的表现。

空无一人的大街，零星的鞭炮声已响起。我冲进麦当劳餐厅，装了两大袋子，一路小跑上了楼。开门太猛，差点把郝泽宇撞死。我以为他是来迎我，但马上反应了过来。这位爷玩行为艺术，我走后，他倚着门，都没动窝儿。

他爬起来时，之前风情万种的脸变成了傻小子的傻笑。他看到我手里提的麦当劳，接过来放在地上。

我说："你是不是傻？"我把东西扔下，找遥控器，屏幕上花花绿绿的，主持人几十年如一日地假high，正念新春贺词呢。

他双手捂着我耳朵，"你是不是傻，这么跑，不冷吗？"

"不冷，感觉自己在拯救全世界，今晚喂饱你，全世界都可以不冷了。"

屏幕里春晚的声音，为房间增添了点人气儿，这屋子终于不像是高级停尸房了。电视里的人蹦跶，大家喊，新年好！一群认不出来的女民歌手，穿得姹紫嫣红，掐着嗓子赞美这其实不那么太平的盛世。

窗外，鞭炮齐鸣，烟花绽放。我感慨，又是个很俗气的年。不过郝泽宇需要点儿俗，把他骨子里的丧赶一赶。

他忽然开口，"福子，过年好。"

我也说："巨星，过年好。"

本以为就这么停住了，谁知道他给我来了句吉祥话，"大吉大利。"

哟，比谁会说吉祥话吗？我说："龙马精神。"

我疑心接下来，我俩会变成张曼玉和黎明，演一段《甜蜜蜜》。

他却变了形式，说："新的一年，要有一个爱你的人。"

"这祝福不地道，我感情运不好啦。"

"没准已经有了，世界这么大，总会有个你不知道的人，在爱着你。"

我想了想，说："那你也是，世界这么大，总会有你不知道的三亿少女在爱着你。"

我俩相视一笑，本想将相互吹捧进行到底，然而刘德华出来唱歌了。我俩注意力都放在了电视上，他痴迷地望着屏幕，"我什么时候能像他一样啊？"

"简单啊，等到三亿少女的闺房都贴满了你的海报，你就是郝德华了。"

这番话说得多励志啊，哪想着他鄙夷地看着我："海报？还不干胶呢。"

"那就让少女的手机屏保，都是你的脸。"

"这事儿太难了。"

"不难，其实就分两步。"

我拿手机，拍了一张郝泽宇的照片，然后设成屏保。

"现在有一个了，就等着剩下的两亿九千九百九十九万九千九百九十九个少女，换她们的屏保了。"

"接下来呢？"

"吃麦当劳，咱们好好过个年。"

〔四〕

正月过完了，郝泽宇也顺利地减重了三十斤。至于受了多少罪，我真不想赘述，太恐怖了。

但这也没让那大肠导演哑口无言，见面那天他还是说了，男主角人选，资方指定了一个最近走红的小鲜肉，有个男二……

"那我就冲击一下金像奖最佳男配角。"郝泽宇笑着说。

我和老牛看了一眼，也没说什么。

很快就定了进组的日期。

然而倒霉的事儿就跟雾霾天似的，连绵不绝，老牛的腿心甘情愿地被车撞断了。

这事儿可真够荒诞的。郝泽宇不红，国际大牌的品牌公关自然不愿意借他衣服，有时候出席活动，需要穿点大牌镇镇场子，郝泽宇不愿意让老牛为难，借不着好衣服，就自掏腰包去买。其中最常买的，是L品牌。

某次饭局，老牛嘴贱，得罪了L品牌的中国区负责人。隔天，跟老牛关系好的公关就说，L那边的人四处打听，到底是谁把他家衣服借给郝泽宇的，说不让郝泽宇穿他们家衣服，因为郝泽宇太low了。而且他们投放广告的时尚杂志，郝泽宇也不能上。

我一听就笑了，他们也太不了解不红艺人的人间疾苦了。我们倒是想上那些顶级时尚杂志，可我们上得了吗？我们倒是很想弄到你家的品牌赞助，可我们借不来，只能买啊。

这封杀封得很无力，但老牛却觉得这伤到他面子了，他一定要借L品牌的竞争对手——H家的衣服，出一次气。他求助相熟的公关公司，自然是无功而返。结果老牛跳过公关，直接找了H家的品牌负责人。人家倒是客气，委婉地说郝泽宇不太红，咱们以后再合作吧。老牛发挥一贯的一哭二闹三上吊的职业精神，四处堵人家，甚至还拦住人家车，不让人家走。品牌方都精英惯了，哪见过这种东北老娘们式的纠缠法，吓着了，把刹车当成油门，不小心撞伤了老牛。人家要赔钱，老牛却忍着剧痛说不用给钱，借我家郝泽宇衣服就行。如此，老牛用断掉的一条腿，换来了一个季度的品牌赞助。

机场入口，我推着轮椅，轮椅上的老牛推着行李车，跟蜈蚣似的。如山的老牛和如山的行李，哪个更沉一点？我不知道。

郝泽宇要过来帮忙，老牛把他推到一边，怒斥，"小心待会拍照不好看。"

这次机场出行，郝泽宇穿的，就是H家衣服。老牛已经提前找好狗仔拍照，准备大肆发宣传稿，气死对方。

不知道从什么时候开始，机场成为了艺人们的T型台，艺人的私服照也成了绯闻之外的吸睛之道。狗仔们围过来拍郝泽宇，他赶紧调整状态，犹如在参加时装周。

老牛坐在轮椅上，腿上打着石膏，给狗仔们发红包，撒娇说大哥辛苦啦，把我家小孩的照片修得好看一点哟。一相熟的狗仔夸老牛敬业，腿摔断了还来送艺人拍戏。

我心里却在嘀咕，老牛这腿断的真不是时候，只剩我一个人跟郝泽宇进组了。

H家衣服是有名的铁衣服，拍出来好看，穿起来相当难受。狗仔散去后，凹了半天造型的郝泽宇差点虚脱。老牛却还在嘱咐郝泽宇，让他在飞机上别睡着，别弄乱妆发，换身新的衣服，杭州机场还有一拨花钱雇来的狗仔在等着拍他。等拍完，上了去横店的车，再换成舒服的日常服。他絮叨了好几遍，我不愿意听了，赶紧去换登机牌，把行李托运。

老牛嫌托运费多，问我到底带了什么，我掰着手指头跟他细数。除了我俩的日用品，还有休息时用的折叠椅、盖到脚面的长款羽绒服、暖宝宝、各种药、小风扇……

老牛说那也不用这么多箱子装啊。

"还有二十盒稻香村。"

"带这个干嘛！"

"给剧组的伴手礼啊。"

"这是电压力锅？"

"对啊，我怕剧组伙食不好，想着能给他煲点汤，他现在身子多虚啊。"

老牛服我了。尽管被他嫌弃，我俩登机时，老牛坐在轮椅上，支着一条石膏腿，像是母亲送孩子上大学，突然情绪激动，热泪盈眶。

我招手，"哭个屁啊，好好养伤，我们三个月就凯旋了。"

"好好拍戏，回来咱们就牛了！谁都欺负不了咱们了！"

这话真煽情，煽得我诗意大发，握紧拳头高呼，"黄沙百战穿金甲，不破楼兰终不还！"

郝泽宇和周围人一脸尴尬，老牛却感动得睫毛膏都哭晕了。

我坐在头等舱时，不由得更爱老牛了，老牛真好，因为断了一条腿，因为不能陪我们去剧组，内疚得很，特意给我俩买了头等舱。在花钱大方这一点上，资深娘炮老牛比大多数爷们都man。我没良心地想，万一老牛两条腿都断了，不，是全身都断了，他应该会包机送我们去横店吧。

飞机起飞时，我发现郝泽宇脸色苍白，坐立难安，空姐都担心地问他怎么了。我想到，他奶奶死在飞机上，他是不是有心理阴影啊。

我安慰他，"没事，咱们死不了。"

"谁怕死啊。"

"奶奶去世，只是个意外，跟坐飞机没关系。"我抓住他的手，要给他福子牌体贴。

谁知道他不领情，把我手推到一边，指着自己的裆部说："我不舒服，是因为裤子太紧，卡得好疼。"

旁边的一位女乘客貌似认出郝泽宇了，窥视美色，哪想着这位美男说话这么粗俗，她都不忍听了。

我连忙制止，"小点声，你用手调整一下呗……"

"我里面穿着秋裤呢。"

我大惊失色，"明星怎么能穿秋裤！被人发现你穿秋裤，你得退出演艺圈呐！"

在我的指导之下，郝泽宇调整了几次坐姿，终于把自己放在了舒服的位置。我正准备睡觉呢，他又跟我说话，承认奶奶去世后，他的确害怕坐飞机。

我翻白眼，"哎，还跟我装。早知道这样，咱们就坐高铁过去啊。"

"你不是没坐过头等舱嘛，我想让你高兴点。"

我叹气，"好在我没说喜欢吃人肉，要不然你还杀人让我尝鲜啊。"

"这不用，我割自己的肉就行了，还不用减肥。"

大概是第一次拍电影，他压力有点大。他忧心忡忡地说，拍电影这事儿太顺利了，他觉得忐忑。

"三十斤肉长身上，又割下来，这还算顺利啊？"

他头靠在座位上，意味深长地说："我这辈子，习惯性点背了，稍微让我顺利点，我还有点不太习惯，总觉得后边肯定磕磕绊绊的。"

"呸呸呸，你别说这话，瞧不起我呢，我天生是吉祥物，专挡各种煞。"我疑心这口号喊得太响了，老天爷要给我点颜色瞧瞧。

商务舱的空姐不小心把一杯果汁洒在了郝泽宇的裤子上。下飞机呢，我们托运的行李又找不着了，愣是等了好几个小时，杭州机场的狗仔拍到的是郝泽宇因等待而变得呆滞的脸。出机场，老牛提前租好的去横店的车，又掉链子放了我们鸽子……大概我前半生习惯性捅娄子，现在遇到点意外，我都见怪不怪了，各种见招拆招。

好不容易到了横店，却被告知剧组房间紧张，原因是大咖男女主角带了十多口人伺候，制片方没办法，只能欺负郝泽宇，就给我们留了一间房。我赶紧拿出稻香村孝敬制片大人，各种夸他帅，哭着喊着说对他一见钟情，强行要求他潜规则我。制片大人招架不了，怕了我了，才给我们调了一间带客厅的套房。

我在房间整理行李，郝泽宇坐在一边看着，感慨自己预知了命运，"你看吧，我果然运气不好。"

"可架不住我准备充分啊，"我从背包里拿出睡袋，"我还以为助理只能睡大通铺呢，没想到还能睡客厅沙发……"

正说着，隔壁电视声传来。郝泽宇摸了摸墙，又撇嘴，"隔音真差。"

"隔音差不怕啊，"我又翻另一个行李箱，拿出耳塞，"这耳塞可好使了，闹铃声都听不见。"

"可我老丢耳塞。"

"没事，我带了好几盒呢，你就是一天丢一副，咱们也能坚持到杀青。"

郝泽宇笑了，"福子，你可真招人稀罕。"

"那当然，因为我美嘛。"

他摇头，特郑重地跟我扯淡，"福子，你知道我为什么喜欢你吗？因为你没被这个世界温柔善待，但你却温柔善待这个世界。"

大白天的，说什么深夜鸡汤啊，听上去怪恶心的。我过去扯他嘴，"祖宗，别在这儿抒情了！明天要拍的台词你背熟了没有！"

然而这句话我还是记下来，发在了郝泽宇的微博，转发破千。老牛也喜欢这句话，赞叹说有我的风格，高浓度鸡精勾兑的鸡汤。我跟老牛暗自合计，万一拍片不成功，干脆让郝泽宇转型当偶像作家吧，有我这个二道贩子，和老牛这个中文系高才生在幕后代笔，市面上那些流行的鸡汤文作家，都得死！

〔五〕

第二天就是开机仪式，香港人挺迷信的，一堆人举着香，对着一个猪头各种拜。我第一次见，觉得好笑。我问制片主任，拜完之后，那猪头怎么办。

"扔掉啊。"

"可惜了，卤一下，应该挺好吃的。"

第一场戏，郝泽宇需要吊威亚，他还挺兴奋的。然而真正拍起来，兴奋的就不是他的情绪，而是他的痛感神经了。

我在旁边看都疼，细细的钢绳索吊着铁裤衩，受力点都在胯下。可以想象他胯下的蛋蛋正在被各种揉挤，我感同身受地特想吃俩白煮蛋。

上完厕所，我看到正在放饭，我第一次在剧组吃饭，唯恐自己落下，赶紧抢了两盒盒饭。剧组的盒饭闻上去就挺诱人的，我抱在怀里，回到拍摄现场，人都不见了，却只剩吊着威亚的郝泽宇一副书生打扮，坐在树上，远远看上去，像是古代的农民工在上吊维权要工钱。

"人呢？"

"都去吃饭了。"

"怎么不放你下来啊。"

"导演说好不容易找好角度，我要下去，还得重新弄几小时，我还得受罪。"

"你饿吗？"

"有点，可现在吃，待会吐了怎么办？"

"那也得吃点啊。"

树还挺高的——剧组真牛，哪儿找的这么高的树，我踮起脚都不能把盒饭递过去。

旁边有灯光师用的人字梯，我搬过去，爬到最上面，发现郝泽宇的手被威亚的牵引绳牵制，抬不起胳膊。我用牙把一次性筷子咬开，打开盒饭，喂他吃几口。

"别光给我菜啊，给我几口饭。"他吃得挺香，香得我咽口水。

他说："你也吃几口啊。"我想找新筷子，他皱眉头，"我不嫌弃你。"

我想想也是，都是一起睡过的战友了，使一个筷子也没什么。就这样喂他吃几口，然后我吃几口——为将来给孩子喂饭积累了丰富的经验。

也许是大脑离地久了，思考都变得深刻了，我忍不住感慨，"拍电影可真有意思，吃饭都要脚不沾地。"

"我也纳闷呢，以前拍电视剧挺舒服的啊，最多熬熬夜。台词背不下来，嘴里念一二三四一二三四，后期还有配音演员补台词呢。"

他想了想，"当然，那会儿我比较红，不好好演戏，剧组还给我找个替身，专门在早晨起不来的时候，补我镜头。红可真好。"

"打戏咱们就不能找替身吗？"

郝泽宇看周围没人，小声跟我说，"我也想，可我不敢，拍第一场戏就找替身，不好吧？"

"可他们也不能把咱们晾在这儿啊。"

"这不挺好嘛，上面空气新鲜啊，还能看看风景。"

如果说第一天吊威亚还能当个新鲜，但往后的日子可真是让人笑不出来。郝泽宇的通告每天总是排到第一个，凌晨三四点钟就要起来化妆。古装戏又要戴头套，经常我都睡了一觉了，一睁眼，妆还没化完呢。起得早，可不意味着拍的就早。好几次，郝泽宇一大早就妆发齐全，却等到半夜才轮到他的戏。

我忘了说，剧本一直在改，郝泽宇演的角色，命运惨至无法想象。一出场，全家就因他葬身火海，只有他被烧得毁容活了下来。他从此陷入到"谁胖谁先死"的魔咒中，但凡他挨着的人，只要比他胖，就得死，男女主角也被他带衰了。然后他还因为有了阴阳眼，要被各种鬼吓，一直吓到结尾。以上的剧情，意味着郝泽宇要在火里演戏，要化毁容妆，被鬼各种折磨，全程扯着脖子叫唤，脸要一直保持惊恐状……反正，特遭罪。

经常一天的戏下来，他身上要不被武行给弄得青一块紫一块，嗓子要不叫唤得说不出话来。见鬼的表情做多了，脸都抽筋了，特效装又对皮肤伤害大，我估计再这么拍一个星期，他的脸真就跟毁容差不多，以后可以专门拍鬼片了。

那大肠导演还夸郝泽宇，说他演这种古代精神病特传神，还经常加戏，琢磨怎么让他看起来更惨。

老牛听说了，在电话里用林志玲的声音鼓励郝泽宇，"真是一个很有挑战的角色呢！加油哦！"然而背地里，老牛跟我大哭，说太心疼郝泽宇了，他恨自己不是富婆，要不然还能包养一下郝泽宇，让郝泽宇少受点苦。

心疼郝泽宇的，不光是老牛，制片主任就是其中一个。制片主任姓杨，也是北京人。江湖人称横店杨不挑，长成什么样的妹子，他都能下得去家伙。然而他对我有点惧，可能是我对潜规则的欲望太过浓烈。

"主任，今天天气不错，适合潜规则我。"

"主任，今儿特别累吧，要不要潜规则我，解解闷？"我就是这样不羁的中年少女。

某天午饭后，我俩蹲在一起抽烟，他冒出来一句，"小郝同学还是不错的。"

"你暗恋他？行啊，晚上我把他洗干净送你屋去。"

他很鄙夷，一会儿，又问，"你们跟导演以前熟吗？"

"不熟啊，就试镜那天喝了一次酒。"

他自言自语，"那就奇了怪了。"

我问，"奇怪什么了？"

"没什么，反正在剧组，如果得罪导演，就遭罪了。"他又说："小郝是个好同学啊，可惜了。"他掐了烟头就走了，留下云里雾里的我，总觉得他有话没说完。

后来因为拍一场戏，我终于明白了杨制片的意思。

那场戏拍的是剧中郝泽宇的角色已经被阉掉了，忍辱负重当坏人的爪牙，男女主角受困，郝泽宇良心发现解救了他俩。雪夜，男女主角倒是顺利地跑了，郝泽宇却被追得没处躲，只能跳进水里。郝泽宇连续跳了好几次，导演都没过，用来暖身的一瓶二锅头，都被郝泽宇喝光了。他身上热热的，我问他是不是发烧了，他没说话。

杨制片给我使了一下颜色，我看了看胸，"没走光啊，我穿着T恤呢。"

他又挤挤眼睛，看了看导演。我明白过来，"现在色诱导演？这么多人看着呢。"

杨制片气得直跺脚，小声跟我支招，"就你这智商，我服了，你不会让导演找个替身啊。"

我明白过来，赶紧上前跟导演商量。

那大肠导演却吐了一口烟圈，说以前梁朝伟跳水跳了十二次，后来拿了金像奖呢……

我说郝泽宇发烧呢，再这么拍下去，拿奖也只能是遗作了。

导演没说话，一旁的副导倒是插嘴了，说现在的演员这么娇气呢。

没办法，郝泽宇又跳了一次，终于过了——因为导演困了。

浴巾都结冰了，我干脆把身上的羽绒服脱掉，给郝泽宇包上。

哪想着，导演说，用第一条。敢情后面这么多次，都白跳了？

导演莫名其妙地来了一句，"谁让我傻呢。"他满不在乎地看了郝泽宇一眼，说收工。

我明白为什么郝泽宇会受这么多罪了。都是因为喝醉的那晚，他为了我，骂了一句那大肠导演……

我们都以为那大肠导演醉了，根本不会记得，但事实是他不仅记得，还记在了心上。

男女主角都有保姆车，人家上车就走了。平时倒没觉得什么，今儿却觉得很是凄凉。

郝泽宇缓了好久，才出发，我求剧组的司机带我们去趟医院，可他们也看郝泽宇好欺负，都说去不了，纷纷走了。

这时候，一辆面包车停在我们面前，杨制片在驾驶座上，示意我们上车。

医院里，郝泽宇躺在床上输液，我和杨制片到门口抽烟。

杨制片望天，"你们还是签个大点的公司吧，不红的演员单打独斗可不行，受欺负了，也没人管。"

我终于忍不住了，问他，"是不是从第一天开始，你就看出来导演要收拾郝泽宇？"

"何止第一天啊，筹建剧组的时候，就听说这香港人让男二号增肥又减肥的，我们都说，这明显是得罪了导演，可更逗的是，你们还没看出来，还特支持他接这戏。"

我开始跳脚，"香港人怎么这么鸡贼啊，得罪他了，直说啊，玩这阴招干嘛呀……"

"怪他干嘛，怪你们自个儿啊。"

杨制片开始教育我，"我有个朋友，因为一件小事，得罪那导，导演就玩我这朋友，本来只需要找十几个群众演员演灾民，结果他大笔一挥，把剧本改了，改成漫天遍野的灾民，五千块钱的预算，去哪儿找那么多的难民。"

"你就是这个朋友吧。"

他斜眼看我，"难怪你嫁不出去，这么不给男人面子。"

"后来怎么办？"

"服软装孙子呗。"

"那你的意思，我们还得跟导演赔礼道歉？"

"赔礼道歉个屁！"郝泽宇在背后说。

他睡醒了，推着点滴架子出来了，大概烧退了，有点意气风发的样子。

我听了也很高兴。我这人吧，自个儿太怂了，一旦身边有个硬气的，自己也觉得有主意了。

我拉住他，说："对！打完点滴咱们就走，不惯着他！"

他推了我一把，"谁走啊？不走！"

杨制片笑，"怎么了，你还把他打一顿？"

郝泽宇说："不就玩我嘛，玩啊，他玩不死我，我就玩死他，谁怕谁！"

杨制片笑了，问他，"那我劳驾问一句，您准备怎么玩导演？"

"我不知道！厕所在哪儿，我都快憋尿崩了！"

郝泽宇去厕所后，我跟杨制片说："别介意，他可能脑袋烧坏了。"

杨制片说当演员，这性格可容易吃亏。

我却很高兴，好久都没见他这么有生命力了。

〔六〕

讲一点在剧组的见闻。一般拍动作戏或者大场面，会假设有工作人员因公殉职，有几份抚恤金的预算。还有呢，剧组里导演是爷爷，武行却是祖宗，更不能得罪，要不然但凡有动作戏，你肯定有伤，还发不了脾气。一般潜规则女演员的都是副导，而被潜的女演员通常都是群众演员出身。因戏生情太容易了，每个剧组都有那种露水夫妻，拍戏时在一起，拍完戏就散了。我以为群众演员都有演员梦，其实混日子的更多。好多群演穿上戏服，就找地儿睡觉去了，放饭时回来吃饭，然后躲起来继续睡，晚上收工时再领工钱。大牌演员对人都挺和气的，我们戏里的男女主角待人就挺好的。反而是小咖爱摆架子，比如我们的女三，眼睛大概长在头顶上。

对比一下，郝泽宇人缘真不错。他一旦social开关打开，就挺人见人爱的。他要想故意讨好别人，那劲头跟原子弹爆炸一样，剧组的人，无一幸免。

灯光组搬器材，他搭把手就抬上去了。他以不败的酒量，征服了武行大哥们和副导。灯光师的弟弟在北京找工作，他给推荐到发小的公司去上班。明明茶水阿姨都可以当他妈了，他嘴甜叫人家姐姐。凌晨起来化妆，他心疼化妆师陪他早起，直接嘱咐我把早饭买好，拍戏间隙补妆，他个高，小姑娘得垫着脚给他补粉，他干脆劈着腿，让化妆小姑娘舒服点。

我说："听说女三现在把你当成闺密了？你怎么办到的，她不是觉得所有男人都想上她吗？"

他翘起小手指，沿着耳朵顺了一下头发，娇媚一笑，说："我是好姐妹啊。"

"你还跟男主角请教怎么演戏，他那演技，还没老牛好呢。"

"你烦不烦啊，问东问西的，我还要看剧本呢。"

对待那大肠导演，他却一点要讨好的意思都没有，还一如往常，把心思都用在演戏上。导演不是故意要让他演好多次吗？他提前准备各种演法。

渐渐地，导演为难他时，大家也暗自帮他。有次，要拍群殴他的戏，导演要求效果逼真，但武行大哥们都收着劲儿，不让郝泽宇吃苦头。如果戏拍了很多条还不过，总是有个部门会蹦出意外事件，让导演不得不马上结束。

然而可能就像是郝泽宇的丧精理论，他习惯走背字儿惯了，但凡前面顺利，后边肯定出差错。拍一场动作戏的时候，威亚落地时间计算错误，他直接撞到墙上去，把他放下来时，他已经站不起来了。

我当时宛若丧偶妇女，当场大哭，"他还没结婚呢！可不能丧失性能力啊！"

郝泽宇又痛又笑，说："不是腰，是腿。"

我止住了哭，"还好是腿，"然而我反应过来，继续大哭，"腿也不行啊！瘸子不能当偶像啊！"

杨制片都骂我黑心，只关心他能不能拍戏。

去医院，说是膝关节损伤，医生说必须要静养。然而他却坚持要回拍摄现场，止血止痛后，让医生打了封闭针。

我疯了，这家伙干嘛啊，要拿五一劳动奖章吗？他说，剧组停拍一天，得损失几十万呢，他可担不起这责任。郝泽宇坐着轮椅回现场时，剧组的人已经要开始撤了。

郝泽宇站起来，单脚跳，说自己还能拍啊。

那大肠导演平时不怎么发脾气，这回却暴怒，几乎要揍郝泽宇了，骂了好多粤语脏话。他说你以为你很厉害吗？剧组没你不行吗？你是要把自己演成残废，一辈子只演这部电影吗？现在不好好照顾自己的身体，以后怎么拍戏？那大肠导演几乎是押着他回到了医院。

尽管如此，十天后，郝泽宇稍微能下地，还是回去拍戏了，又惹了那大肠导演一顿骂。

尔后，拍郝泽宇的戏时，依然会拍很多条。但我明显地感觉到，以前是折磨，现在是磨戏。那大肠导演看郝泽宇的眼神里，已经会露出些许的赞赏。

郝泽宇感觉自己赢了。但因为没好好养伤，以后，天一下雨，他膝盖就开始疼。

用一个膝盖，换一份尊重，值得吗？郝泽宇说，很值得。

〔七〕

杀青宴，我觉得那大肠导演疯了，他说要亲自下厨，犒劳大家。推出来一看，是烤乳猪，大家吃得很香。

我问导演怎么做的，导演说，我记得跟你说过呀，把猪拿酒泡一夜，然后放进烤箱烤。

是，第一次见面，我被导演用酒浇头，他说过这做法，真有这道菜？我还以为他骗我呢。

导演操着夹生的国语，问我，福子是艺名吗？

我跟他解释，福是满姓。

导演可能喝多了，情绪很饱满，他说好巧啊，我太太也是满族的，她祖母还是个格格呢。

那大肠导演给我讲他和太太的爱情故事。他说年轻时在厨房帮厨，他太太在那家餐厅吃饭，喝多了，非说菜里有虫子，他就出来理论。他太太理论不过，就把酒浇到他头上，两人就这么认识了。后来发生很多事，两人竟然拍拖了，一路走到结婚生子。后来他转行去电影公司上班，竟当了导演。日子过得越来越好，但他太太却去世了。痴情的那大肠导演很遗憾，说没机会报仇了，他也想往他太太身上倒酒。导演又说，第一次见面，我见你，就觉得好像我太太年轻的时候，我当时有点醉，就想，这是不是报仇的机会啊。

我觉得这是导演编出的故事，我不信。他掏出钱包，给我看他跟太太的合影。

除了胖，我跟他太太长得一点都不像。我感受到香港同胞对我们胖子的恶意，敢情胖子都长一个样吗？

那天不光是导演，其他人也晕乎乎的。

我这人，喝点酒就变得特别奔放，我大唱《舞女泪》，很风尘地吃在座年轻男士们的豆腐，连男主演都不放过。

那大肠导演在那儿拍手。

我说导演，我点首情歌，咱俩对唱吧！

导演说了好多粤语歌，我都不会唱。

最后导演想了想，说："那我们唱《我的中国心》吧。"

我听到后哈哈大笑。

从此，我懂得一个道理，绝对不能从一个人的言语，判断他的内心。对比导演唱这首歌的庄重，我显得十分不矜持，把《我的中国心》唱得十分风骚，最后还跟导演十指紧扣。

唱到最后，导演跟我表白，继续犯了老毛病，"我来到中国拍戏，最高兴的，就是认识福子小姐。"算了，看在你有一颗中国心的分儿上，我就不偏执地纠正你啦。

郝泽宇抱着酒瓶子，笑眯眯地看着我发疯。这一晚上，他也喝了不少酒。他的人气最高了，在场的适龄女青年不少人跟他喝了交杯酒，喝完之后，还手拉手跟郝泽宇说了半天的话。要不是郝泽宇守身如玉，感觉女青年们会集体扒光他。

最后，郝泽宇挽着我的手回房间，我对他有点心存不满。今晚杨制片也喝大了，说要潜规则我呢，他破坏了我的好事，我难得有开张的机会。

在横店的最后一晚，郝泽宇让我别在沙发上睡了，要我去床上睡。跟郝泽宇共处一床，我感动得泪流满面——好几个月都没有挨着床了。跟床相比，旁边睡个帅哥算什么，我心无旁骛地享受睡床的幸福。

我渐渐要睡着了，半梦半醒之间，我听见郝泽宇说："真不想让这一切结束。"

我问，"怎么了？"

他说："也许明天就没那么幸福了。"

我笑，笑声很像猪的声音，我说不，"以后，你的每一天都会像今天一样快乐。"

"为什么呀？"

"因为……因为……"

我瞌睡袭来，脑袋不转了，我只记得我说的最后一句话，"因为有我啊。"

第九章

当烟火往下坠，
连回忆也不肯暗一点

.——.

〔一〕

我没想到，《谁胖谁去死》让郝泽宇获得了金像奖的提名，最后竟然爆冷获奖了！

获奖感言的最后，他改了之前要讲的话，他说："感谢我的经纪人牛姑姑，感谢我的助理福子，谢谢他俩在我最落魄的时光陪着我，尤其是福子，你是我的一束光。"

我和老牛在台下本想低调点，特高级地执手相望泪眼，毕竟镜头对着我俩呢。但终于还是没忍住，我俩以一副见到鬼的表情吓着了一众香港同胞。

老牛哭说："光说有屁用啊，真感谢我，睡我啊。"

我哭得妆都花了，问老牛，"你妆怎么不花呢？"

"知道我得哭，提前化的防水妆。"

老牛给我介绍这防水妆的产品有多好，在After party上，他还引荐我认识这个产品的代言人河正宇，我想自己妆都花了，想找个地方补妆，但河正宇不知道怎么了，一直缠着我，最后跟我越凑越近。他脸上的痘坑都被我看清时，我紧张了，晚餐吃的大蒜面，没漱口，我疑心是自己口气不清新。但可能我花妆的脸太可爱了（韩剧里女主角总是在最落魄的时候透出别样的魅力），河正宇欧巴欲火焚身，跟我舌吻了起来。本来我也有点矜持，后来一想河正宇耶！做梦都想睡到的男人！我便和河正宇在餐桌的台布下面做出不可名状的事情……

哪想着突然有人掀桌了，明星们齐刷刷地看着我们。老牛跳出来，大骂河正宇不要脸，说我家福子还是个黄花大闺女呢，欧巴突然掏出一枚网球大小的钻戒，跪地求婚，说嫁给我吧。

郝泽宇一拳打过去，说想娶福子，你先踏过我的尸体，他还说，我怀了他的孩子。什么时候的事儿啊，我怎么不知道呢。老牛冲过来要打我，说我断了他的财路！哪想着郝泽宇一摘头套，好嘛，原来郝泽宇是孔侑扮的，孔侑和河正宇为我打了起来。我开始拉架，大喊，卡机麻！（韩语：不要啊）。

老牛还坐在地上哭呢，我跟老牛说，你哭屁啊，多好啊，我肚子里的种，满族朝鲜族混血，高考能加分，没出生就赢在起跑线上……哎，老牛你长得怎么跟我姥姥有点像呢。

当老牛的脸完全变成姥姥时，姥姥刚要说我，我捂住她的嘴，说您别说话了，我自己醒。

我睁眼，还是我那破屋，没有河正宇的肌肤之亲，没有我未来孩子的父亲孔侑，更没人跟我求婚。我望了一眼床边，iPad正循环播放孔侑的《嫌疑者》呢，我也佩服我自己，看个韩国电影，这春梦都能从河正宇做到孔侑。

看看手机，都下午五点多了。又看看年份，真棒，离拍完《谁胖谁先死》，都过去大半年了。我知道我这样说，诸位同志会有点蒙，我这时间跨度也忒大了。容我细细道来。

《谁胖谁先死》拍完之后，郝泽宇养了大半年的伤。那大肠导演精益求精，片子也剪了大半年，公映前的媒体场，大家都说郝泽宇演得好。我们这个高兴，提前写了好多宣传稿，吹嘘郝泽宇石破天惊般的演技。

不想，这片上映时，大片成堆，宣传营销做得也差，上映不到一周，就没什么动静了。其他人没觉得怎样，我心里却替郝泽宇委屈，从此落下病根了，在梦里面让郝泽宇把金马金像金鸡百花奖都得了一遍——本来奥斯卡也要得的，但郝泽宇在梦里面没拿到美国签证，后来我陪他一起偷渡去美国，梦的后半段改成历险了，奥斯卡的事儿我给忘了。郝泽宇人气不行，人缘倒是派上用场了，休息那大半年，有几个电影的小角色找上门来，后来一细问，都是《谁胖谁先死》的亲人们的提携。

对比之下，老牛过得不错。这小一年时间，把郝泽宇这个过气偶像折腾成黑粉巨多的十八线小演员，被圈内人视为奇迹，老牛趁机签了仨模特，虽说半年就走了俩，但公司终于有了点蓬勃的意思，终于不必把他家当成工作室了。而我升职成为执行经纪人，老牛又招了个宣传，还弄了俩助理，加上坑蒙拐骗过来的几个实习生。公司聚餐，竟能坐满一桌人。

老牛昧着良心，给大家打鸡血，说以后会越来越好。还拿我当例子，说看看你们福子姐，一年前没男人要，在这儿工作后，都要结婚了。

我连忙更正：是订婚，不是结婚。是的，没错，情路坎坷的我竟然要订婚了。大家也不用太过惊讶，未婚夫不是外人，是《谁胖谁先死》的杨制片。说实话，我也没搞明白人生是怎么走到这一步的。

回京后，摄影指导过生日时，剧组同人们聚了一次，郝泽宇有通告，没来，我代为出席。那回大家喝得都有点疯，相互抹蛋糕。我和杨制片混战时，大概距离太近了，眼睛对视了一下，心跳也加速了几秒。我这人吧，桃花特别诡异，虽然嘴上好色，但大部分时间都没往心里去。可某些瞬间，一个电光火石，对方就会莫名其妙地搭理我几下。

杨制片后来找我吃了好多顿饭。他进组前吃一顿，戏拍完又吃一顿，他请朋友吃饭叫我，朋友回请他也叫我，逐渐把我培养成为饭友，甚至他跟自己七大姑八大姨聚餐，都叫我过去打扫一大桌没吃完的饭菜。我倒是不介意，反正别叫我过去结账就行了。

　　有一天半夜，他叫我吃宵夜，正巧我在工作室，熬夜给郝泽宇写宣传稿，只能推掉。推完又生怕杨制片觉得我在摆架子，以后不带我蹭饭了。赶紧解释说我在写稿呢，其实特想出去吃夜宵，现在都饿散架了。结果他没理我，偷偷定了双人份的麻辣小龙虾送到工作室。

　　我惊讶，表情就跟凡人少女收到一大束玫瑰差不多。虽然我没收到过玫瑰，但在我心里，深夜的小龙虾比情人节的玫瑰花重多了。心钝如我，生怕自己又自作多情，给杨制片发信息。

　　我：什么情况？

　　半晌，他回：咱们结婚吧。

　　我把手机扔到一边，没理他，徒手吃了两盆小龙虾。哼，这种事儿我见多了，估计是玩真心话大冒险，给你手机里最丑的女孩发信息求婚？吃完小龙虾，我擦了擦手，看手机，他没反应，更印证了我的想法。不过我想了想，还是得配合他，要不他在朋友面前多没面子啊：连胖妞都不乐意嫁给你。

　　我：行了行了，明儿咱们就领证。你少喝点哈。

　　他又过了好半天才回我：明天一起吃饭。

　　第二天，我因为熬夜写稿，睡得脸都肿了，披头散发地去找他吃饭。哪想着是跟他爸妈吃，他爸妈一脸"儿子喜欢，我们也没什么意见"的样子，笑眯眯地看着我。什么游戏啊，要玩这么大！

　　硬着头皮吃完一餐饭，把他爸妈送走，我埋怨他，"早说见你爸妈啊，我打扮打扮。"不对，我好像没说到点儿上，"怎么就见家长了？"

　　"你不想结？"我被问住了，我这年纪，有人要就不错了。可我还是觉得应该说点什么，"为什么跟我结啊？你认识那么多漂亮的妞儿……"

　　"我觉得你挺好的，在剧组的时候，我看你把小郝照顾得特别舒坦，就觉得你特适合做媳妇儿。"

　　"看上我，你睡我啊，好好的结什么婚啊！"

　　"结婚，不就是搭伴儿过日子嘛……"

我晕了一路回到家，终于理清了自己的想法。我老问他怎么想的，但我是怎么想的呢？我想跟他结婚吗？别说的那么远，我想跟他谈恋爱吗？

我拿出一张纸，把杨制片的优点写到一边，把我的优点写到另一边。

他身高一八三，中戏毕业，虽然现在有点胖，发际线有点高，但底子不错，大眼肤白，年收入大概一百万？北京有两套房，东四环一间，通州一间，车也还行，开了辆路虎极光，八三年出生，北京这个年纪的单身男人不好找了，通常都是二婚……

再写我的优点，我想了半天，好养活？屁股大，貌似能生能养？我是满族，孩子随我，高考能加分……

我优点可真少，我把这张纸撕掉了。再写下去，我觉得我都快爱上他了。人家这么好条件，我还矫情个屁啊。趁着他脑子不清醒，赶紧啊，过了这村就没这店了。

我电话打过去，"能问你个问题吗？"

"你说吧。"

"既然你想跟我结婚，我能知道你叫什么吗？"

杨制片在电话那边愣住了，半响，他骂了句脏话，把电话挂了。他发了条短信给我，"杨馥源。"

这名字太高级了。新郎杨馥源，新娘福子……婚礼请柬上这么写，太不般配了！不般配到，这么大便宜我不捡，我就是24K纯金的大傻子！

〔二〕

在一部大咖云集的爱情电影里，郝泽宇抢到了一个角色，演男主角……的前世，戏份多重要啊。电影首映礼前的一个月，老牛决定找彭松，给郝泽宇做造型。

彭松的工作室，老牛还没来，我先到了，特亲热地拥抱他。他还是那个死样，金光闪闪，骚气十足。

我说："想姐没？"

他面若桃花，笑意盈盈，特亲切地回应，"想你死！"啊，我弟多爱我，用他一贯的方式。

我呢，人逢喜事精神爽，又顺便胖了七斤，脸的尺寸更加无法直视，每次自拍，我手都快伸到天津了，手机屏才艰难地把我的脸装下。库克啊，真不是姐背地说你坏话，你是真不如乔布斯啊，一点都不贴近大脸群众的需求，iPhone的屏幕得iPad那么大，我们才能享受自拍的乐趣啊！

听说拔智齿会瘦脸，我找了个牙医把四颗智齿都拔了。好家伙，脸没瘦，肿得更加生灵涂炭，脖子随时感觉支撑不住。我跟彭松抱怨，"小松子！我脸好像肿得不对称了！"

"别瞎想，你这是胖，不是肿。"

"你瞎说！"

"怎么说呢，你这种胖特让人羡慕，不管怎么肿，都看不出来。"

我趁机下套，"哎哟，瞧你嘴毒的！感觉你跟老牛能成为好朋友！"

彭松翻白眼，"我跟他？要不是看在你和小宇的面子上，我才不跟他合作呢。"

实际上我也担心，生怕这两嘴毒派传人，一见面就火花四溅，为了争夺嘴毒派掌门之位，立即拔刀相向。手心手背都是肉，我帮谁呢？

果然，老牛一到，他俩就亲切地慰问对方。

彭松说："哟，牛姑姑，您还活着呐？"

老牛说："彭总，您还没出柜，我不敢死。"

俩人互喷了半小时，会谈终于开始在友好的气氛中进行——他俩说到我订婚的事儿。老牛很支持我结婚，说反正就是离婚我也不吃亏，不过他好奇杨馥源本人怎么样。

彭松一拍大腿，说你可问对人了！小松子开始跟老牛讲，杨馥源来家吃饭的事儿。

杨馥源本来安排了一个挺高档的饭店吃饭，他照片我也给妈看了，妈特喜欢他——我就说杨馥源是丈母娘喜欢的长相。不过爸一反常态，觉得我是不是骗人家，这么好条件的孩子为什么非我不娶，死活要在家里吃饭，让他见识一下我家有多破。

我权衡一下，也行，狗不嫌家贫，虽说我们住大杂院，但毕竟是东城土著，在他们南城暴发户面前还是有优越感的。

可他一进我们家，我就觉得房间太小了，他随便站起来，就得碰掉点东西，最后他坐在那里都不敢动了。

这屋子正挤呢，彭松搬着个空气净化器就进门了。我一拍脑袋，坏了，妈最近老咳嗽，彭松记在心里，说这几天送个空气净化器过来，哪想着赶上这未来姐夫来家里了。

彭松开始时脸色还有点不高兴，估计这么大的事儿没告诉他，他生气了，但几分钟后，他笑脸一扬，嘴跟抹了蜜一样，满口哥啊哥叫着，不遗余力地说我姐从小就是贤妻良母宜家宜室，听得我怪感动的——好多年没听他主动叫我姐了，在外人面前小松子还是帮我的。

后来吃饭时，场面略有点尴尬，杨馥源敬爸妈酒，妈倒是把杯端起来了，爸却说他一会儿得出车，不能喝。我觉得爸今天有点怪，都没怎么跟杨馥源说话，一直在厨房忙活。

全家就妈懂点事儿，这边爸不喝，那边彭松猛灌他酒。我倒是也没拦着。一是彭松的酒量，打小就是我家练出来的，从来没见他喝多过。二是小舅子跟姐夫的关系本来就微妙，先让他们过过手吧。

可能您会说，你不帮着未来老公啊？还用我帮他？你们太小瞧一个制片主任的酒量了，别看杨馥源戴着金边儿眼镜，长得跟一斯文败类似的，在剧组拍戏时我就没见他喝多过。

他不声不响，彭松说怎么喝就怎么喝，顺道还给爸妈夹菜。

趁着他上厕所走肾时，彭松撑不住，醉倒在妈怀里。妈心疼地摸摸他脸，说跟你姐夫拼什么酒啊。妈又自言自语，说这女婿有量，还行。

彭松醉眼看爸，爸没发话，自己满上一杯酒，倒是喝上了。

小松子因为被杨馥源喝倒这事儿，对杨馥源怀恨在心，他跟老牛说，杨馥源不行。

资深大八婆老牛问，怎么不行？你是说性能力吗？

小松子说："姓杨的看上去体面，但眼神老飘，不敢跟人长时间对视，估计心中有鬼。"

我被气笑了，"凭什么要跟你对视？闲得没事干？"

老牛斟酌半天，"这么上杆子要跟福子结婚，他不会是弯的吧？"

我得意扬扬地说："不可能，知道在横店，他的外号是什么吗？横店杨不挑！"

老牛跟彭松对视一眼，"福子你是不是缺心眼，婚前他四处找地儿下家伙，婚后他就把家伙寄存在你这里，一门心思跟你过日子了？"

"结婚前谁还没有点风流史啊，要这么说，我还是资深赔钱货，专门跟比我小的乱搞呢。"

彭松也无语了，"姐，我亲姐，真不是我挑刺，这姓杨的哪儿好啊？"

好多着呢，我掰着手指头，一条一条地算，"出手大方，吃饭从来不让我花钱，前几天还给我塞张副卡，让我先刷着，而且他对我特尊重，连个手都不拉，这样的男的估计得绝种吧，他还说结婚后养我……"

老牛打断我，问："那他喜欢你吗？"

"呃，他说我挺适合做媳妇儿的。"

"那你喜欢他吗？"

我愣住了。老牛冷笑，"你连喜不喜欢都不知道，就把自己交出去了，你干嘛呢？清仓大处理是吗？"

我琢磨了半天，才说："当然不是，我觉得我真挺好的。也许在别人眼里，我丑，我胖，我笨，我懒，我还穷，所有失败者的原罪，我好像都赶上啦。可这么多不足也架不住我爱笑呀，是谁说的来着，爱笑的女孩运气不会太差对不对？所以你看我运气多好，不光你们对我好，以前我那些男朋友对我也挺好的，一个散了，又一个看上我了，一个接一个的，我单身就没超过一年，关键看上我的我也喜欢。以后我老了，我也敢说，我这么多年，在爱这方面，没空白，该享的福我享了，该遭的罪我也遭了，我挺圆满。所以杨馥源喜不喜欢我，我喜不喜欢杨馥源，我觉得一点都不重要，喜欢不能过一辈子。杨馥源这人，条件这么好，人家给我邀约，说咱俩试着搭伴过一辈子吧，我再甩手说不行，我要爱爱爱爱爱，那就有点不要脸了。跟福子结婚是个特冒险的事儿，他都不怕，我怕什么。"说着说着我又笑了，"反正跟他结婚，受损失的是他，即使将来怎么样，我也是光脚的不怕穿鞋的，我的分数都快成零了，再低还能负分吗？"

我刚说完这话，就听到背后有人笑。回头看是郝泽宇，估计刚睡醒过来，头发变成了《樱桃小丸子》里的花轮同学。他眼睛笑成一条桥，嘴里却狠狠地骂，"你这个傻帽，你不知道你有多好。"

我不忿，"我好，那你来抢婚啊。"

他继续笑，"你敢跟他结，我就敢抢。"

他来的也是时候，刚才我脑袋被门挤了，老牛和彭松说不满，我打个哈哈就得了，抒了大半段情干嘛呀，他俩都挺尴尬的。郝泽宇一来，跟我开个玩笑，他俩也就顺势下台了。我们都忘了刚才聊的话题，开始说造型的事儿。

中午饭点儿到了，我们出去吃饭。我陪彭松锁门呢，彭松偷偷问我，"他们知道你要辞职的事儿吗？"

我生怕他俩听到，朝他挤眼睛。是，杨馥源对我没什么要求，唯一一个就是让我辞了这份工作。他的意思是这种伺候人的活儿没什么出路，我都这么大岁数了，还是养好身体专心怀孕吧，所以我才得了那张动都没动过的副卡。

我隐约觉得，他说的对，也不对。可又说不出个所以然来。算了，这事儿先拖着吧。

〔三〕

　　一直以来，我都不缺乏友人的关心。单身时，彭松经常要带着我出席各种局，说万一有瞎眼的帅哥看上我呢。我要胖，他就埋汰我，"瞧你这肿样，好几个月都没开荤了吧，还知道男人长什么样子吗？"

　　老牛则比较关心我的性生活。比如这次，他问我，杨馥源活儿怎么样。

　　我一言难尽。

　　老牛很高兴，"活不好啊，难怪他找你呢。"

　　其实不是这样，我俩到现在手都没拉过。有时候一起出去，他腿长步子大，一直走在前面，我跟竞走一样追在后面。是不是未婚夫未婚妻，跟男女朋友的相处方式不一样？还是这个年纪的男人都这样，不爱起腻。我安慰自己，没准这才显示对未婚妻的尊重。结婚的步伐越来越大，他最近接了个电视剧，又要进组了，张罗着要双方家长吃顿饭，婚期就定在今年春节前，他也好安心进组。如果男的能怀孕，我都怀疑他怀了别人的孩子，而我是接盘侠。

　　我说双方家长见面可以，结婚不用这么着急吧。他说不然等什么时候？

　　我回头跟家人说，妈也觉得有点仓促，不过男人着急结婚，不是坏事。

　　爸没表态，说实在的，我一直觉得爸对这门婚事的态度挺反常的，往年我跟那些小男朋友处的时候，他也没这么消极，通常都是妈反对，他还里外里帮我说话呢。

　　妈跟我说，她私下里问过爸到底咋想的，爸说总觉得哪儿不对劲，可具体又说不出来。

　　妈合计着，我要嫁人，爸舍不得。

　　因为双方家长要见面，我给爸妈买了点有档次的新衣新鞋，还给妈配了个二手的LV包。妈倒是很高兴，穿着新衣服在胡同口溜一圈，见谁都炫耀说这是我姑娘买的。我有点心酸，哎，一般有点能耐的女儿，到我这年纪早就把爸妈搬出这大杂院了，我只能给爸妈买套新衣服。

　　我心思开始细腻起来，有时会胡思乱想。等嫁过去了，我又不上班，拿杨馥源的钱补贴娘家，是不是有点理不直气不壮的？还有，结婚后我就得模仿上一代人的生活，就这么过下去了？要是早知道这样，那我还折腾什么呀，干脆闻着一号线的尿味，坐在售票口卖地铁票得了，我还折腾干什么时尚杂志，当什么助理……可后来一想，我要不这么折腾，没准我嫁的就是开地铁的司机了，也就没今天的事儿了。思来想去，只觉得烦。

更倒霉的是，杨馥源把双方家长见面的日子，定在了电影首映礼那天。这天可真抢手，还是郝泽宇的生日呢。

杨馥源还不愿意改时间，老牛也说，他和彭松在，还有几个助理跟着，我不来也行。

只有郝泽宇特别贴心，说我要敢那天见家长，他首映礼就不去了，改去我那儿大闹现场。他一脸郑重其事，策划当我的假小三，让未来的婆婆挠破我的胖脸。

我叹了口气，心中默默愧疚，傻小子，今年看来是没办法陪你过生日了。

定亲那天，爸也跟我使性子，给他买的新衣服他不穿，非要穿他平时的破衣服，他说我这身哪儿差了？你是嫌你爸开出租丢人，见亲家都见不了？

我一顿解释，他还急，气得我倚着门框不跟他说话了。

半响，爸的气头也过了，话软下来，说好人家闺女，不能靠门框。

我不理他，爸叹口气，说也对，你算什么好人家的闺女，结婚了，当爸的都不能给你买套房子。

我一听汗就下来了，爸你这是要逼死我嘛。

爸一抹脸，出去拉活儿去了。

我在后面喊："今儿晚上得吃饭，你可别不去！"

爸可真难搞，我不结婚时，逼我结婚，我有谱了，又闹幺蛾子。烦的我，也回床上躺着了，头跟要炸掉似的。

一会儿，姥姥过来了。姥姥有日子没到梦里找我了，以前生活屁事没有，她还见天儿地在梦里跟我吵架。最近我这生活翻天覆地，这老太太倒不怎么来了。

姥姥跟我说，爸出去时，都偷偷哭了。

我说姥姥，我都要哭了，怎么还没怎么地，就这么难呢，我都不想结了。

我疑心姥姥也算半个仙了，让她帮我算算，我跟杨馥源将来能过得怎么样。

姥姥笑起来跟一只猫似的，话飘过来，"还没到日子呢……"

我正要细问怎么回事，姥姥推推我，说起来吧，今儿有你忙的。

我醒了，外边狂下大雪。我怕爸堵在路上了，时间来不及，就给杨馥源打电话，假装体贴说今儿雪大，外边不好走，要不吃饭晚俩小时？

他说他也这个意思。

一股喜悦，从我心里冒出来，我赶紧说那要不改天也行。

哪知道他说不用，晚俩小时就行。

我心中一阵黯然，不知道怎么了，特想让今天的事情取消。在家挑衣服时，我更不想去了。对胖子来讲，冬天就是我们最难熬的时候，穿上羽绒服，立马360度全死角，路滑要是摔倒，都能直接滚到八宝山去。

我在《时尚风潮》工作这两年，为了出台也攒了几件牌子，但现在胖成这样，也穿不进去，翻了翻，也就Neil Barrett的男式黑色外套和羊毛裤能套上。我在里面铺了件山寨的川久保玲白Tee，烦躁地往脸上刷着粉底，口红都快用光了，拿指甲挖了点口红渣，刚好能涂个嘴唇。照镜子，我努力微笑，觉得自己像人民英雄纪念碑。

打开手机，有什么衣服能让肥婆肥得比较体面？逛了一圈淘宝，觉得不可能有。我的注意力被娱乐新闻吸引了，一线女星白米饭惊爆恋情，网上都炸锅了。我一拍脑袋，白米饭是郝泽宇新片的女主角，这恋情爆得可真是时候，今晚就首映礼了。我用大肠都能想到，今晚的焦点肯定是她。搜了一下电影里的其他主演，他们的团队唯恐今晚没有存在感，铺了漫天的新闻通稿抢热度。什么发高烧五十度但仍坚持宣传电影，全身粉碎性骨折还坚持拍打戏……照这种架势，首映礼过后，郝泽宇不会有一条新闻。

老牛电话打过来，"唱电影主题曲的都发通稿说音道发炎泣血唱歌！"

我支着儿，"干脆让郝泽宇和彭松现场热吻得了！"

老牛骂我，"我谢你八辈祖宗！你怎么不让他亲我呢！算了，给你打电话也没用，你安心结婚吧！"他把电话挂了。

一看表，还有时间，我抓起衣服就冲了出去。

妈喊我："待会还见亲家呢，你去哪儿？"

"战友们在前线杀敌！我不能坐以待毙！"

果然，首映礼现场所有镜头都对着女主角。女二号把衣服都拉到肚脐眼了，也没人拍她。主持人特别忙，一直劝媒体，别老问女主角，多问几个关于电影的问题，但没人理他。现场一片混乱，其他几个主演都义愤填膺的，郝泽宇倒是一派自在，歪着头放空。

正在这时，一仙女踩着筋斗云，降临现场，所有人的注意力都被她吸引了。这仙女微胖，美貌震惊了众人……算了，我要吐了，我编不下去了。这位仙女就是我，其实也没人能看出我，我穿着人偶服装，推着一个大蛋糕进来了。蛋糕本来是今晚订婚用的，我提前给取过来了，为了把蛋糕上的"订婚快乐"改成"郝泽宇生日快乐"，蛋糕师都快跟我急了。人偶服装是我现场抢来的，这电影为了宣传，特意设计了一个吉祥物，扮吉祥物那小子现场没什么事儿，我塞给他一千块钱，骗来了这衣服。

我出场时，活动公关还不让我上去，老牛和彭松一人一个把公关架到一边，我直接冲了上去。人偶服里我用手机放着生日快乐歌，声音穿过厚重的人偶服飘出来，效果特次，生日快乐歌唱得生灵涂炭。

台上的主创们面面相觑，流程上也没这环节啊，他们问着，谁过生日啊，你吗，边上的人都说不是我，最后主创们的目光落在角落的郝泽宇身上。

大概是女主角今儿爆新闻，爆得大家措手不及，引起公愤，主创们乐意把焦点给郝泽宇，他们把郝泽宇推到中间，纷纷喊着生日快乐。

闪光灯亮成一片，郝泽宇像个惊慌失措的小孩，我把头套稍微掀个缝，朝他眨眨眼睛，他笑得跟朵花一样。我有点心疼，连他笑起来都有眼角纹了。不知道他许什么愿，明年更红吗？

吹完蜡烛，不知道谁开始抹蛋糕，被抹的最多的不是寿星，反而是女主角。女二很机灵，为今儿的寿星献上香吻，还装作舔他脸上的蛋糕，抢到不少镜头。然而还是女主角的抢镜功力最高深，她微微一笑，直接吐了。吐什么吐啊，这蛋糕可贵了，黑天鹅的呢，我的订婚蛋糕呢。然而我马上反应过来了，刚爆恋情，就这么公然地吐，不会是……焦点又回到她身上，记者们开始疯狂关心她有没有怀孕，这阵势一直持续到发布会结束后的单人访问环节。

疑似怀孕的女主角自然被围成了春运的车站，这把其他演员逼的，男主角甚至都自爆他和他老婆的房事了。

刚才还众星捧月的寿星郝泽宇，再次无人问津。老牛满现场开始抓记者，满脸堆笑求他们访问，收效甚微。但让郝泽宇晾着，被人拍到，写篇《首映礼郝泽宇无人问津》之类的报道，我们也别活了。

我在厕所脱了玩偶服，硬着头皮，拿着手机当录音笔，走到郝泽宇面前，假模假式的，"郝先生，能介绍一下你在电影中的角色吗？"

他吓了一跳。我翻个白眼，看看周围，"你能不能配合一点，演一下被采访的样子啊？还电影咖呢。"

他弯下腰，头凑过来，问我，"那你是哪家媒体的啊？"

"我是《时尚风潮》……算了，我是福子日报的。"

他笑了，露出小白牙，"福子日报是什么？我没听说过。"

"自媒体啊。"

"你们平时都写什么啊？"

"专写丧精，尤其是那种又美又丧，天天跟精神病一样的。家里什么都不放，放一堆椅子，没有梦想，对外人很阳光，最丧的一面只丧给自己人看的。"

"还有呢？"

我来精神了，继续说，"比如他最好的朋友去世了，他不哭，在丧礼上用自己的方式怀念她。为了照顾一拉屎就堵马桶的胖助理，他还拉屎给她看。嗯，大半夜的还给她视频直播月亮。谁欺负胖助理了，丧精就揍人——啊，俩人有一回揍完人，还亡命天涯呢……"

他接过话，说："是啊，助理揍人特别怂，当时还吵吵要投案自首呢。"

"当时听你的，还真听对了。"

"那是，演艺圈谁最会打架？郝泽宇啊。"

我俩相视一笑。我说："哎哟，演戏可真难，我演不下去了。"

"那我采访你吧。"

"我有什么可问的。"

"你结婚后，就不做了吧？"

"谁说的……"我一拍大腿，"肯定是小松子说的，这个人嘴没把门的！"我又说："这事儿还没定呢，说不定我结婚后还做呢。"

他忽然说："福子，不要跟他结婚。"

我愣了，"你说什么呢，等会就双方家长见面了……"

他扳过我的肩，"福子，我不许你结婚……"

演什么霸道总裁呢，我刚要解释，老牛却挟持着几个记者围过来采访了。我们的对话告一段落，我退下，看看时间，也该去饭店做准备了。

郝泽宇跟记者笑着，眼神仍然追过来。我跟他摆手，意思是让他好好做采访。突然有点不好受，这不会是我最后一次带郝泽宇吧。这段时间的不适感终于迸发了最大值，我仿佛在看一篇槽糕的小说，胖福子没人要了，突然天降良婿，要结婚了……

我忘了最重要的一件事，胖福子就是我啊，我太置身事外了。我要结婚了？我竟然要结婚了！路上堵车，我看着纹丝不动的车流，希望一直堵到明天。然而老天不帮我，一会儿，路就通畅了。我嘲笑自己，连我这种女人也会有婚前恐惧症，真逗。

电话响了。一个陌生号码，陌生女声，她问我，"是福子小姐吗？"

话都没过脑袋，我说："我不需要贷款我不炒股我不买房我没房子出租……"

正要挂，那边传来一个清晰的声音，"我是杨馥源的女朋友，我想跟你谈谈。"

一种料事如神的满足感充盈着我的心，我高兴地想，就知道杨馥源看上我没那么简单呢。

〔四〕

晚上吃饭的地儿，杨馥源订的，相当豪华，一楼是咖啡馆，跟酒店大堂似的。

还有一个小时，双方老人才到，我准备先把她劝退。我盯着她，想在她身上找出点毛病来，我好理直气壮一点。然而找不出来，她长得真好看。怎么个好看法呢？就是见她第一面，你也不认识她，你就幻想一年后，下大雨，你撑着伞去接她，无怨无悔的。就叫她真好看吧。

真好看要了一杯美式咖啡。人家大老远来找我，我也不好意思待会让她结账，为了省钱，我要了一杯水。真好看喝一口咖啡，现场没男人，她也自然地撒娇，"这儿的咖啡，可真难喝呀。"哎，声音也好听，讲话跟摸了电门似的。

我都有点想骂杨馥源，舍她娶我，有病吧你！然而尽管如此，我还是硬下心肠劝她，什么前尘往事如泡沫，你前途光明灿烂，切不可为了一个凡尘俗子今日失态，咱们要做独立自主的新时代女性……

我有点说不下去了。以前遇到小三，我一般都特怂，直接闪人了。徒手撕小三这事儿，我不熟练啊。

她听我絮叨完，问我，"行啊，够镇定的。"

我存心要跟她拉近距离，希望她战斗力弱点儿，"听你口音，你也北京的？你高中哪儿的？我是……"

"我没心情跟你套近乎，"她打断我，掏出一张纸，甩到我面前，"我怀孕了。"

本来我有点慌，听到这儿，我笑了。电视剧风格啊？那我熟，我可爱看正室跟小三撕逼的戏了。我说："恭喜。"

她看我没发脾气，有点气急败坏，补上一句，"孩子是他的。"

"肯定是他的啊，不然还能是别人的？"

她急了，"你什么意思？"

"没意思，您别误会，我就是说，这事儿您跟我说不着，您得跟杨馥源说。"

她冷笑，说："你以为我没说啊，我说了，他以为我瞎胡闹呢。行啊，不让我好过，那你们也别指望舒坦，今儿就可着我闹吧！"真好看小姐说这么无理的话，脸上表情还这么好看。

她可能误会我的沉默了，得意扬扬地说："怎么样，觉得特气是吧，本来以为自己能嫁出去了，没想到被截胡了吧。我告诉你，今儿这婚，你订不了了！"她从上到下打量我一番，"本来我还想，他要找个差不多的人，我被抛弃也值了，怎么找个你这样的啊，你也觍着脸敢嫁？你什么条件啊？跟我争男人，你有资格吗？又老又胖的……"

我笑了，"我知道我不好看啊，我又不是昨天才出生。我当然不好看，好看的人不需要坐在这里跟你见面。好看的人每天只需要发发自拍，配上岁月静好、这盛世如你所愿、来一场说走就走的旅行之类的话，就能在朋友圈得到我一辈子的赞。我要是睡醒一觉，biu一下像你这么好看，我碰到个丑姑娘，也会问她，你怎么好意思活下去，然后转头继续在朋友圈说自己人淡如菊，才不会当小三呢。"

真好看小姐内存不足，大概只听明白最后一句反讽，"你说谁是小三？你才是小三呢！"

我说："我小三？长成我这样的，能当小三？我能当黄脸婆，都算我命好了。"我艳羡地看着真好看小姐，"像你这么好看的，才能做小三啊……"

我话没说完，她就一杯咖啡泼了过来。我委屈地想，我是在真心实意的，夸她长得好看啊。她不知道，我有多想当小三啊，可连兽医也不会找一只猪当小三吧。大概是老天也替我委屈，此时的时间慢了下来，我看着咖啡慢慢地向我这边漫延，一个男人扑了过来，是杨馥源。

我心一暖，未婚夫肯定是过来帮我的。哪想着，他掠过我，扑向了真好看小姐。我眼看着咖啡，快漫延到我的脸。

王菲化着晒伤妆，中分长发，在我耳边唱着，"呼吸，是你的脸，你曲线，在蔓延……"

我躲闪不及，准备闭上眼睛，迎接这一切。一个人护到我身前，挡住了我。他长得真好看，咖啡泼了他一脸，都下落得很美。

是郝泽宇。他不是在发布会吗？怎么过来了？郝泽宇的脸硬得跟石像似的。

我刚想说话。那边却闹了起来，我的未婚夫杨馥源已经看到了验孕单，真好看小姐挣脱他的怀抱，说："你妈不是不同意我跟你在一起吗？我这就去打胎！看你妈还要不要抱孙子……"杨馥源扶住她的肩。

我心特大，刚想说也可能是孙女啊。没想到，郝泽宇踢翻了面前的咖啡桌，跨过去，一脚把杨馥源踹倒了。在他踹第二脚的时候，我抱住了郝泽宇，"不是他的错！"

"不是他的，还是谁的！"他看真好看小姐，"你吗？"

郝泽宇走向她，抱着他的我，被拖了好几步。这人劲儿怎么这么大呢。

真好看小姐挺害怕的，向后退了几步，但认出了郝泽宇，她呼喊着，"明星打人了！"

我才注意到大厅围了好多人，服务员站在一边不敢过来。真好看拿出手机，要拍郝泽宇。电光火石之间，我动若疯兔，把她手机抢过来，扔进了大堂的喷泉里。

郝泽宇怎么都拦不住，我劲儿都快使光了。我抱住他，央求他，"别打了，我够丢人了……"

郝泽宇愣住，清醒了过来。他拉起我就走。走了几步，我挣脱了他的手，跑了回来，跟杨馥源说对不起，"你好好跟你爸妈说，就说是我的错。"我看了看真好看小姐，"好好养大孩子，孩子的百岁宴我是参加不了了，"我掏出钱包，拿出仅有的两张百元大钞，"就当我提前给孩子随份子了，你俩好好过……"

钱跟有病毒似的，真好看小姐不敢拿，像看傻帽一样看着我。我堆起了巴结的笑容，不管他们相不相信。我说："真的，你俩才是一对，以后好好过，两个人能遇见不容易。"强行把钱塞到真好看小姐手里，我转身走了。

我跟围观的人说，"散了散了！"

服务员迎上来："砸坏的东西……"

我有点累了，指了指身后的杨馥源和真好看小姐，"他们有钱，找他们要去。"

郝泽宇揽过我的肩头，我俩出了饭店门。他头发上还有咖啡的残渍，我停下，用袖口擦了擦他头发，他面无表情，就那么看着我。

我嘟哝着，"长得这么好看，跟韩剧男主角似的，一看不住你，就上去动手，被人拍到怎么办？"

我才注意到他只穿了一件大衣，我脱下羽绒服要给他，他不让。我笑说自己脂肪多，不打紧，抬头却看到他晶晶亮的眼睛。

我翻个白眼，"别装作心疼我的样子，你肯定特别高兴吧，我结不了婚了，又得去伺候你了。"

我强行把羽绒服给他披上，他却忽然把我抱住了。我挣脱他怀抱，"干嘛呀，街上这么多人，被人拍到了……"

他又把我抱住，我推开他，笑着说："我没事。"

他不听话，还是一把抱住我。他说："想哭，也是可以的。"

我有点气，有点急，又怕真被拍到给他惹事儿，我说："我真没事。"

然而我眼泪流了出来。我狠狠地抱住郝泽宇，靠在他胸口。健壮的胸膛筑起教堂，他的心跳是弥撒，我的眼泪在礼拜。礼拜什么呢？先浮现出来的念头，是庆幸自己劫后余生。这段感情，开始就很儿戏，我怎么才发现呢。好歹没领证，要不然离婚多麻烦。然而，委屈从心底暗涌，喷薄而出，再也止不住。我在郝泽宇的怀里，失声痛哭。

我哭着承认："我难受，我难受……"

爸妈不知道什么时候来了，他们不知道刚才发生了什么，不知道也好。我想跟他们说点什么，可我说不出话来。只好继续哭湿了郝泽宇的胸膛。就让我矫情一会儿吧，我知道，擦干眼泪后，我还得应对整个世界呢。我得攒点力气，我就哭一小会儿，好吗？

〔五〕

我是不祥人。因为订婚不成功，让周围人都人仰马翻的。妈知道真相后，病倒了，爸一边伺候她，一边担心我，都累瘦了，现在只有210斤。

彭松呢，倒是心疼他姐我，事后堵住杨馥源，要揍他。他打架可没经验，让杨馥源的哥们好一顿胖揍，现在在医院躺着呢。

郝泽宇啊，那一晚打架被拍到，我在他胸口哭被拍到。一边是公众形象，一边疑似新恋情曝光，圈内人都敬佩老牛——还双重操作。

老牛四处公关，最后没办法只好说实话，把我那事儿捅出来，网友狂赞郝泽宇讲义气，为了个助理都这样出头。这个过程里，老牛生怕影响已经谈好的广告代言，压力大得又胖了15斤。

对比之下，我很不要脸，没心没肺，能吃能睡。我安慰自己，到底是个有过去的女人了，也不错。感谢文明社会，换成以前，我这样丢脸的女人应该被族长沉潭，我竟然还有资格活蹦乱跳的。感恩啊。这种心情之下，平时八竿子打不着的亲朋好友，表面关怀，实则看好戏的询问，我也不觉得烦，元气满满，跟他们说欢迎给我介绍男朋友啊，炮友也成。

他们很失望。有些事情，你要觉得不丢人，看戏的群众也就散了。所以我提供一条福子格言：吃好喝好，没什么大不了。

外边如此喧嚣，牛美丽娱乐有限公司，却没人搭理我这事儿，老牛正忙着劝郝泽宇呢。一个网剧找郝泽宇当男主角，女一号是上升期知名小花，戏演得不怎么样，但特旺对手，谁跟她演对手戏，谁红。老牛下决心要把这角色拿下。打听一下，听说制作方提供了好多男演员备选，但小花都不同意，一听说是郝泽宇，觉得他演技还行，竟点头了。

然而郝泽宇却嫌网剧档次低，不接。怎么说呢，他电影的配角演多了，路子走得有点偏。某次拍电影，某个配角是演技精湛的戏骨，一身戏艺无处施展，他鼓励勤学好问的小郝同学，说不要做明星，要做演员，郝泽宇听到了心里去。

我和老牛都比较俗气，没人找我们演男主角，我们就当演员。有人找我们演男主角，我们当然要当明星呀。千万别被那些人骗了，"我不想做明星，我想做个演员。"说这话的人都是什么人？红的人啊！

作为演员，想红，就是上进，不想红，就是不敬业！郝泽宇此时就想不敬业，他说自己是电影咖，网剧太low了。老牛说得唾沫星子四溅，依然没说服郝泽宇。

此时公关公司打来电话，问郝泽宇商演价格，老牛一拍桌子，对我说："你来说服他。"然后转身接电话去了。

我问郝泽宇："你别拿糊弄老牛的那些答案糊弄我，到底为什么不演呀？"

"恋爱戏，我都不知道怎么谈恋爱了，我怎么演啊。"

"真愁人，要不你突击一下吧，随便找个人谈吧，"我挠挠头发，想起来了，"那个谁谁谁，拍戏时不还勾引你呢，要不你跟她试试？"

插播一下，上次拍电影，女主角身穿睡衣半夜敲郝泽宇房门，说她心痛。郝泽宇没睡醒，脑袋有点蒙，直接用手机打了120。圈内人听到后，都赞郝泽宇机智。

郝泽宇摇摇头，我又提了一个看上他的女星名字，他又否了。

我支着头，说："虽然说艺术来源于生活，但好多24K纯金大渣男，演男朋友也演得挺好的，你这是跟自己较劲。"

我点了一支烟假装风尘，"哎呀，我就是长得不好看，我要是长得好看，也当演员，我肯定特会演恋爱戏，我感情经历多丰富啊，我还被人退过婚呢。"想起过去那事儿，我只觉得好笑，现在也经常拿出来博众一笑。

比如一起喝酒，都喝high了，大家让我说笑话。我会说："有人跟我求婚！"大家哈哈哈哈哈。

"那男的，条件还特好！"有人笑得眼泪都出来了。

我再用手比，"求婚戒指，这么大个儿！"大家都笑趴在桌上。

笑声中，我渐渐觉得特有安全感。这才是属于我的生活啊，浪漫女主角的戏份太不适合我了，独立自主好笑的女谐星，才是我的命运。

但郝泽宇特讨厌我这样，他抢过烟，大口吸着，"别拿自己开玩笑，开得久了，你也变成一个玩笑了。"

"我可不是个玩笑，"我咧嘴笑，没心没肺的，"我是散播欢乐散播爱的胖仙子！"

老牛过来了，坐下来，还想重复刚才的话题，"刚才说到哪儿了？"

"我也忘了，反正我不演。"

"不演就算了，那这商演你也不接了吧？"老牛说澳门有个堂会，价格给的还挺高的。

什么叫堂会呢？就是婚礼啊，长辈大寿啊，请几个熟脸的明星唱几首歌，说几句吉祥话。的确挺不上档次的，可也是真赚钱，以前郝泽宇没什么工作，我们就指着这些堂会，竟然活得不错。

一问地点，是在澳门，一富太太的慈善基金晚宴，这更上档次了。东北的堂会那叫一个可怕，其他地儿都只是拍照，在东北唱完堂会，一堆人给你敬酒，敢不喝？看不起我！我削你！喝得好，主人家还加钱呢。澳门人民应该还挺礼貌的，可惜这么好的堂会了，现在我们倒是很少接了，毕竟郝泽宇不如以往，还是要爱惜羽毛。

我假装悲痛，说："可惜了，我还没去过澳门，我本来梦想着要在赌场办婚礼，"我看看他俩，"可你们也知道，我现在是被悔婚的中年少女……"

老牛一巴掌把我呼在地上，说这几天看我扮演伤心，早就看不过眼了，谁伤心还说出来啊。真讨厌，不满足人家的戏瘾。

郝泽宇还添油加醋，说让老牛按住我，他要踹死我这个不争气的家伙。

我垂死挣扎，说人家不说了不行吗。

老牛抓着我的头发，说新的一年，先从不说"人家"开始。

俩人合伙揍了我一顿，郝泽宇甩甩头发，问老牛，"堂会在哪儿？澳门是吧？"

老牛点头。

郝泽宇又问我："你港澳通行证，没过期吧？"

"没过期，怎么了？"

他转头跟老牛说："澳门那堂会，咱们接了吧。"

老牛气得直跳脚，说网剧你嫌low，堂会你倒是不嫌low啊。

郝泽宇摆出一个帅气的姿势，"这就是巨星的风格。"

老牛拒绝为巨星服务。所以这次堂会，由我一个人带着他。他最近头发也不长，化妆师和造型师都由我充当。不同以往，这回跟春游似的，我心情很愉悦。希望下回台湾和香港的堂会也找我们，我也顺便旅游一趟。

富太太的慈善基金果然财大气粗，酒店特别像样，豪华房车车接车送的，车上还有香槟。

我吓唬郝泽宇，"光唱歌？就这待遇，不会还让你陪睡吧。"

粮草充足，郝泽宇这头好看的千里马，跑得也卖力气。晚宴上，他又唱又跳，哄得台下的中老年妇女很开心。他嘴也甜，慈善基金的主席是一珠光宝气的妇人，坐着轮椅，他下台，蹲下身来，逗她，"这位美女，你看起来很面善啊，长得像一个人。"

"像你女朋友吗？"

"不，你长得像我妈妈。"

大家哄然失笑。郝泽宇倒是不怕太太急，直接问说："妈妈，你想听什么歌，咱俩一起唱。"直接把她推上舞台，宾主尽欢，效果很好。

慈善基金的公关小姐预订郝泽宇的春节档期，价钱加倍。回到酒店，我忍不住说："你也够大胆的，中年妇女谁愿意被说长得像谁妈啊。"

他一本正经地说："可她真长得像我妈啊。"

我没理他，继续上网做澳门一日游攻略。

他还解释："真的像！我没骗你。"

"行了，我信了。"

半响，他才说："哎，像什么像啊，我都不记得我妈长什么样了。"

我笑了。又到了《巨星又开始丧》的节目时间了，这节目我好久都没当嘉宾了，他最近倒是较少表现出丧的一面。我清了清嗓子，正要配合他的丧，准备说点什么。

谁知道他又说，"你说，要不要干脆就认她当干妈算了，她那么有钱。"他对这个建议很满意，开始自言自语，"别人满世界泡妞，我满世界认妈，多独树一帜啊。"

哟，不错啊。不光很少丧，自己还能跟自己搭话解闷了。我预感再过几年，他就能有丝分裂。

〔六〕

酒店房间，我俩坐在床上，心神不安，面红耳赤。

他问我："你紧张吗？"

"有点。"

"我也有点紧张，毕竟我第一次。"

"那咱们赶快开始吧，听说第一次开始都很不适应，后来就爽了。"

我俩迅速拥抱……然后去赌场了。没错，我俩要去赌博了。郝泽宇的澳门妈妈，招待了他很多筹码，让他在赌场玩。我俩很兴奋，终于开始了人生第一次赌博。很可惜，赌场没有斗地主，这是我俩唯一精通的赌博方式。

我俩实在看不懂，我看到一个说普通话的面善游客，拉住他问，"劳驾问一下，这是什么呀？"

"21点。"对方看我如看痴呆。

我悄悄拉过郝泽宇，"这是21点啊。"

他拿过手机开始查21点的玩法。如此不耻下问（反正都是我丢人地去问），我们又突击了加勒比海、轮盘等玩法。

终于决定，还是玩百家乐吧，虽然我俩也没太搞明白，但是就买庄买闲的两种选择，貌似还简单点。我俩假装镇定，入座。

荷官发牌，郝泽宇悄悄问我，"咱们买庄还是买闲啊。"

"买闲吧，感觉咱俩都挺闲的。"

"可买闲放哪儿啊？"

"那么大个闲字你看不到啊？"

结果一局下来，荷官说，和赢。

我很失望，"不是情场失意，赌场得意吗？"

结果荷官把一堆筹码分给了我们。我俩面面相觑，什么意思，我俩赢了吗？原来我俩把筹码放错了位置，放到了和上，一下子赢了七倍。

旁边一东北大姐，看我俩半天了，实在忍不住了，出手相救，大致说了一下怎么玩。嘿，真人指点，果然跟网上不一样啊。我俩接连赢了几把，郝泽宇不好意思，要分点给东北大姐。东北大姐特豪气说不要，我们也不好意思。大姐嘿嘿一笑，说自己也占便宜啊。她说的职业术语，我没听懂，大概就是赌博有时不看自己，看别人，一桌子人，看谁赌运比较好，跟着他下就行了。我俩属于新人，新人手气都壮，大姐跟我们下，自己也赢了。

正说着，一中年女的问郝泽宇，她的一百块筹码，能压到我们下面一起赌吗？我俩觉得没什么，东北大姐却挥挥手，把那中年妇女赶走了。东北大姐特嫌弃，说赌场里这种女的最讨厌了，赌得筹码都上不了桌了，还要赌，她们这种人运气最差，谁要好心让她一块儿压上，肯定输。

果然，那中年妇女离开后，又问其他客人，没人答应。怎么说呢，那中年妇女还挺可怜的，背影特像是一条狗。郝泽宇默默地看了一会，开始心不在焉地继续玩。大概是赌运被破坏了一下，我们输多赢少，面前的筹码渐渐少了，东北大姐及时止损，说不玩了。

我杀红了眼睛，说什么都要赢回来。郝泽宇笑笑，把那中年妇女叫回来，让她把筹码跟我们放到一起。我朝他瞪眼睛，他笑笑，把筹码都推了出去。我真希望全输光，让他做这个烂好人，然后我要絮叨死他！然而大概他鸿运当头，竟然赢了。分筹码时，那中年妇女很高兴，但一直说我们给多了给多了，郝泽宇说甭客气。算了算，我们赢了一宿的酒店钱，我恋恋不舍地离开了赌桌。

我问郝泽宇，刚刚干嘛那么好心，不怕那大婶破坏咱们的赌运啊。他咧了咧嘴，若无其事地说："万一她是我妈呢。"

"怎么可能呢，你又多想了。"

"也不知道她过得怎么样，但我希望她走背字儿的时候，身边也会有我这样的人，稍微帮一帮她。"

我眼皮都快翻抽筋了。澳门还真是个有母性的地方，让郝泽宇满世界找妈。

呵呵，您以为，我们澳门之旅，就这么走温馨路线吗？甭逗了！接下来的澳门一日游，因为我没找对地方，郝少爷气鼓鼓的。真是的，他这种满世界找妈的人，对我可真没耐心，我也是妈啊——老妈子！

本来看攻略，我自告奋勇坚持想找一家澳门老店，结果找迷路了，郝少爷饿了，说随便在大众点评找一家评分高的吃得了，但身为资深吃货的我死活不肯，结果折腾了两个小时，我俩走得饥肠辘辘的，最后只好在大三巴牌坊附近，吃了一顿巨难吃的澳门米线。结账时，老板还是唐山口音。真是的，唐山人民怎么回事啊，在澳门装什么澳门特色啊！

后来我也没脸安排接下来的行程了，跟巡回犬似的，默默跟在怒放的郝泽宇后面。他步伐大，跟小跑似的。他气性可真大，走了好久，貌似还生气呢。

我体力不支，一个没注意，闪了个趔趄，摔倒在路旁，脚崴了。

这不得不说一下澳门政府了，这石板路就不能拆了，弄点沥青路啊，走道多平坦呀。

我抬头看，郝泽宇不知道走哪儿去了。我跺脚，他手机和钱包都在我包里呢，哪儿去找他。哎哟，我还忘了我脚崴了，还不能跺脚。几经思虑后，我决定坐在原地等他。大概是今儿体力消耗特大，又刚吃完东西，我在路边犯困。

姥姥来了，掐我耳朵，说在路边就敢这么睡，不怕被人卖了啊。我则纳闷，姥姥也太强大了，这里都能混进来。姥姥四处看看，说不行，我得叫人去。我问说您叫谁啊？您在澳门还有熟人呐。姥姥笑得特别诡异，一会就不见了。

我醒来时，还以为地震了，一颤一颤的。结果发现，我在一个男人的背上。

我欲哭无泪，澳门人贩子真有特色，拐我干嘛呀？怪难卖的，我内脏脂肪也厚，不好移植。结果熟悉的味道传来，我一看，这肩宽的，没别人，我家郝少爷啊。我口水似乎湿了他一背，我赶紧拍他，让我下来！郝泽宇累得发尾都湿了。

我怨他："你背我干嘛呀！"

"怎么叫你都不醒，等你醒了，明儿飞机都误了。"他气喘吁吁的。

"我是那么好背的啊！"

"我就等着你醒之后内疚呢！谁知道你跟死猪一样，一直不醒！"

听他说这话，我笑，他也笑。我够蠢的，他也够傻的，犯什么倔脾气。

前面有个喷泉，我俩坐在一边喘气。他看了看周围，说："这儿还算有点特色。"

手机地图显示，这属于海洋公园大马路一带，说是夜景最漂亮。我读着资料，试图当导游，他打断我，"行了你，一个大路痴当什么导游。"

"我还有导游证呢！"

"那你去当啊。"

"我大学毕业后去了啊，旅行社不要我，嫌我长得难看。"

他哈哈大笑，我摇头，"真没同情心，你们这种长得好看的人，真不知道我们丑人的痛苦啊。"

他说："福子，别说你长得难看，我都听烦了。"

"又给我提要求。"

"我觉得你长得挺好看的。"

"我谢谢你，我要长得好看，杨馥源还能不要我？"

他半天没说话，我问他怎么了。他抬头看看我，说："福子，其实你还是特难过吧？"

我摆手，"你这人可真婆婆妈妈的，那天我都没想哭，你非逗着我哭，我觉得我不哭一顿，你会挺难受的，我就哭了。这事儿都完了，怎么还把你哭出后遗症了，见天儿地问我难不难受。"

他看着我，不说话。我笑嘻嘻地说："你这表情，我太熟悉了，就是'我懂你'呗。郝泽宇啊，你真不懂我。我这人又深情又薄情。我怎么个深情法儿呢，我跟谁在一起，就是出现再好再适合的人，我连看也不看，死心塌地地跟着对方，直到他把我甩了，反正宁可他负我，不能我负他。说完深情了，再说薄情，你知道我多薄情吗？无论谁离开我，只要我接受了现实，就立马断了念想，再也不吃回头草。别人都说，不能拥有的最好，可在我这里，我得到的才是最好。既然得到过，那就值了，我要的不多。"

他似乎放心了，"可能我多想了吧，没见你哭过，那天，看你哭得那么厉害，我还以为你特遗憾呢。"

我自我解嘲，"可能因为你是演员吧，情绪渲染得特别好，我一下子入戏了，觉得自己特别惨。"

我脑洞大开，突然问，"你相信平行空间吗？"

"你电影看多了吧。"

"我特信这个，比如，在另外一个平行空间，可能福子和郝泽宇玩得特尽兴，才不会大半夜地坐在这里，聊这么无聊的话题。"

我看看天空，澳门的星星都躲起来了。我又说，"可能在一个平行空间里，那个福子顺顺利利地得到了寻常女子能轻易得来的幸福，结婚啊，生孩子啊，将来孩子长大，那个福子也能指着电视说，那个帅叔叔郝泽宇，你妈我认识呢。"我叹了一口气，"我妒忌她。"

郝泽宇没明白，"谁？"

"那个平行空间的福子，我妒忌她，其实我不爱杨馥源。我只是想知道，那种幸福是什么样的……"

郝泽宇搂过我的肩头，安慰我，"你会有特别好的爱情的。"

我笑了，"我哪有资格谈爱情啊。"我继续望天，保持这个姿势，这让我接下来要说的话，显得不那么丧。丧可就不是福子啦，"我在网上看到一句话，说爱情啊，是物质和精神双重富足了，才有资格有的东西，穷人和蠢货哪儿有资格谈爱情啊，不过是打着爱情的旗号，解决性欲、繁殖和依赖罢了。这话说得多好，我想想我那些小男朋友，跟他们在一起，也许我不是为了爱情，无非是为了性欲、繁殖和依赖吧，一条条都对上了。"

"爱情这东西，是有的，老天一定会给你的。只是也许会跟烟火一样，转瞬即逝。"

"跟我较劲是吧，要这时候天空出现烟火，我就信你说的话。"

我看着他，他咬住嘴唇，不知道怎么回答。

我笑了，"我就不信，你还能有通天的本领，安排这时候放烟火？"

"这我可安排不了。"他抱住肩膀，摸索着胳膊。

澳门的冬天也真是冷。我也是有病，这么冷，还有兴致谈爱情。我拎起包准备走人，才发现包下面有个巴掌大的口。

我怒了："什么质量啊，我要给他家差评！"

郝泽宇研究半天，说是被刀划的。我放下心来，"我说呢，皇冠卖家不能骗人，"刚说完，我脸就扭曲起来，"这A货包1500呢！"

他笑着帮我把包里的东西倒出来，反正我也不随身携带振动棒和保险套，倒也不避人。打开隔层，我摸到一软软的东西。我死活不肯拿出来，可郝泽宇把我手一推，直接强拿，一团毛线混合物。

郝泽宇问："什么呀？"

我脸红，说："围巾。"

"哦，想起来了，那阵子老见你鼓捣毛线的。"

"本来说要织成MC QUEEN的骷髅头的……"我突然大笑，掩盖我的尴尬，"我手艺太次啦，哈哈哈哈。"

笑到不能再笑了，郝泽宇还在看那条围巾。织围巾时，我有一种"勇晴雯病补雀金裘"的感觉，快收尾时，实在太难看了，我放弃了当晴雯的念头，后来天也热了，围巾被我随手塞哪儿了。这包我也不怎么背，今儿才翻出来，原来在这里。

我跟郝泽宇说实话，"这围巾本来想织给你的，想跟你道歉，我把围巾给丢了……"

"我知道，当天晚上我看着你丢的，你大雪天帮我找围巾，送回来时，发现我买了新的，我朋友还说你像猪，你听见了，你生气了。"

"没有没有，"我矢口否认，"我那是饿出毛病了，真没生气……"

郝泽宇看着我。最烦他这么盯人看了，少女能被盯得怀孕，坏人能被盯得坦白从宽。

"好吧，我承认，那天突然有点自尊心，我也不知道为什么……"

他歪着头，看着我，"因为在乎我吧。"

我随便说一句，"可能吧。"顺手把他脖子上的围巾打个结，嘟哝着，"这围巾太长了……"

郝泽宇似乎下了很大的决心，说："要是现在出现烟火，你就相信爱情了吧。"

我哑然失笑，"你还真信啊。"

他说："我信，因为我是魔术师，能变出烟火来。"

我说："那你变吧。"

他看着我，突然吻了我。

此时，我突然想起一段话来。我很喜欢的一个作家，专门写爱情小说的，他在小说中，一旦主角情感爆发，他就偷懒，老写什么火山爆发，鲸鱼唱歌，全世界的老虎都化成了黄油，我还嘲笑他黔驴技穷。然而现在我明白过来了，是这个感觉，再也没有这样贴切的描写了。我看到了火山喷薄的岩浆，鲸鱼唱着高音，老虎摇摆着融成黄油的尾巴……

当然，我也看到了烟火。我以为是幻觉，然而空气中的硫磺味道，让我迷惑。郝泽宇也迷惑了，我俩望向天空。天花无数月中开，五彩祥云绕绛台。堕地忽惊星彩散，飞空旋作雨声来。是真的烟火。

郝泽宇看了看我。我突然发现，他的脸，熟悉又陌生，好像另外一个人，又或者是我从来都没见过的样子。

我说："烟火……"

他笑了，又是我熟悉的，笑得山清水秀，眼睛里也有烟火。他说："没错，都是我变出来的。"

他又亲吻了我。烟火很短，然而这吻仿佛把这美景温存。

很多年后，我才知道，澳门夜景，这条路最漂亮。为什么漂亮呢？因为每年的这段期间，每天都会有烟火。大概是我说大话，说不相信爱情，惹了天怒。老天爷说，那我顺便放场烟火给你看吧。行了，老天爷，你牛，我信了。

这个世界上，也许没有圣诞老人。但一定有爱情。

第十章

我的家在东北
松花江上，
那里有满山遍野
大豆高粱

.——.

从澳门回来后，郝泽宇送了老牛一份大礼：他决定接那个网剧。

老牛问他为什么，他说他要养家。

过一会儿，老牛才反应过来，问他，"你谈恋爱了？"

郝泽宇笑得跟傻小子一样，刚要开口说话。我脑袋嗡了一声，随便指了一个方向，想分散老牛的注意力。我喊："帅哥！"

老牛不以为意，"帅哥怎么了，我还美女呢！"

"不一样的帅哥！"

"怎么不一样？"

毕生说瞎话的功力，在此刻绽放，我想到一个丧尽天良的瞎话，"你前任！"

"哪一个？"

"欠你钱的那个！"

"我哪个前任不欠我钱？"

"就是你在广州处的那个你们特相爱结果发现他不学好你还劝他从良的那个！"

老牛轰的一声站起来，朝着我瞎指的方向追去。老牛心里有座坟，葬着一个人，喝多时经常呼喊那个人的名字。

我对不起老牛，情急之时拿这个人骗他。可是他被骗，他不会死。郝泽宇和我的事儿，要被他知道了，我就死了。

看着老牛跑远，我怪郝泽宇，"不是说好了吗？咱俩的事儿，谁都不能说！"

"可老牛不是外人啊！"

"那也不行！"

郝泽宇嘟哝着，"这么好的事儿，为什么不能说啊？"他突然警觉了起来，"你不会……你没当真，你不想对我负责？"

"我？你？"我气得说不出话来，只想打死郝泽宇。

郝泽宇从哪儿学来的台词！还是八点档恶俗电视剧那种！苍天啊，这世道怎么了，我被人玩的资格都没有，我还能玩别人？还是帅哥？还是郝泽宇这种大帅哥！

我好说歹说，终于止住了他这念头。他不高兴。

我忍不住问他："你上次谈恋爱是什么时候？"

"二零零……"

我哑然失笑，"小弟弟，那还是听我的吧，姐姐我经验丰富。"

当然，这不是我真实的想法。我现在就是爱情暴发户，巴不得郝泽宇在《新闻联播》里热吻我，让全中国人民羡慕我。但我好歹是做事儿的人，兔子不吃窝边草，吃饭的地方不拉屎，郝泽宇是艺人，我还是一毫无存在感的助理，很容易被老牛牺牲掉。现实点说，没准郝泽宇一时新鲜呢。可郝泽宇的新鲜劲儿，够长的。

那个网剧开会，大家都听得昏昏欲睡，我手机响，郝泽宇发来信息："我爱你。"我惊恐地抬头看他，他朝我眨眨眼睛。

我上洗手间，刚洗完手出来，郝泽宇蹦出来，跟做贼一样，"趁着没人，赶紧的。"他亲我一脸口水，跟小兔子一样，蹦蹦跳跳地走了。

坐车时他让我坐在后边，把衣服盖腿上，暗自拉我手——终于知道地下党的感觉了，太吓人了。

有天我回家，一进屋，妈就跟我念RAP："那男的多大，哪儿人，一个月工资多少钱，有车有房吗，结婚了房本写谁名，将来孩子谁看……"我以为妈疯了，爸拿着一束特大的玫瑰花给我，"这花挺贵的吧？福子你跟爸说，谁送你花啊？"

我扑过去，发现贺卡上写了句"一日不见，如隔三秋"。

我冲到院子里，给郝泽宇打电话："为什么呀？"

"收到花了？"

"收到了，为什么要送我花？"

"不为什么，喜欢你啊。"

"到底为什么？今天也不是什么日子啊。"

"哪儿那么多为什么。"说到这儿，他把电话挂了。

第二天上班，郝泽宇送我个礼物，盒装的《十万个为什么》，少年儿童出版社，1993年版。哦，我记得以前跟他说过，小时候同学家都有这书，我特想要，但那时候家里穷，买不起，我天天去新华书店偷看，店员还赶我出去……郝泽宇在旧书网上看了好久，花了一千大元，才买下这品相好的。问我感不感动？我感动得锥心裂肺——你还不如给我现钞呢！

巨星的浪漫，凡人真无福消受。

我陷入思考。本来以为这是一文艺片，我是个充当视角的角色，讲述一个过气艺人如何蛰伏成超级巨星的。结果他一亲我，我就马上提升为女主角了，从个人传记片，变成浪漫爱情片，还是玛丽苏爱情，特恶俗那种。

我照镜子，呲着牙，想发掘一下自己的女主角特质。我是傻白甜，还是白莲花？都没看出来，就觉得我太难看了。我只能总结：这不是爱情片，是怪兽科幻片，我是金刚，为了郝泽宇在摩天大楼上打飞机，跨种族之爱。我对镜子里的自己笑了笑，好在没公布天下，要不然会有人以为我给郝泽宇下了降头。

我幻想记者采访我的样子。

"郝泽宇喜欢你哪儿啊？"

"我除了美，一无是处。"

"你喜欢郝泽宇什么呀？"

"我喜欢他喜欢我。"

幻想到这儿，记者应该听不懂，我会趁机长篇大论……

等等！我干吗要搞清楚自己为什么喜欢郝泽宇，他帅，对我好，不就行了吗！趁着他脑袋被门挤了，还没醒过来，我要好好享受郝泽宇这份红利——人生中最大的。

在此，我顺便为大家解惑一个千年之谜——福子这样的女的，为什么能一直谈恋爱？因为我不太计较。

你喜欢我什么？什么时候喜欢我的啊？会不会永远爱我啊？为什么你会在朋友圈给其他女人点赞……

以上疑问，我永远不会有。福子女士，永远不会给自己找不自在！

人家乱编一个谎言，哄哄你，你听了就特爽？恋爱中的我，就爱一门心思对他好，他对我要是没那么好，我也不在意，反正我对他好的过程里，我还挺爽的。要是到了"闻君有两意"的地步，我也不难过，反正我这人浑身抖抖，除了头皮屑也抖不出特别的优点，凭什么人家要对我死心塌地的啊。

当然，我也不会"特来相决绝"，太做作了，我一般都等对方甩我，甩别人太费劲了，再说我何德何能啊，甩人家？人家跟我好就是做慈善了。

听上去，我这套想法有点太贬低自己了，但事实上也再没有比这种更积极的生活方式了——尤其是对我这种胖妞儿来说。

我们东吉祥胡同也有个F4，当然不是什么Flower 4，而是Fat 4，四大胖妞儿。兄弟我生得晚，是F4里的老小，我从小就看着其他三位胖姐姐在情海里沉浮。

前院胡家大姐打从中专毕业起就开始相亲，一张口就问什么时候娶她，现在快四十岁了，还奋战在相亲的路上。

后院毛驴她姐觉得她瘦下来就会有男人爱她，人懒又不爱运动，天天试着各种减肥偏方，做缩胃差点出事，现在人倒是瘦了，不过身体不好，也不好找对象。

跟二位姐姐虽然同列F4，但我跟她们都不熟。跟另一位胖姐，同院邻居范特香，倒是惺惺相惜。她也想找，但是人挑她，她也挑人，最后挑剔成历史学女博士，准备为学术奉献终身了，她幽默地说，终身单身也挺好，起码她胖的基因不会遗传给下一代了。然而范特香姐姐终有遗憾，她也曾有不错的人选，但她想太多，终身大事就这么蹉跎了。当年我还是个高中生，她给我忠告，人生苦短，及时行乐。我猛点头。

于是但凡有人搭理我，我不放过，不多问，不计较，不情绪化。人家不爱我了，我还鞠躬感谢：谢谢你对我好过。

我觉得我这样挺好的。所以，你要问我，我喜欢郝泽宇哪儿啊。我哪有资格回答这个呀！有人对我好就不错了！何况，郝泽宇对我还真好——而且郝泽宇还长这样！

郝泽宇过几天把我踹了，我也可以被车撞死了。此生无憾呀！

〔二〕

刚把郝泽宇夸得天花乱坠，这位小爷就给我出幺蛾子。

网剧在上海拍，上海挺精致的，特适合偶像剧匪夷所思的剧情。但恋爱中的郝泽宇，满腹柔情都无法展现在表演上。

女主角腕儿大，片酬就卷走了一半的投资，只给了三十天档期，一天还只拍十小时，从出门开始算时间。戏份当然拍不完，女主角这钱赚得挺轻巧的。

但也服了中国影视同人们，为了节约时间，找了块绿幕，拍了主角的各种特写，场景干脆后期合成了。又在上戏表演系，找了个跟女主角长得像的小姑娘，专门替女主角拍背影啊、侧面的戏，怕近景穿帮，干脆做了张女主角的人皮面具，贴在小姑娘脸上。

郝泽宇对着戴人皮面具的女替身，各种山盟海誓，开始他还调笑，就当作无实物表演练习了，但演了一个月后，他颓了，各种闹情绪。

他要是摆摆小明星的架子，适当耍点大牌，我也理解。可他上升到"长此以往，国将不国"、"要都这么演戏，中国影视业就完蛋"上来。我没当回事，嘟哝一句，

"现在不都这么干吗。"他非常失望，特瞧不起我。

我没当回事，帮他叠衣服。他看我没反应，更生气了，"男朋友这么瞧不起你，你竟然一点反应都没有。"

"嘘，小点声，别什么都说，被人听见了，就不好了。"

"我看你就是不把我当回事！"他摔门而去。

我以为哄哄他就没事了，没想到趁着剧组转场到巴厘岛时，他拎着箱子就没影了，手机还关机。

明星助理最害怕的事情，终于出现了。我慌了，连忙找老牛。

老牛微笑，说没事啊，过两天他就回来了。他开始秀恩爱，说他男朋友的小肚腩可可爱啦，他能玩一天。

我大惊失色，同样是谈恋爱的人，老牛心可真大。忘了说，老牛最近在走蜜运。上次我为了转移话题，随便指个路人，说是她前任，老牛不是追出去了吗？前任当然没找到，但是现任倒是找到了，街头邂逅、一见钟情这种奇迹，也会发生在老牛身上。一向叱咤风云的女强人就此倒下，半个演艺圈都安静祥和起来，群众们纷纷沉浸在国泰民安里，甚至有人说，为了日子好过，以后大家有合适的给老牛送过去好了，让老牛一直恋爱下去。

在焦头烂额之际，我收到一条短信，某航空公司发来的，说我在它们网站上定了一张去哈尔滨的机票。

我以为是诈骗短信，刚要删掉，郝泽宇的电话却打来，说让我去哈尔滨。

我让他赶紧回来，别闹。

他说他就在哈尔滨呢，我要不去，他就不走。这是闹脾气的大明星，还是闹脾气的男朋友？

从哈尔滨太平国际机场出来，我一阵激动。啊，这就是东方小巴黎哈尔滨吗？跟北京没啥区别啊。我对东北的了解只有：猪肉炖粉条、冷、郝泽宇。

出租车师傅倒是很热情，一上车就听出我北京口音，问我来哈尔滨嘎哈（干啥）呀。

因为在异地，我一想这都挨着俄罗斯了，心也放得比较宽，我说来看男朋友。

师傅问我男朋友咋样。

我说，长得好看，人也挺好，就是脾气差点。

师傅宽慰我说结婚后就好了，东北男人可疼媳妇儿了。

我翻白眼，师傅真是乐观，我可没想那么远。

师傅突然起劲了，问我，我俩结婚后，我男朋友是不是就北京户口了？

我随口一说，大概吧。

师傅兴奋了，说那挺好，有北京户口，将来孩子也是北京户口，北京高考分数低，在哈尔滨上三本的成绩，在北京就能上清华北大了。

我实在忍不住，说师傅，那是误会，北京的孩子考大学挺难的，我还只上个专科呢。

师傅开车呢，都忍不住回头看我，"专科？那你得多差啊！"

窗外，郝泽宇的广告牌闪过。他拿着一袋甜面酱，笑得可甜，广告语是家乡的大酱，就是香！

凭什么你们东北的大酱就香！我心里燃起了对家乡的无限热爱，就北京话题跟师傅进行了亲切的会谈。

一小时后，郝泽宇去派出所接我。没错，会谈有点跑偏了，我跟出租车师傅最后吵到了派出所。

师傅说我要是个男的，就打我了。

哼，你打啊，站起来还没坐着的我高呢！

师傅又说，不用你们北京人猖狂，没有黑龙江的煤、大米、石油，你们北京啥都不是。

哟，北京啥都不是，那你们东北人别来啊，怎么遍地都是东北人啊？

师傅又攻击我，说东北人不到北京去，你这么胖，你能找到对象？

"谁说的！我交往过大连的！"

"大连也是东北的。"

"我交往的大连人是山东种！"

"哪儿的种都是黑土地的人！"

我卡壳了，哎，要真这么说，我历任男朋友，好像都没出过山海关……不行啊，北京生我养我，我得捍卫我大帝都啊！要不要使出撒手锏，说东北男人都是黑社会，东北女人都是鸡？我抬头看一眼，派出所的警察长得又高又壮，待会儿会不会打我？

哎，还真别说，他们哈尔滨的警察长得真帅，起码有三个都是我的型……

正在我愣神之际，郝泽宇冲过来。见到他，我战斗力十足，决心跟出租车师傅再战！

一警察看郝泽宇有点眼熟，问他干吗的。

哎呀，我怎么把郝泽宇弄到派出所了。

我迅速变脸，差点给出租车师傅跪下。我错了！都怪我！

警察和出租车师傅都吓到了，不知道我抽了什么风。

出了派出所，郝泽宇讽刺我，"你平时脾气不挺好的吗？别人捅你一刀，你还说对不起，溅您一身血。"

我赶紧把口罩拿出来，要给他戴上，"你别说了，万一被人拍到。"

郝泽宇笑了，搂住我，"没事，挺好的，这说明我对你有正面的影响，你也有血性了。"

"什么有血性，溅你一身血就好了。"

我这才注意到，郝泽宇身边有一人。啊，郝泽宇的发小，说我像头猪的那个！先别想着旧恨了，我拉住他，"你带着他来干吗呀？"

郝泽宇解释，以为我出事儿了，他发小家也是警察，过来打点一下，在东北办事，靠关系比较省事儿。

说到这儿，他才反应过来，"怎么，你怕羞啊？没事，都是自己人。"

"你让我见你朋友干吗呀？"

"你是我女朋友啊。"

我无语，觉得有点丢人，"哎，好在你奶奶不在了，要不然我这么丢人……"

"待会儿就带你见她。"

我倒是没愣住，一个念头闪出来。连环杀手郝泽宇终于露出真面目！要在哈尔滨干掉我，让我见他奶奶。

他发小开车，把我和郝泽宇送到松花江边，就走了。

现在天气还冷，江面都上冻了，很多人在滑冰，不远处，有狗在拉雪橇。

郝泽宇拉住我的手，特别高兴，"奶奶，我带着你孙媳妇儿，来看你啦。"

我四处张望，以为会发生灵异现象，"哪儿呢？"

"这儿啊。"

"怎么没有坟呢？"我以为江边有坟头。

他把我拉到江面上，"奶奶的骨灰，撒到松花江里了。"他特别自然地跪在冰面上，仰头看着我，"愣着干嘛！跪啊。"

我四处看，唯恐有人拍到郝泽宇。

他皱眉头，"跪，快点。"

我大概有斯德哥尔摩综合征，觉得郝泽宇这样特别男人，好性感啊。我跪下。

"你跟奶奶打个招呼吧。"

我想了一下，结结巴巴地说："奶、奶奶，我、我是福子，第一次见您，也没带什么东西……"

郝泽宇扑哧一下就笑了。

说得不好？那我好好说。我清清嗓子，沉吟，"不知道您那边交流方便不，我姥姥也在那边，有空你俩可以一起玩，她呀，嘴厉害一点，人还是不错的。"我突然精神了，"哎？我姥姥可能还见过您呐，你们还交过手呢。"

郝泽宇蒙了，"她俩什么时候见了？"

我解释，姥姥没事就跑我梦里来，那次我被那大肠导演欺负，姥姥还准备跑你梦里感谢来着，姥姥说她一到你床边，就见到一个穿貂的老太太，我后来看你奶奶照片，发现你奶奶果然穿貂……

郝泽宇嘟哝，什么乱八七糟的。他点了三颗烟，放在冰面上，我俩对着烟，磕了个头。

我说："我头也磕了，咱回去吧，你别瞎胡闹了。"

他生气了，"谁瞎胡闹了？"

"不高兴，回来散散心也行，难不成你跑这趟，就为了叫我过来，给你奶奶磕个头？"

"不然呢？"

我愣住了。

郝泽宇头转向另外一边，看着寒冷的远处。他说："我挺生气的。"

"我知道你生气，可现在拍戏都这样……"

"不是生气这个，"他打断我，"我就是生气，你怎么也跟他们一样了，赚钱收工，也不负责，也不懂我，还帮着他们说话。"

解释误会这事儿，我最不擅长，我正想着怎么哄这位爷。

他却语气一转，说："可后来我想，不能怪你这样，你现在也没安全感……"

这误会可大了。我笑了，"没安全感是小女孩的专利，我多大了？我心也大啊……"

他笑笑，"再心大，也是我女朋友啊，我这职业，谈个恋爱，也不能见光，换成谁，谁都觉得有今天没明天的。"

我心里冒出一个小小的声音："对啊，福子你不就是这么想的吗？"

他接着说："所以，你才把我们的关系不当回事吧。于是我带你来见奶奶，我的意思很明显……"最后一句话是火药，"你是我的，我是你的，我把你当真了。"

冰面上的人、狗、风声、寒冷，都被炸光了，茫茫冰封雪地，只剩我们两人。

我内心突然涌起一种委屈。呀，这就是恋爱啊，我才知道。我努力压制心里的这股矫情，然而这矫情像火山一样要喷发出来了，喷出的不是岩浆，而是一只火凤凰，将要把胖福子烤成碳烤猪。即使被碳烤，这只猪也是幸福的。

我眼泪要出来了，我转过身，要把这诡异的眼泪压出去。可不能哭啊，福子，你是见过大风大浪的女人！哦，眼泪一定是冻出来的！

郝泽宇的声音在背后响起，"想要哭出来，也是可以的。"

偶像剧偶像剧偶像剧偶像剧！我觉得我在演偶像剧。何德何能！福子我这样的女人，竟然也能过这样的生活，不是有男人要我就不错了吗！世界疯了！这出狗血的玛丽苏大戏，我演不下去了！在我恍惚认为，自己一定在演《楚门的世界》，郝泽宇是男主角，周围都是群演时，我听到郝泽宇问我。

"怎么了？"

"没事，太冷了。"

背后热气腾腾的高大男人靠过来。郝泽宇解开衣服把我包在他怀里，双手要抱住我的腰。

我身体没动，头转向他。嗯，下一秒一定是我俩这么亲嘴！啊，我要死了，这种剧情发生在我身上，我受不了啊！

在这千钧一发之际，郝泽宇的脸有点困惑，他的两只手努力地挤着我的腰。

干吗呢？我低头一看。他竟然抱不上我的腰！难怪男人喜欢"嬛嬛一袅楚宫腰"。

我矫情的眼泪被吓跑了，内心一片平和。玛丽苏爱情剧终于没了，抱不住我的腰，这才是我的剧情嘛。

郝泽宇一脸尴尬，手都不敢动了。

我一笑，转过身去，解开衣服强行把他转过去，"你抱不住我，我可以抱住你呀。"嗯，他腰细，正好能抱住。

我刚要张嘴说："这才是我的浪漫时刻。"

一阵风吹过，我嘴里的话变了，"真冷啊啊啊啊啊啊啊！"

郝泽宇笑了，回头抱住我，脸贴紧我的脸，"可爱死了。"

忘了说，我就穿了件大衣过来，九分裤还露着脚踝呢。我身体被冻得不听使唤，身体往前倾，重心不稳，把他压倒。我俩滚到冰面上，我几次想爬起来，但冰面滑，又重重地压到他身上。他内脏大概都被我压出毛病了，却还在不停地笑。

他抱住我，翻了个身，给我重重一吻。湿漉漉的嘴唇，在哈尔滨，一秒钟过后已经变成寒冷。然而，这依然是我这辈子亲过的最温暖的嘴唇。

〔三〕

松花江边，中央大街的尽头，我俩往回走，两边是漂亮的俄式建筑，漂亮得不像是中国。哎，在这么漂亮的地方，有没有又暖又漂亮的衣服啊？答案是，没有。

风度和温度，从来都是势不两立的仇人。高档的户外品牌，衣服倒是花花绿绿的，还保暖，很适合俗气的我，但跑了好几家店，都没我的号。真是的，东北没有胖子吗？天这么冷，你们东北人民不储存点脂肪，怎么过冬呀。转眼我就明白了，东北不是没有胖子，是我太胖了。

我放弃了，"算了，就这样吧，我脂肪厚，冻不死。"

郝泽宇带我去吃杀猪菜，地方在道外。

所谓的"道外"，就是哈尔滨的老城，"道里"呢，算是景区，游客比较多。虽然我也没分清道里道外分割线是哪条道。但好像道外的俄式建筑更多，小矮楼又旧又脏，有的楼上写着建筑日期，通常都是一九零几年盖的，有的有人住，有的开成了小超市，中国的招牌和外国建筑混在一起，有一种特有的烟火气息。

这家杀猪菜，就开在一个小破楼里。我低估了东北人民的热情，点了四盘菜，那盘子，跟盆一样。

好在东北菜好吃，我一点都没剩，撑得我估计全世界都没有我能穿的衣服了。

吃完饭，郝泽宇拦了一辆出租车，路过一条新旧混合的街道。

我可惜道："哈尔滨也跟北京一样，四处拆拆拆，真可惜，要是哈尔滨的外国房子不拆，北京的四合院也不拆，这俩城市一中一洋，还挺般配的。"

他抓住我的手，一脸柔情，"就跟我跟你一样。"

前面的出租车师傅，透过透视镜，看了我俩一眼。我赶紧放开他的手，瞪他，让他收着点。他嘬着嘴，一脸委屈，看着窗外，一会儿，他突然叫停车，拉我下来。

原来是这条街都是皮草店。

我这下乐了。在其他地方，貂皮是奢侈品，在东北，听说貂是必备品，冬天挤公交，一车的女的都穿貂皮。去皮草店看貂，才是真正的东北游呀。

郝泽宇还挺会安排的。

在北京，奢侈品牌的皮草，都跟艺术品一样，高贵得一点人味都没有。对比之下，东北的皮草店，特俗气的珠光宝气，成排的貂皮啊、獭兔毛啊，热热闹闹，家常地挨着。晚上人也挺多的，好多男的，领着老婆逛。

我跟郝泽宇耳语："我觉得皮草店，就是你们东北的教堂。"

郝泽宇笑了。

我解释："你看，店里的每个女的，都跟做礼拜似的，特虔诚地试貂。"

东北的导购也很热情，跟邻家大姐似的，我没说话，就把貂皮套我身上，我穿每一件，都把我赞得跟天仙似的。

我心里冷笑。在娱乐圈资深娱乐宣传人士面前，还给我玩这套。

郝泽宇也参与过来，拎着一件灰貂皮衣，让我试试。

我穿上之后，那貂皮跟长在我身上似的，大概我上辈子是个胖貂，这辈子跟我上辈子的皮，在此刻相遇了？

导购赞，"好看，穿上去富态，像个富婆。"

我笑着脱下来，又去试戴了顶皮草帽子，回头找郝泽宇呢，却寻不着他了。

这皮草店太大了，我打电话给他，"你在哪儿呢？"

"门口呢。"

我出门口，也没找到他。一会儿，他拎着一件貂皮出来了，扔我身上。正是那件，前世的貂皮。前世是胖貂，今生是胖妞儿的我，愣住了。

他给我穿上，"不用给我推让，给媳妇儿买貂，是我们东北男人应该做的事情。"

我赶紧翻结账单子，看到那么多零，我汗都下来了。我强拉着他，要进店退掉。

此时，从店里出来一堆男的，跟我们撞上了，长相怎么说呢，满足了外地人关于"东北人都是黑社会"的幻想——东北黑社会长得也挺好看的，哎，哈尔滨怎么了？我怎么看个男的，都觉得他们很好看。

领头大哥穿着快到脚面的黑貂，脖子上戴着条金链子，身边跟着一个高大巨乳网红脸。我也不是没事就注意这群人，主要是那女的，长得真好看，上面穿一白貂皮，下面光着腿——不冷吗？

白貂本来没想理我，美女谁要理胖妞儿呢，可她看了几眼，突然兴奋起来，"唉呀妈呀，"她招呼领头大哥，"老公，你快看看是谁……"

粉丝合照？一秒钟，我脑中就闪过一出120分钟的黑帮电影。

白貂合影，领头大哥吃醋，把郝泽宇一顿揍，然后绑起来，扔到松花江里——哎，冰面冻上了，他们还凿破冰面，把郝泽宇扔进去。我呢？当然不留活口，顺手扔了进去……春天到了，冰面都融化了，一块硕大的冰漂过，江边的孩子指着说，爷爷，快看，里面有两个人……是的，冰块里，正是抱着郝泽宇的我，我们不能同年同月同日生，但能同年同月同日死，啊！凄美的爱情。

咦，不对，那是结拜兄弟才说的话。哎呀，不想了，反正郝泽宇今天连胡子都没刮，可不能合照。我小跑，在路边拦了一辆车，要拉着郝泽宇走。貂要不明儿我自个儿退吧。

那只手落空了，郝泽宇呢？回头望，郝泽宇被"黑社会"架走了！郝泽宇倒是还挺镇定，回头看向我这边，跟领头大哥说："哎，还有她呢！"

"让她滚蛋吧！""东北黑社会"们把郝泽宇扔进一辆豪车里，转瞬开走了。

我脑袋被冰封住，只有两个想法冒出来。"东北黑社会"真好，绑架也只绑男的，不绑女的；"东北黑社会"真有钱，他们开的车都是豪车。这两个想法，已经用尽了我所有的理智。

我撒丫子开始追车，是的，我没有哭。因为我的男人，被他们绑走了！管你们是妖魔鬼怪，伤害我心爱的人，就不行！我身上的皮草，没系扣，被风吹起。我像个007，要拯救心爱的邦德女郎。不，是邦德男郎……不对，是福子男郎……还是不对，这件皮草是黑色的，奔跑的我，像是只黑熊。我越跑越快，黑熊怎么了？这头黑熊要解救她的汉子去了！

〔四〕

　　然而老天终止了我侠女的戏份。我脚下一滑，哐当一声，摔在了冰面上，四仰八叉的，疼得我恢复了理智。装什么英雄啊，你追得到车吗？就是能追到，你又能干什么？赶紧报警，人命关天啊！

　　我刚掏出手机来，一辆豪车缓缓停在了路边。下来一汉子，平头，咖啡貂——正是"东北黑社会"其中一个。

　　"肘吧！"他目露凶光。肘子？我不想吃肘子，我只想解救我夫君啊大兄弟。

　　一秒钟之后，我才明白过来。他说的是，"走吧。"他把我也绑票了……

　　我刚要挣扎，想大喊救命，可扫一眼胸肌鼓鼓的平头汉子，跟车上坐着的俩壮汉。我还是默默地把手机收回去，打开副驾驶的车门，自愿落入了火坑。

　　上车后，我扫一眼后排坐着的俩人，特瑟缩地问："我是不是应该坐你俩中间？"肉票不是应该被绑匪夹着坐？电影里都这么演。

　　"挤不下！你坐前面。"

　　"把我俩当鸭子了？还坐我俩中间，怎么不坐我俩大腿上呢？"

　　我乖乖坐在副驾驶座上，只敢眼珠子转。这仨人一路上欢歌笑语，"东北黑社会"之日常，也是蛮家常的，聊工作，聊妹子，聊过年去哪儿玩。我一听，更觉得可惜。听上去也都有好工作，好好的日子不过，干吗当绑匪啊！难道这就是"东北黑社会"的风格？

　　开车的平头汉子，见我一直没说话，跟我搭腔，"你跟他认识多久了？"

　　该怎么回答呢？认识不久？那我岂不是没什么利用价值了？还不直接把我扔到松花江喂鱼了？认识很久？赎金会不会翻倍啊？还是他们会管我要钱？我可没钱，我要不要跟他们说，我这包是A货，这身貂还是郝泽宇买的？我笑着，谦卑的笑容就是我求生的表现，然而脑袋实在想不出太好的答案，我选择沉默。

　　他误会了我，以为我要大牌，赞叹道："行啊，还挺倔的。"

　　他手伸过来，哐当一下，我觉得我座位都震了。我吓得大喊："啊啊啊不要杀我！"震惊一车人。我这才发现，他是给我调整座椅，嗯，果然这样坐，更舒服了。我有点尴尬，人家可能没想杀我，但经我这么提醒，可能要动杀机了。

　　车厢一阵爆笑。这笑声在我耳边，大概就是折磨我的前奏。最后一丝侠气被那句"不要杀我"赶走，我放声大哭。就算杀我也不要折磨我啊！我可怕疼了。

东北的绑票还真挺人性化的，我以为他们会把我弄到仓库里，一开大门，看到郝泽宇被五花大绑，鼻青脸肿，我俩相拥而泣之类的。结果人家把肿着眼的我带到烧烤店，里面高朋满座，还有人排队呢。

我心情好点了。意大利黑手党，聚点都是一些酒吧。"东北黑社会"的聚点是烧烤店？难怪都说对东北人来讲没什么事情是一顿撸串不能解决的。慢着，烧烤店？肉是哪儿来的？这不会是黑店吧……撕票之后，直接把我肉割了，当羊肉串卖？

老远的地方，我就看到郝泽宇，他面色平静，用目光迎接我，坐在他对面的也就是背对着我的，从那条金链子看，就是那领头大哥。领头大哥似乎在说着什么，肩头一直在动，我走近了，才听见他说的话。

"……花女人的钱，那叫什么？叫呲（吃）软饭，叫小白脸子纸（子）……虽然老弟你脸也挺白的，但咱东北男银（人）只能给女银（人）花钱，可不能花女银（人）的钱！你当明星，也挺赚钱的，你都能包养小蜜了，你咋还被人包养了呢……"

嗯？绑匪给肉票上政治课？他什么时候被人包养了？

领头大哥一副痛心疾首的样子，继续说："……就说被包养吧，你也找个好看的，年纪大点没事，你找个那么胖的，穿个黑貂像啥？不像富婆，像个熊瞎子……"

郝泽宇大概是世界上最愉快的肉票，他朝我眨眨眼睛，"富婆来啦？"

"熊瞎子是什么意思？"

他笑，"你先解释一下，你是不是富婆？"

我大概明白怎么回事了，有点气愤。我把包扔在桌上，"富婆就拎这种A货啊！"

这桌上唯一的女士，穿白貂露大长腿的那位美女——姑且叫她白貂吧。白貂拿过我的包看，点头："哎呀，还真是假的。"

她抬头，问我："但你这包假得挺真啊……"

我马上忘记了不愉快，视她为知音，跟她分享了这家淘宝店，迅速建立起友谊来。

〔五〕

一来二去，我明白过来，原来这伙人都是郝泽宇的艺校同学，他们在皮草店门口遇到，以为我是包养郝泽宇的富婆，本来想把我扔那儿，但领头大哥觉得，我也要受教育，就把我接过来了。

我倒是不计较我像富婆或者熊瞎子，就是他们请吃饭这阵势，太像绑架了。大家都挺不好意思的，我端起酒杯，平复群众们的内疚，"不怪大家，怪我！我太胖了，太适合当肉票了！"

他们赞："弟妹真敞亮。"

"是，我是长得挺宽敞的。"

郝泽宇跟我解释，"人家夸你呢，敞亮就是大方真诚的意思。"

我恍然大悟，"东北语言真是博大精深。"

听到我这话，众人都很高兴，"押送"我过来的平头壮汉，教我一句东北八级专用语："剥了盖卡秃了皮。"

我强忍住翻白眼的冲动。剥了盖——膝盖的意思；卡——摔的意思；秃了皮——皮被蹭没了。我在北京，遇到十个东北人，八个都教过我这句——剩下两个，成了我男朋友。作为前任、现任东北家属，我得给人面子，扮作天真无邪，问到底什么意思呀？

他们如此这般说——说的还没我的版本通俗易懂呢，我假装有趣，抚掌大笑。

白貂搂住我，说我真有意思，真喜欢我。按照郝泽宇的辈分，我得管她叫大嫂。

白貂大嫂算是东北美女的代表吧，高大白，皮肤没那么细腻，高鼻深目，跟混血似的，我可惜她没当明星，她说她也当过啊，当年艺校毕业，她考上辽宁省芭蕾舞团，万中挑一，也跟明星差不多啦，不过就待了一个月，她就回来了。

我好奇问为什么，这时领头大哥从厕所回来，特有爱意地摸了一下她脸。她皱眉头："洗手了吗你就摸。"

大哥眉目里全是调皮："你还嫌弃我啊。"

我大笑，东北情侣的恩爱模式是这样的啊，宠溺中带着傲娇。

我继续上个话题，问白貂大嫂，为什么不在芭蕾舞团待着了？

白貂大嫂似乎失去了谈话的兴致，专心给领头大哥扒蒜，说现在多好啊，有生意、有男人、有朋友，比跳舞开心多了。说着，她把蒜塞到领头大哥嘴里，领头大哥嘴里嚼着蒜，亲了白貂大嫂一口。

她抱怨着："都是蒜味。"但抱怨里也充满着爱，我支着头，在旁边看着这一切，没想到郝泽宇也在看，我俩相视一笑，拿起酒，碰了一杯。

桌子上的空酒瓶越来越多，我强撑着，喝倒了几个东北男生，算是为北京姑娘长脸了，我心满意足地去厕所走走肾。

女厕所，一小姑娘吐得天长地久，我等不及了，看看周围没人，偷偷溜去男厕所。我在隔间里正舒畅着呢，外边进人，我连忙小心尿，怕被人听出来我是女的。我笑了，通过撒尿声还能分得清男女？我真是喝多了。

隔间外面，有人说话。

"福子真不错。"

"我的人，当然好了。"

我听出来是领头大哥和郝泽宇的声音。哟，背后领头大哥还能夸我，看来我今天表现是真不错。

领头大哥继续说："人是不错，不过我还是没搞明白，你怎么找她呢，不般配啊？"

我心里咯噔一下，却听到郝泽宇说："我觉得挺般配的呀。"

"你跟我说说，哪儿般配——老弟你别误会，我不是对福子有意见，我喜欢福子，但我就是搞不明白……"

郝泽宇打断他，说："大哥，你记得你说过，嫂子是你的救命稻草吧。"领头大哥似乎沉默了。郝泽宇继续说："以前我不明白，男欢女爱搞得跟报恩似的，有什么意思？可我现在明白了，福子也是我的救命稻草……"

在这么关键的时刻，我也许应该推开门，大喊一声：救命稻草在这儿呐！然而我不胜酒力，竟然蹲在马桶上睡着了！

再醒过来，隔间门被咣咣地敲，外边有男生喊："干啥呢！掉厕所里啦？"

我睡眼惺忪地开门，说对不起，把对方吓一跳。这时白貂大嫂进来了，"你怎么跑男厕所去了，郝泽宇到处找你呢，可担心了！"

出去见郝泽宇，我抱歉地笑笑，"喝多了，跑男厕所去了，坐在马桶上睡着了……"

大家见我这样，说散了吧，结账时，我又活跃起来，跟领头大哥抢着结账，看上去像是打架，郝泽宇知道我的脾气，劝说："让她结吧，今天她要不结，能死在这儿。"

我抢单成功，领头大哥气愤不过，让郝泽宇飞机改签，明日再战！

行，谁怕谁啊！

然而我花钱请大伙儿吃饭还是比较划算的，回到酒店，前台就说我们的房间升级成了总统套房。经理特意出来招待，说白貂大嫂是他姐，有事儿您说话。啊，爱东北的人情世故！我在总统套房转圈圈。

白貂大嫂发信息来，问喜欢吗？

我打了一堆叹号：喜欢！爱大嫂！都想住在东北不走了！

我抬头，他在床上，支着头，快睡着了，我说让我亲一下你吧。

他笑，开始亲我，亲了一会儿，正解裤腰带呢，一会儿就没动静了，竟然睡着了！

老娘正热血沸腾呢！气死我了！

我帮郝泽宇脱鞋脱袜子，脱衣服的时候，我心生歹意，扯过他内裤，偷偷往里看一眼，忍不住尖叫。终于见到明星的……还不错嘛……我觉得自己也不单纯，还是特没见识的那种，我羞得满床打滚。上次在澳门真是纯情一吻，吻完后，什么事儿都没发生。

打滚打够了，我开始花痴地欣赏郝泽宇的睡颜。老天爷造他的时候，一定很用心。老天造我也这么用心就好了，我也愿意跟他一样，没爸没妈。啊，我好不孝啊！不行，我可不能没爸没妈，我爸妈多好啊，给我章子怡的长相，我也不换！

看了郝泽宇的脸很久，我觉得我俩还挺般配的。我长得特下饭，他长得特让人入眠。看了一会儿，我睡了。半夜，我恍惚着醒来，先摸摸身边的貂皮在不在。抱歉啊，姆们穷人家孩子，穷出毛病了。

记得我买第一个名牌包，也是夜不能寐的，放在枕边，生怕睡到半夜，包就跑了。

这次还真担心对了，好几万元的貂皮大衣真不见了。窗口边，一黑影正试呢。

我一阵恼怒："姥姥！"

"这皮草不错，给我了。"

"不行，他买给我的！"

"你不是明天要退吗？"

"嗯，舍不得了。"

姥姥把貂皮给我扔回来，骂道："没用的东西，一件破皮子，就稀罕成这样了？"

我忽然增添烦恼，"姥姥，怎么办啊？"

"动心了？"

"我觉得我爱上他了。"

"现在才爱上？那你以前干吗了？"

"以前，我是喜欢他喜欢我，可现在，我就是爱他这个人，特别希望他好，如果他能好，让我不好，我也觉得值。"

"就因为人家给你买了件皮草？"

我点头，"特丢人吧。"

姥姥走到床边，像小时候哄我睡觉那样，也躺下凑过来。我们祖孙俩，一起看郝泽宇的睡颜。姥姥的声音在耳边，柔柔的，"因为他用心了。"姥姥摸着我的头发，"大福子，我的宝啊，可怜见儿的，活到现在才有男人对你用心。"

"姥姥，你能保佑我吗？对我用心的人，能不能不换，就他一个人？"

"那我可管不了。"

"姥姥你可真没用。"

"但我能保证，只要你对他用心，他就对你用心，姥姥在天上，看得清，这是个好孩子，他把金子一样的心掏给你……"

我睡着了，耳边响起姥姥哄我睡的歌谣，小时候她老唱的，"锡盆锡碗锡大缸，缸里有个小姑娘，十几了？十三了，再待三年该娶了……"

〔六〕

睡到日上三竿，我被郝泽宇亲醒。挺浪漫的事儿，但我那嘴巴臭的，我都嫌弃。我迅速跳到卫生间刷牙，照镜子，我的脸已经肿得不忍直视——郝泽宇怎么能亲下嘴啊？

我收拾了一小时，妆发齐全地出来。郝泽宇正在接电话，我看着看着，迅速颓了。郝泽宇不洗脸不刷牙都这么好看，人比人真是气死人。

我想起昨晚领头大哥说的，"你俩哪儿般配啊？"大哥真善良，还用般配这词儿，我俩根本就是人类形象上的两极。

也别这么想，也许我心灵美？想到这儿，我更难受了。我特爱背地里说人坏话，我心灵也很丑啊！不知道怎么了，一向得过且过的我，在这个宿醉的早晨，自信心开始全盘崩塌。

郝泽宇不知道我内心翻江倒海，放下电话，带我出去吃饭。去了才知道，东北人口中的吃饭，还得喝酒。

领头大哥说得好，昨天喝得有点多，今儿再喝一点"透一透"。

我是没法"透一透"了，喝了两碗粥之后，就开始发呆，待得遗世而独立，白貂大嫂看出我的意兴阑珊，说让他们男人喝死去吧，让我陪她算命去。

我一听就来兴趣了。跳大神、狐仙……东北的迷信活动，都显得高级而神秘。

郝泽宇有点不放心，想跟我去，被白貂大嫂呵斥住："你干脆呼她身上得了，一刻见不着都不行啊？"

我懂郝泽宇，我这人习惯性丢人兼惹祸，得有熟人看着。

大嫂义薄云天，"她就是把哈尔滨砸了，也有我罩着呢！"

领头大哥特担心，"你不把哈尔滨砸了，就不错了。"临走时他还嘱咐，"媳妇儿，开车悠着点，新车啊……"东北男的可真啰唆啊。

但坐上车，我决定收回这句话。我白貂大嫂车技不行，车胆却很大，哈尔滨的路都是斜着的，大嫂车开得横冲直撞，险象环生，前面奥迪别到我们车，大嫂直接收掉车棚，站在轿跑里跟他对骂。

终于活着到了算命地点。本来我以为是个茶馆，或者特古色古香的庙宇，结果是一特老旧的小区。白貂大嫂停车——说是停车，莫不如说就是倒车撞墙。

我心疼后车灯，大嫂不在意，"嗨，就膈应把车当祖宗伺候。"

进了门，客厅坐满人，中老年妇女偏多，也有几个面目模糊的男人。也不知道怎么了，大家都跟商量好似的，都穿着深色衣服。有人抽烟，烟雾中，整个屋子最惹人注目的也就是我白貂大嫂。大嫂跟一个助手样子的人耳语一番，我们加塞就进去了。

大仙儿也不是说话就捻胡子的白胡子老头，是一中年妇女，眼神凛冽，说是一精明的乡镇女企业家也行。东北的大仙儿都请神上身，开头她念叨了几句，我没听明白，大概就是"急急如律令"或者"玉皇大帝快显灵"之类的？然后她半闭上眼睛，头上下地晃。

白貂大嫂先问生意。

生意嘛，大仙儿说明年赚不到什么钱，但得稳住，以后能不能躺着赚钱，就看明年了。

大嫂一脸"就这样？"的表情，我也不满意，这种套路话，我也能编一堆。

大仙儿睁开眼睛，说别不满意了，你今年赚不少了。

大嫂心满意足地点头。她把头一伸，声音小了一点，又问，"那我还想问……"

大仙儿打断她，"不用问了，你俩就这样了。"

大嫂叹了一口气。

我的八卦心燃起来了，什么事儿，让女王也有意难平的时候？

大仙儿又说，"不用不甘心，施比受有福，这些年你不也享受到了？还要啥自行车啊？"

白貂大嫂脸上些许的犹豫消散，又恢复成生猛的模样。

我看都问完了，站起来就要走。大嫂拉住我，"哎，还有你呢？"

我还算命？大嫂睁眼说瞎话，"听说大仙儿你算得准，我弟妹，特意从北京来找您的。"

大仙儿同意了。

我努力地想了想，问："我姥姥吧，死了有几年了，但老来找我，这事儿您能管吗？"

大仙儿问我："怕吗？"

"我倒不怕，我姥姥活着的时候，就老跟我吵架，死了，也是跟我斗嘴，没什么分别。"

大仙儿点点头，"不怕也没什么事儿，就是你累点。"

大仙儿要了我的八字掐指一算，脸上一笑，"过去几年，你走霉运呀。"

"哎，习惯了，霉运我也当好日子过。"

大仙儿眼中精光一现，上下打量我——话说自从我进屋，她好像就没正眼看看我，"有对象了吧？"

"嗯，刚有。"

"你对象挺有眼光，你呀，旺夫命。"

白貂大嫂比我兴奋，"这我得跟小宇说！"

我不以为然，"长得胖的，都旺夫。"

大仙儿继续说："你这旺夫命啊，有点问题，你把自己的好都给人家了，旺别人行，不会旺自己。"

白貂大嫂问："大仙儿啊，能帮我弟妹改改运不？"

我想笑，敢情挑水果呐，只要好的，不要坏的？

没想到大仙儿说开几道符吧，烧成灰跟水一块喝下去。听得我兴趣盎然，对嘛！这才像是封建迷信嘛！

大仙儿嘱咐，我今年开始走大运，这运有点大，超过我的承受范围，让我最好能抗住。这运，叫郝泽宇吧？是我这种胖妞儿不能承受之轻？

我虽然心里已经定性，这大仙儿是个骗子，然而她这么说，我却仿佛被说中了心事，对我和郝泽宇的未来，略略有些担忧。

临走时，大仙儿多说一句，"你这命最有意思，你呀，就是人型貔貅。"

白貂大嫂是周杰伦的粉丝，她车上正放着《印第安老斑鸠》。哈哈，周杰伦应该给我写首歌，叫《北京母猪》《奔跑的母熊瞎子》，或者《有点胖的人型貔貅》，我想得津津有味。

白貂大嫂以为我情绪不佳，试图安慰我，"弟妹啊，我问你个事儿啊，那个什么貔貅是啥玩意？"

"就是一古代的动物，只吃不拉。"

"我去！她会不会说话？我得找她去！"

禁止左转道，白貂大嫂一把方向盘就掉头了。

我连忙拦住她，"人家说我旺夫呐。"

她恍然大悟，"旺夫啊，旺夫好啊，我也旺夫呢。"

我心里想了一下领头大哥的样子，感觉他的确挺旺，"大嫂，你这车，是他给你买的吧？"

她笑了一会儿，才说："想起一事儿，挺逗的，我老公还跟小宇说，男人不应该花女人的钱，要不然就是吃软饭。"她把头发拨至耳后，"可在外人眼里，他就是靠我、靠我家里的生意，就是吃软饭啊。"

我睁大眼看着她。

"我呀，离了他能活，他离了我，可活不了。"这故事走向，跟我想的，不太一样。

她说："你上回不是问我，为啥没继续跳芭蕾吗？我他妈也想跳啊，辽芭是一般人能考进来的吗？但是我要去那儿上班，我俩肯定就分了。异地恋？别扯犊子了，我要不在他身边，哈尔滨的小姑娘又不瞎，肯定一堆人扑他——他，那么好呢！"

我愣了。大姐，你说谁好呢？我领头大哥？长得像黑社会的、金链子黑貂大哥？

白貂大嫂看我这眼神，急了，把车停下，拿起钱包，给我看皮夹里的照片。我也急了，肥胖啊，你还是来蹂躏我吧，我抗造！蹂躏我领头大哥干吗呀？他以前长得那么好看！

白貂大嫂看着照片，感慨万千，"你说人多贱啊，我现在每天早晨起来，看到他胖成那样，我还是稀罕他啊！"她趴在方向盘上，美得跟在拍时尚杂志的大片似的——标题是美艳富婆的惆怅。她说："大仙今儿的话，说的还挺对的，他家没钱又如何？他靠我家又如何？我喜欢他，他喜欢我，这么过一辈子，挺好的，我旺他，就当我上辈子欠他的。反正，这辈子是他欠我，我挺骄傲。”

我很感动，赞叹，“哎，你说他，上辈子是不是拯救过银河系啊？这辈子能娶到你这么好的女人。”这夸奖夸得不错，我也顺便表扬一下自己，“我感觉我更厉害，上辈子拯救了宇宙吧，能让郝泽宇看上我。”

我以为她会顺势客气一下：啊福子你特好，你俩特般配。没想到她点头了！东北女人太直爽了！

“第一次见你，我也不明白，小宇为啥选你？”我胸口正中一箭，她接下来给我拔箭，“可后来跟你相处两天，我就明白了，是挺合适的，具体怎么合适，我说不出来，就是舒服。小宇看上去特舒服，不再丧了吧唧的。”拔完箭后，她还给我上云南白药，“反正弟妹，你放心吧，我们东北男人，挺好的，除了没本事。他要是能带你见家人朋友，那就是过门了。以后，你的貂，嫂子全包了。”

我听了特别感动：全世界都是白貂大嫂就好了，这样全世界都能给我买貂；看来我和郝泽宇的确很不般配，刚认识两天的白貂大嫂，要通过给我买貂这么富贵的事儿来安慰我。

〔七〕

我又被喝倒了。醒来时不知身在何处，孤身一人躺在床上。我辨认了一会儿天花板，想起来了。在哈尔滨，总统套房。

酒精的作用下，我矫情的抒情能力又被唤醒了。

这几天，我穿着貂，喝着大酒，住着总统套房，被称呼为弟妹……离开哈尔滨后，这些平凡而微小的幸福，我就要还回去了。嗨，平凡微小个屁啊，我骂自己，都住总统套房了。

我又高兴了起来，郝泽宇不是还在我身边嘛，以后一起住总统套房的机会，多着呢——比如他商演的时候，金主们都财大气粗。

我起床喝水，准备刷个牙，洗个澡，化个淡妆，然后再躺上床，在郝泽宇醒来的时候，假装天生丽质，起床时嘴巴不臭。哎，甜蜜的烦恼啊。

我把脚上的靴子甩掉，总统套房，空而大，吭当一声，显得声音特大。我忽然意识到，郝泽宇去哪儿了？总统套房也挺烦人的，我在里面摸了很久，才在客厅的黑暗里发现一个火星，他坐在沙发上抽烟呢。

我走过去，想说怎么还不睡呢，才发现他在哭，"默默无语两眼泪"那种哭法。虽然不知为何，可我的心一下子就特难受，但我还是装作一切平常地问，"醒了？"

他擦眼泪，叹了口气，"我刚才睡醒，还以为在艺校呢，想着下学期学费，奶奶不知道去哪儿弄，待会儿我还得练功，挺烦的。可后来看到你睡在身边，我明白过来，我再也不是那个每次交学费都拖着的艺校小孩了，我赚钱了，我特高兴……"他又哽咽了。

我知道，他想着，如果奶奶还活着，该多好。

我把话接过来，"我知道，你肯定特高兴，可是一看我的睡姿，那么丑，把你吓哭了。"

他被我这话逗笑了。我站在他旁边，他把我搂过来，抱住我的腰，脸放在我肚子上。

我站着，叹气，"你这种抱法，让我很为难啊，感觉像是要从我肚脐眼吸取点日月精华。"

他又笑，笑声在我的肥肚子上震荡，闷闷的，"是应该吸取点日月精华。"

"你是黑山老妖吗？"我想逗他开心。

"差不多吧，真想给你看看我的心，差劲得一塌糊涂，空荡荡的可怕。"

我故作惊讶，"啊，那以前里面装着什么呀？"

"我也忘了原来有过什么，也不想记得了。"他又补上一句，闷头闷脑的，"哎……就这么活着吧，我已经足够幸运了，不是吗？"

我也笑了，"你是足够幸运的，有我在身边，你知道我是什么吗？算命的说我是人型貔貅，特旺夫，没事你可以拜一拜我。"

我肚皮又在震，他脸埋在我肚子上，又在笑。我俩就这么抱着，一起笑了一会儿，笑得我的情绪一直下落。

我只能说："可我觉得她算的不对，你才是我的人型貔貅，你多旺我啊，我接触你之后，辗转中变好，你跟我好了，还给我买貂。我从来没有被人这么对待过，总怕是一场梦，总怕会醒过来……"

他突然摘下脖子上的红线，给我挂上，是个玉佩。玉佩看起来蛮贵的，我琼瑶式的抒情及时刹车，俗气的我两眼放光，"送我的？贵吗？"

他盯着我脖子上的玉佩出神，"我老奶奶传给我奶奶，奶奶传给我妈，我妈走的时候没拿，奶奶跟我说，这个要传给她的孙媳妇。"

我慌了，"传家宝啊，这我可不能要！你给我个貂就行了……"

"咱们结婚吧，"他一句话止住了我要说的话，"结婚了，是不是，咱们都不会从这场梦里醒来了？"

我面朝着窗，窗是一整块落地窗，外面是高楼大厦，跟北京一样，都半夜了还灯火辉煌，灯火辉煌得让人想哭。我止住眼中的水汽，离开郝泽宇，假装没事，"啊，我要去撒尿。"

走进厕所，何止眼泪止不住，我突然想号啕大哭，我有点被自己吓到。怎么了？不是要安慰著名大丧精郝泽宇吗，怎么他一句"咱们结婚吧"，弄得我要号啕大哭呢？

我打开水龙头，告诉镜子中的自己。福子，你是个经历过大风大浪的女人，你又不是没被人求过婚。啊，不久之前，杨馥源还跟我求婚呢，还送我那么大一个钻戒！退回去的时候我可心疼呢！

我哈哈大笑，然而眼泪顺着笑声，喷了出来。我在笑啊，为什么眼泪还要一直掉下来呢？没事，我有办法。我打开手机。查了查自己的银行存款，眼泪少点了。我撩开衣服，又看了看自己肚子上的肉，啊，眼泪止住了。我又看了看自己的脸，宿醉，脸肿，眼泪让脸更红，像个烤猪头，我的眼泪一滴都没了。当你想哭的时候，不用倒立，不用跑步蒸发眼泪，你想想自己的存款和体重，你还有脸哭吗？这是福子的小秘招儿哦，分享给你。

我对着镜子，摆出俏皮的姿势。我洗了把脸，运了会儿气，挤出一个没心没肺的笑脸。

打开门，郝泽宇靠在门框那儿等着我呢。

"没事，我在这儿呢。"我又受不了了。

我关上门。他敲门，敲了好一会儿，我才说话。我说："有句话，只有关上门的时候，我才能说出来。"

门那边，沉默了。

"这辈子，我没考上好大学，没投胎好人家，没有好相貌，每一段恋爱都被人踹，我都没有怕过。可现在，我怕的恨不得炸了这个酒店，就因为你跟我说，咱们结婚吧。这太美好了，美得我好怕下一秒这一切就消失不见，美好得我想通过同归于尽让时间停住。"门真好，可以挡住那个大大咧咧没心没肺的胖福子，只保留那个本来的我，"可是我不应该怕啊，我怎么可以怕呢？"

我的胡言乱语没有边际，门那边的他，却成了岸，他接住了我的一切。他的声音传来："你以为我不怕吗？遇到你之前，我每一天都想死，可遇到你后，我竟然开始想活得好一点。一个人没有欲望的时候，怎么活都行，可一旦你想好好地活，你会特别患得患失，你之前所有的原则都能被打破，你所有的随心所欲都不存在了。"

　　我眼泪又涌了出来，想了好几遍存款和体重，都没有用。因为这种心情，说的不光是他，说的也是我。我啜泣道："都怪我。"

　　他的笑声传来，"对啊，都怪你。"他继续说："你知道吗，我特别喜欢玩网游，可每次要上瘾前，我都会毫不犹豫地删了它。因为我讨厌被控制，所有今天我喜欢的事情，无论多喜欢，我明天都可以马上不喜欢，因为在我的世界里，喜欢就是失去的前置，是没有安全感的我保护自己的唯一方法。可遇到你，我没办法了，我被你控制了。去澳门之前的每一天，我见到你都会给自己洗脑，你要少喜欢福子一点啊。可是没办法，我一天天地更喜欢你，喜欢到我会开始怕，第二天醒来见不到你，该怎么办？"

　　我笑着流泪，眼泪让我觉得自己更加罪不可恕——刚才我想炸掉这个酒店，现在我想炸掉哈尔滨。

　　他的声音变得那样柔软，"喜欢你，是最没有安全感的事情，游戏会不停更新，就算停服了，还可以玩私服，私服没了，我在家架个服务器也能玩。可人不一样，人说走就走，人心说变就变。都是命，由不得人。但是我没办法，我人生第一次把自己放在这么不安的境况之下，我百爪挠心，可我又甘之如饴，因为……"他说："因为遇到你之后，我再也不想一个人了。"

　　在干脆炸掉黑龙江的想法冒出来之前，我打开了门，抱住他。我说："你再也不是一个人了，回北京，我带你见咱爸咱妈去。"

第十一章

别忘了
北京城寂寞的角落里，
野胖子也能有春天

.—.

〔一〕

我睡懵了，醒来时，万念俱灰。我在哪里？发生了什么？我还活着吗？然而我一开口却是："是不是该吃饭了？"

一个男声响起："嗯。"

我抬头一看，我在车后排座，枕着郝泽宇的腿，他的腿上都是我的口水。我擦了擦嘴，拿袖子蹭了蹭郝泽宇的裤子，继续躺在他腿上。我得想想，最近发生了什么。这日子跟偶像剧似的，我的贫民大脑有点承受不住。

哦，想起来了。这是从机场去我家的路上。上次从哈尔滨走，我们没回北京，直接去的巴厘岛，把那网剧剩下的拍完，年三十这天我们才赶回北京。这一觉睡得我差点把这一个月发生的事儿都忘了。这间接反映我归心似箭，想赶快把郝泽宇带给爸妈看？哈哈。

郝泽宇看着窗外，手却无意识地捏着我的脸，我逗他，拍他手，"干吗呀？虽说我脸胖吧，但你也不能把它当核桃把玩啊。"

他笑了，手还是在捏我的肥脸。

我明白，他有点紧张。人人都会紧张，可他紧张起来，怎么这么好看啊。我坐起身来，安慰他，"没事，我爸妈又不会把你吃了。"

"你怎么跟你爸妈说的？"

"我就说，今年年夜饭，我带个惊喜回来。"

他还是担心，"你爸妈要是不喜欢我，该怎么办啊？"

"会有不喜欢你的人吗？"

他还真想了一会儿，"你刚带我的时候，很难喜欢我吧？"

我卡壳，转移话题，"我爸妈怎么可能不喜欢你，我们家最喜欢占便宜了，他们闺女占了这么大的便宜。"

我故意打岔，这让他有点放松，他也笑，"是我占你便宜吧，你家还有四合院呢。"

我翻白眼，"四合院？那是大杂院，往多了说就40平方米，还没有厕所，条件特差。"

他傻乎乎地说一句，"那我明年好好赚钱，买个真的四合院让你住。"

窗外有人放鞭炮，他看向窗外，"时间真快，去年这个时候，你快来我家给我买麦当劳了。"

我推了他一下，"怎么感觉你又要丧了。"

"现在太美好了，好得不像是真的。"他看看我，"刚才我也挺困的，可我不敢睡，怕万一这是梦，醒来之后，又是我一个人过年，该怎么办。"他又开始玩我的手指，一只只捏，"一直这样就好了，车就这么开着，一切都不会变。"

我正要说话，司机师傅打断他，"那可不行，我还得回家看春晚呢。"

我跟师傅说："他开玩笑呐。"

师傅说："年三十的，都高高兴兴的，回家还不高兴？"

"师傅您这话说得真好，回家还不高兴？"我抓住郝泽宇的手，"咱们回家。"

师傅又说："小伙子，你是演员吗？我看你特眼熟……"

完了，忘记跟演员谈恋爱的劣势，就是会被路人认出。那个"不"字，我正要脱口而出，这师傅嘴可真快，再一次地打断我。

他说："我想起来了！你演过《还珠格格》，尔康是吧！"

郝泽宇笑了，"那可不，那是我1996年演的。"

我快进家门，还有点气这事儿——我家郝泽宇的鼻孔有那么大吗？

〔二〕

爸妈见到郝泽宇，的确很惊喜，二老让郝泽宇随便坐，弄得郝泽宇跟得痔疮似的，站站坐坐，有点尴尬，他也不知道叫爸妈什么，只好拉出行李箱，拿礼物。

妈这人特假，不等郝泽宇动手，自己就拿了，狂夸，说这水这霜这面膜真好，还配个袋。

"妈，那是郝泽宇的洗漱包。"

妈假笑，又拿起那件貂皮，一边爱不释手，一边往郝泽宇那边推，说太贵重啦这不合适。

"妈，那是他送我的！"

妈说更不合适了。

郝泽宇特诚恳地说："没什么不合适，我们东北男的，就爱给自己的对象买貂。"

我一脸羞涩，秀恩爱（秀男朋友有钱）秀到爸妈这儿来了，真不好意思，嘻嘻。

爸妈互看一眼，妈问："你对象谁啊？"

"我啊，"我有点小羞涩，"妈，东北管女朋友，都叫对象。"

屋子突然静了，只剩下鸡贼在郝泽宇的脚边呜呜转悠，意思是你抱抱我啊。

妈一脚把鸡贼踹到一边，鸡贼吓得呜呜叫，意思是妈呀你踹我干嘛呀！

爸开口了，"什什么时候的事儿？"爸怎么着急了——他一着急就结巴。

我回："我去澳门那时候吧。"

"那那那时候，你你你跟姓杨的刚分吧？"

"昂，没错啊，怎么了？"

爸没声了，妈突然哦了一声，"懂了。"

"您懂什么了？"

"你们拍真人秀呢吧，假装领回一个女婿，看家长什么反应，"妈探头，"摄像机哪儿呢？"

终于给爸妈解释信了，爸还想说点什么，却被妈拉进厨房下饺子去了。

郝泽宇抱着鸡贼，假装很有兴趣的样子，脸上的笑容都僵了。我揉揉他的脸，安慰道："你看你这个大惊喜，都把爸妈给惊喜成什么样了。"

吃饺子时，有点冷场。这时候，我从来没有如此热爱春晚和我妈。我全心投入到电视上的春晚，妈跟我说相声似的，一个逗哏，一个捧哏，母女同心，努力在把这个场子搞热。

我正吃饺子呢，冯巩出来，又说"我想死你们了"时，我笑得满地打滚，嘴里的饺子准确地卡在了嗓子眼。我说不出话来，手不停挥舞，郝泽宇和妈都愣住了。

爸看出来了，放下筷子，"还愣着干嘛啊，闺女噎住了！"

妈缺心眼，还夹个饺子让我冲下去，还是爸利索，朝我胸口捶了几拳，我这才把饺子吐了出来。自此，我这个逗哏人，像霜打的茄子，蔫了。

妈这捧哏的说了会儿单口相声，没人捧场，也放弃了，只好嗑瓜子。

爸终于正视郝泽宇，他开腔，"小郝，咱喝点？"啊？爸平常也不爱喝酒啊。

郝泽宇很高兴，猛点头。

家里就一瓶白酒，爸说酒不够。妈跟我眼神交流一下，这场面，我不能走，还得她去买。

妈刚要站起来，爸拦住，特客气让郝泽宇去买。我不放心，站起来要陪他去，爸说你坐下。

郝泽宇跟我挤一下眼睛，笑着出门买酒了。

妈把瓜子扔到桌上，看了看爸，没好气地说："行了，人走了，有话赶紧说！"

爸接连喝了几杯，看着我，张了张嘴，似乎有千言万语，最后却只是苦笑了一下，给自己满上一杯，端起来又要喝。

本来我有一肚子气，想发火来着，但看爸这态度，我把爸的酒杯抢过来，也想一口干，但太久不喝白的了，又呛着了。

妈有点生气，"你们爷俩干嘛呢！说话啊！"

擦了擦嘴，我看着爸说，"我真谢谢您！您今天特让我有自信，本来，我觉得人家这种人上人，配我太富余了，但您今天这态度，我明白了，肯定是他配不上我啊，要不然您也不能这么甩脸子。杨馥源那样的不行，郝泽宇这样的也不行，我发现了，只要是个男的，您都不满意，您到底想怎么样啊？您说啊！"

爸抹抹脸，慢慢悠悠地说："你让我说什么？说什么，都里外不是人。"

他拿起酒瓶，咕咚咕咚灌了几口，摇摇晃晃回屋了。

我急了，站起身，"妈！你看看你男人！太欺负人了，好歹骂几句啊！连骂都懒得骂了！郝泽宇有那么差吗？"

妈瞪我，"先看你男人吧！门口刚有个人影晃过去，别再是他听见给跑了。"这个时候，才感受到我妈的雄韬伟略。她接着下指示，"我管你爸，你管他。赶紧出去找他，他是客，不能让客人就这么跑了。"

我起身就往外跑，到门口，又折了回来——妈嘴里的这个"客"字，太让人心惊肉跳。我瞪着妈，"那貂大衣，您要真喜欢，我给您。"

"哟，收买我呢！"

"妈……"我跺脚，"您给我个准信儿。"准信儿当然不是那件貂皮大衣。

妈太懂我了，"鱼找鱼虾找虾，他这大龙虾非要找你这小虾米，就是眼瞎，但我不歧视残疾人。"

我一出大院门口，就碰到郝泽宇了。他蹲在那儿抽烟呢，看着他脚下一地烟头，我放下心来，妈刚才应该眼花了，他应该一直在这儿抽烟。

他抬头看我，眼神跟小狗一样，"聊完了？"

本来我攒了一肚子台词来忽悠他，但看他脸上挂着的淡淡的笑，我想插科打诨都不知道在哪儿下嘴，干脆夺过他嘴里的烟，蹲下抽了起来。我俩看上去感觉很像是并排在公厕拉屎的邻居。

他反而安慰我，"没事儿。"

"你知道是什么事，就说没事儿？"我没好气。

"我心里反而踏实了，要不然咱俩这也太顺利了，都不像是真的。"

他伸手揽住我，"只要你喜欢我就行了，说实话，我一直都不相信别人会爱上我……"

就听不惯他说这丧词儿，"我还不相信别人会爱上我呢！……哎，你老蹭我干嘛？"我穿个破羽绒服，鼓鼓囊囊的，跟肉山一样，郝泽宇够不着我的肩头。

郝泽宇真心地笑了，"瞧你胖的。"

今晚，这个胖，听上去特刺耳，"谁胖了！"

"我胖，我是大胖子还不行啊。"他掐掐我的脸蛋。

我打他手，"我问你啊，你是不是有奇怪的癖好，专门喜欢胖女孩。"

他翻白眼，手指着自己眼睛，"听你说这话，我眼皮都快翻脱臼了。"

我生气，"别打岔，快说，你是不是喜欢胖子？"

他收敛了笑意，说："我不喜欢胖子，但我喜欢你。"

回去后，我俩神色恢复平常，妈也显得很自然，"哎呀，老福喝了两盅，上头了！回屋睡觉去了，来，阿姨陪你喝点。"

妈表现不错，做了一个未来丈母娘应该做的事情：喝酒时顺势把他家底儿摸了一遍，让这场面显得正式一点。

过了十二点，把郝泽宇送走，他上车前，我俩握了一会儿手，跟互相输送元气似的，一方面是因为热恋，另一方面是我俩心中皆有忐忑。

回家后，我面对妈，无语凝噎，百感交集，终于挤出一句，"妈，谢谢您。"

"甭谢我，你得谢那貂。"

〔三〕

大年初一，按理要去爷爷奶奶那边拜年，我不想去，又不能不去，要不爸太没面子了，因为妈可不去拜年。我们老福家现在还保持着满清遗老遗少的风采，过年讲究忒多。爷爷奶奶在世的时候，不知道的还以为一群精神病在演清宫戏呢。他们穷而有傲骨，通婚最起码也得是镶黄旗，因此我妈这一个劳苦大众出身的，颇不受老福家待见，爸为了跟妈结婚，主动放弃了房产，年三十也不回那边过。

当然遗产也没什么，就是一个破四合院的一小间。几个叔叔姑姑都住邻对门，下一代表姐堂兄有了孩子，也过来蹭住，生怕将来拆迁，谁家多占了几厘米的便宜。妈为了爸的面子，大年初一少不了过来忍一天。后来姥姥过世，爸那边都没人过问，妈打从那年开始，就不来拜年了。

但今年怪了，妈竟然主动说要过去。今儿气温都零上了，一路上，穿貂的妈一直淌汗，脸上的粉一道一道的，我忍不住说，"您至于吗？"

后来见到我那些叔叔婶婶的表情，我明白了，太至于了。

见面时，各位亲戚正在请安行大礼呢，二位姑姑更是夸张，交换搭着手，膝盖一屈，相互说着姐姐妹妹过年好啊，跟《甄嬛传》里妃子相见似的。

妈笑说："我也不懂这老理儿，就不跟你们演《甄嬛传》了。"妈那身貂皮大衣，特扎眼。

二姑上下打量，冷笑，"您这一身，可不敢让您行礼。"

三姑说道，"阔啊，穿貂啦！"

"大福子给买的，"貂跟长在妈身上似的，她仿佛在摸着自己的毛，"我不要，非要买，今年赚几个钱就不知道该怎么花了。"妈总算扬眉吐气了。

如此出息的我，跪在地上，说着过年好啊大娘大爷叔叔婶婶姑姑姑父。大伯说我礼数不周全，为了压岁钱，我忍。

"阿牟其、阿牟、姑爸爸、窝克……"这几句满语称呼，格格我就不给诸位平民百姓翻译了，"祝您们万事如意，永保安康！"最后这一句，我直接喊出播音腔来。好在大清朝早被推翻了，当格格可真累。

接下来是压岁钱环节，二姑拦住了众人，"压岁钱不用了，她是订过亲的人了。"

堂弟忍不住说："不是又吹了吗？"

"那也算。"

二姑说虽然不给压岁钱了，但给我保个大媒。她从手机里翻出一黑胖子照片，说这是爱新觉罗家的曾孙，干城管的，虽然是二婚，但我俩胖得特有夫妻相。

我看着照片，猛吸一口气。二姑，我是你亲外甥女啊，你不能这么害我啊！

三姑也是要害我，她怨二姑，给我保了这么好的媒，怎么不给她儿子找对象啊。

三姑说表弟失恋，跟活不起一样，她拿我举例子，说我被人退亲了，还这么坚强。

三姑让我待会儿去她屋，好好劝劝表弟，因为这种痛苦："只有你能懂。"

我觉得那件貂皮大衣，让二位姑姑积累太多仇恨了。我说："不，还是三姑您更懂。"

　　背景提要：三姑离婚才半年。

　　我拉住二姑的手，"二姑你也比较懂——我二姑父跟那狐狸精断了吗？"

　　爸把我拉到院里，怕他们听见，小声说，"你说这个干嘛？"

　　"给你介绍个二婚，你乐意啊！"

　　"你就说你有男朋友，不就得了吗？"

　　嘿，终于逮到个撒野的机会了——我这气儿都还没出呢！"我可不敢有男朋友，领回一个，你看不上一个！"

　　爸有点尴尬，"你小点声。"

　　我越发理直气壮起来，"我就不明白了，郝泽宇哪点让人不满意啊，一般人家落到这种女婿，乐得呢，我都配不上人家……"

　　爸也急了，"你也知道配不上人家！"

　　我气："谁说我配不上人家！"

　　"你刚才说的。"

　　"我那是跟你客气！您还当真了！我配得上配得上配得上！"

　　"你哪儿配得上？他多大，你多大？"

　　"嘿，我跟永康在一起的时候，我妈不同意，你当着她面还说女大三抱金砖呢，我比郝泽宇大四岁，怎么这金砖我就抱不上了！"

　　"他什么身份？你什么身份？"

　　"我一靠自己能耐吃饭的事业女性，他一演员——对了，你还说他就是一读过艺校的戏子呢，我好歹是个满清的格格，怎么就配不上这戏子了？"

　　爸怒了，"他多少斤，你多少斤！"

　　这还真的让我无话可说，我恼羞成怒，"我这么胖，还不是你从小喂的！"

　　我刚要痛斥他把我喂胖的恶行，他止住我，"你别跟我嚷嚷！知道你不愿听这话，可说这些，我心里就不难受啊！"

　　最见不得爸说这些，我语气软下来，"爸，我是真喜欢他。"

　　爸特悲哀地说："我知道，你看他的眼神，放着光，爸从没见过你那样。爸也能看出他喜欢你，可喜欢这种东西啊，最靠不住了。今天喜欢，明天要是不喜欢了呢。他离了你，有大把的小姑娘跟在后面，你离了他，你还能喜欢谁啊？还能看上谁啊？"

我一听就乐了，原来爸的心病在这儿啊。我乐观地找解决办法，"您觉得我不够好，我就变好！您觉得我不够瘦，那我就变瘦！"

"你是我闺女，你能变成什么样我清楚，爸比谁都希望你能变好，但有些好，咱们再怎么努力，也达不到。"

我被五雷轰顶。生活对我很残酷，但我不自卑，因为我最爱的男人，我爸，觉得我最棒！谁说不行，我都不往心里去，可爸今儿竟然说我不行！我不可置信地看着爸。

爸有点哽咽，他说："福子啊，你们是两个世界的人啊。如果你俩谈恋爱，非要有人做坏人，那就是我做吧。将来你俩不成，你想怨他，你也找不着。但爸永远在这儿，你可以怨爸。到头来，你总不至于怨自己。"他回屋了。

我站在院子发呆。堂姐看我不高兴，拉我去胡同口抽烟解闷。堂姐打量我的裤子，纳闷，"天这么暖和，你怎么穿棉裤来？"

"啊，我连秋裤都没穿。"

她掐了掐我的裤子，摇摇头，"以前你胖得跟玩似的，现在你胖得也太正经了。"堂姐的修辞手法，真逗。

我笑说："你说我胖成这样，谁会相信，小时候都说咱俩长得像呢。我记得那会儿去医院打针，我挨了两针，原来护士弄错了，以为我是你呢。"

"谁让你一上初中，就跟吹气球一样，胖起来了。"

"小时候，我还以为会长成你这样的大美女呢，结果胖成这样了，"我问她，"姐你多重啊？"

"102斤，怎么了？"

我把头靠在姐的肩头，"我在想，如果我瘦成102斤，会是什么样？"

〔四〕

趁着郝泽宇出通告，终于把他甩掉了，这几天他黏我的程度，简直了，耽误我办正事！

正事是谁，彭松呀！我是不是好久没提他了？彭松的粉丝在哪里，让我看到你们挥舞的双手！我这生活要是戏，彭松绝对是男二，妥妥的！哎，老牛是什么戏份？就算个女二吧……

我郑重请彭松吃饭，彭松热泪盈眶，"真是铁树开花，这辈子你就没请我吃过饭！"

"谁说的？小时候，我老给你买小浣熊干脆面呢！"

我话题不断往我俩温馨的童年往事上拐，企图制造温情气氛，然后顺势告诉他，我和郝泽宇的事儿——现在我太需要小伙伴的支持了！然而我百转千回的没完了，连我初潮让他帮我买卫生巾的事儿，都说了半小时。

他玩着手机，有一搭没一搭地跟我说话，最后闷头问："到底什么事儿？"

"啊，没事。"

他抬头看我一眼，继续玩手机，"怀孕了？"

"啊？"

他叹一口气："这一天，终于来了。"小松子把手机放下，看着我，"怀了呢，你要是不想要，我陪你打，钱不够我掏。想要呢，咱们想办法生，反正有我这个舅舅在，孩子没爸也没什么。"

我哭笑不得，"你想什么呢！"

"你这种赔钱货，知道多让我担心吗？你这身形一看就是易孕体质，专搞姐弟恋，现在的小男孩生殖能力多旺盛啊，我就怕你怀孕了人家不负责，担心了多少年！不过后来，我存了个未雨绸缪基金，万一你意外怀孕，咱爸妈那点养老钱，也不至于跟你一块儿赔出去。"

"你才怀孕了呢！我没怀孕！"

"啊？没怀孕？那你是要借钱？借多少？"

"谁要借钱了！"

他看了我半天，突然怒了，"你又不怀孕，又不借钱，干吗弄请吃饭这么隆重的事儿！"

"没事就不能找你啊！"

"你没事找过我吗？"

我无话可说，还真是这样。我斟酌一下，低下头，不敢直视他，"今天找你，是姐这里有个喜悦，想跟我最亲爱的弟弟分享一下……"

"我去！"

我不满他的态度，抬起头，"你骂什么人啊！"

"牛姑姑要自杀！"

我笑了，怎么可能？全世界的人都自杀了，老牛也会坚强地活着，还能自己有丝分裂为人类繁衍做出贡献。

彭松见我不信，把手机递过来。老牛最新一条朋友圈，是一张手腕正在流血的照片，那手胖胖的，正是老牛。配文是：想死。

彭松一路闯红灯，生死时速。我吓得眼泪直流，没准我先死在老牛前头了。

我想了老牛的一生，他多不容易，嘴毒心软，永远被辜负，永远照顾别人，但谁照顾他呢？想到这儿，我哭得更厉害了。

到门口，彭松哐哐哐地敲门，喊着让老牛开门，里面不应。泪流满面的我把彭松推开，使劲撞门。

我边撞边哭边喊，"老牛你过几年再死行不行啊，我还没发达到报答你呢！"

"老牛啊，你别死啊，我和郝泽宇好了，还没告诉你呢……"话还没说完，门被我撞开了，我随着惯性，滚到了老牛的房子里。

我趴在地上，抬起头要找老牛的尸体。谁知道，老牛围着浴巾，站在我面前，瞪着我。

我哭号，"老牛，你没死啊！"

他特冷静地问："你跟我的艺人好了？"

门口的彭松扑哧笑了，"你跟小宇？甭逗了！愚人节也没到日子啊？"

我趴在地上，不敢说话。

一会儿，彭松才相信我说的话，说了一句，我去！

〔五〕

老牛家有个香水柜，都是贵的香精，他不慎打碎最贵的一瓶，收拾时又割破了手腕，老牛拍了张照片，感慨自己命苦，没想到让一部分人误会了，我俩这对二百五还冲过来救人。当然这不重要，现在老牛就是死了，他也会活过来，弄明白我跟郝泽宇这事儿。

他给郝泽宇打电话。老牛的手机话筒声音太大了，我听得清清楚楚。

郝泽宇说："既然你问了，我就不瞒着你了，我俩是在谈恋爱，其实从澳门回来就想告诉你的，但福子不让我说。"他停顿了一下，"老牛，你没不高兴吧？"

老牛对着手机甜美地笑："这是喜事儿，我替你高兴！"他挂掉电话，笑容还浮在他脸上，心怀鬼胎似的。

我打了个寒战，冒出了一句，"老牛，对，对不起啊。"

"挺好的，"他想了想，"你没怀孕吧？"

"没有！"我矢口否认，同时又有点悲愤，"我到底是有多适合怀孕？"

"没怀就好，怀了还得……"老牛不说。

彭松突然问："怀了就怎么了？"

"没什么。"

彭松冷了，"怀了就把福子就地活埋，别影响你家摇钱树的形象是吧？"

"是！春天埋，秋天长出一堆福子！"老牛爆发了，"有病吧你，我惹到你了吗？还你家我家？说话再这么阴阳怪气的，信不信我把你嘴缝上！"

他俩怎么吵上了？我马上明白过来了，这俩人有气不好意思朝我发，所以在对吵消耗怒气值。我想打岔，赶快打开电视，"哎今晚上有跑男，这期听说特好看！"我遥控器乱按，天助我也，电视上正在播郝泽宇的采访，说感情观呢。

我假装惊喜，"你们看，咱们家大明星，真帅！"

然而俩人没理我，吵得天昏地暗，跟电视里的郝泽宇交相辉映。

彭松说："你瞎支持个屁啊？你支持得过来吗！到时候这事儿爆出来，你还不是舍福子保小宇……"

老牛说："那您老说怎么办？现在就拆散他们俩？艺人跟工作人员好了的多了，不都活得好好的吗……"

电视里的郝泽宇说："我喜欢棉被一样的女孩……"

彭松说："……活得好好的，都是明星！那些工作人员呢？丢了工作回到老家的一大堆，疯了傻了的不计其数，普通人跟明星谈恋爱，从来没有好下场……"

老牛说："你怎么知道他们没好下场了？我就纳闷了，人俩谈恋爱，我都不着急，你着什么急啊？你是暗恋郝泽宇还是暗恋福子？"

电视里的郝泽宇说："……难过的时候，她能给我温暖，我把她拿出去晒，脸贴在上面，都是太阳的味道……"

我呵呵一笑，还太阳的味道？我现在都快被这俩人的口水喷霉了。咦？俩人怎么不吵了，都在看我。难道我的笑声太像猪？看看手里，原来是我下意识地从茶几那儿拿出了一个面包在啃。我连忙放回去。

彭松骂我："真是什么时候都想着吃！"

我烦了，"我不吃干什么呀？看着你俩吵架？你俩跟有病似的，现在最应该干什么？应该同仇敌忾骂我啊，老牛你应该骂我是狐狸精啊，给你找事儿。"

老牛翻白眼，"别往自己脸上贴金，哪有长成你这样的狐狸精。"

我继续说，"小松子，你应该骂我怎么现在才告诉你。"

彭松脸色好点，但嘴里还不饶人，"你还有脸提？"

"有脸啊，今儿我请你吃饭，就是要告诉你这事儿，我发誓，我和郝泽宇的事儿，全世界最想告诉的就是你。"

彭松高兴点，"少忽悠我……"

"谁忽悠你了，因为你能帮我劝劝爸，要不然我干嘛跟你说呀。"

彭松脸色变了，"那你就别告诉我，我真不稀罕知道。"他怎么了，刚不已经转好了吗？我哪句话又讲错了？

彭松气得手都在抖，"福子女士，你真牛，谈个恋爱，还把你脑回路谈通了？学聪明了？我还帮你劝爸？我闲得蛋疼，管你的事儿！谁能帮你劝爸，你找谁去！"他扬长而去。

气死我了，他这是什么态度！"老牛，你说他多过分，我怎么他了？"

老牛摇摇头，"换我，我也生气，有事儿求他，你才找他？你们这关系也够畸形的。"

"可他是我弟啊。"

"我可没觉得，他是把你当成最亲的姐，你却把他当你们胡同的片儿警，凭什么呀？他又不暗恋你，凭什么这么一直痴心付出啊？"

老牛看我一头雾水，不理我了，开始调台看电视，最后停留在一部特难看的电视剧上。

我想了一会儿，还真是，好像这么多年，我都没关心过他，他过生日，我连个礼物都不送，他倒是一直惦记着我，我在《时尚风潮》上班第一年的情人节，落单了，他还往办公室送了好大一束玫瑰撑场……

我行尸走肉地陪老牛看了一会儿，却依旧嘴硬，"那他也不能咒我啊，我跟郝泽宇刚在一块，他就说跟明星谈恋爱没好下场，老牛，你评评理。"

老牛笑了，眼睛依然看着屏幕，"我还真没资格反驳人家，我就是个例子。"

他指指电视上的男主角，"这是我前男友。"

我惊讶，"啊？他？他多红啊！嘿，老牛原来你有这么大一个八卦藏着，这不像你啊！你干嘛不说啊？"

他眼睛依旧没离开屏幕，"怎么说啊，跟谁说？谁都想，你意淫呢吧，他怎么会跟你这个大胖子好过。"他脸上全是柔情，"可是我也瘦过啊，我年轻时多漂亮，那时候咱们这个圈子都知道我这个比明星还漂亮的助理，好多大款还说要包我呢。那时候他就一北漂的小演员，追我追了好久，我才答应。就待一块三个月，可那时候我是真高兴，虽然他红了之后就把我踹了……"老牛像是想起什么似的，调皮地说："你知道世界上最惨的是什么吗？就是负心汉在电视上红到发紫，你在电视下肥成一死胖子。"他说的每个字，都沾着悲哀的味儿。

我想说点安慰的话，给老牛，也是给自己听。终于冒出一句词不达意的，"郝泽宇不会跟他一样的！"

我觉得这话说得挺好的，但老牛脸上的笑凝固了，又慢慢褪去，脸沉下来，尔后，他又笑了，那笑和声音都很陌生，"哎哟，不是他俩不一样，是您跟我不一样吧？"这话说完，气氛一下子就变了。

我忍不住说："老牛你刚才什么表情，变脸呐？"

他特假地笑，好像我是外人似的，他说："我这是替你高兴啊，哎呀，我们福子谈恋爱了，应该香喷喷的啊，我送你一瓶香水吧。"

老牛的香水可贵了，我高兴了，拿过香水，正要感谢老牛。

老牛一挥手，"本宫倦了，你该走了。"

我不愿意，"不行，你得跟我多聊聊，我现在一肚子委屈好难过。"

他哈哈大笑，"您这难过跟秀恩爱似的，我会嫉妒的。福子，我真累了，咱们改天聊。"

我还不走，老牛急了，"一瓶不行？我再送你一瓶。"

关门的刹那，我不知道是不是饿了，恍惚看到老牛拉下来的脸。外面冷风一吹，我明白过来，老牛这是要跟我生疏了。本来老牛想跟我说点体己话吧，结果我可好，直接来一句"郝泽宇不会跟他一样的"，狠狠扎了回去，让老牛怎么想？福子是大明星的女朋友了，可别把我跟你一块儿比？想想老牛一贯的好，我悔恨不已，连忙给老牛打电话，老牛按掉了，再打，他关机了。

再上去敲门？那不合适。

手机里，郝泽宇发来信息，问没事吧？

此时我很想哭，在第一滴眼泪要落下的时候，我憋了回去。想哭，也别在这儿哭。有事儿，我也得弄成没事。敲不成这扇门，那我敲另外一扇门。

〔六〕

我杀到彭松家豪宅，按楼下门禁，没人应，我再看窗户，他家黑着呢。

我心里腾出一股火儿，今儿真不顺，一切都不按照我的剧本走。转身要走，却发现彭松丧着脸一身酒气地回来了。

我见状，更生气了，把他推了一个趔趄，"至于吗？我怎么你了，你还喝酒！对，我就是有事儿才找你！我有好事儿从来没想过你！就因为你能帮我劝爸，我才跟你说这事儿！怎么了？谁让你是我弟！我是你姐！你活该受着这些，你就应该管我！"

彭松也火了，"我该你的欠你的！"

"你就该我！你就欠我！谁让你从小就找我玩！谁让你老去我们家吃饭！谁让你这么多年和我都没分开过！谁让我的所有秘密，你都知道！谁让我不好的时候，总是你冲出来拉我一把，除了爸妈，谁让你是我最亲的人！你不该我不欠我，成吗？不成！"我眼泪像是开了水龙头，使劲往外蹦。

彭松凶我，"哭什么！哭你就有理了？"

我跳脚，"我就哭！我就有理！我犯了什么错吗？不就是跟郝泽宇好了吗？爸不同意，老牛要跟我生疏，你也这样，全世界的人都反对我跟郝泽宇在一起！你们反对什么，我都知道！我知道跟他在一块不能见光，不能逛街，不能随便拉手，我还得看着他在戏里跟其他人亲！看他在电视里说自己单身！他混得好，我担心他没准就不爱我了，他混得差，我担心没准我就不爱他了。可我现在拦不住啊，他爱我我爱他啊！我不管将来能不能结婚，我不管能在一起多久，就是有一天我怀孕他把我踹了，我也心甘情愿！不是他要我这样，是我想这样，这种感觉特爽！我觉得我特棒！我不是以前的福子！以前我连爱这个字都不敢想，因为我觉得我不配！现在我觉得我配得上了，不是配上郝泽宇这样的人了，是任何人，我都觉得配得上！因为我很棒！"说罢，我哇哇大哭！

楼上好几处灯亮起，好多人到窗口说让不让人睡觉了，保安也过来劝，说母子二人别吵架。听保安这么说，我哭得更厉害了！

彭松吼保安，"滚蛋，见过这样的母子吗？"

他看我哭了一会儿，忍不住问，"哭够了吗？"

我憋住，"没哭够，可我懒得跟你说了，你爱生气不生气，我走了！"

彭松恶狠狠地骂道："大傻蛋。"

我刚要回嘴，他却一把把我抱住。我止住的眼泪又流了出来，打湿了小松子的肩头。

小松子拍拍我，"哭一会儿就行了，你妆都哭花了。"刚温柔了两下，他又骂道："你别蹭我肩行吗？我这衣服洗不出来！"

我抱住小松子的肩头，熟悉又陌生，涌出了两个想法。原来小松子是男的；小松子长大了，都能让姐靠住哭了，是我靠过的第二好的肩膀了。

咦？为什么是第二好呢？哦，因为第一好的是郝泽宇啊。因为想到这儿，我笑了一声，吓到了彭松，他又骂我傻，手却轻轻拍拍我后背安慰我。

夜空中，月亮旁边，金星陪着它。

夜深了，这一天终于结束了。这一天好长啊，长得我决定不告诉郝泽宇今天发生了什么。因为这一天跟他无关，这是属于我的一天。

第十二章

朋友啊朋友，
你可曾想起了我

.——.

〔一〕

尽管我跟小松子说，我现在是最好的自己，我配得上任何人。可我一成不变地糟蹋着郝泽宇啊！我还是得变，减肥吧。

管住嘴，迈开腿，迈向更好的自己。我办了健身卡，每天在跑步机上折腾一个小时，我开始不吃主食，中午只吃沙拉，过午不食，天天上健身软件打卡，分享给别人看。Day1、Day2、Day3让我感觉自己不用拉屎，身上有叶绿素，站在太阳底下就饱了。

我见人就问我瘦没瘦，一旦对方说我变得更胖，我就很委屈，我减肥呢，你们这些瘦人就不能给我点鼓励吗？渐渐地，我听不得实话，宁可别人骗我，说我又瘦了，也不想听别人说我胖了。

公司有个实习生，背地说我是肥猪，以前我的个性会笑着扑上去掐他脸逗他，我现在会找茬把稿子甩到他脸上，以后娘的姿态骂他，"你会不会写宣传稿？还郝泽宇男友力爆发？两百年前被人嚼过的套路你用郝泽宇身上，有没有脑子！拿回去重写！"

老牛本来挺喜欢这小孩的，后来转正式员工时，我死活不要这个实习生，老牛问为什么，我支支吾吾地说这孩子眼神老飘，看上去不像是正经人。

老牛点点头，说福子姐您看着办就行。听他这么说，我痛不欲生——老牛真的跟我生分了，他已经用"您、请、谢谢"等书面语跟我说话了。

在郝泽宇面前，我肆无忌惮地抒情，说我最美好的岁月，就是我当撰稿人，给老牛写一百元一篇的宣传稿时。还有我失业时，老牛主动借钱给我……

我沉浸在与老牛姐妹相互扶持的回忆里，喃喃地念着《半生缘》的台词："我们回不去了。"

郝泽宇纳闷："你想去哪儿啊？减肥减出毛病了吧？"

我生气了，扑上去，狠狠地咬他胳膊一口，本来是泄愤的，但我忍不住咬了第二口——好久没吃肉了，人肉味也是好的。

他又痛又笑，以为我调情呢。

这让我更加悲伤，我怒吼，"你不懂我！"

他笑着学着我的样子，回吼，"我懂你干嘛，我爱你就行了。"

我找彭松吃饭，说了这些，彭松嫌烦，说："你和牛姑姑的事儿，弯弯绕绕的，他一个直男当然不懂。"

"那你为什么能懂呢？"我问完，自己先恍然大悟，"也是，你又不是直男……"

他站起来就要走，"我觉得我还是跟你生分算了！"

我拦住他，"姐错了姐错了！我现在唯一的人生乐趣就是吐槽你性取向了，小松子你再不理我，我也没什么可活了。"哄了他半天，我还是最关心自己的事儿，问他："你说，该怎么办？"

"按理说，牛姑姑本来就应该跟你生分，郝泽宇是他的摇钱树，你是摇钱树的女朋友，他有些话说多说少了，不是伤了他的财源嘛，好姐妹要多少有多少，能赚钱的艺人，他就这么一个，不跟你客气，他也太不专业了。"

我哭丧着脸，"在我心里，我永远是老牛的奴婢啊，日月可鉴。"

"行了，你这点小事也别麻烦太阳月亮的。他要真能一直跟你客气，我也高看他！就他？一辈子都学不会口蜜腹剑的，就一直肠子，他也就跟你装几天，你就等着他大骂你贱货吧。"

我双手合十，"希望这一天早点到来，老牛好几天不骂我，我皮都痒了。"

"你欠骂早说啊，我来骂你啊，还什么小宇不懂你？咱爸妈都不懂你，我认识你这么多年，我还不懂你呢，你凭什么要求人家懂你？"

"可他是我男朋友啊！"

"你这就是没事找事儿了，你以前那些小男友，他们何止不懂你，他们还不理你呢，你还不是特乐呵地当赔钱货呢，碰到郝泽宇这种好脾气的，你臭毛病就多起来了？"

"这可不是我找茬，那些前男友，一开始也没对我这么好啊。可你看郝泽宇，以前我放个屁，他闻着味都能知道我想什么，可我俩一在一起，他智商就下线了。我嘴巴都说干了，他却还归结到我减肥减得心理出问题。"

他从我的话里找出了新闻点，颇有兴趣，"减肥？哟，您还减肥呢？"

"我天天在朋友圈减肥打卡，你看不着啊？"

"看不着，早把你屏蔽了。"

我火了，"凭什么呀！"

"不想看你那些朋友圈，你看看你发的什么呀，天天跟自己精神喊话，狗厌人憎的。你最近精神状态真心堪忧，以前你挺高兴的啊，可跟郝泽宇在一块之后，你敏感极了，天天悲天悯人，看着特丧。我就纳闷了，小宇对你不错啊，你日子也挺顺心的，这病从哪儿来的？"

我大惊，"不是吧，我怎么给你这印象？我现在挺高兴的啊，天天沐浴在爱河里，要不是咱爸反对，我早变成窜天猴窜上天了！"

他摇摇头，"真没觉得你高兴，以前你是大事儿找我，现在就这点破事儿，你都能跟我叨叨半天。也就是我跟你亲，一般人都得觉着你精神病。"

我无语望苍天，"你还真说对了，这些事儿，我也不好意思跟别人说，我这是怎么了，怎么变成这样了？"

小松子拉住我的手，安慰道，"姐，我一辈子也没享过福的亲姐，刚过几天好日子，咱千万别作别矫情啊，还像以前那么傻乐观，不行吗？"

我喃喃自语，继续上演《半生缘》："我们回不去了……"

彭松一巴掌呼过来，"那你去死啊！"

哎，成为明星的女友后，世人连我抒情的机会都给剥夺了。

何以解忧，唯有吃草。

午餐期间，孩子们习惯性先问我："老大你吃什么呢？照例还吃草？"

中午会议室，陪着孩子们下饭的，是郝泽宇的新网剧。

我啃草陪他们看了几天，终于忍不了了，"你们其实也不必如此敬业……"

小孩们一副刚正不阿的样子，并说出了十万条此剧好看的理由。我目瞪口呆，不懂现在孩子们的审美。

老牛找我，看我们聊得火热，亲切地问我们聊什么呐。孩子们都有点怕他，迅速作鸟兽状离去。

老牛不满："怕我干什么呀？"

本来我想说，"谁让你嘴巴那么毒！"但我怕说了，老牛又多心。于是回答就特官方："你是老板嘛，有威严。"

接下来，就郝泽宇莫名其妙红了的问题，我俩进行了一番假至不讲人话的对谈。

我能想象今晚的《新闻联播》会这样记录我俩的会晤："就郝泽宇最近的发展问题，牛美丽娱乐有限公司总裁——老牛，与宣传总监福子，进行了亲切的对谈。牛总表示，自郝泽宇签约以来，在双方共同努力下，郝泽宇的演艺事业取得了长足发展。牛总裁高度重视与福总监的关系，愿同她携手迎来更加美好的未来。福总监表示，自加入公司以来，双方友好合作持续深化，双边关系提升到全面战略伙伴的新高度。双方都拥有宏伟的发展议程，应当相互支持，共应挑战，共同发展，福子总监愿同牛总裁一同努力，推动双边关系不断友好向前……"

对谈到最后，我直接吐了，眼泪和鼻涕一起流的那种吐。

老牛特假地安慰，"福子你怎么了？用不用我叫120？"

我痛苦地号叫，"老牛，让我们回到从前吧！我天生命贱，受不了你跟我客气！"

老牛还假装不懂，"福子你说什么呢，谁跟你客气？"

我扑通跪下，抱住老牛的大腿，"我生是你的奴婢，死也是你的小鬼，老牛你不要放弃我啊……"此时，我喉咙一沉，又吐了——最近天天吃草，我这个肉食动物脾胃不和啊。

不小心吐到了今天穿了一身爱马仕的老牛身上，他怒了，一脚把我踹到一边，"我这衣服吊牌没摘明儿还得退呐！你个天杀的喷我一身……"

听到这熟悉的带有文采的低俗骂法，我惊喜得失声痛哭，身心舒畅！我也是够贱的。

我同老牛和好如初，这几天过得如胶似漆，黏人大王郝泽宇的夺命连环电话打来，我都说你起开，不要打搅我跟老牛的约会。

老牛笑说行啊，对大明星这么不耐烦。

我继续表忠心，"男人算什么！姐妹最重要，我永远是老牛的狗腿子……"

老牛受不了了，又给我一顿踹，踹完后他还有点抑郁，"哎，我看我就当不了大经纪人。"

"大经纪人，是踹人比较狠吗？"我揉着还有点疼的屁股问。

"大经纪人，起码得像《甄嬛传》那样，表面上姐姐妹妹，但背后特会使绊子，玩阴的，争资源，抢富贵，我特想成那样，多过瘾啊。"老牛跟我真心告白，"可你看我，过去那几天，你难受，我也难受，我这闭月羞花的二百多斤身材都压制不了我这东北老娘们的直肠子，估计我在《甄嬛传》里都活不过三集。"

我头一回听见老牛这么抒情，有点感动。小松子前天还说我有好日子不过爱瞎想呢，敢情老牛这几天也跟我姐妹同心胡思乱想呢。

"老牛你今儿抒的这情，可真够没劲儿的。你干嘛要活成《甄嬛传》那样啊，你现在光靠着你这怼天怼地怼全人类的劲儿，就怼出一片天了，开了这么大一公司，又把郝泽宇带这么红，你多棒啊……"

老牛要撕我的嘴，"不是说好了以后咱俩都说人话吗！"

我躲过去，"我真心的！现在日子这么好，往后你就做你自己，使劲怼啊，带领我和郝泽宇怼向美好明天！"

老牛还是有点烦。

我问老牛怎么了。

"不知道，最近就是莫名其妙的烦，郝泽宇红了，我应该高兴啊。"老牛叹了口气，"他红得不早不晚的，我跟他的两年合约快到期了……"

我笑了，原来老牛担心这个呢。我拍着奶保证，"郝泽宇昨天还跟我说呢，他不希望再变了，最好一辈子，都有你我还有小松子能一直在他身边。"

老牛笑笑，不说话。

我拨了拨头发，一副万种风情的女特务样子，"老牛，要不要我使一下美人计，探探他口风——反正我是跟你站在一边的。"

老牛又踹我，"去死吧你！我就是更年期到了胡思乱想一下，好像我跟你说了这么多，就是让你问这个的！"

我俩肉搏了一阵子，我笑得没心没肺的。心底却有个声音在接话：不然呢？老牛还是跟我生疏了，用一种嬉笑怒骂的方式。

老牛走后，我难过了三秒钟，马上又高兴了。老牛还肯用这种迂回的方法，说明他还是看中我们的姐妹情，嘻嘻。

想到这儿，我大笑了起来。我还是那个永远会往好的方向想的福子啊。其他人小变一下也没什么，只要我没变就行。

〔二〕

话说群众们一定挺惦记郝泽宇红了之后的生活。出门一万个狗仔跟着？不戴墨镜眼睛会被闪光灯闪瞎？早晨起来一开门十个大制片人顶着钱跪在门口求我们接戏？无数狐狸精穿着从胳肢窝开叉的红色丝绒旗袍勾引我家郝泽宇？

以上所有，全部没有。

生活还像以前那样，甚至我们有点闲。以前我们的忙，都用来找工作。现在我们的闲，都用来挑工作。

老牛定下标准：一线红星的待遇，才能配得上郝泽宇。

郝泽宇被弄得有点闲，我俩倒是多了很多谈情说爱的机会。在他家，郝泽宇咬着嘴唇，专心给我的脚涂指甲油。我正在看小孩们交上来的宣传稿，看得脸色越来越沉，长叹一口气。

郝泽宇问我："今年生日，想要什么礼物？"

"冲锋枪。"

他看我一眼，继续涂指甲油。

我问他："我为什么想要冲锋枪，你就不想知道吗？"

"不想知道。"

我扑过去掐他脖子，"你必须知道！我要一把冲锋枪，回公司把这群小孩全给突突了！拖稿拖了好几天，写得跟屎一样！"

他反手把我按到地板上，我俩开始玩柔道。可能最近减肥，有点体力不支，郝泽宇竟然占了上风。

他笑，"行啊你，当宣传总监还有脾气了，最讨厌你们这种作威作福的领导！"

"讨厌我，就别跟我好啊！"

"还来劲了！"郝泽宇把嘴凑上去，要亲我。

我大叫，"你没刷牙呢！满嘴烟味。"我使出洪荒之力，反败为胜，把他坐在身下。我扬扬得意地笑："小样儿，还跟我玩横的，红了了不起啊。"我开始掰他的腿。

他叫唤，"要死了要死了要死了！"

"又跟我装。"我更使劲儿了，咦，他怎么不叫唤了。

我一下子反应过来，他这只腿，以前拍戏弄断过。他一脸痛苦，说不出话来。

我心疼又自责，抓住他的手，往我脸上扇，"你打我，你打我，你说我是大肥猪。"

我要扶他起来，他疼得摇头，我陪他躺在地板上握紧他的手，他却把我的手放到他脸上。

我纳闷："怎么了？"

"想老牛了。"

"在我面前想老牛，你又犯病了吧？"

"老牛为了帮我借衣服，也摔断过腿——我想起这事儿了。"

"那你以身相许好了，老牛为你受的苦，多着呢。"说到这儿，我想起来了，"你最近红的有点吓人，老牛还担心你不续约呢。"

"他托你打听这个？"

"以一种特委婉的方式。"

他笑了，"老牛真够逗的，我到底是有多红？"

我有了劲头，"哎，红了是什么感觉，你能跟我讲讲吗？我特好奇。"

"也就那么回事吧。"

我推了推他，"喂，别跟我打官腔。"

他笑了，认真想了想，有点害羞，"我怕我说了，你觉得我是神经病。"

"你什么时候不是了？快说。"

"我特想请他们吃饭。"

"他们？谁们？"

"以前对咱们不好的人。"

"理他们干嘛呀？"

"一定要理啊，让他们后悔，让他们嫉妒，我要往菜里下毒，让他们吃了全死掉。"

我哭笑不得。

他不好意思地把脸挡住，"我想这事儿，都快想疯了。"

"你是疯了，我以为你会说，你会更努力。"

"我当然会努力，努力耍大牌，努力给别人脸色，努力把那些对咱们不好的人踩在脚下，努力抓住每一个机会，变得更红，红到没人敢再欺负咱们。"看我不搭话，他把脸凑过来，一脸奸相，"怎么样，满意了吗？看你男朋友心里多阴暗。"

我把身体往后移了移，"你吓到我了。"

他突然笑了，邀功似的，"演得像不像？"

我怒了，"我看你腿还是欠折！"

我俩打闹了一会儿，我对他刚才阴沉的表现心有余悸，"哎，红了到底是种什么感觉？你还没说呢。"

他认真地看着我，"没骗你，真是那么想的。红了之后，我真想报复过去那些看不起我的人！而且……我想一直红下去，不红太难受了，那些委屈和白眼，那些不想让天亮起来的夜晚，那些不知道未来和希望在哪儿的日子，我再也不想接着过了。"

我又去找彭松。如果说上次的主题是"我们回不去了"，那这次的主题是"为什么大家都变了"。爸不理我了，老牛变得假性情、真客气，郝泽宇变得更戏剧化……

彭松忍不住嘀咕，"我没变啊。"

"你变最多！你从女的变成男的了！"

彭松气得又要走——这小子，跟我谈话超过三分钟，必会出现这种戏份。

我当然很熟练地拉住他，解释道："以前我把你当成我妹，可是我找你撒泼靠你肩膀哭过一顿后，发现你的肩膀太靠得住了，我家小松子是世界上最靠谱的男人！我跟你说，也就是我现在是有夫之妇，要不然你姐我都要突破道德跟你乱伦了。"

这让彭松恶心的，"你妹！我还是你妹算了！"

真别说，要论贴心，我家小松子赶得上世界上任何一个妹妹，他开解我：不是大家都变了，是你变了。

我惊喜地捂住脸，"你是夸我瘦了吗？"

他翻白眼，"瘦我是看不出来，你现在变得诚惶诚恐的，周围人有一丁点的变化，你就受不了，这说明什么呀？"

"说明我又变回少女了？"

"滚！说明你怕失去啊。你跟明星谈恋爱，事业上也上了轨道，对你这种命苦的、大半辈子都过得风雨飘摇的女loser来说，简直像是捡来的生活。所以你没自信了，开始找茬，先找自己的，嫌自己肥，减肥不成功呢，马上找其他人的茬儿，说其他人变了。可你想想，不是大家变了，而是你变了，你的生活变了。以前你的生活是一煎饼摊子，现在你的生活就是一米其林餐厅，你还拿煎饼果子的标准要求现在的米其林美食，当然哪哪儿都不顺眼啦。"

我沉默着，嚼着彭松的话，彭松看着我，饶有兴趣地笑着说："接下来，你该问以后怎么办呀？"

我翻白眼，"说！"

"你能坦然一点接受生活的变化吗？老天给你现在的一切，不是掉馅饼，是你应得的。因为你是个好女人，好女人就应该配得上一切的好生活。"

我瞪着彭松，像是不认识他一样，突然面色恐惧，指着他，"撕掉你的面具！你不是我家小松子！小松子才不会夸我！"

他笑了，"你什么人呐，夸你就跟骂你似的。"他又说，"你要乐意减肥，就减肥，但别说减肥是为了变成更好的自己，你已经是最好的自己了，只不过你自己不知道。"

彭松的鸡汤温暖了我有五分钟，坐电梯下楼时，我对着镜子扫过自己的脸，半小时过去了——脸太大了。谁家"最好的自己"长这样啊，我弟安慰我的话，我可不能当真。我的目标也不远大，起码从肥胖变成丰满吧。

但老天爷大概想让我一辈子都是个胖子，看我这么不听话，他决定给我点颜色看看。我竟然饿晕了，真是丢人。

饿晕前五分钟，我和老牛在办公室正探讨"我俩应该怎么穿，才配得上郝泽宇的红"。

老牛最近衣服买得有点凶，随随便便就一辆车的首付穿在身上。老牛云淡风轻地说，这一切，都是为了装逼，"你不知道，这个逼我想装很久了。别人问你穿的什么呀，我就甩一甩头发，说我也不知道，反正你买不起，别人说你有什么了不起的啊，我再甩头发，说我也没什么了不起的，只不过是巨星的经纪人，赚得多而已呀。"

"可你还没赚呐，现在就下血本啦？"

他总结："郝泽宇都红成这样了，我不起个范儿，就是不敬业，十万元算什么，等郝泽宇更红了，我裤衩都要金丝边儿的！"

我点头，"哎，你说我是不是也该改变一下形象？"

"当然了！往公了说，你是咱们公司的宣传总监，往私了说，你是郝泽宇的那啥。虽然咱也不能跟太多人说，可是巨星的那啥绝对不能穿起球的毛衣啊，打谁脸呢！"

"这么说你支持我改变是吧？"

"支持！我举双手支持你。"

我伸手，"那您别光口头上支持，给我涨点工资吧——您见过月薪八千元的宣传总监吗？"

老牛扶住头，"哎哟，我头有点晕，你说什么我听不见！"

我站起来要拉住老牛，起猛了，"咕咚"一声倒地。

老牛说："别跟我玩苦肉计，想涨工资没门！"

我爬向老牛的办公桌，老牛又笑，"怎么的，临死还要交党费是吗？"

"别废话，快把你桌上的巧克力给我。"

老牛这才相信是真的，"我以为你减肥减着玩呢，没想到动真格的了！"

我刚把巧克力塞嘴里，甜味还没从味蕾上蔓延呢，听到这话，又觉得不能吃了。

我把巧克力吐了出来，拿出手机要自拍。

老牛不懂，问我要干吗？

我说："这是我减肥的决心，我要记录下这一刻的感动，发到朋友圈……

老牛一伸脚，把手机踢到一边，"你减肥减给谁看呢！"

"我发朋友圈，鼓励一下自己，怎么了？"

"我这几天早瞧你不顺眼了，早晨，你发一个包子的照片，配文是什么我要少吃点，好好减肥。中午吃个沙拉，也发照片，去个健身房出了两滴汗，还要发照片，天天上网打卡，Day1 Day2 Day3的，你每天发照片的时间比你减肥的时间多，没掉几斤膘，先把自己感动了！今儿可倒好，你把自己饿晕了，是不是觉得自己特努力？你努力个屁，天天靠精神喊话，你掉不了几斤膘，先把自己饿死了，你这不是减肥，你是加入邪教了！"

老牛点了我最爱的韩国炸鸡外卖，还四种口味！他把助理叫来，让她监督我吃完，"如果她要是不吃干净，明儿你也别来上班了！"

外卖来了，老牛走了，助理劝我，"姐，你象征地吃几口，别让我难做。"

面对人间美味，我含泪大叫，"我不吃！"突然咳嗽了起来。

助理问我怎么了，我觉得太丢人了——炸鸡太香，我分泌了好多口水，把自己呛到了。

助理说她以前吃一泰国减肥药，瘦了十多斤，要不要帮我买点？

我才不要，我就不信了，我一定要自己减肥证明给这个冷酷的世界看！

助理的男朋友来了，在外边等着，我让她赶紧走，助理碍于老牛的淫威，依然坚守岗位，非要看着我吃完。

我急了，"你这孩子，怎么死心眼呢！当你面我怎么吃啊！多丢人啊！传出去我还怎么当你们老大啊！"

助理秒懂，开心地撤了。

下班了，公司没人了。古语云，君子慎独，太考验意志力了。四盒炸鸡像是四个美男，等待着我去观摩。我徘徊在道德的边界，手伸向半空。

哪想着，助理又进来了。

我很气她撞见我这么丢人的场面，干脆破罐子破摔，抓起一根鸡腿含在嘴里，"我吃呢！我吃呢！你要逼死我啊！"

"不行，姐，你还是把这口肉咽下去，要不然我心不安。"

我心一横，牙齿随便一带，一根鸡腿消失在了这个世界，一根骨头出生了。我含泪，"这下行了吧！"

她放心了，放下一个我的快递，离开了。

算了，既然破戒了，那就继续吃吧。刚拿起第二根鸡腿含在嘴里，我瞥了一眼快递，什么呢？

打开后，我悲从中来。著名的果汁减肥套餐！号称三天只喝这果汁，就能瘦！早不来晚不来，非这个时候来！老天你是要玩死我！

我忍痛放下鸡腿，努力运气。福子啊，心态要平和，你是最好的自己……

四盒鸡腿又在诱惑我，我开始努力做蹲起。觉得自己挺不过去的时候，就要做蹲起，这是福子生活小妙招哦。

哎，怎么越做越想吃鸡腿呢？可不能吃啊，想想你最近为了减肥，都减出便秘了，每次拉屎都臭不可闻。哦对了，有一次太过努力，拉肛裂，郝泽宇还给你买药。天啊，这么好的男朋友，长得还这么好看，难道你就不能给他一个又瘦又美的女朋友吗？

要做最好的自己！我内心燃起一股动力，强大到可以拒绝一切诱惑。

我把炸鸡倒掉，依然不解气，拎起垃圾袋，丢到楼梯间的大垃圾桶！滚吧炸鸡！我早就移情别恋了！我现在爱的是减肥果汁！

然而喝了半瓶，我又悲从中来，好好的炸鸡不吃，喝这难喝的果汁，我太惨了！我一看桌上，又吓了一跳，还有五瓶？以后几天什么都不能吃，就靠喝这几瓶东西度日？我记得我订这个套餐的时候，减肥失败女王老牛说过，他这辈子就见过两个人能坚持喝三天，那两个人都是业内响当当的娱乐大鳄，都是成功者，有着钢铁意志。

我问自己，福子，你是成功者吗？我把手中的果汁，狠狠地甩在墙上。我不是！我只是想吃几口炸鸡的loser！

我奔跑进楼梯间，开始翻垃圾桶。不见了！保洁刚换过垃圾袋！炸鸡的外包装孤零零地在外面，就像孤独的我一样。

我捡起盒子，上面还有炸鸡的汤汁，我舔了一口，失声痛哭。楼道里都是我哭声的回音，每一条声波都在说：做胖福子不开心吗？把自己搞得这么狼狈为什么呀？

老牛说对了，我就是加入一个叫减肥的邪教了，没事自我感动，然后自我放弃。

我继续做蹲起，五分钟后，心情平静，回去擦沾满果汁的墙。

算了，我不减肥了，我不为难自己了，让我当一个天天吃炸鸡的死胖子吧。

我想找人抒发心中苦闷。

郝泽宇在出通告……算了，不能跟他说，他这几天就看我减肥的笑话呢。

还是找我家小松子吧。

给小松子打了好几个电话，他都给我按了，气死我了，这是嫌姐絮叨了！

公司离他家挺近，我直接杀到他家楼下，果然，灯亮着！

我随着邻居进入到楼道，特别熟练地按密码锁，一进门就喊，"小松子！出来陪姐聊会儿啊……"

彭松半裸，围着毯子跑出来，一脸惊慌，"你怎么来了？"

"你在家装什么死啊，还不接我电话，我跟你说，我决定不减肥了……"我觉察出不对劲，"你在家怎么不穿衣服啊！"我恍然大悟，"你打飞机呢？"

突然，卧室里有动静。

我愣了几秒，渐渐地微笑——其实说贱贱地，更恰当。

我突然给了彭松一记猴子摘桃，小松子痛叫，"有病吧你！"

我微笑，"大了。"

嘿，我怎么这么会说话，一语双关。我兴奋地要往主卧走，彭松却一把把我推出门外。

我依然高兴地问："干嘛呀！总得让我见见，是弟妹啊还是妹夫啊？"

"你见个屁，找我什么事儿？"

"哦，我不想减肥了，你觉得怎么样？"

彭松气得脸都白了，"很好，很不错，你就适合当一头猪。没事了吧？再见吧！不一辈子你都不要出现在我面前，滚滚滚……"

咣当，他把门关上了，我那句贴心的关怀还没说出口。

出门楼道，风一吹，吹得我好寂寞啊。我不减肥了，这么大的消息都没人分享。

我大喊，妈呀，气死了。对，妈，我还有个妈。

〔四〕

爸晚上出车了，妈一人在家找东西呢，一屋子残垣断壁，见我回来了，让我帮她找工作证。我翻了半天，忍不住抱怨，"妈您卖什么公交票啊，你适合当女特务，你要藏起情报，谁都找不着，包括自己。"

好多史前文明的东西都翻到了，我小时候的作业本、香港回归那年的文化衫、姥姥的顶针、妈获过的"北京市三八红旗手"证书、爷爷油印的福氏家谱……

我赞，真棒，一件值钱的东西都没有。

妈从衣柜后面掏出一牛皮纸袋，我凑过来，"赶紧拆开，万一是新中国成立前我们老福家的房契，那可值钱啦！"

一打开，一红色丝绒的册子，妈笑了。

"这什么呀？"

"相册啊。"

一翻开，是一胖得找不着眼睛的婴儿，也是就鄙人我。

妈开始说前尘往事。我出生时，十斤三两，当年是北京市第二胖的新生儿，大夫说生这孩子跟生哪吒一样，没准将来是个大人物呢。

我摇摇头，"谁要当大人物，出人头地太辛苦了，不划算。"

"你就不想扬眉吐气啊？"

"太吃苦了，讨厌我的人，我再努力也不会对我刮目相看。喜欢我的人，我再好吃懒做也会爱我。"我靠了靠妈的肩膀，朝她挤了挤眼睛。

妈弹一下我的脑门，"你就没出息吧。"

我笑了笑，几个小时前，我还是个有出息的女子呢，为了减肥肝肠寸断，这么快我就恢复本性了。我叹口气，随手一翻相册，一张美女的照片，巴掌小脸，秀丽着呢。

妈用手摸了摸照片，摸金子似的。

我问："这谁啊？"

妈说："我啊。"

我笑，"甭逗了！人家长这样！"

再翻这相册，后半本都是这女人的照片，翻到最后，我吓了一跳。我看到一个胖子，跟这女人的合影。这胖子太好认了，爸年轻的时候，就是头发比现在多点。我看了看妈，又看了看照片，终于在那女人的眉眼里，发现了妈的痕迹。以前我老说自己胖若两人，但妈这才叫胖若两人。

我大叫："妈啊！您是被核辐射了吗？怎么变成今天这样的？"

妈顺手给我一巴掌，附赠了一句文艺腔，"谁把我变成这样？岁月啊！"

姥姥在世的时候，曾怨恨地说，我妈结婚前可瘦可美了，自从跟了我爸才越来越胖的。我一直不信。我姥姥的体型像石景山,大姨小姨的体型像西山香山。我妈?庐山,横看成岭侧成峰。

我仔细端详照片,"长得像巩俐,还是瘦一点的巩俐。"

妈翻白眼,"我好看那会儿,还没巩俐什么事儿呢。"说起过去的光辉岁月,妈脸上放着光,"我十八岁那年,走路下巴都不朝地……"

"您倒立着走是吗?"我打岔。

妈抬头,脖子伸长,像只笨天鹅,"我天天这么扬着脸走。"

"哟,这么找打呐?"

"那是!人人都以为我是学舞蹈的,那年我们公交系统文艺汇演,我,独舞!独舞你知道什么概念吗?今年春晚独唱的那谁,现在有名吧,当年也就是挤在合唱队里,合照都看不清整脸。我呢,一个人跳舞的照片登在《北京晚报》上,这么大个儿!"妈用手比量一下。

"原来我妈是当年的网红啊,失敬失敬,追您的男的得从动物园排到八宝山了吧?"

"数量算什么,关键是质量高!电影制片厂的帅小伙,军队大院的二代,还有几个在广州倒腾衣服发家的万元户呢!"

"那您眼光可不怎么样,怎么落我爸手里了呢?"

"你爸胆儿大啊,其他人追我,都来文的,看个电影,送个手绢,写个情书——十个有八个都抄汪国真,你爸呢,直接来武的,我在台上跳舞谢幕呢,他上来送花,强吻了我。"

我来兴趣了,"看不出来啊,我爸当年这么热情呢。"

"热情?那可不是热情,那是不要命!20世纪80年代,拉个手都算是订终身了,他敢当着这么多人的面儿亲公交一枝花!这不要流氓吗?台下一群我的粉丝立即把他扭送派出所,结果我就美人救英雄了——虽然你爸撑死算是个狗熊。可我一看那阵仗,闹大了得枪毙,觉得还是放你爸一马吧。我跟警察说我俩处朋友呢,闹别扭,他想跟我和好,都是误会。"

我内心一阵遗憾,"啊?您就这么把自己交出去啦?"

"怎么可能!我把他捞出来了,他欠我一人情,我凭什么跟他好啊!"

"可您最后还不是嫁了嘛!"

"那得怪你小姨!那年我们单位滑冰比赛,就在后海冰面,她非要跟去,跟就跟呗，往冰厚的地方滑啊，她倒好，哪儿没人往哪儿滑，结果遇到薄冰，咔嚓裂了，她掉水里了。"

"然后呢？"

"我喊了半天，周围一大群小伙子，嘴里都喊救人啊救人，没人动手。这把我气得，我自己妹妹，我自己救！我扑腾一下就跳水里了。"

"妈，我没记错的话，您可是旱鸭子，我水性可就随了您呐。"

"谁说不是呢！可我妹妹在水里呐，她要是淹死了，我也不活了！我托着你小姨，结果你小姨还瞎扑腾，眼看着就把我扑沉底儿了。我心想这下子完了，结果扑通跳下一男的，先把你小姨救了，又把我捞上来……"

"这男的是我爸吧？"

"你爸过来给我送饭，刚好赶上了。"

"他把您救上来，您感动得以身相许了？"

"感动归感动，我最多说个感谢。可你爸特酷，说甭感谢我，知道你烦我。我天天给你送饭，你一口都不吃，看你掉水里，我想着一定得把你救上来，要不然你没吃过我做的饭就走了，我这辈子该多糟心啊。"

"哎哟，还挺骄傲的，我看是爱你在心口难开吧。"

"谁说不是呢！说完这些，你爸要走，身上都结冰了，还不忘把饭盒递给我，说快吃吧，饭都凉了，你吃一口，我就再也不烦你了。后来我把那保温饭盒打开，煎带鱼！炸丸子！嘿，那个香哦——你姥姥做的饭多难吃你也知道。"

"从此您就上了贼船，然后喂成今天这样咯。"

我摸着妈的照片，怪可惜的，"我还以为你们的爱情故事，是胖子爱胖子，哪想着是个怪物史莱克的故事，您舍身取义，跟我爸在一起，把自己吃成了胖子。"

妈也盯着照片，"大概你爸也这么想吧，这些照片是他收起来的，怕我看了难受。其实是他看了难受吧，我是发现了，男人啊，还是不如女人，男人太认命了，他们以为结婚后，娶了老婆，日子也就到头了。可女人不一样，女人嫁了什么人，过了什么生活，她都不会忘了自己是什么样。就像我，现在就是个胖大妈怎么了？我身边有你爸，我看到他，就能想到那个十八岁在台上跳舞的自己。我在最好的日子，把自己给了他。"

妈看着我，突然来了兴趣，"哎，你怎么不问我，为什么支持你和他在一块？"

"哼，还能为什么？貂皮大衣呗。"

妈特利索地承认自己虚荣，"那身貂的确加分！不过最关键，是我觉得你活得有劲儿了，这才像个女人，这才不像他家蔫了吧唧的遗老遗少。你活了三十年了，终于不是那个恁嗒嗒、傻乎乎、永远认命的大福子了。"

妈从来没夸过我，我有点不适应，"妈您好好说话，千万别夸人……"

妈踹我一脚，"别给你点好脸你就往上贴，我还有一棒子没抡你呢。你这劲儿吧，悠着点使。减肥可没那么容易，好多时候，不是你努力，就能得偿所愿——不是这样的！别人饿了就能瘦，就你这基因，你得付出比别人高百倍的代价。不过，失败了也没事，大不了你继续回来住这破屋子，妈在这儿，你爸也在这儿。"

我张开双臂，要给妈一个拥抱……

在这千钧一发之际，妈突然问我，"哎，你饿不饿，陪我吃点泡面？"

我崩溃了，"不要在这么柔情的时刻，说泡面这么低俗的话题行吗？泡面最胖人了！您还让不让我减肥！"

"吃饱了才有力气减肥啊。"

妈气坏了我，气得我吃了两包辛拉面。泡面犹如安眠药，我仿佛一个不羁少女，躺在床上直犯困。

不行，还不能睡。我给老牛的助理发信息："你说的那个泰国减肥药，好买吗？我想试试。"没错，肥还得减。妈起码还有个十八岁的样子撑着她胖，我呢，总得给自己留点念想吧。

〔五〕

泰国减肥药特别好，我过上了今儿瘦三斤明儿胖五斤的好日子，整天提心吊胆的，性格也变得特浓烈——我为自己点赞，浓烈这个词儿用得真恰当。

我眼睛开始不容沙子。什么是沙子？瘦子就是沙子。

有一次，我和老牛在星巴克买咖啡，排队呢，轮到我们时，一特瘦的网红脸插队，老牛说她，她还特理直气壮，嚣张得很。这网红脸太瘦了，瘦得我想替天行道。

我伸出胳膊，把她拽到队伍后面，"整容了也得排队啊。"

老牛吃惊地看着我，眼神的意思大概是"行啊你"。

网红脸瞪我，"有病吧你，谁整容了？"

我端详她，如数家珍，"鼻子垫了鼻翼缩了眼角开了……你出门拿什么包啊！钱啊卡啊藏在你这欧式大双眼皮里算了。"

"死肥猪你说谁呢！"

在我减肥减得痛不欲生的时候，敢提肥字，算你命薄。那网红脸伸手要挠我，老牛还没反应过来，哪想着我应声倒下，扒着那女的腿，愉快地捂住肚子，"哎哟，要流产了……"

老牛跟网红脸都愣了。

围观群众越来越多，老牛的反应特渣，连忙解释，"不是我的！"

网红脸打着滚似的逃走。

已经被吓着的星巴克店员问，"谁……谁的美式……"

我起来，跟没事人一样，"哦，我的，能帮我打包吗？"

后来参加一局，一穿旗袍的女的，是画廊经纪，一见我，就演1987年版《红楼梦》，"早就听说姐姐了，今儿才得见，果然是一顶一的人尖儿。"

我粗俗惯了，猛听这种说话方式，跟让人抽嘴巴似的。

"别的本事我是没有的，不过是略懂些字画收藏，不比姐姐……"

我刚吃完减肥药，亢奋正无处发泄呢，看着她那水蛇腰就不顺眼。

我开口："巧了，我也爱好收藏。"

"收藏什么？"

"人民币。"

老牛听闻，联想到我最近的行径，忍不住说："你近来怼人有点上瘾啊？"

我犹不解恨，"嘚瑟的瘦子，都应该怼死！死！"

"最近圈内都传，郝泽宇的宣传总监，特会怼人。"

当事人我觉得有点不可思议，"不能够啊！我是别人捅我一刀，还会帮忙拔刀生怕累到别人的那种人呀。"

"要不是我知道你这是吃减肥药吃得性情大变，还以为这是大明星的女朋友在跟我叫嚣呢。"他想了想，"这减肥药真够逗的，你这种人吃了都会怼人了。"

我不忿，"那您这辈子可能长期服用这种减肥药。"

老牛翻了个高贵的白眼，"那是我的前半生，自从郝泽宇红了之后，我可心平气和了。"他转了转眼珠，一脸幸灾乐祸，"我也让你心平气和一下吧，郝泽宇花了一百万买张画，这事儿你知道不？"

不知道这一切的我，立即杀到了郝泽宇那儿。啊！好久没说我和郝泽宇的事儿了。其实也挺奇怪的。现在，我……挺烦郝泽宇黏我的。

以前，刚在一起，我俩能在床上黏一天——哎，别误会我俩是色情狂。我俩光看对方的脸，就能看一天。我看他，以一种看艺术品的心态，这人怎么长的，长这么好看。他看我，像是看《聊斋》，"你怎么长的？长这么有趣！"说完就猛揉我的脸——话说我脸老瘦不下来，就是他揉胖的。当然这种情况是昨日黄花了，现在，有时候一天不跟他在一块，我跟放假似的。

我俩的恋爱模式，就是待着，在家待着。他这人，大概是好不容易谈次恋爱，把所有小事都讲给我听，小时候买不起香蕉啃香蕉皮的故事，我都听十遍了。以前我什么舒服穿什么，披个麻袋都能在沙发上瘫一天。现在我讲究了，在他面前也不放松，化个妆就得一小时，穿衣服只穿大牌子，大牌衣服跟铜墙铁壁似的，穿的时候要讲究仪态，也不敢瘫———一团肉还瘫，能看吗？

可能是吃减肥药吃的，我最近心慌得很，再加上郝泽宇厨艺尚佳，太不利我实施减肥大计了。最重要的是，我减肥减得性欲全无，他这人又有肌肤饥渴症，没事爱跟你撩来撩去的。得，我还是躲着他走吧。我很满意这一点，看，跟天杀的大帅哥谈恋爱，我也没沉迷于肉欲。跟大明星谈恋爱，我还怕他黏着我。我是多么不一样的烟火呀！

带着自我表扬的心态，我跟彭松假装苦恼。

有了性生活（虽然我现在也不知道性生活对象是男是女）的彭松，十分不耐烦，他说装个屁啊，你这是要脸了，不敢把你那一团肉露给他看了。

哼，我才不信他说的，我就是怕郝泽宇黏着我，这段感情，我有主动权了！

哪想着，我这才有主动权几天啊，他竟然花了那么多钱买画！到他家时，我杀气腾腾，正撞见他抽着雪茄欣赏墙上的画呢，我更来气了。

我骂道："还抽雪茄？你分得清雪茄跟点八中南海吗？有点闲钱就不知道该怎么嘚瑟了！以前买椅子现在还买画？你分得清梵高、莫奈吗？你买个毛！"

他因为心虚，开始还哄我，说这画是刘野的，算投资，去年他有幅画拍了几千万元呐。

我吵吵个没完，他也被我说烦了，跟我吵了起来，说他的钱他乐意这么花！

这几天泰国减肥药带来的精神亢奋，终于有地儿发泄了，就这个问题，我十分愉悦地跟他吵了半小时。

素材太多了。他最近特爱请客，光吃饭就签单几万元……出去喝酒开了好几瓶有年份的红酒……上次买画被人骗，花了几十万元买了个赝品……哼，一个艺校毕业的学生，能比得上我……算了，我大学也不怎么样……但我读书多有文化啊，你一个戏子还假装文化人……

　　但大概我最近失心疯撒泼的次数有点多，他也适应了节奏，学会了攻击我最近的死穴——我买了很多穿不上的衣服，他只要一提，我就会炸掉。

　　为什么我会炸掉？我恼羞成怒啊，刷的都是他的卡啊。

　　果然，我怂了。我愤恨地跟彭松说，我决定四天不理他！

　　彭松不想理我这个神经病，但我精神亢奋得很啊，我很活泼地问他，"你怎么不问姐，为什么决定四天不理你姐夫呢？"

　　"不想问。"

　　"因为四天后，就是我生日，我还准备要礼物呢。"

　　我问彭松今年送我什么？彭松说送我上西天。

　　小松子还是送了我一张高级SPA店的会员卡，而郝泽宇今年的生日礼物，倒是送我上西天。他送我一辆车——我差点含笑九泉。

　　"还敢不敢跟我吵？"

　　我无语凝噎。

　　"服不服？"

　　我摇摇头。

　　"这还不服？"郝泽宇有点气。

　　"这不是服不服的问题，我突然感觉我特别爱你。"

　　"就因为一辆车？"

　　我点头，突然抱住他的大腿，大哭起来，"我太爱你了，以后我不跟你吵了，你继续乱花钱吧，多花点，说不定明年你就能顺手送我四合院了。"

　　买药的时候，助理叮嘱过我，说泰国减肥药可以加速人的新陈代谢，代谢快了，你会瘦、易怒或兴奋。因为这辆车，我太爱郝泽宇了，我决定努力，以后只要瘦和兴奋。

　　这天有两个杂志封面要拍，一大早，我就开着小车，兴奋地接郝泽宇、老牛和彭松去摄影棚。

对于我的新礼物，彭松感慨，只恨自己不是女的，我甜美地笑，但是女的能做的事你都能做呀。

老牛十分紧张，让我专心开车。

哼，瞧不起我，虽然我新手上路，但我驾驶风格异常生猛，超速，变线，前面车稍微开得慢点，我就把头从车窗里伸出去骂三字经。路霸，我也！

对于我的变化，老牛一直看在眼里，他好奇地问郝泽宇，"你觉不觉得，福子最近性情大变？"

郝泽宇大大咧咧地说："没有啊，她一直挺白痴的。"

老牛但笑不语。

这一路险象环生，但我也开到地儿了，彭松和老牛劫后余生，相互搀扶着下车。

先到的助理们在门口等着，说还没开始拍，得等会儿。

郝泽宇说既然这样，那他陪我在摄影棚的院子里转悠两圈。

等大家都走后，我拍了他一下，"助理都在旁边看着呢！你跟我表现这么亲干吗？"

"哎哟，我忘了，"他一脸轻松，"说不定，好多人都看出来了呢，你知道，老牛给我新找的助理，怎么问我吗？'小宇哥，你和福子姐的感情，怎么那么好呐？'"

"那你怎么回答的？"

"爱护弱智，人人有责。"

摄影棚所在地是一废弃的工厂园区，人很少，开到僻静处，我俩把座椅放平，打开车顶天窗，手拉手看着天空。场景十分温馨浪漫。

此刻很想上电视，给大家分享情侣和平相处的小妙招：女朋友老抽风怎么办？送她一辆车啊，保准她百依百顺。

郝泽宇看我一脸没出息的样子，完全明白过来了，"你还真是我丈母娘的亲闺女，她因为我送的貂大衣，就支持咱俩在一起。你呢，前几天还跟我更年期呢，送你一辆车，立马温顺可人了。"

"你要送我个四合院，可以拿皮鞭抽我！"

"谁要跟你玩SM，变态。"

"是啊，我是变态，但这个变态爱你啊。"

郝泽宇捏捏我的鼻子，"你真喜欢四合院啊？"

"哎，我就是随便说说，现在一个四合院得几千万元呐，谁买得起啊。"

他特自信地说："几千万元啊？我觉得我几年也能赚回来。"

我俩畅想了一下，四合院买哪片，该怎么装修，幸福感倍增。

准备回去了，他突然问，"你爸知道这辆车了吗？"

"妈跟他说了，他没什么反应。"

他冷笑一声，咬着嘴唇，发着恨，"我还真想看看，要真买一个四合院送你，你爸脸上是什么表情。"

"先别想我爸，你看看你这脸上是什么表情，我爸是你仇人呐？"

"不知道为什么，我现在特计较别人看不起我。"

"我爸没看不起你！"郝泽宇也吃减肥药了吗？那种减肥药让人小心眼？

〔六〕

我俩练车练了半小时，摆足了架子，哪想着，拍摄还得等。编辑进来道歉，说尽好话，她有点自来熟，说郝泽宇越来越帅了，说福子你瘦了好多。

我一边假笑说是吗你也美了好多，一边用眼神问郝泽宇：这人是谁啊跟咱们装熟？

郝泽宇像是没看到一样，"什么时候从宠物杂志跳出来的？"

想起来了，这编辑原来是那宠物杂志的势利眼呀。日子过了很久，那耻辱的感觉依然记忆犹新。最大的耻辱不是别人唾你一脸，而是理都不理。那一天，我们在那儿等着，不敢发脾气，也不敢走——走好啊，正好人家懒得想理由呢。我被人捏惯了，那是我又肥又丑又笨的缘故，可那时的郝泽宇有什么错，他那么好，不就是不红吗？

大概减肥药吃久了，最近不动怒了，倒是感慨万千起来。我看着郝泽宇跟编辑说笑，一时想到很多。其实这些年，我们也是吃过苦头的。

那年，太庙某大牌时装秀，城中时髦事，混不上一张请柬，你都不好意思说自己是明星。老牛要强，跪来一张请柬，结果那天堵路上了——迟到也没什么，可不能错过红地毯拍照啊——我们仨决定挤地铁。正是晚高峰，一车厢都是下班的人，满脸疲倦。我们仨衣着艳丽，脸带浓妆，更显可怜。到了现场，时装秀早开始了，进不了内场。不能白来，只能让郝泽宇演走红毯（他衣服的标签都没摘，今儿穿完明天就得退），伸手跟空气打招呼，我和老牛拿手机在旁边拍。走了好几个来回，照片拍到了，秀也结束了。呼啸的人群，打不到车，我们沿着长安街走了很久，最后在路边摊吃起了烤串。彼时我和老牛还畅想未来：将来咱们得买辆车，以后看时装秀只坐第一排……

现在想想看，也是可怕，这哪是经纪团队啊，就是两个愣头青带着一不知道干什么的艺人瞎胡闹。

那编辑走后，彭松问我怎么了。

"讨厌这个编辑。"

老牛插话，"她也不瘦啊，你讨厌她干吗？"

"那时候让我们等，现在还让我们等。"

老牛脾气特好，"咱们是当红的艺人，大气点。"

彭松说："不然你怎么办？弄死她？"

我点头，支使助理，"你去买点砒霜，我放她水杯里，毒死她！让她那时候欺负咱们……"哎，我就是嘴上泄愤而已。

郝泽宇坐那儿化妆，听我们絮叨了半天，突然扑哧笑了，"这还不简单吗？"

"什么简单？"

他恢复平静，"没什么。"

郝泽宇化好妆，编辑送来一排衣服。我又感慨了，上回还让我们自己准备衣服呢。

哪想着，郝泽宇翻到一条短裤，脸一下子就阴了，问编辑什么意思，编辑摸不着头脑，问怎么了。

郝泽宇大发雷霆，"我腿上有疤，你让我穿短裤？被广告商看到了，以后运动品牌的广告还能找我吗？这不砸我饭碗吗？"嗯？逻辑有点不太对啊？

编辑没反应过来，倒是被气势吓到了，赶快赔笑脸，"实在抱歉，是我功课没做好，有疤也没事，咱们可以修图……"

郝泽宇像是受了多大的侮辱，"要是修图能解决一切，你找个替身把我脑袋P上面得了！我还至于等这么久吗——我都等多久了！"原来他是气这个啊。

编辑又是一通解释，说今儿封面拍摄，是要拍他跟一只猫，猫这不堵路上了嘛。

郝泽宇被气笑了，"我人都不等，你让我等一只猫？"他指着编辑，"今儿也就是你，咱是旧相识，要换别人，我天王老子都不等！"

编辑千恩万谢地出去了，化妆室有点冷，我拉拉他的手，他的脸突然阴转晴，跟邀功似的看我们大家，"哎，我要大牌，演得像不像？"

我和彭松扑了上去，给他一顿揍。有病吧！

结果这位先生要大牌的戏还没演够，猫送来了，郝泽宇逗了一会儿猫，艳若桃李，等到拍摄时，他笑眯眯地说，不能跟猫拍，猫的指甲太长了，怕划到他的手。

编辑颤抖地说封面必须有猫啊。

"哦，你们修图不是挺厉害吗，自己想办法吧，"他拉住编辑的手，"我相信我老熟人你肯定能办到……"

事后彭松总结，可能是初次要大牌的缘故，更像是找茬，下次请再接再厉。

老牛在这个过程中，一直没说话，我以为他在不满郝泽宇呢。后来发现他是在自责，"让艺人出面发脾气，要经纪人干什么吃的！我跟你说，要大牌永远应该经纪人要呀！我蔫了吧唧躲在后面装什么萨摩耶啊！"

"你最近不是走贤良淑德微笑天使路线嘛。"

"我那不是装的吗，我想郝泽宇红了，咱得谨言慎行少惹事！其实我多适合要大牌啊！我就是为了骂人找茬才当经纪人的！"

下一场是《时尚风潮》的封面，我的老东家。为了壮声势，老牛把公司的小孩都叫来当助理撑场面，排场宛若好莱坞巨星。

我在车上把脸画成了猴屁股，我要让旧同事们都知道，当年你们看不上的胖福子，她抖了起来——否则今天我为什么要开车来？真以为我当司机有瘾呢？我就是要炫耀！

然而一见我前上司媛媛姐，我惯性地卑躬屈膝起来，宛若见到了祖宗。

媛媛姐给了我热烈的拥抱，不停地夸我变瘦变美了，怨我混得好后就不找她了，好像我曾是她手下最得力的一员呢。

老牛却在那边炸了。

《时尚风潮》这次是双人封面，郝泽宇跟另一位刚拿了金马奖的演技小生。人家就带了一经纪人过来，那经纪人正毕恭毕敬地跟老牛交换名片呢，老牛目光灼灼，终于找出纰漏，一看演技小生的化妆室比我们大，立马不干了。

我歪头笑，老牛果然是天生当经纪人的，要大牌的业务能力比郝泽宇更纯熟。

媛媛姐一点都不着急，习惯了经纪人都是事儿妈，她冷静地安抚，但老牛话说得挺狠：要不给换，这个封面就不拍了！

媛媛姐还在笑，但笑容已经不对劲了。我太熟悉这笑容了，意思是：要不要满足你们不拍的愿望呢？我把抹胸一拉，准备露奶热场。

郝泽宇却擦着护手霜出来了，他拉过媛媛姐的手，"媛媛姐，我这护手霜擦多了你帮我分担点。"他边说边帮媛媛姐擦护手霜，问这护手霜好闻吧姐你要不要我给你带点。

媛媛姐的眉头终于舒展开来，她悠悠地问："那化妆室……"

"什么化妆室呀，姐你赶紧忙你的去吧，等拍完咱们一起吃饭啊。"

等没人了，他把门一关，哭笑不得地对着老牛，"姑奶奶，在人家大刊面前，我就是坨屎。我有多红啊？敢在他们面前装？以后我还想不想在时尚圈混了？"

老牛里外不是人，愤恨地坐在摄影棚门口抽烟。我说了一堆，什么郝泽宇不是怨你啦你做得很好啊……

老牛默默点头，抽一口烟，莫名其妙地说了一句，"从小，我学习成绩就好。"

啊？

他再长舒一口气，"上初中之前，考第一，我就跟玩儿似的，闭着眼睛也能成。可上高中之后，我再没考过第一，为啥呢？"

"是你交男朋友了吗？"

老牛横我一眼，"是因为别人比我更快适应高中的学习。"

"老牛你说这个干吗？"

"以前我当经纪人，就像是在初中，随随便便就能做好。现在却像是在高中，我可不能再瞎胡闹了，我得赶快适应现在这个状况。"

"我觉得你做得挺好的啊……"

"好？别安慰我了，我连差都算不上。郝泽宇这一点做的比我好多了，我还没适应当大牌经纪人，他却早已经适应当大牌艺人了，我得加油了。"他把烟头掐灭，站起来，要回摄影棚时，他又补了一句，"你也是，也早点适应当大牌的女朋友吧——我看你现在还没进到状态，整天瞎胡闹。把那药停了吧，最近都吃成神经病了。"

我愣了半天，觉得这是老牛对我减肥事业的侮辱。看着郝泽宇在镜头前特假地笑，我又吞了几颗减肥药，心情好受了一点。

〔七〕

　　以前，老牛穿得像一个大牌经纪人，现在，他刻苦得像一个大牌经纪人。

　　我瞻仰了学霸的风采。开始觉得他要考法律博士，案头摆了很多法律法规的大部头，看不明白就纠缠我们公司的法律顾问；又以为他要考文学博士，看了市面上所有好莱坞明星的传记；最后，又开始看心理学啊、社会学方面的书——这是要考哪儿啊？

　　下班后也不闲着，出去交际——我觉得更像是在拓展人脉网，探听圈内消息。这倒不费什么劲儿，郝泽宇红了，连我都多了好多朋友，他更是招蜂引蝶，有时候喝到半夜，回家吐完，他还挣扎着起来，备注今天认识的人，职业、身份、年纪、有什么用及性取向……

　　我睡到下午才去公司，回公司发现老牛早上九点就来公司了，回邮件、制定工作计划、骂小孩、逮住每个人精神喊话。我因为他最近都累瘦了，心怀不满：好好的一活色生香的巧人儿，被逼成了无聊的成功人士，他这是要逼死我。

　　郝泽宇也看不懂老牛最近的变化，"姑姑是要做马云吗？"

　　两百斤的马云，最近利用天性（撒泼打滚）加后天努力（谈判心理学），宰了把熟：那大肠导演的新作，男一，老牛谈了个极好的片酬。

　　不知道是真心感恩，还是郝泽宇会说话，他一直对外宣称：是《谁胖谁先死》的那大肠导演，让他对表演开了窍——那是，断了一条腿呢，现在阴雨天还腿疼呢。

　　大概人走运了，运气也爱凑热闹。刚跟那大肠导演走完合同，差不多的拍摄时间，某大导的古装大片，来找郝泽宇演男二。

　　一边是熟人、过气港台导演、高片酬的烂片男一，一边是大导、片酬很低的大制作男二。选哪个？当然选大导来镀金啊！

　　然而怎么跟那大肠导演那边和谐毁约，这可为难坏了老牛。又不能撕破脸，又要干脆利索，老牛干脆写了个剧本，跟我演练了几天，然后根据我的意见不断修改"台词"。结果这场面，被郝泽宇碰到了，他忍不住说："至于吗？"

　　老牛气郝泽宇把这事儿想简单了，"要是能做小人，我也不怕了。可谁让你非说他是你恩师，要真撕破脸，赔偿金那么高不说，传出去不毁你形象吗！"

　　他不以为然，"大不了我赔钱，这事儿你甭管了，先走大导这边的合同。那导演那里先耗着，耗到最后，谁先沉不住气谁输。"

我们心惊胆战地跟大导演的新片签约，新闻都发出去几天了，老牛紧张不说，连我都开始翻法律条款准备正面撕逼了。

某天，郝泽宇在家炖咖喱牛肉，逼着绝食的我吃，那大肠导演来电话了。

他得意扬扬地看着我，"看吧，他先慌了。"

他开免提让我听。老男人说话就是磨叽，寒暄了半天，才切入到主题。对比之下，郝泽宇是个真诚的流氓，直接说是有这么回事，还说他还不能来回跑，那边不让串戏。这真诚让那大肠有点无语。

郝泽宇十分无辜地说，"都怪我经纪人，那边先签约的，跟您这边没沟通好，要不这么办吧，咱们签了多少违约金，我如数赔偿。"

那大肠没说什么呢，郝泽宇又撒娇，"您是我恩师，我知道您最疼我了。"

这事儿被他搞定了。

"三两下就让人白折腾了，"我讽刺道，"就这么对你的恩师啊？"

"没事，赶明儿我会对他唱《感恩的心》补偿他。"

"你怎么就这么肯定，他不跟你翻脸呢？"

"他不至于，将来他靠我的地方多着呢，"他夹一口牛肉，津津有味地嚼着，"红真好。"

我笑他，"是啊，红了之后就开始耍流氓了。"

他一本正经地说："当流氓多好啊，心不累。"

我把这一切说给老牛听，老牛有点疑惑：咱们现在可能遇到个假的郝泽宇，以前那个离不开人的小丧精，怎么变得这么聪明了呢？

正待我们准备通过大导演的电影，为郝泽宇的红镀层金边时，噩耗传来，大导的新片延期，进组时间无限期推迟。

托人打听，这电影是某畅销小说改编的，男主角大牌，想改剧本，大导更大牌，死活不改。男主角使坏，一直拖着进组，拖得小说改编权快到期了。制片人左右为难，干脆把项目停了。

老牛一副"你看看我当时说什么了"的事后诸葛相——虽然当时他可什么都没说，赶紧联系那大肠那边。以前是我们推他，现在是他推我们，事情毫无转机，老牛还平白无故地受了一顿羞辱。但我发现，老牛虽然表面埋怨，但内心特别满足，春风拂面的。

我懂：艺人太能干，显得我没用；艺人要出错，才能显出我的重要性。

老牛真够贱的，忙碌让他快乐。

但老牛没快乐几天，最近圈内都传：郝泽宇的经纪人借钱不还。这谣造得也太没说服力了，借钱这么显穷的事儿，老牛从不来干，他只会做"借给别人钱然后对方不还还骂他"这么富贵的事情。

某个酒局，老牛见到其中一个造谣者，一杯酒泼到他脸上，几经争吵，发现真相：借钱的的确是郝泽宇的经纪人——前经纪人，丹姐。

越来越多的人提供消息，貌似是丹姐移民后被小白脸骗了，人财两空，回国后又染上毒瘾，钱的缺口可大呢，现在给个十八线小明星当经纪人，各种混。

好多人提醒老牛：看好你家郝泽宇，他有名的心软，钱借了没什么，他再捱义气重回旧经纪人那里，到时候有你哭的。

老牛事无巨细地说这些，我有点心烦，"老牛你别什么都学给我听啊，你这不是明摆着让我探郝泽宇口风吗！"

"你心虚什么？瞧你这汗出的——更年期提前了？"

我大怒，"我要更年期，你早往生了！"

减肥进入了瓶颈期，泰国减肥药好像没以前好使了，我偷偷加量，效果还行，就是老淌汗，我甚至获得了意外的效果，有时候陪郝泽宇熬夜赶通告，他困成狗，我却精神抖擞。啊，爱泰国减肥药，不光能减肥，还能提神！

就在我沉迷于减肥之际，郝泽宇说，丹姐给他打电话了，约他一起吃饭。

我直接说不能去，老牛倒是沉默了。

彭松问郝泽宇："你的意思呢？"

郝泽宇一脸茫然，看着老牛。

老牛假装回邮件，"等会儿哈，我着急回个邮件。"噼里啪啦打半天字——我头凑过去，电脑都黑屏了，还在敲。

老牛演不下去了，咬着牙说："去！昨天的她对你爱理不理，今天的你就让她高攀不起！"

老牛说的去，是我们一大堆人都去。彭松懒得蹚这浑水，他劝我，别跟老牛一起煞风景。但我想想，还是去了——得看住郝泽宇，别随便借给别人钱啊，他的钱都要存起来给我买四合院呀。

当天，我和老牛跟要抢新娘风头的伴娘一样，盛装出席，高雅的饭店包厢都盖不住我俩各异的心怀鬼胎。本来我还觉得自己有点丢人，但看到郝泽宇，我畅快了。

他更吓人，穿着西装五件套，梳着大油头，带着反光墨镜，粉墨登场。一副巨星模样——又俗气又金碧辉煌。

作为闻过他屁味口臭，见识过他挖鼻孔，听过他打呼噜磨牙的女朋友，我太懂我家男人此刻的心理了。他还恨着，现在的成功更把那时的放弃放大，让他时至今日依然念念不忘。

行事风格一向高雅的郝泽宇，和吃屎都要吃屎尖儿的老牛，难得在这件事上达成了一致。这场面好看了。

老牛把丹姐视为再生父母，"要不是您当时忍痛割爱，我哪能混成今天这样。"

郝泽宇拉着丹姐的手，"姐，我能有今天的成绩，都是因为姐你的慧眼发掘。"

俩人看似夸奖丹姐，实则每个字都露出狰狞的笑容：你后悔吗？

此刻的郝泽宇，略有陌生，我看着心慌。对比一下，丹姐倒是跟以前一样，一派大家风范，一点都不像是瘾君子。

吃了几口菜，我食之无味，趁人不注意又吞了几颗减肥药。瘦了二十斤后，我吃减肥药成瘾，没事嗑一嗑，内心一片安宁。

老牛接了个电话，特体贴地说他和我还有事儿，让他俩单聊。

出门后，我赞老牛这个借口真好，我早坐不住了。没想到老牛说借口个屁，我真约了人，人家点名还要见你呢。

老牛约的是著名经纪人Rose姐。我以为换个地儿呢，没想到就是隔壁包厢，老牛拿杯子扣在墙上，继续听那边在说什么。

我忍不住，"你要不放心，你别支持人家见面啊。"

"人还不能有点好奇心呀。"他继续偷听。

我也好奇，问他们说什么呢？

Rose姐进来了，吓一跳，"你们俩当特务呐？"

Rose旗下的一姐，本来是大导那部戏的女一，男一把这戏搅黄了，老牛说这次约她，要一起说男一的坏话！

Rose姐算是圈内顶级的经纪人了，没什么架子，什么话她都不会让它落地上，对你的照顾不露痕迹，还特会夸人，说见过这么多宣传，福子给郝泽宇的宣传最走心，她还开玩笑问老牛，"什么时候让福子到我那儿上班呀？我不会亏待她。"

老牛很给我面子，"想得美，我把郝泽宇让给你，都不让福子。"

"哟，真把郝泽宇给我啊，那可真要啊。"

俩人相视一笑，很默契地夹菜不说话。

以我专业跟班三十年的经验，怎么嗅出一股紧张的味道呢？也许我想多了，俩人又聊了郝泽宇那部大导的戏，老牛把来龙去脉都讲了一遍，Rose姐听着没说话。最后老牛叹气说多可惜啊，要是能拍就好了。

Rose姐云淡风轻地说一句，"其实也不是没可能。"

"戏都黄了，哪有可能？"老牛又吹嘘自己多会谈片酬，郝泽宇现在起码可以要那个数，Rose姐连忙捂耳朵，"哎，可别跟我说，价格是机密啊，我知道了，你下回怎么要啊。"

人家说得有理啊，老牛是有点说多了。但老牛岂是丢面子的人，他帮自己找补，"嗨！凭什么不能说呀，我还准备把这个价码翻三倍，写成宣传稿四处发呢，让人知道我家艺人现在有多贵！"

Rose姐皱了眉头，"真的？"

"当然了，"老牛把自己的台阶越铺越高，干脆不下来了，支使我，"福子，这宣传稿你今晚就写好了，明儿我就要。"

我不知道真的假的，只是赶紧答应下来。

Rose姐忍不住了，摇摇头，"那咱就傻了，现在艺人涨片酬，比北京的房价涨得都快，你新闻稿发出去了，以后人家给你最多就是三倍，但以郝泽宇现在红的势头，只要演部商业大片，上对了综艺，他何止涨三倍啊？十倍都是分分钟的事儿，姑姑你这不堵死自己的路吗？"

老牛摇头晃脑，"我乐意呀，就是我这野路子，才把郝泽宇弄成现在这样啊。"他低头吃甜品，若有所指，"郝泽宇喜欢我这套，我知道，现在明里暗里，好多人想挖他。说实在的，我一点都不担心，锦上添花谁都会，雪中送炭难啊，我们一起苦过来的，想分开？说实话，我乐意，郝泽宇都不乐意。"他看看我，"福子你说我说得对吗？"

我茫然地回答："昂……"

老牛眼睛望向某处，像是说给谁听似的，"趁早死了这份心吧。"

我才明白过来今晚的主题。

Rose姐一点都不生气，她笑笑，"姑姑说的我懂，是我痴心妄想了，今儿听你这么说，我知道钱和资源还真撬不动他，毕竟感情在你这儿呢。"

咦，Rose看我干嘛。我有点慌，两大演技女王你们专注撕逼就得了，别给我戏啊！奴婢演技不精！

老牛跟个胜利者似的微笑，"Rose姐说什么呢，我怎么听不懂。"

"姑姑那么聪明，有什么话听不懂转头也就懂了。只是我想多说一句，你们供个真佛，不让一群披袈裟的和尚好好护着……"Rose姐像是在努力想词儿，"……可能我这个比喻用得不恰当，找一群青楼的妓女当姑子唱小曲，这……这不对。"说罢，Rose姐笑说待会儿有事，临走之前，她还忍不住补充一句，"人的运就那么几年，好小伙子真不能给耽误了。"Rose姐走了，特自然，一点都没给老牛发脾气的时间。

我喘不过气来，捂住胸口，"老牛你下回带我陪客，能不能提前给我说下主题啊，她这是要抢郝泽宇啊……"

"你再敢叨叨一个字儿，我杀了你灭口！"

我噤若寒蝉。

结账时，服务员说有人结过了，还留了礼物给二位。

老牛闹脾气，让我把礼物扔了。

我打开写着老牛名字的盒子，是瓶香水。我说："这不是你最想要的香水嘛，她还挺贴心的。"

老牛睁大眼睛，把香水捧到手心，像是被击倒般倒在地上，哇哇大哭。

我哭笑不得，"一瓶香水，不至于这么感动吧？"

"我是难过，这才是大经纪人。"

身为老牛的终身粉丝，我见不得他落泪，我怒了，"什么大经纪人！她就是个老女人！老牛你才是大经纪人！"我看另外一个袋子上，写着给福子。

哼，把我们老牛弄成这样，你送的东西我也不要！我猛地站起来，想要把东西扔掉，胸口却像是被施了钻心咒似的。一阵剧痛，我眼前一黑，昏了过去。

那个瞬间，有三个念头飘了过来。

老牛你不感动吗？我为你都心痛死了。

哎？我也没有心脏病的家族史啊，心怎么这么疼呢？

我还不能死，我还没减肥成功呢。

第四个念头其实是关于郝泽宇的，但它刚飘来，我就痛得没有知觉了。

第十三章

南北的路你要
走一走，
千万条路
你千万莫回头

.一.

〔一〕

我睁开眼睛，看到一片茫茫的白，第一句话问的是："这里是天堂？"

一个女声回答道："你醒了？"

我看看她，"您是天使？"又摇摇头，"应该不是，天使不可能这么老……"

魂魄刚归位，我一张嘴就把护士得罪了。好在是私家医院，护士大度地原谅了我，帮我调整吊瓶的速度，还特关心我，"我得问问医生，吃减肥药除了能吃出心肌炎，是不是还能吃出缺心眼来。"护士临走时嘱咐，让我别吃不正规的减肥药了，上个月还有人吃死了呢。

死了也挺好，起码不用减肥了。然而减肥药药力仍在，我的括约肌又在欢畅。

我推着吊瓶支架到病房里的卫生间，嘿，厕所没手纸。我捂着屁股出门找纸，走过走廊，却撞见郝泽宇跟老牛在说话。

郝泽宇一副气急败坏的样子，"……我是个正常男人，我没有特殊的性癖好，我不是专爱胖子！我也喜欢瘦的漂亮的！可她是福子，她胖，我没关系。我都不在意，她在意什么胖瘦……"

本来我对郝泽宇还有点抱歉，让他担心了。可听他这么说，我屎意全无。别废话了！你看，你还是喜欢瘦的漂亮的！那你喜欢我什么？爱我的灵魂吗？可我的灵魂很丑啊，我都不喜欢自己的灵魂，我都不喜欢我这个人！我要有钱，我宁可你贪我钱，我要长得美，我宁可你贪我貌。可我啥都没有，所以你就只能爱我的灵魂了？

那一刻我觉得书上写的都是假的，爱一个人就爱他的灵魂？那是没什么值得爱的，只能去爱灵魂了。爱灵魂这事太不靠谱了。我还真宁可他专门喜欢胖子，而不是现在这样，他因为我，放弃了他的审美和喜好。

福子你真傻，童话故事里，青蛙王子都得被亲一下，变成大帅哥后，才能跟公主在一起。何况现实呢，一个人见人爱的王子，非得跟一头猪在一起？因为他爱这头猪的灵魂？想到这儿我笑了，我都多久不用猪来形容自己了？生平第一次，我这么恨自己的身体，我憎恨自己是个胖子。我恨自己恬不知耻，被人骂胖，还能笑着活下去。我恨自己，把自己的丑陋当成大家的笑料。我甚至想恨这个时代，这个物资过剩，瘦就是健康、高级、时髦、美的破时代。我还有点恨郝泽宇，干嘛要招惹我，让我甜蜜过后懂得这么多，我宁可不懂，继续是头猪。可是无论是郝泽宇还是这个时代，我都恨不起来。我恨自己，我恨我爱你。这句情抒得我想吐，我推着支架回到病房躺下，一不小心又睡着了。

睡醒一觉，我的心情由愤怒转为万念俱灰，睁开眼，郝泽宇伸脖子瞻仰我遗体呢？

"能不能不减肥了？能不能好好的别折腾！好不容易过几天好日子，我看你就是烧的！"

我忽然好伤心，真心不想活了，"我就是这样，我就是烧包，我就是这么蹬鼻子上脸的姑娘，我就乐意花钱折腾自己。减肥药呐！一天不吃我难受！"右手滴液让我行为不便，我左手拿过包里的减肥药，哐哐地往嘴里倒。

"你气谁呢？"郝泽宇怒道。

老牛扑上来要夺我手里的药瓶，我身体一转，老牛扑倒了吊瓶支架，我右手的针"嗖"地一下拔了出来。

郝泽宇气得半死，他夺过减肥药，往自己嘴里倒了剩下的半瓶。

"你俩都不要命啦！"老牛尖叫！

我和他怒视对方，干嚼减肥药，嘴巴都鼓鼓的，像两只争斗的深海鱼。

彭松不知道什么时候拎着外卖进来的，"饭没送来，你们倒先吃上了。"他伸脚猛踢郝泽宇一脚，郝泽宇闪了个趔趄，嘴里的药吐出来了。

老牛赶快扶郝泽宇，瞪一眼彭松，"你有病吧！"

彭松不理他，把外卖往地下一丢，毫无预警地给了我两巴掌，我脸一歪，嘴里的药也吐了出来。

"小松子你竟然打我！"

彭松破口大骂，"打的就是你！你跟谁玩横的呢！知道你什么状况吗？心肌炎！你心脏有一块肌肉永远坏死了，治不好了！以后你都没法剧烈运动，一不小心你都可能死过去！为了掉几斤膘你连命都不要了？知道我有多担心吗？知道小宇有多担心吗？你还记得你有爸妈吗！你还真想撒手人寰让我养咱爸妈啊！"

我不说话了。

彭松又瞪郝泽宇，"你跟着犯什么浑啊？我姐有错是她脑袋不好使，你也跟着脑袋不好使了？她吃药这个事儿，全天下都知道，就你今天才知道？有你这么做男朋友的吗？还跟她一起吃药，吃了药你就有理了？"

郝泽宇浮上一脸歉疚。

老牛帮郝泽宇说话："哎哟，刚才他担心得都快哭了。"

彭松脸色好点，"你要真内疚，以后就好好对我姐，实在不行你就拴根绳把她拴你身边，她减肥到底为了谁呀？反正不是为了我和牛姑姑。"

他叹了口气："你俩在一块，多不容易啊，当初我说艺人和路人谈恋爱没好下场，你们是怎么蹦着高、拍着胸脯跟我保证你俩是情比金坚是真爱的？真爱就要有个真爱的样子，有事儿说事儿，不行就打一架，但不准一起犯浑，知道了吗？"

我和郝泽宇都没说话。

老牛笑了，"哎呀，行了行了，话说开了就好，咱们吃饭吧。"

彭松把外卖摆满桌，老牛满屋子找插座给手机充电，手机开机了，无数个电话打进来，老牛开始还以为是愚人节，后来却直接郁闷了。

"我吸毒被抓起来了？电视上还在播新闻？"他放下电话，打开病房里的电视。

深夜新闻，标题特震撼：朝阳群众又立功了！艺人郝泽宇经纪人吸毒被抓。

老牛惊叫："我不好好的在这儿吗！"

新闻里，是一民居内，丹姐羞愧地低着头，感觉摄像快要把机器怼她脸上了。电视台跟拍演艺圈人士吸毒被抓，是新时代的游街方式。

郝泽宇坐在电视前，眉头松开又皱上。

新闻里，警察问丹姐："晚上跟谁在一块？"

"跟朋友……"

警察声音提高，跟训孙子似的，"现在你还支支吾吾的！到底跟谁？"

"郝泽宇……"

"明星啊？"

她头低得更深了。

"他没跟你一起吸毒？"

她连忙摆手，"没有没有！就我一个人！"

"那你干吗见完他就吸毒了？"

"我难受……"

郝泽宇崩溃了，"我怎么你了？你有什么脸难受！"

彭松问："你跟她聊什么了？把她刺激成那样？"

"我能跟她聊什么！我谢谢她啊！谢谢她把我卖了！我还拿了十万元现金给她呢，结果她跟我装，说她不要！我说你跟我装什么装？你不就是没钱才找我吗！她还说不是，就是想看看我过得好不好，呸！都是谎话！我要是混得吃不上饭了，她能想起我？别装了！"

没想到，在Rose姐跟老牛斗法时，隔壁包间那么惨烈。

"……从知道你钱被骗光了，我就特开心，活该！恶有恶报！这还算轻的，我现在恨不得你出门被车撞死！放弃我的人都该死……"说到最后，郝泽宇有点失态了。

"……姐，丹姐，我唯一的亲人呐，我谢谢你当初把我带到这最脏的地方，要不是你，我现在还开开心心的，跟别人一样找工作结婚生孩子，我奶奶也不会死，我也不会像现在这样……"

彭松和老牛劝不住，我从床上跳了下来，给他一巴掌。

"醒了吗？"

他脸歪到一边，动也不动，面无表情，泪水却无声地滑下来。

老牛和彭松都愣了。

我处理郝泽宇情绪崩溃的经验太多了，我见怪不怪，他哭出来就好了。

他忽然抱住我，大声哭了起来。

我摸着他的头，像是无数个夜里，他从梦里哭醒，那样抚慰着他一般。我懂，每一次他哭，我都懂。

我喃喃道："她变成这样，是她咎由自取，跟你没关系。你不跟她说这些，她今天不吸毒，明儿也吸，天网恢恢疏而不漏……"

突然，我身后一阵波涛汹涌，我想把郝泽宇推开，但他抱得更紧了。这让我气息大乱，括约肌失控。

"小松子，能换你抱他哭吗？"

"怎么了？"

老牛吸吸鼻子，"什么味啊？这么臭。"

听到"臭"字，我终于忍不住了，"噼里啪啦"地放起了屁……我羞愧得大哭起来。我竟然做出这样的事情，我还是跟郝泽宇分手算了！

〔二〕🏃

我和郝泽宇和好如初。不是刚谈恋爱的那个"初"，而是刚认识的那个"初"。有点相敬如宾的意思。也不是不好，我俩少了很多犯浑的机会，跟要争夺模范情侣似的。

这样不好吗？挺好的，就是心中有种焦灼的空。

我安慰自己：我们大人的恋爱就应该这样，也不能每天都在烟火下亲吻告白呀。

先这么着吧。

我的减肥事业告一段落，邪路走不下去了，以后我宁可胖得精致，也绝不瘦得雷同。

我开始研究微整形。

在人家这么忙的时刻，老天爷却依然要找事儿。

那晚，我的连环响屁，都没让吸毒那件事画上句号。

"经纪人一吸毒，他立马跟人家撇清关系，真薄情。"

"经纪人吸毒，他怎么可能不吸？"

"说不定是他把经纪人带坏的呢！"

"我表哥的邻居的老公的儿子是警察，他说郝泽宇也在那屋子，跳窗逃走了！没被抓到。"

"不是这么回事，我二叔的小三的外甥女是电视台的，她说他当晚也被抓起来了，他后台硬，被保出来，消息还压住了。"

"抵制吸毒艺人！郝泽宇滚出娱乐圈！"

事件发酵到啼笑皆非的程度，网上很快有段子说，郝泽宇后台硬到可以控制今天的日出。各种骂声一片，真相到底是什么，没人关心。

这时候要开始做公关了。律师事务所扔来一纸专业的声明，老牛忙得焦头烂额，让我帮忙看，我一目十行扫完，立即打电话给事务所，"你们要是连个声明都写不好，我们还是找其他家合作吧。"

"怎么了发这么大的脾气？"老牛纳闷。

"你甭管了，出去忙你的，声明这事儿交给我了！"

对方老总如临大敌，带着几个律师赶过来，会议室挤得满满当当。

我把声明投影到屏幕，一个字一个字分析，一个字一个字地骂。"我们每年交那么多服务费，不是让你们写'对于网络流传的一切不实信息，我方将保留法律诉讼的权益'的，拜托，我们不是要告那些造谣的，我们是要让那些将信将疑的吃瓜群众们信我们，明白吗？"

"那您说怎么办？"

我一条一条地分析。

"首先，得让人家相信，我们不是薄情。吸毒的丹姐抛弃他在先，而不是他红了把丹姐踹走的。你们找我们牛总要经纪合同，作为声明的证据发出来。

"解决完这个，还得撇清关系，丹姐早不带他了。把丹姐的出境记录和回国时间都确定清楚，强调她回国后只签了一个小艺人的事情。郝泽宇没见过她，更没机会跟她一起吸毒。

"不对，她吸毒那天，好像跟郝泽宇吃饭来着……这好办！那天一起吃饭的，还有我和老牛，后来我犯心肌炎，郝泽宇和老牛把我送和睦家了，郝泽宇有不在场证明。不过空口无凭，你们赶快把饭店和医院的监控录像给调出来，那就是证据。

"另外你们也别只保留法律诉讼了，开始搜集证据，先抓几个造谣典型，谁出名告谁——律师函写的吓人点，现在吃瓜群众的智商都低，一听说谁发律师函，就觉得谁有理似的。"

我事无巨细地要求他们，对方说他们回去后马上弄。

我手一挥，"也别回去弄了，声明现在就写，证明材料你们打电话操作吧，一小时后跟我说你们弄得怎么样。"我看了看表，该中午吃饭了，我叫助理，"现在订外卖，什么贵订什么！千万别饿着咱们的大律师。"

出会议室，我又叮嘱助理好好看着，上厕所也别让他们出这个门。

小孩们问我中午吃什么，又吃草吗？

我大概教训律师们教训得很爽，我说吃个屁，你们都快没饭吃了！

"谁管新媒体来着？"

一小孩举手。

"现在就找几个合适的微信公众号，给钱联系几个老牛的专访，不停地push'郝泽宇的经纪人是老牛'这个信息点，今天这事儿就坏在老牛的知名度不高，要不然那瘾君子怎么可能还占着郝泽宇经纪人的旗号！"

又一小孩举手，"我认识几个商业杂志记者，塞钱就能写赞美的那种商业报道。"

"给你加只鸡腿，现在就问价钱！花式吹嘘老牛多牛，多会营销艺人，他是怎么把郝泽宇弄红的！"

快递到了，是老牛让郝泽宇做的血液检查报告，一小孩说这下能证明小宇哥的清白了吧。

我瞪他，"谁能明白阴性阳性啊，找几个知乎或者果壳的医学大V，让他们写几篇怎么鉴定人吸毒的科普文章，结合郝泽宇这个事件写，稿费按照一个字十元那么给！"

我又问："谁管郝泽宇的粉丝会来着？"

"我！"

"马上跟那些粉丝高层开会，让郝泽宇的粉丝都消停点，我在网上看他们吵架都晕了，他们有那工夫，多转发咱们的澄清声明，多在各大论坛上做澄清帖，别老觉得是对家粉丝黑咱们……"

说到这儿，我心头突然一亮。

老牛的电话打过来，"哟，福子姐，好大的官威呀！"

我膝盖习惯性地一弯，"奴婢都是揣测着牛总的心意办事的……"

"滚滚滚，跟你开几句玩笑，你又跪了，烦不烦！你做得对，你要是躲在办公室哭，我才要揍你呢。"老牛又跟我开玩笑，"福子姐，您还有什么指示？"

"我在想，这事儿无风不起浪，郝泽宇又红得让人眼红，肯定有人推波助澜，你看你能不能打听一下，咱不能光防守，得反击呀！"

电话那头，老牛愣了几秒，明白过来，"对啊！怪不得我总觉得不对劲呢！"

他以骂代赞，"你笨了一辈子，有了稳定的性生活，脑袋都变聪明了！"

挂了电话，我也有点纳闷，我这是怎么了？嗯，明白了，我是真的爱郝泽宇。只能我说郝泽宇不好，谁敢说郝泽宇半点不是，我可以跟全世界拼命。

这时，办公室一小孩跟另外一小孩说话，"哎哟，好在咱家巨星不吸毒……"

我心里咯噔一下。其实我一直有个疑问。在我跟郝泽宇没好之前，他一直背着我偷偷服用什么东西，那东西就装在他最喜欢的那个手袋里，跟我好了之后，手袋就不见了……

办公室忙得热火朝天，我倒像个闲人，发了一会儿呆。

新声明写好了，我挑不出什么错来，但还是故意冷着眼看了两分钟，办公桌前的律师们大气都不敢出一个。

我清了清嗓子，"很好，这不很快吗？上一个声明，一百多个字你们拖了一天半，我还以为您家案子太多，看不起我们家这点小活儿呢。"

对方诚惶诚恐，说剩下的工作三天之内肯定都弄完。我摇了摇头，"三天？三天之后郝泽宇吸毒这谣言就板上钉钉了，就给你们一天！"

律师们退去，彭松撞见这一切，他评价，"你刚才就是一只狗。"

"是，我是。"

"猪怎么变成狗的？我挺好奇。"

我揍了他一顿。

彭松拿出来一包东西，说落他车里好几天了。

我连忙拆开。

他好奇地凑过来，"什么呀？"

"Rose姐送我的。"

"哟，肉姐？知名贱人啊，又会咬人又会抢资源，你怎么跟她搭上线的？"

我边拆礼物，边跟他绘声绘色地讲Rose姐跟老牛的鸿门宴。

彭松半天不接话，突然冒出一句，"你想过没有，有一天郝泽宇找别人做经纪人？"

我赶快把门关上，作势要打他，"疯了吧你，在老牛的地儿说这个，想都不能想！"

"也该到想的时候了，郝泽宇现在是块香排骨，不是Rose这贱人，也是别的贱人抢。老牛能力也就这样了，他现在带郝泽宇多费劲啊，费劲到都显出你的能了！"

"嘿！你这孩子，心眼怎么这么坏呢！郝泽宇跟老牛分了，对你有什么好处？"

"没好处啊！可人能跟谁一辈子？"他看我神色不对，又补充一句，"我没说你呀，我说的是合作关系，跟你和他的恋爱关系不是一回事，你别瞎想。"

我叹气，"没多想，其实……说实话吧，我也觉得老牛现在的确……哎……可我不敢往深了想，我总觉得，老牛跟郝泽宇，和我跟郝泽宇，总是息息相关的……"

我漫不经心地把包装拆完，一打开，竟是一本小说的影视改编权合同，受益人还写着我！我目瞪口呆。

彭松脑袋凑过来，"哟，黄了的那个大导的电影，是这小说改编的吧？"

"她送我这个干吗？"

"谁说送你的？送郝泽宇的，这合同送你干吗？用来吃啊！"

彭松眼珠子转了转，"丫想说两个意思，第一，我知道你和郝泽宇好了。第二，郝泽宇跟着牛姑姑，男二都演不了，跟着我，我能让你演男一"。

老牛的电话打来，我一听，脸色一沉。我看着彭松说："老牛查到是谁花钱黑郝泽宇了。"

"谁有钱烧成这样？"

"Rose姐！"

彭松愣了一会儿，"这是势在必得啊，得不到你，我就毁了你。"他突然笑了，"她这么精，怎么可能让老牛这么快查到她，除非她是故意的。"

他把合同拿到手里，掂了掂分量，"她还有个意思：合同虽然给你了，但这电影的男一，郝泽宇能不能演，还得看我。"

他把电话往我前面推了推，"咱们现在要问问这贱人，到底安的什么心！"

〔三〕

Rose姐在电话里说饭就不吃了，直接来她公司玩吧。临了，她又笑说，"我公司可好玩了，你来了，可别舍不得走。"

哼，我不会让你得逞的！

彭松给我做了头发，还给我化了女明星必备的"你以为我是素颜其实我化了仨小时"的高级绿茶妹妆。战靴呢，我不顾小松子反对，执意要穿10厘米的细跟高跟鞋。

"你不怕崴脚啊？至于这么露怯吗！"

"至于！"我蹦起来，"她要说了我不爱听的，我就拿起鞋跟往她头上凿，哎哟……"我把脚崴了。

我身残志坚地走进Rose姐的经纪公司——妈呀，触目惊心！地段绝佳也就算了，办公室豪华程度大概比我前东家《时尚风潮》豪个1.5倍。在里面干活的人，男的长得像女的，女的长得比明星都好看，连保洁都比我瘦。往来无白丁，好几个只在电视上见过的娱乐大佬及一线明星，走了又来的。最关键的，大家都各司其职，不像我们牛美丽的那帮小孩天天上淘宝看电视剧。

会议室是透明玻璃墙，Rose姐看着我来了，特意出来一趟，让我先待会儿，"姐先手刃几个人哈。"

我继续玩找茬游戏，发现他们的马桶可以自动洗屁股，洗手台上的洗手液都是Aesop的，护手霜都是欧舒丹的！我泄愤似的把护手霜挤了半管，抹了脖子又抹了胳膊大腿，浑身香喷喷。突然想到我们牛美丽公司的厕所，为了节约运营成本，洗手液连舒肤佳都买不起，是老牛从网上买的三无产品，装进Aesop瓶子里，小孩们都说一股洗洁精味道。

见到Rose姐时，她夸我："这鞋真漂亮……"

我假笑刚堆起来，左脚却绊右脚，又摔了个狗吃屎，鞋跟还断了。

Rose姐大呼小叫的，叫秘书弄来药箱及按摩师傅！她们公司竟然高级到常备按摩师？！

果然，你们公司真"好玩"！我说为啥平白无故地让我来你公司呢！吓我呢！我的生气转化成委屈。我浑劲儿起来了，完全忘了提前预习的一万种剧本演法，直接把合同扔给她。

　　"姐，人家都说你是圈里最牛的经纪人，您这么厉害，为难我干什么呀？就算您知道我和郝泽宇的关系了，您还得想想我和老牛的关系吧，干吗让我蹚这浑水呀？我就一地铁卖票出身，干了三年助理编辑都转不了正最后被人端走的胡同丫头，我懂什么呀？就算您祖上都智商低下，八辈儿的心眼都长您身上了，您想演对手戏，展现您大经纪人的作风，那您别找我这种缺心眼的对手啊！这要不是有人提点我，我都不知道您送这合同什么意思！好嘛！弯弯绕绕整了一出《甄嬛传》来，不就是想挖郝泽宇吗？他有什么好啊？您得了他还能成甄嬛呐？哎，对，成甄嬛有什么好啊，就一顶级克夫命，皇帝和果郡王都被她克死了，温太医还成了太监……"

　　她听了大笑，把我按沙发上，"行了你别说了，再说下去，我这没看过《甄嬛传》的，都知道剧情了。"这笑面虎把合同扔办公桌上，"这份礼物看来你不喜欢，也是，这是送郝泽宇的，那我再送你一份……"

　　"您可甭送了！这几天您找人黑郝泽宇，我们都去医院验毒自证清白了！这份儿大礼，把我们好几个代言都搞掉了，您还送！求您留着自己享用吧！"

　　Rose姐笑得更开了，"你们那几个low代言没就没了，郝泽宇的定位，不应该接这种东西，这份礼物你肯定喜欢。"

　　她从抽屉里拿出一个信封。

　　我打开一看，愣了。是一沓我和郝泽宇在他家的照片，从窗外拍的，我和郝泽宇抱着正啃呢。

　　她说："下回记得拉窗帘……"

　　"……这是谁拍的？"

　　"狗仔啊，跟了你们半年了，这回我能压下，下回……"

　　我大概受惊过度，仰天大笑，"……我要给他送锦旗，把我拍得太瘦了！"

　　Rose姐愣了，继而哈哈大笑。

　　我反而不笑了，严肃地看着她。

　　她笑岔气了，捂着肚子，"哎哟，原来郝泽宇喜欢犯浑的呀。"

　　我突然变得特别冷静，"您这是志在必得，一定要把郝泽宇抢过去。"

　　她还在笑，揩了揩眼泪，"别用抢这个词儿，急赤白脸的。我从来不抢人，就是把条件摆在这儿，让他自己选，最多是个弃暗投明。"

"您真会夸自己，您是明？您这脸色儿黑黢黢的，跟白胖的老牛摆在一起……哎哟，您哪儿明啊？"

北京姑娘哪儿都好，就是劲儿一上来，不好好说话，一水儿的反问句，您要是真顺着搭碴儿，最后憋屈的只能是您自个儿。

Rose姐作为资深北京老姑娘，不理我，她直接说："你们现在的问题，就是艺人发展和团队配置不匹配，他红了，你们跟着吃肉，他不红，你们陪着一块喝粥。好多事儿还得郝泽宇自己解决，这叫带艺人？牛姑姑这就是个保姆。"

我倒是没气，"对啊，就是个保姆啊！可这个保姆为了给他借衣服，扒人家品牌方的车门把腿撞断了，有人上来泼尿，老牛第一个挡在前面，您能吗？我不能保证别的，这要是冒出来一个子弹，我都不用动，老牛肯定冲上去当人肉盾牌。换成是您，您肯定站在一边心说死了就死了我再挖个更红的。"

她笑了，"干吗让我挡子弹啊，我雇着一堆保镖呢，下面还有一堆执行经纪大小助理围着呢……"

"哟，真财大气粗，是不是郝泽宇跟了您，他性生活质量也能得到保证吧？一三五天上人间头牌二四六失足妇女再就业之星……"

她打断我，"他要好这口，我也能满足。"她看看我，"满意了吗？福小姐？耍半天了，还没够啊？"

我笑了，"对啊，我就是个胡同大妞，上不得台面，跟我没什么可聊了吧，您还是跟老牛聊吧。"

"他有什么资格跟我聊，他手里除了你，还有什么牌吗？"

我站起来了，"说我可以，别说老牛！你以为全天下的人跟你一样，都是利益关系？老牛不是！没有他，我就回一号线卖地铁票了！郝泽宇就改行了！现在郝泽宇红了，你们全跟红了？郝泽宇三个月一分钱不赚，老牛把房子卖了养着我俩的时候，你们在哪儿呢？现在全世界都说老牛配不上郝泽宇，谁给你们的资格！"

我眼泪下来了，我知道这个时候我不能软弱，可我真忍不住。我终于知道我为什么生气了。我不生Rose姐的气，人家没做错什么。我替老牛委屈。秋天来了，地里的麦子熟了，老牛手里扛着镰刀，他要收获啦。然而一群人开着先进的收割机器围着麦田，然后嘲笑他手里的镰刀，配不上这块麦田。我从未这么委屈过。

"……我们仨去东北跑商演，唱完了人家不给钱，让郝泽宇陪酒，郝泽宇都喝吐了，结果他们还让郝泽宇陪那女老板睡。老牛先让我俩跑，他善后，结果我俩到机场了，老牛还没来。他只发信息，让我俩先回北京，我俩心说要死一起死，报了警，等我们陪警察一起去的时候，发现老牛跪在他们面前，一边扇着自己的脸，一边唱《祝你平安》。我第一次发现《祝你平安》是这么难过的歌，他脸上全是血，脸肿着，还笑着唱'你的心情，现在好吗'，那群混蛋还笑……"我捂着脸，说不下去了。

Rose姐还怕我不够丢人，她用音箱放了《祝你平安》，递过来纸巾。

我想骂她，可我顺着这音乐，大哭了起来。我没资格替老牛委屈。因为我正在跟收割机器的主人，谈他们要怎么收割这块良田，老牛还在毫无所知地磨镰刀呢……

《祝你平安》不知道循环了多少遍，我哭够了，点了一根烟发呆。

Rose姐把《祝你平安》停住了，她看了看窗外。"郝泽宇在我面前，也这么哭过一回。什么时候来着？哦，是选秀比赛那年，他刚红，跟电视台闹解约呢，我想签他，就顺手帮他解决了。结果他跟我说，他已经签给丹姐了，就那前几天吸毒的那位。我一听就笑了，这小孩真是什么事儿都不懂，丹儿就是一个编导，能干吗？我说签了也没事，我一样能搞定。他说不行，我那时候还年轻，还懂得发脾气，我说弟弟，你玩我没问题，但你知道玩我的代价是什么吗？他说知道，他也知道如果跟了我，前途更明朗，但他说如果跟我，只是经纪人和艺人的关系，但丹姐会把他当成家人。我问他，你怎么知道她把你当家人了？他说他还什么都不是的时候，丹姐给他买了一件羊毛衫，他说除了奶奶，没人对他这么好过，说着说着还哭了，就跟你刚才一样，鬼哭狼嚎的。"她脸上露出不可思议的表情，"一件羊毛衫？我可帮他解决了经纪官司呢！我出了这么大力，还抵不过一件羊毛衫？这可太让我失望了，好的艺人得六亲不认，他这么心软拎不清。算了，这孩子我也不要了。"

她突然骂我，"你这丫头片子，懂不懂礼貌呀！就知道自己抽！我这眼巴巴地看半天了！"

我连忙把烟扔过去。她吸了一口，长长地吐出来，"本来我都戒烟七天了。"

我笑了，却一句话都讲不出来。

她接着说："人吧，就是贱，要是得了郝泽宇，这事儿就结了。就是没得到，我心里还一直惦记着这孩子，一直默默关注着。果然，丹儿的能力就那样，郝泽宇红了一阵，很快不红了，我还心说这孩子要是聪明，回头找我啊，我还想着怎么拒绝他呢。嘿，这小子太重感情了，丹儿都不怎么管她，他还对着丹儿不离不弃呢。"她看着我，"丹儿后来找过我，说这孩子再在她手里，人就完了，她也得完，想让我接手，我当然不会要。丹儿也是个要面子的女人，结果她给我跪下了，太吓人了。丹儿跟我说，她真受不了了，郝泽宇说把她当成家人，还真是当成一辈子的家人，她怎么逼，他都不走。丹儿觉得家人这担子太重了，她受不了郝泽宇看她的眼神，她没法解约，她不做了行不行？移民行不行？我可没心软，我说你不愿担的担子可别扔给我，这孩子还没戒奶呢，可别把我当成妈，艺人是要给我赚钱的。丹儿没办法，把经纪约扔给了老牛，逃一样的移民了。"

我终于说话了，"您跟我编故事呢？"

"那你就当故事听吧。后来丹儿吸毒被抓那晚上，我觉得特难受，我和丹儿同岁，都这么大岁数了，被人拿镜头这么劈头盖脸地怼着，太没尊严了。我有点后悔，当初要把郝泽宇签了，丹儿也不至于成今天这样。得，这事儿，头我既然参与了，尾我也得结，这孩子还是归我吧。"

她头转向我，"怎么样，我这样说，你满意了吗？"

我没说话，瞪着她。

她脸色一变，"全世界就你有故事呀？我随便捡点边角料，全是故事！你爱听故事，我就给你讲，还跟我比惨，比不容易？比得过我吗？牛姑姑是挨过揍，卖掉房子养你们，那是他想成事儿！他天天拿着这点破感情拽着你们，你信了不要紧，还把你自己感动了？行啊，这么会念着他的好，你还不是背着他找我！因为我能提供利益，我能让你男朋友过得更好！在我面前装情深义重？甭逗了，谁跟谁不是利益？"

我愣了有一分钟，开口，"那咱们就谈谈利益吧，郝泽宇吸毒这事儿，您想怎么结？"

"既然丹儿进去了，也让她发挥一下余热吧，把这事儿最大化。甭以为我会害郝泽宇，我志在必得，我干吗要害自己的艺人？我这是帮他，你现在去三线城市，他们都知道有个疑似吸毒的艺人叫郝泽宇。以前，最多是年轻人知道他是演网剧红了的小明星。"

"您胆儿真大。"

"我还得夸夸你，你把我要做的事儿，提前做了，你的确是个宣传的好苗子。但造谣比澄清热闹，吸毒这么大的事儿，必须得用更大的热闹给盖过去。"她拿起合同，翻了翻，"我准备让这戏的女一，我旗下的一姐，跟他一块儿组CP炒绯闻。"

我都听笑了，"还真是，解决了吸毒这事儿，又炒了这戏的热度，又通过绯闻让郝泽宇更有知名度，一箭三雕，棒。"

我心里突然跟明镜似的，总觉得哪儿不对。我沉吟，"一姐这么大的腕儿，您都贡献出来捧郝泽宇，您还真看得起他，这条件好到我都心动了……"我抬头，"您费了这么大劲儿，让我过来，不只是为了传话吧？"

　　"当然不是！"她微笑，又像是平时认识的那个体贴的、没架子的大经纪人，"我要你跟郝泽宇分手。"

　　我觉得我什么都听不见了，只看见她的嘴在动。

　　她继续说："你是他红的路上最大的障碍。艺人卖的就是一个人设，人设要是塌了，他也甭干这一行了。上升期的艺人只能跟比他们更红的艺人传绯闻谈恋爱，如果他跟一个普通人谈恋爱，那他也变成一个普通人。你想想，'我的偶像爱胖姑娘？'这比他喜欢男人还可怕，这太不性感了！不性感的偶像，留着干吗？"

　　我笑了，"我要是不答应呢？"

　　"现实已经摆在这儿了，我可以让他变得更好，也可以让他变得更坏。"她停了停，也笑，"何况福子，你不会不答应，你这么事事以他为重。"

　　我以为我会愣很久，但我马上回答了，"行，我答应你跟他分手。"

　　她看着我，又笑了，"谢谢你这么懂事儿。"

　　"但是我也有个条件，郝泽宇跟老牛还有三个月的经纪约，这三个月我会慢慢跟他分手，你不许碰老牛。"是，我不说您了，我说你了。既然是谈条件，也不用您来您去了。

　　她马上答应，"谁为难姑姑啊……"

　　我把话接过去，"是，他不配。谢谢你啊Rose姐，还专门跟我说一声，以你的道行，想让我俩分手，太容易了。"

　　她笑笑不说话，送我去坐电梯。

　　电梯来了，她突然说一句，"福子，别怨我啊，这是我帮你想到的，最好的结局了。"

　　我不明白，但我也不想明白了，电梯门关了。

　　此时出片名：《九十天后说分手》。

　　这电影名字起得真好。这么胡思乱想，然而我没有笑。这日子真不好笑。

〔四〕

　　我去楼下咖啡厅找彭松，他在打电话，一脸甜蜜，看到我，赶快挂了。

　　"谈崩了？"

　　"不，特别好。"

　　"那你抖什么？"

　　"饿的。"

　　彭松站起来扶住我，"你怎么了？"

　　我一把抱住他，抱得我真难受，世界上最靠谱的竟然是性取向不明的我弟。

　　"嘿，这要被人看见，人家会想，这男的长这么帅，女朋友怎么又老又丑又胖……"他顺手捏捏我腰上的肥肉，跟安慰似的，捏得我心情平静下来。

　　"到底怎么了？"

　　"智商透支，在你身上吸收点心眼。"

　　我坐下来，把一切都讲给他听——当然没提分手这事儿。

　　彭松对杯子咬了半天吸管，冒出一句，"我忽然发现，演艺圈是个特单纯的地儿。"小松子抽风了？

　　"好多人以为咱们这圈子乱，可是有外边乱吗？随便一个十人的小公司，就斗得你死我活的，也不知道图什么。可咱们这个圈子，太知道为了什么斗了！为了机会、为了资源、为了赚钱，一切的坑蒙拐骗都摆在明面上，连使坏都坦荡荡。好多人说你们圈子里好多乱搞、潜规则，其实我们才不乱搞，我们是特明白地搞，导演睡女演员，那也是你爱我美貌我爱你才华，你情我愿。可外边呢？公司男上司骚扰女下属，女下属要是拒绝，那只能卷铺盖滚蛋，还没地儿说理去……"

　　"好好的说这个干吗？"

　　小松子趴在桌上，"你上去后，我特担心，你这么笨，我怕你受欺负。可后来又觉得，也还好是咱们这个圈子，一点阶级性都没有。她这么大一经纪人，还能亲自接待你，换成别的行业，得，估计是她助手的助手的助手跟你摊牌，那你更受侮辱，"他摸摸我的头，"可怜的，你辛苦了。"

　　我把他手打掉，"一天感动我一次就行了，感动我两次，要跟我告白呀？"

　　他不说话，撑着头看着我。

　　我想了想，"事到如今，要不要跟老牛摊牌？"

他一脸嫌弃，"怎么还这么笨呐。现在是两军对垒，姑姑正准备大战一场呢，结果你一抱拳说主公，人家实力太强了，咱还是投降吧。这是什么行为，劝降啊！姑姑还不大手一挥把你推出去斩了。"

"那怎么办？眼睁睁地看老牛做无用功？"

"要摊牌也不是你说，这是小宇跟老牛的事儿，你甭插手，你还是想想怎么跟小宇说吧。"

我脸皱起来，"还让我想？我现在除了想死，再也不想跟'想'字发生任何关系。"

我强拽着彭松去郝泽宇家。

路上，我静若死狗，瘫在副驾驶座，继续主演《九十天后说分手》这部电影。旁白这时候响起："如果这部电影有个编剧，福子很希望是村上春树写的，因为她觉得此刻的状态，很像是村上大叔笔下的男主角——包含着无尽的孤独，结局已经写好，既不失望，也不绝望地等待着九十天后的分手……"

小松子打断了这部电影的进行，他忽然问，"下回记得拉窗帘？"

"啊？"我反应过来，"她是这么说。"

小松子目视前方，"总觉得她还有什么坏心眼。"

我没接话，继续在脑袋里演电影。旁白又接上了："……福子很想说，小松子你这么聪明，应该能和Rose姐能成为好朋友。但福子什么都没说，她继续独自承担着分手的秘密，有一种樱花般的凄美……"

这一切，我啰啰唆唆地说了半天，唯恐还落下点啥。

郝泽宇倒是出奇地冷静，点点头，"可以谈。"

我和小松子互看一眼，都没想到他如此镇定。

小松子问："你不怕将来你不顺着她意，她再黑你？"

"这说明人家有实力，我们彼此利用嘛，"他怕小松子多心，"反正我跟她就是合作关系，跟你和老牛是不一样的。"

小松子笑笑。

郝泽宇沉默地抽了一根烟，"先见她，然后咱们再找老牛，"他看看我俩，"什么都可以谈，但是咱们四个必须要在一块儿。"

我像树袋熊一样趴在他背后。

彭松要走，问要不要顺道送我回去。

我摇摇头，说今天就在这儿住下了——九十天已经开始倒计时了。

彭松起身，郝泽宇站起送客——背上还有只胖树袋熊趴着。

彭松笑了，"我还在呢！"

胖树袋熊问小松子去哪儿。

"有约。"

"约？约炮吧？"

"多好啊，今晚咱姐弟俩都有性生活。"

彭松走后，我还挂在郝泽宇身上，门口有一穿衣镜，他照一下自己，和背后的胖树袋熊，"你不嫌丢人啊？"

本来应该嗔怒："你才丢人呢！"或是生气："哦！现在嫌我丢人啦？"但我送出嘴的，是："过不了多久你就不丢人了……"

镜子里，郝泽宇眉头一皱，"你不会背着我又偷偷减肥了吧？"他背起我，掂了掂，"感觉轻了很多。"

我听到并没有高兴，只是忧愁地把脸夹在他肩膀上，看着镜中的俩人。

"多般配啊。"我说。

他掐掐我的脸，也看了镜子半天。

"你……"这个你说了半天，他把树袋熊扔回沙发。

"你想说什么？不准说没什么。"

他揉着膝盖，"本来我想说，下回有什么事情，第一个要告诉我，别老一人担着。可很快我觉得，现在说这话多没用，总是你担完了我才知道。"

我笑了。

"你都累瘦了，"他揉着腿，"我这腿跟天气预报似的，一到要下雨就疼。"他看了看窗外，"山雨欲来风满楼，接下来这几个月，会挺累的，咱俩要好好的……"

"我给你拿药去吧，"在眼泪要流下来前，我及时地站起来，走进卧室，问客厅外的他，"药箱在哪儿？"

"床头柜下面，要不然在衣柜里？"

药箱在衣柜里，我拿出药箱时，掉出个手袋。这不是那个消失了很久的手袋吗？我突然想笑，万一里面真是毒品，Rose姐可就得不偿失了。我蹲在地上，看着手袋，也不敢碰。

他进来了，"笨不笨啊，还没找到？"他看到那手袋，一把夺过扔到一边。

我心一沉，"什么时候开始的？"

他叹口气，"认识你之后吧。"

"认识我，就开始吃这个了？"

"我想变好一点……"

我闭上眼睛，心中暗流涌动，"戒了吧？"

他不好意思地点头："嗯。"

"这玩意得扔马桶里。"我打开袋子，愣了。不是毒品，是百忧解。

我傻乐起来，还好不是毒品，乐了一会儿，我突然心酸。百忧解？抑郁症病人吃的百忧解？

过去的一幕幕都翻过来。他摔椅子，他没事就上演《巨星的丧精节目》，他因为一条围巾找不到就崩溃……抑郁症啊……我怎么没想到呢，我怎么这么不关心他呢。

我压住情绪，努力平静，"什么时候开始的？"

他蒙了，"啊？你不是问过了吗？"

"你什么时候开始吃百忧解的？"

"爱上你的时候，我想变好点，能配得上你……"他忽然笑了，"我明白了，你以为我吸毒呢……"

我站起来，急了，"别打岔！医生现在怎么说，还需要吃吗？"

"不吃了，和你在一起之后，我就不需要吃了。"

嗨！今天简直了，我听到什么都想哭。哭吧福子，你今儿也不好过。我扑到他怀里扯脖子号，他的肩头蹭了我一脸鼻涕。

他摸着我的头，忽然柔声说了一句，"你就是我的药。"

台词特老套，我笑了一声，却哭得更厉害了。

窗外，大雨砸了下来。山雨欲来风满楼。

〔五〕

这天，老牛请我做SPA。

老牛教过我，胖子心里不舒坦的时候，多去做SPA。我那时真天真，还问说是身体舒坦了，心也舒坦了的意思？他却说咱们块头这么大，交一份钱，人家得用两倍的力气伺候咱们，占便宜多舒坦啊。我瘦了不少，皮有点松，给我按摩的人累得披头散发。

按完后，我跟老牛喝着柠檬水，老牛说："我失恋了。"

我皱眉头，"又分？"

"分了干净。"他苦笑，"艺人和经纪人的关系，也跟恋爱似的，我跟郝泽宇的这段恋爱，遇到第三者了……郝泽宇见Rose了。"老牛想套我话，"你不知道这事儿？"

我装傻，连忙摇头。但我何止是知道，那天是我陪着去的。

俩人开始还相谈甚欢，我插科打诨了一阵子，就有点跟不上他们的思路了。谈笑间，好多难以启齿的条件都被郝泽宇搞定了。我故意出去了一会儿，留给他们谈关键条件的空间。

我给彭松打电话汇报战况，"郝泽宇真是个谈判高手，以前还以为他长得好看，大家都愿意让着他呢。没想到，刚才他让Rose姐都有点招架不住了，太厉害了……"我有点感慨，"我跟他，心是越靠越近，可总感觉有点儿陌生了……"

小松子在电话里沉默了几秒，我连忙解释，"哎，姐又说傻话了。"

"挺傻的，不过我懂。"小松子难得跟我看法一致，我都愣了。

"咱们几个，最早认识他的是我，开始我就看好他，觉得这人不红谁红，得赶快感情投资啊。投资了这么多年，他果然红了。可现在的他，也让我有些摸不清了，我一开始觉得是他变了，但最近我想，也许他没变，只不过他太深藏不露，我们都把他想简单了。"说到这儿，彭松笑了，"你说傻话，我怎么也说傻话了，"他安慰我，"我是这么想的，甭管真实的他什么样，他心在你这儿，这是拿脚后跟都能看出来的。只要他爱你，他就是个杀人犯，那也要继续爱啊，别乱担心。"

我听了这话，又感动又心酸，甚至冒出了个想法：九十天后分手？不分又如何，Rose姐你跟我签合同了吗？

然而这种想法转瞬即逝，我敢不分手？Rose姐毒辣的手段，只会使在郝泽宇身上。他吃了这么多苦，他的幸福多来之不易，牺牲我又如何，我沉迷在这种自我牺牲的伟大之中，一下子把自己感动得热泪盈眶。

电话那头，小松子叫唤，"怎么哑巴了？"

我破涕为笑，"被我弟感动了，我突然发现，这辈子跟我最亲的，还是我家小松子。"

他语气突然严肃起来，"你不知道，我多想你能幸福，因为你又傻，又好……"

我笑，"小松子！不要逼我！你再煽情，我这就进屋跟郝泽宇分手，然后跟你乱伦……"

"别说了，我要吐了！"

心情好了很多，我安慰自己，不是要分手了吗？还能笑出来，分手好像也没那么可怕啊。

郝泽宇牵着我的手回去，当着Rose姐的面，我想把手缩回去，他却抓得紧紧的，"老牛和彭松，我希望跟我一起过去，具体地，让他们跟你谈。我最后跟你表个态，这么多年，发生了这么多事情，我变了很多，但有一点没变。我看中的感情……"他把我的手握得更紧，"我希望永远在我身边。"

我摩挲着虎口，仿佛那儿还带着他那时的温度。

大概我回忆的样子太呆了，老牛误会是我被震惊到了，他反而安慰我，说郝泽宇不是不跟我说这事儿，是怕我难做。

"你要知道这事儿，你说或者不说都是错。"

我难过，为他如今还替我考虑。

老牛继续展现他的英明神武，跟我描绘郝泽宇如何在Rose姐面前强调他的重要性，"郝泽宇说了，如果我不过去，他也不过去。"

我的难过更加一层，因为郝泽宇不会说出这种话。我有多难过呢，趁着老牛不注意，我把账结了。

老牛太不习惯我抢单了，他以为我还在生郝泽宇的气。

今儿谎话说的太多了，我嘴里有点腻，说了句真话，"以前我家小松子问我，什么是成功，我说，如果我发达到能报答老牛了，我就算成功了。可我现在觉得，也许我一辈子都不会成功了，因为我不管怎么发达，都抵不过你对我的好……"

我以为老牛会被我感动到哭，谁知道他一字呼一巴掌，"说！人！话！"三个巴掌过后，我刚刚打了玻尿酸的山根，好像被拍平了。

〔六〕

老牛为了打击Rose姐的气焰，放了好几次鸽子，估摸着她应该颓了，才终于确定见面。

这是倒计时的第八十四天。关于地点，我坚持约在牛美丽娱乐有限公司。

"自己地盘，底气也硬！"

老牛吸吸鼻子，"也好，咱们厕所返味厉害，熏熏她的嚣张。"

听说Rose姐是著名的夜猫子，老牛特意把时间约在了早晨九点，Rose姐倒是好脾气，但她指定要我一并参加，连累我打着哈欠来公司。

但一进公司我就醒了，老牛穿了一身红，戴满金饰，泰国佛像似的，十分凄厉。

我打趣道："今儿走的是辟邪的路线吗？"

老牛怀着双臂，目光忧愁地看着窗外，答非所问，"今天，是他的婚礼。"

我突然背不驼了，腰不弯了，浑身都有了劲儿，"我这就打电话，让公司的小孩们过去砸场子！"

老牛对我的忠肝义胆无动于衷（我也是跟他客气而已），他对窗理云妆，略微红楼腔，"可惜了这身好衣服……"

我皱眉头，失了恋的老牛，品位可真不怎样。

他继续惆怅，"本来，我要穿着这身，美美地参加他的婚礼，包个特大的红包，然后在他们交换戒指的时候，哭泣离去，留给他一个美丽的背影。后来想想算了，天要下雨，娘要嫁人，随他去……"老牛忽然变了腔调，做作一扫而光，"我去！还真下雨了！老天爷还真祝福他！"他大骂起来，"怎么不下刀子呢！"

一王熙凤似的声音传进来，"哎哟，姑姑你心够狠的，下刀子我可就躺半道上啦。"Rose姐一个人，穿得特简单，单枪匹马地来了，更显得老牛用力过猛。

老牛还要扯东扯西地聊八卦，Rose姐倒是自己把话题扯到了郝泽宇身上。

Rose姐说，电影快要拍了，郝泽宇跟她旗下一姐的CP，现在就该热身了，她都打点好了，宣传方案也做出来了，她问老牛意见。

老牛笑说那可轮不到他发表意见，他笑吟吟地看我。

我清了清嗓子，还没说话呢，Rose姐就先替我回答了，"生意归生意，福子肯定懂这点。"

懂？我可不懂！本来这话没什么，但我是真烦她这稳操胜券的样子。

她亲切地看着我，"是吧，福子？"

我突然怒了："我不同意！"

Rose姐没反应过来，一贯挂在脸上的笑容还僵着。

我看着她："我都说不同意了，那CP是不是就不用炒了？"

Rose姐被我吓到了。

我学着Rose姐一贯的那种笑，"不能吧？那还问我们什么意见呢？您什么事情都安排好了，过来顺嘴说一声，这不是商量，这是告知。现在我们除了说同意，还能说什么？"

Rose姐沉下脸来，"那福子你说怎么办？"

"不怎么办？就是提醒您一下，郝泽宇还没到您旗下呢，您就万事做主了。要是我们真过去了，以后还有我们说话的余地吗？没有！"

这些话，如果说出来了，该多爽呀。

可惜话到了嘴边，我的回答是："对的。"更丢人的是，我还顺手拿过Rose姐的杯子，"咖啡凉了，我给您换杯热的……"

老牛瞪我。

在茶水间我才反应过来，老牛往这杯咖啡里吐了好几口吐沫呢。哎，我又坏事了。冲了杯热的，递给Rose姐，看到她美美地喝了一大口，我面露微笑。

老牛觉得我很奴才，他忍不住说："你干脆去Rose那儿上班算了。"

真是不知我心，我刚才撒了不少烟灰进咖啡里呢，搅拌了好半天才看不出来！

哪想着Rose姐放下咖啡接过了这话，"哟，姑姑，咱俩想一起去了，不过光福子过去也不行啊，您也得过去啊。"

老牛冷哼一声，"什么意思，要收购我们呐？我们牛美丽估值四个亿呢，您出得起嘛？"

Rose姐皱眉头，"姑姑咱们这又不是玩大富翁，我公司还没到四个亿呢，您就先四个亿了？四亿什么呀？"

老牛摇头晃脑，"四亿精子啊，前天我体检，人家说我精子可活跃了呢。"

Rose姐的脸上浮上轻蔑的笑，"牛老师，我今儿这么早来，不是给你面子，是给艺人面子。咱俩都是经纪人，今儿见这一面，都是为了艺人好。经纪人要是做不到这一点，也别干了。我觉得我这方面做得还行，你也得像点样子吧？"

"哟，拐着弯说我做得不好是吧？做得不好别来找我呀，您多牛哇？"

"我是挺牛的，可我再牛，都得是艺人为重。别人觉得经纪人和艺人像是谈恋爱，我不觉得，这是养孩子，青春期的孩子，我指着他们给我防老呢——话说多了，我犯不着教姑姑你，你太懂了。"

老牛刚要撒泼。

Rose姐的脸冷下来，"你别跟我横，东北老娘们那套我还真不吃，又不是菜市场买菜，咱俩都自重。"

老牛一下子都不知道说啥了，我膝盖习惯性一弯，差点跪下。

老牛比我镇定，他回过神，说："那您想怎么着？"嗨，这句话好弱啊，还不如不说呢，

"不是我想怎么样，是姑姑你想怎么样。"

老牛决定在姿态上蔑视她，竟然开始剪指甲，不理她。

Rose姐一脸的稳操胜券，"不然我先说个路子，你看行不行？"她自嘲地笑了笑，"其实也不是我的路子，我能给多少？我们这小庙也装不下您这大佛。但郝泽宇为了让您过去，给我让了百分之五的分成。这样吧，你名义上算我公司的人，也不用干什么事儿，但他让出的百分之五，你拿着？"

老牛愣了一下，继续剪指甲。

Rose姐饶有兴趣地看着老牛，嘴里却念叨着，"这样的艺人我还真是第一次见，小宇是个重情义的人。物以类聚，我就喜欢重情义的人，像是你呀，像是福子。"

她笑眼看我。

我突然问："Rose姐，您用什么眼霜呢？"

她大概没想到我会在这个严肃的时刻，问这么不严肃的问题。她说了个牌子，问我怎么了？

我说没什么，您换一个吧，您这一笑，眼角皱纹特多。我拿出手机要给她分享好用的眼霜。

她翻了个白眼，继续看老牛，"姑姑你要是觉得少，没事，你说要多少，回头我跟郝泽宇要。我先走了，还得跟我家一姐聊呢，回见。"

我坐着翻手机，头也不抬，"那不送您了，眼霜我看是解决不了您眼角纹了，您这相由心生的一脸毛病，得看心理医生。"

"行啊，约着一起看呗，这世道，谁比谁健康多少？"

〔七〕

"后来呢？"倒计时第八十三天，郝泽宇边切菜，边问我。

我继续往后讲那天嘚瑟的事儿。

"不是这个，我问老牛跟Rose姐的事儿。"

我努力思索一下，"后来我俩去喝酒，好像我们散的时候，老牛醉醺醺地跟我说，万事以你为重，他没事。"

他点点头，没说话，继续做菜，但他的背影看起来，藏了很多情绪。大概他的抑郁症真好了吧，我忽然有点怀念那个会跟我吐露心事的小丧精，抱着椅子发疯却时常莞尔一笑的美少年。他现在也笑，一直挂在脸上淡淡的笑，像是人生的小配件。

我撑着头对着他背影发了半天呆，沉浸在电影《九十天后说分手》的悲哀气氛中。啊，让我抒个过时的情！世界上最远的距离，不是我在你身边，你却不知道我爱你。而是你知道我爱你，但九十天之后我们说分手……不对，已经不到九十天了……

他意识到我痴呆的眼神，"饿了？"看吧，果然不一样了，以前他可是会说："是不是又被我的背影迷住了？"

我清了清嗓子："问你个问题。"

"嗯。"

"如果老牛，不跟你一起过去，你还是会去Rose姐那儿吧？"

"老牛让你问的？"

"没有，我这不是'如果'吗？"

他斩钉截铁，"没有如果。"

"但我看Rose姐，现在是要逼退老牛的意思。"

"我知道。"他做菜还是有条不紊的，"大不了我再让百分之五的分成，她跟姑姑过不去，但不会跟钱过不去吧。"

"你觉得，这是长久之计吗？"

"你有更好的办法吗？"他看着锅里的汤，"总得让姑姑赚点钱再走吧。"

我什么都明白了，"所以你一直都知道，迟早得抛下老牛，不管是他主动走，还是被逼走。"

他看了我一眼，"你不是也这么想的吗？要不然你干吗背着老牛去见她。"

是啊，我俩都不是圣人。我讽刺地笑，"看，因为你，我也成了坏人。"

他也笑了，"抱歉啊，让你为我受了这么大的罪。"

我俩都不说话了，盯着煤气灶上的炖锅。

他莫名其妙地来了一句，"我讨厌分离的感觉，讨厌到我不想主动离开，可如果必须要分开，还是让他离开我吧。反正我也习惯了，我喜欢的人，一个个都离开我……"

炖菜炖好了，他熄火。

"如果有一天，我……"

"不许问！"他假装没事，伸手去端炖锅，却忘了戴手套，炖锅把他手烫了，一锅东西摔落到地上。他的脚被溅落的汤汁烫到，他痛苦地捂住脚。

我连忙去扶他，他却一把把我推到了墙上。真可惜，壁咚这么浪漫的姿势，却用到吵架上来。眼对眼，谁都知道对方的火是什么？

他咬牙切齿地说："这个问题，以后想都不要想！"

我笑得很悲哀，"咱们现在还要假装没有这个问题吗？"

"是不是那个娘们儿跟你说什么了，是不是她逼你了？"

我没点头，也没摇头，"不是她容不下我，是你想要的那种未来，没有我能待的地儿。我知道，你更知道。"

"所以呢？我们就要如她的愿吗？这件事，只要我俩不愿意，没人会拿刀逼着我们分。"他眉头抽搐起来，"你变了你知道吗？以前你可是我的救命稻草啊，是你拉着我往前跑，可现在呢？你却先害怕了，怕我们的未来，怕有更大的伤害，怕有一天我负了你。所以你就决定先负了我，把我一个人丢下是吗？"他的手把我的肩头掐得紧紧的。

"郝泽宇你放手，你把我弄疼了。"

他像是没听见我说话一样，摸着我的脸，眼里全是陌生，"你真的变了，你的脸都变了，以前摸上去好舒服，现在碰到的都是骨头。"

他手往下摸，"你的胸也是，你的腰，你的腿……"

他突然发出凄惨的笑，"哈哈哈，还好，你的腿没变。"

我猛地把他推开，"你这个变态！"我气得声音都变了，"我以为你都好了！没想到你却变本加厉了！以前你是个丧精，现在你是个变态，你让我恶心！"

他脸上挂着淡淡的，却吓人的笑，"没错，我是个变态。正常人能过我这种日子吗？你今天才知道？我以为，只有你见我过真实的样子，也只有你不在乎我什么样，可你现在嫌弃我了是吗？"

他低头，跟地上的食物残渣道歉，"对不起啊，吓到你们了，剧本走歪了，本来挺温馨的。"

他蹲下去，毫不犹豫地捡起一块肉，放在嘴里嚼着，"炖得真好，真可惜。"他又捡起一块递给我，像是什么都没发生一样，"想吃一口吗？"

我夺门而出。他没追过来。

我在电梯里，竟对着镜子笑了，替他说了一句，"但是这个变态爱你啊。"

我才是最大的变态。我答应别人离开他，但在这倒计时的日子，我没有好好爱他，却来折磨他。

我大哭了起来。我哭的原因，只是我知道，我清楚，我心里明镜似的。

原来郝泽宇也一样。我们都预感到了分离。也许明天，也许明年。我们都如此伤心，却只能用这样激烈而近乎相互伤害的方式来表达。我们这样无力，看着这份爱顺洋而远，越来越远，只能站在岸边无助哭喊。

我颤抖着按了一楼，数字提醒了我。不，没有也许了，我怎么忘了呢，离我们的分离，只有不远的八十三天。

矫情一会儿就行了福子，电梯门打开，你就上楼去跟他道歉吧。我不停地深呼吸，止住了哭。

电梯门打开的瞬间，我以为眼睛花了。郝泽宇在电梯口，气喘吁吁地看着我，眼睛红红的。他跑下来的？他膝盖不好，不能这么跑啊。

我看着他，他看着我，电梯门又要关上。他一把挡住门，电梯门差点夹到他的手，"我是变态，这个变态，不让你走。"

我飞扑到他身上，眼泪又喷薄而出。他也哭了，紧紧抱着我已经没那么肥胖的肉身。

闻着他身上熟悉的味道，我突然清醒无比。在这剩下的八十三天里，我要每一天都少爱他一点。这样，对我好，更对他好。

亲爱的郝泽宇，要说再见了，我很舍不得你。请你，请你一定要幸福。

第十四章

人生是一场错过，
愿你别蹉跎

·——·

〔一〕

倒计时第七十六天。

我在半夜两点醒来，又是两点，这意味着我再也睡不着了。我挣扎着默数完一千只绵羊，再一次认输。今晚又要失眠了。

郝泽宇紧紧抱着我，我悄悄地从他怀抱里挣脱出来，蹲在床边，看他。他睡着的时候微微噘着嘴，像个负气的小孩。我对着他的睡颜许愿：愿我，每天爱你少一点。

在客厅抽了两根烟，焦虑依然像夜色一样浓重得漫无边际。企图让第三根烟来拯救我，烟盒却空了。烟灰缸里堆满了烟头，平凡的烟头是我抽的，被咬过的湿漉漉的烟头是他抽的，我们俩像比赛一样，以三个晚上一条烟的频率，创造这场灰烬的盛世。

我把空烟盒扔进垃圾桶，拿起手机，习惯性地点开各大门户网站的"付费板块"——一般都是无名小演员发写真照，配上"某某最新大片曝光，演绎暖男魅力"之类的标题。这让我想起以前的郝泽宇。那时候我们得想破头给他找新闻，花钱让他上，现在不用了，他手滑不小心给谁点赞，都是热点。

Rose姐果然高瞻远瞩，因为吸毒这事儿，全中国人民都知道郝泽宇了。

他红到什么地步呢？五十多岁的我妈会在胡同口跟好事儿的邻居掰扯半天，"你家老二吸毒，小宇那孩子都不会吸！那是个本分孩子！我见过！"

但回头妈对我疑神疑鬼了，她听说吸毒的人都瘦，那我最近究竟是靠什么瘦了这么多？

我跟妈解释，这是炒作。

妈却疑惑："这不往脸上糊屎呢？你们图什么呀？下一步不会开始炒作他嫖娼了吧？"

呵呵，如果他喜欢男人，这倒不是不行，某位宇宙顶级"直男"不是经常放出这种料？没办法，这是审丑时代。

审美时代，人有文化，像是蜜蜂，哪儿真善美往哪儿钻。

审丑时代，人心浮躁，像是苍蝇，谁往花朵里钻啊？腥荤脏多热闹啊！凑上去时嗡嗡嗡地骂，"你最脏！你最贱！你最恶心。"说完后，苍蝇们都以为自己是只最纯洁的蜜蜂，不，蜜蜂怎能配得上它们"宽于律己，严以待人"的美好？它们是蝴蝶，岁月静好的蝴蝶。

我有时候翻到那些满嘴生殖器的留言，点开他们的头像，发现这帮人都是小清新头像配鸡汤简介，感觉特人格分裂。可看他们最新的状态，我笑了，好多人夸郝泽宇又man又帅。

Rose姐真是位野生心理学家、社会学家，我要向她学习。

"你是他成名路上最大的障碍，你得跟他分手。"我看着镜子里的自己，脸上虽然挂着Rose姐惯用的笑面虎表情，却学得不伦不类。我被我的烂演技逗笑了，蹲下来抱着脚笑。

肋骨那儿有点硌，我摸了摸，是玉坠。竟然瘦了那么多，以前玉坠都包在肉里，现在藏在骨头间。

瘦为什么那么难？因为你没心事。有心事，你会食不下咽、失眠、狂吸烟、扛不下去了就在跑步机上狂奔五千米……这些天，我就是这么过来的。没有多少医学知识的我也知道，骤然掉肉，是身体冲我亮红灯了。但我想，这样也挺不错的，总比爆肥好啊。

我翻出尘封已久的体重秤，正要站上去，卧室里传来郝泽宇的叫声。

他又被梦魇了。

我跑过去，郝泽宇像是憋着哭的幼童，满脸是泪。

我抱住他，哄小孩一般轻轻抚着他的背，"又梦见什么了？邻居小孩骂你是没爸没妈的孩子吗？"

他眼睛依然没睁开，条件反射似的抱住我，嘴里发出呜呜的声音。

梦魇，其实是一个人的心结。无论你成长为多厉害的大人，那些你曾害怕过的东西，在梦里依然折磨你。

我把陪他经历过的一个个梦魇，跑马灯一样在脑子里过了一遍。

如果你梦到在艺校交不上学费，班主任又骂你，你要告诉她，你现在一年可以赚一千万元了；如果你梦到选秀时，你的小伙伴们都穿你没见过的牌子，你得了冠军，那帮记者骂你土包子，你也别怕，你要告诉他们，你现在一件衣服是他们一个月的工资；如果你梦到你挤地铁赶通告，周围人都看你，让他们看吧，你现在有两辆车，你现在坐地铁，也是为了上头条，而不是省钱；别怕脸上的妆浓，你现在不用自己化妆了，你有化妆师，小松子手艺可好了；如果你梦见自己上电视，所有人都笑你老了胖了毁容了，那也别怕，当年那些比你帅的男孩子，现在都丑了，现在网上的人都夸你长得好，美人在骨不在皮……

我轻拍着他，他的哭声渐渐弱下去，不知过了多久，我把自己也哄睡着了。没有梦。

醒来时，天已大亮。郝泽宇做好早餐，坐在沙发上抽烟，傻愣愣地看着我。

我边刷牙边问他哪儿来的烟，他在烟灰缸里拣出较长的烟头。

我看着他笑。他也笑，说："你最近少抽点。"

"你也是。"

郝泽宇的早餐，一杯咖啡就解决了，他撑着头看着我吃。

以前是明明没吃饱，但装作饱了。现在是明明吃不下，但还要装作还能添两碗的样子。不管多么心事重重，都不能让他看出来。

他忽然问："昨晚我又叫唤了吧？"

"这回梦到什么了？"

他垂下眼睛，自己先有点不好意思了。"我梦见上幼儿园，放学了，没人来接我，妈妈不来，奶奶不来，丹姐也不来，我特着急。后来想着，还有你呢，我一直等啊等，可等到幼儿园的小朋友都长成大人了，你都没来……"

我笑："非得等人接啊？你可以自己来找我啊。"

"我太小了，我走不远啊。"他看看我，表情前所未有的认真，"福子，你别抽烟了。"

"为什么？"

"你要长命百岁，不，不用活一百岁，活得比我长一点就可以了。这样我以后每次梦魇，你都可以在我身边。"

"一辈子吗？"

他点头。"你觉得一辈子很长吗？咱们忍忍，一晃就过，我不想梦魇再吓到别人了，后半生专门吓你。"

"那我怎么那么命苦啊。"我假装哀怨地哼唧两声，郝泽宇笑到眼睛都眯起来。我看着他，忽然说，"其实，我也有梦魇。"

"你不是号称一觉睡到天亮吗？"

"是啊，逗吧？我这样的人，也有梦魇。"

"你的梦魇什么样？"

我想了想："我脚特臭。"

他大笑起来，"你以前臭脚啊？"

"我刚去《时尚风潮》的时候，助理特多，我在里面鹤立鸡群，因为我胖，我笨，我老闯祸，还有，我脚臭。我特纳闷，正常人脚出汗了，不都这味吗？后来我上司送我一双她穿不了的名牌鞋，我穿上后，脚不臭了。原来好鞋真不会臭脚！我二十七岁之前，没穿过二百块钱以上的鞋，当然臭了。所以，从那以后，我只穿好鞋，吃不上饭，也要买好鞋。"

他了然地点点头，"第一次遇见你，我还想，这女孩一身都乱穿，鞋倒是穿得不错。"

"说起来，我的梦魇特无聊，我老在梦里偷别人鞋，特别狼狈，我在梦里怕得厉害，你想想多可怕，我是个脚臭的偷鞋小偷。"

"现在还做吗？"

"咱俩在一起后，这梦就变成有人捂着鼻子讽刺我，说我脚太臭了，我烦了，直接把脚伸出来，是啊我脚臭！我就不穿鞋！气死你们！打那以后，我再也没梦魇过。"

"真好。"他由衷地羡慕。

我放下筷子，看着他的眼睛。"你在所有的梦魇里，都是长不大的脆弱的小男孩，很容易被伤害，所以总想依靠一些人，奶奶、丹姐或是我。可不管我们在不在你身边，你都得学会在梦里长大。下回害怕的时候，你要在梦里大声喊，'我长大了，我赚钱了，我什么都有了，我不怕你们了。'你要学着逃离那些困住你的梦魇，不要只想着依靠你身边的那个人。"

郝泽宇沉吟了很久，点点头，突然警觉起来，"你要去哪儿？"

我站起来，装出平时一贯的没心没肺，"去上班啊。"

他松了口气的样子，"嗯"了一声："上班也好，省得让姑姑多想。"

随后，他又说："等他那边定下来，你就把工作辞掉，陪我一起进组拍戏吧。我想不管在哪儿，五米之内都能看到你。"

"那你不拍戏的时候，我干什么？"我问。

"在家待着呗，你的梦想，不是一直躺着吗？"

如果是以前，我肯定要认认真真吵一顿大的。但现在我只说："咱们再谈。"再谈这个词，本身就带着一种虚幻的希望。好像无论什么事情，只要谈，都会变好。

出门前，我看到昨晚翻出来的体重秤，站了上去。倒计时第七十六天，我五十九公斤。

〔二〕

我以为，我和郝泽宇会继续这样缠绵悱恻，每天过得生死离别。

情况却突然变了。电影签约时，老牛突然强硬了起来，要求公司的三个小鲜肉在大导的电影里演男三男四男五号。

让郝泽宇当男一号，本来就是Rose姐强人所难，大导只说再谈，再无下文。局势本已明朗，但老牛这么折腾，一下子变天了。

老牛一点都不慌，慌的是Rose姐。Rose姐给郝泽宇打了电话，怒气直顶着嗓门儿，不用开免提我都能听得一清二楚。"……他这是什么意思？让你演不成这个电影，他有什么好处！"

"我不演，他没有任何好处，我演他才有好处，肯定是误会。所以姐，你在大导那儿多费费心……"郝泽宇好说歹说了好一阵，这个电话才算完。

撂下手机，他却想到另外一个问题，"Rose干吗给我打电话？应该给你打啊，反正最后还得你去问姑姑。"

我心想，还有两个多月就要分手了，她何必要麻烦我呢？嘴里却说："她可能觉得我跟老牛是一伙儿的。"

"咱俩才是一伙。"他犹豫了一下，问我，"是吧？"

"当然。"

他这句"是吧"真是问得很客气。我觉得最近的郝泽宇，有些莫名的疑神疑鬼。但他也没有再说什么，在沙发上坐了一会儿，就开始满屋子转悠，跟我商量着进组要带什么东西。

他从衣柜拽出第四件大衣在身上比量着，问我好不好看的时候，我走过去，连人带衣服摸了一把。"这是上回那品牌送你的吧？小六万块呢，你还真舍得穿到那荒山野岭去啊？回头别再给拉上个口子。"我拉着大衣的一只袖子，开玩笑说，"再说，万一你演不成呢？"

郝泽宇脸色一变："别开玩笑！"

我的笑容一僵。

不过瞬息，我们之间的气氛莫名冷了下来。他像是心烦意乱，随手把衣服扔到了一边，那只质地优良的袖子飞快从我右手掌心划过。

我伸出左手，摸了摸微微刺痒的虎口。奇怪了，明明是那么贵的羊绒，怎么还会让人这么不舒服呢。

不知过了多久，郝泽宇突然冒出一句，"这主意，不会是你出的吧？"

"什么？"我一时没听懂。

他没回答我，紧紧抿着嘴，抿得嘴唇边缘一片透明的白。过了一会儿，才说："我真不明白老牛到底怎么想的！他这是在拿我的前途当儿戏，什么事儿不怕一万就怕万一，万一我真的被换掉了呢？他想过备选方案吗？"

仿佛有人在我天灵盖上猛击了一下，我突然明白他刚刚的话是什么意思了。人家说醍醐灌顶，但我现在的感受，只能说是狗血淋头。简直是讽刺，他前脚刚在Rose姐那儿帮老牛说话，转眼就把实话掏了出来。甚至怀疑是我献计，跟老牛串通一气来坑他。

胸腔里气血翻涌，但我努力压着这股劲儿，还是笑："老牛这边塞几个人又怎么着？要不你现在跟他续约？"

他沉默了一会儿，望向我："你要跟我吵架是吗？"

我笑得更开，一如往常的没心没肺，"没有，我只是想搞清楚，你口口声声要为老牛争取更大的利益，这不就是他现在唯一能得到的利益吗？老牛这事做的可能的确莽撞了，可你怎么不想想，你冷不丁一走，他怎么办？"

"他怎么办？难道我还不够为他考虑的？为了老牛，我跟Rose那边开了什么样的条件你也是知道的，我做的仁至义尽了，他为什么非得得寸进尺？"

我的怒火轰的一下烧上了头顶，"郝泽宇，你是忘了老牛当初怎么对你掏心掏肺了是吗！之前还一口一个'姑姑'呢，你现在这么说合适吗？而且那时候，是你说咱们四个要一块儿的，是你说我们之间永远不会变的。现在暴露你的真实想法了？"

"好，好，好。那我不演，我全豁出去了，这样可以了？你以为把我赔进去，一切就真的不会变吗？"

我的五脏六腑像是被焚尽了，喉咙紧得一个字都说不出来。我何尝不明白，郝泽宇说的都对。拿了什么还什么，往上推个几千年，哪吒也不过把一条命赔给爹妈。他为老牛讨到的利益，对比老牛对他的付出，已经足够两两相讫。我只是疑惑，他是怎样能这么理所应当说出这些话的？眼前这个能把一切利益关系想得这么通透彻底的郝泽宇，跟当初那个为了一件毛衫就把对方当亲人的傻小子，还是不是同一个人？

令人尴尬的沉默持续了很久，郝泽宇像是缓过劲儿来了，垂头丧气地站到我面前，开口道："对不起，是我情绪不稳定。刚才我……我没控制住……"

我什么也没说，默默收拾好东西，提包就走。

他拉住我："你干嘛？又要玩离家出走那套？"

"这又不是我家，我凭什么出走？"我一拧手腕，挣脱他的手，"我只是觉得，好像突然有点儿不认识你了。这是不是就是你们说的，大明星的架势？"

我看着他，下意识想笑，却怎么也挤不出来，干脆沉下脸，"你不是想知道老牛到底是怎么想的吗？你放心，我会去跟老牛问个清楚。"

我在楼下拦了辆出租车坐上去，车发动的时候，到底还是没忍住，趴在车玻璃上往郝泽宇家的窗户看了又看。窗户被窗帘遮得严丝合缝，一丝不透。自从在Rose姐那儿看到我跟郝泽宇被偷拍的照片之后，我就时时警惕，只要人在家里，首要任务就是检查窗帘。

想到那场被逼到死角的谈判，我心中的苦涩一股一股涌了上来。对啊，今天是我们分手的倒计时第七十二天呀，我这是干嘛呢？为什么还要跟他吵架？是想用这种惨烈的招数，快速终结这折磨人的倒计时吗？

这一刻，我突然萌生出一个想法，我希望这辆车突然失控，也许我就能碰碰运气，一头撞进时空隧道里，回到我们吵架之前。就算只剩七十二天，我也想跟他一起，好好地、平静地走完这一程。

然而现实中，时光不仅不能倒流，接下来，我还必须要面对另一番难堪的处境。我还是做了这个决定，如果必须有个把丑话说在前面的人，如果必须要有一个两边都得罪的人，那就我来做吧。

我没觉得自己伟大，就是有些悲哀，何以至此。此事古难全，除了过胖毫无其他亮点的福子，究竟又能做到些什么。

我到了办公室找老牛约谈，老牛的态度斩钉截铁：没得说，必须打包签那三个小鲜肉。

我叹气，"老牛，你是真以为Rose姐不会跟你翻脸吗？"

他笑了，"翻脸？我值得这么做吗？不值得。小宇是几千万的生意，为了钱，她一定会想办法满足我。"

"那以后你们怎么往下处啊？"

老牛轻描淡写抛给我一句，"再谈啊。"

又是"再谈"，这个词刺得我无比清醒。

我严肃起来，"再谈就是没得谈，你这么玩下去，你想没想过，会毁掉郝泽宇？"

"说什么呢？"他笑嘻嘻的，"哟哟哟，你瘦了之后，眼神跟头狼似的……"

我点上一根烟，眼睛一眨不眨，直勾勾地盯着他，盯得他有点招架不住，把头转向一边。

话在嘴里含了半天，我酝酿一下，不咸不淡地说："反正我觉得底线试过了，气也出过了，差不多得了……"

"你想抽死啊！"老牛伸手夺过我嘴里的烟，扔到窗外。他站在窗前远望，其实没什么可看的，都是些要拆迁的平房。

老牛背对着我，语气突然软了下来，"你让我再想想。"

我想了想，摇摇头，"老牛，虽然郝泽宇已经不能算咱们这边的人了，但买卖不成仁义在，你这样对他来说，风险真的太大了。万一对方不让步，他……"

我说着，忽然悲从中来，眼泪断了线似的吧嗒吧嗒往下掉，最近真是要把一辈子的眼泪都要流干了。不过还好，在老牛面前哭，不丢人。

老牛远远地看着我，突然笑了。他温柔地说："我以为你减肥成功了，独当一面了，也敢跟我谈条件了，人能变得硬气些。结果你还是这么怂，你这毛病什么时候能改啊？"

我擦着鼻涕说："你不知道而已，早改了。"

"那行，希望我还有机会能看到。"老牛忽然叹了口气，"你别以为我是黑了心了，但这回，我可能非这么做不可，我……福子，看到你好，我比谁都高兴。要越来越好，别再回去了，那时候多苦啊……"

我琢磨着这话不对劲儿，忽然警觉道："老牛你这是什么意思？你是不是要提前撤？"

他突然来劲了，"我撤？让那老女人如意？甭逗了，她要是朵玫瑰，我还是镶钻的狼牙棒呢！看谁刺儿多！"

也不知道他说的是真是假。我是看不明白了，心里满坑满谷只有难过。

我不打算灰溜溜回到郝泽宇身边，低声下气地去哄他——要哄也该是他哄我，我做错什么了？我在街边拿定主意，对着手机抹干净脸，直接往家奔。

进了院子，一堆老街坊都围着二丫家门口，她家着火了？原来二丫她爸妈把房子卖了，刚签完合同，听说卖了小一千万，整个院子都轰动了。我惊了，疯了吧，他家还没公共厕所大呢。

隔壁马叔说谁让咱这位置好，学区房，一平方米三十多万呐。都是住了几十年的老街坊，饭点闻着味儿，都能猜到谁家改善伙食，二丫家平白无故地先成为千万富翁，大家神色各异。

妈也挺逗，回家就看着客厅灯泡不顺眼，嫌暗，我说您不省电啦？

妈一拍桌子。"住着一千多万的房子，咱也得亮堂点！"

妈指挥着我换灯泡，屋里黑成一片，爸回来了，妈开始跟他念叨隔壁卖房的事儿。

二丫家是从河北迁过来的，爸就说外地人都这样，老北京谁卖房了？多少钱咱也不卖，这是咱的根儿。

爸看到我的身影，有点疑惑，说这谁呀？

我也不看爸，跟妈说，我这才不在家住几天呀，连我都认不出来了。

灯泡此时换好，屋里亮了，爸一惊，声音都带着颤儿，"你怎么瘦成'这样'了？"

"这样"当然不是什么好话，但我心里还挺高兴的，我们父女都好久不说话了，爸这是心疼我呢。

我心里一阵热，嘴却不好好说话，"什么叫'这样'？我怎么样了！"

"你不会去做缩胃手术了吧？你不要命了！"

"二位贤伉俪真默契，您老婆以为我吸毒了，您觉得我动手术了，我有那钱吗？"

妈嗑着瓜子，突然补了一箭，"她可没钱，钱都用来整容了——老福，你就没发现，你闺女鼻梁骨都垫到发际线了？"

我跳了起来，"谁垫了？我是打了玻尿酸！"

爸蒙了，不知道玻尿酸什么东西，我以吼的方式，跟他科普这是微整形，只打针不开刀，特安全。

爸瞪着我，眼角突然流下泪来。

这可吓到我了。

妈问他哭什么哭啊，嘿，这老头抹抹眼睛，看看客厅新换的灯，说灯太亮，刺眼睛。

爸又进卧室了。

巴掌大的地儿，我小声埋怨妈多嘴。

妈说她不插嘴，我俩又得吵起来。

我可惜道："感觉我们爷俩再吵一会儿，就能和好如初了！"

吃完饭，我出去遛弯，路过药店，我进去溜达一圈，出门手里多了一袋子药，藿香正气水、板蓝根、牛黄解毒片、薄荷膏、马应龙痔疮膏——我多嘴解释一句，拍戏时难免容易磕磕碰碰，这玩意消瘀血特别好使，剧组拍戏必备。

我反应过来，觉得自己傻，更恨自己不长进。

回家后，爸在看电视，我在沙发旁站了三秒，心想如果这时候说一嘴分手的事儿，冷战也应该结束了。可我又莫名其妙地委屈起来，世界上我最爱的俩男的，怎么都得我哄啊，我还想被人哄呢！我把药扔桌上，气鼓鼓地回屋了。

晚上躺在我那张小床上，再次闹起了失眠。失眠的原因，我自己都羞于启齿。我想念郝泽宇，我还是想见他。

一整天过去了，郝泽宇都没来哄我，不，应该说是压根儿没理我。而我呢，也不知道在那么咄咄逼人地出走之后，现在该用怎么样的态度去面对他。

我自我解嘲，再这么冷下去，不用分手倒计时了，直接分了，也省得到时生离死别。

〔三〕

何以解忧，唯有工作。

电影选角的事很快有了结果，双方都退了一步，大导松口让了俩角色出来。公司任新人，只有两个能上郝泽宇的电影，十九岁的董恩被剩下来了。

当初签董恩的时候，本是看中他的美色，想把他朝着"小郝泽宇"的方向打造，结果签了才发现他除了美色，愣是没什么别的技能。后来带他的团队集体跳槽，郝泽宇又爆红，他就一直放在那儿没人管了。

我在篮球场找到董恩的时候，他在打篮球，我一惊，这孩子原来白白嫩嫩的，怎么现在晒成一黑壮汉了，也不刮个胡子，偶像剧是别想演了，直接可以下乡种地。

我把董恩推到彭松那儿，强迫小松子免费给他拯救形象。

我觉得小松子是敷衍我，我出去抽根烟的工夫，他就把董恩改造完了。胡子都没刮，也就修了一下，剃了个寸头，西服白T恤白球鞋……这哪是"小郝泽宇"啊，简直是郝泽宇他大哥！

小松子和董恩却都挺满意，说很性感。

我气得直跺脚，"这哪儿是少女偶像啊，这就是卖肉的牛郎……"

这一跺，反而让我有点主意了，那就卖肉好了。

给董恩重拍宣传照，摄影师问我要什么风格，我说："艳星。"

这组照片拍得我灵感迸发。我把他强塞进某当红美妆节目当人肉花瓶，说服制片人也很容易：我们不要钱，上节目可以一直光膀子。

现在推新人，不拿资源砸，还真不可能有什么动静。我又没Rose姐那么呼风唤雨，只好动点歪脑筋。专挑地铁人少的时候，我让董恩穿一件身形毕露的跨栏背心，假装偷拍他，同车厢的乘客还以为我是电车痴妇。

拍完后用小号发八卦小组，题目是《今儿在地铁上看到一帅哥》，然后雇两拨水军，一拨说帅一拨说丑，挑拨围观群众参战，眼看他们打了十几页，再找营销号纷纷转载，给董恩贴上"地铁肉哥"的标签。等热度下降了，最后在网上发布："除了'地铁肉哥'，你坐地铁看到过哪些帅哥？"——反正始祖是我家董恩。

做到最后，我都笑了。

以前我做时尚杂志时，还骂过那些"最美考生"的烂营销，就差脑门上刻着"我要红我还假装不是艺人"了。结果今天，我比人家做得更露骨，人家起码能混上"最美"，我呢，就差把董恩扒光了，希望群众带走他。真不体面。

以前呢，我还一直幻想有一天，我会成为娱乐圈别具一格的营销大师。现在我承认，这个"有一天"大概不会来了，我成不了Rose姐，也成不了老牛，我只能借鉴着前辈们丢脸的经验，做出更丢脸的营销。

然而即使招式这么烂，竟然还有人说我做得不错。

我正对着电脑愁眉苦脸地发呆，看起来像是为推董恩的通告殚精竭虑——其实我在想郝泽宇怎么还不理我呢。

老牛骂了我一顿，"你知道你最近在圈内特招人恨吗？人家花了几百万元砸新人，一点动静都没有，你倒好，小米加步枪的野路子，倒是把董恩给做起来了，你现在还有脸摆便秘脸？"

呵呵，真是误会，这里面没一件是我做成的，都是别人无心插柳帮我。刚在朋友群里抱怨了几句，几个做媒体的朋友说董恩上不了专访，当个模特总行吧。跟做广告的朋友吃饭，顺嘴说了一句我家小孩身材不错，他看了照片，说正好有个泳装广告，来试个镜吧，结果这事儿就成了。某大牌经纪人生日，我带着董恩过去拜码头，某乐坛小天后觉得董恩眼缘儿不错，让董恩当了她MV的男主角。

我这时候才发现，我场面上的朋友挺多的。什么叫"场面上的朋友"？你能帮人家，人家才来帮你。这让我重新审视了自己，好像我也还有点用？

本来呢，推董恩的工作，我准备折腾几下，要是没有大水花，也就歇菜了，现在我反而不想撒手了。我想试试，自己能力的极限是什么。

工作令人治愈，我乐此不疲地继续推董恩。

接触董恩，也让我挺长见识的，我发现新一代的明星，跟以前的不大一样。像郝泽宇这一代，家庭条件都不怎么样，学习也不好，混娱乐圈都是阴差阳错的，红不红都靠运气。但董恩这一代，衣食无忧，当明星目标很明确，就是为了实现人生价值，心态特好。

比如，我接到了董恩的第一个商业活动，十万元给某健身连锁品牌站台，我给推掉了，董恩知道后，老大不乐意。一句"为了你好"，能忽悠住当年的郝泽宇，但对付不了他。得委婉地让他知道，他聪明，我比他更聪明才行。

我拿出大学写毕业论文的劲头儿，先立论点，再立论据。"这个活动会混淆你的人设。明星什么值钱？就是人设啊！你要为了十万块接了这个健身活动，你的人设就是一健身教练了，健身教练能吸引到谁呢？寂寞的富家太太？还是已婚基佬？能吸引到他们也算你的造化，可他们不会为了你花钱，只会对着你的照片撸。"

"那我要吸引谁啊？"

"那些网上嚷嚷着要睡你的发春少女啊，现在得少女者得天下，你知道刘德华为什么会成为天王巨星啊？就是因为当年他赢得了全中国少女的心呀……"

本来他都快被我说服了，但听到刘德华的名字，突然皱了眉头，"他老了点吧，比我爸岁数都大……"嘿，一九九九年出生的小孩，口气太猖狂了。

我怒了："你连刘德华都看不起？你要知道郝泽宇当年还问，他什么时候能成为刘德华那样呢，我还说等九亿少女的手机屏保，都换成他的照片，你看看他现在……"我突然停住了。

时间过得真快，原来我和郝泽宇的事儿，都可以话当年了。当年多好，我是不如意的助理，他是不得志的十八线艺人，可我们很快乐，不像现在，彼此都计较。

"我可不想成为小宇哥，他太苦了。"董恩这句话，把我从回忆里拉出来。

我抓紧机会给他上政治课，"苦怎么了？梅花香自苦寒来！不经历风雨怎么见彩虹？"

"怎么不能啊？你拿着水管，对着太阳滋，也能见到彩虹呀，就是小点，可那也是彩虹吧？凭什么非得吃苦啊？"

原来新一代是这么想的啊？我突然有了点紧迫感。00后的孩子们都已经快是主流消费群体了，我这个老年人得随时跟上他们的思想。

我酝酿一下，想要继续说服他，他倒是先一步想明白了。

"不接就不接吧，反正我也不缺钱，是得高档点。那接下来我该做点什么呀？"

我扔过《女人邦》的内裤大片拍摄计划，他又急了，"这不还是单纯露肉吗？哪儿高档啊。"

"内裤高档啊！阿玛尼的！我想好了，接下来咱们要转型，就是三点全露，咱也得把名牌内裤套在脑袋上。"

当然，我没跟孩子说我的私心。进棚那一天，郝泽宇也会在同一个摄影棚拍杂志。上进归上进，但也不能彻底把郝泽宇扔下不管啊。

然而人算不如天算，那天也真奇了怪了，我在那周围溜达了好几圈，试图找准机会假装偶遇，却死活碰不上郝泽宇。我只好先放弃这个计划，回去看董恩。

还真回来对了，一进门，我就见到服装编辑助理一脸羞涩地要帮董恩抹油。我的孩子岂能让这种低端小基佬占便宜。我把助理赶走，一边抹还一边给他上《艳星工作守则》第一课：你肉体贵着呢，不能让凡人随意触摸。

董恩转过身，我心无旁骛地给他胸肌抹油。他举了会儿胳膊觉得累，直接把俩胳膊放在我肩头，脸离我很近。

他看着我，突然笑："姐，你远看长得不怎么样。"

"哼，你远看还像个民工呢。"

"但你近看，长得还挺漂亮的。"

我不满："夸我漂亮就是骂我！"

"真的！前阵子我发咱俩合影，好多朋友还说你经纪人长得还挺好看呢。"

这小子还学会溜须拍马了。我把手上的油往他脸上一抹，"让你胡说！"

董恩笑着躲，又突然招手，"小宇哥。"

我一瞥，郝泽宇、执行经纪人和助理一起过来了。

我内心顿时一阵狂喜，却假装平静，一边给董恩抹油，一边问，"老牛怎么没过来？"

这话本来是抛给郝泽宇的，哪想着执行经纪人先跟我搭话了。我暗恨，瞪她一眼，一点眼力见儿都没有，回去就把你开掉！

郝泽宇只顾着跟董恩说话，你一句我一句的，还说一会儿一起吃饭。

我伺机插嘴："周围有什么饭店还不错呀？"

郝泽宇没理我，跟董恩告了个别，直接走了。

我半天没回过神来。

董恩大手一挥，把我拨到一边，"还抹啊！我都成烤乳猪了！"

董恩化妆的时候，我憋着一口气，狠狠耍了一番假公济私，不停地挑剔化妆师的业务能力。

这时，郝泽宇的助理过来，说让我过去一趟。

"郝泽宇让我过去的？"

"不是，小宇哥对今天的服装好像不满意，我们想让你帮忙看看。"

我冷笑一声："不满意？是工作啊还是度假啊？自己的事儿自己解决。"

我魂不守舍地监工董恩的内裤拍摄。眼前一坨美好的精壮肉体，我心里却全是有小肚腩的郝泽宇。不是浓情蜜意地想，而是带着一丝恨。我想问他，可以了吧？电影的事情已经解决，你依旧是无可撼动的男一号，还要晾我晾到什么时候？我们剩下的时间已经不多了，你还要继续气下去吗？你究竟在气什么？

手机突然震了一下，是郝泽宇的助理，发信息说，小宇哥莫名其妙发脾气了。

我正琢磨着怎么回，第二条信息又来了——"姐，刚才我来叫你，就是小宇哥让我过来的，但他不让我说。"

我几乎要跪地祷告了。他还惦记着我。

我心里有了底，做好了无论如何都要跟他和好的准备。正要跑过去，这时，摄影助理突然往董恩的内裤上喷水。喷水不要紧，本就贴身的内裤更加紧紧贴在董恩屁股上，连股沟的线条都瞬间暴露无遗。

我一下子蹦了起来："干吗呢！"

还拿着喷水壶的摄影助理愣了，手足无措地看向摄影师，"不、不是这样吗？"

我气急败坏地上前理论，一群人叽叽喳喳掰扯了半天才明白，原来是摄影师误会了编辑的意图。董恩围着条浴巾去换内裤，我留在现场，发了好大一通脾气才罢休。不趁这个机会立个威，下回还不欺负到我们家小孩头上去了？

对方端着咖啡一脸谄笑地来让我消消气时，我才突然想起来要找郝泽宇，当即也顾不上什么做戏做全套了，急吼吼就往郝泽宇那边跑。

刚到地方，却得知，郝泽宇要大牌，不拍，走了。我吃了个变相的闭门羹，有苦说不出，只能带着新的怒气，回头继续等董恩拍完。

摄影棚的所在地偏远到鸟不生蛋，根本不好打车。我跟董恩沿着路走，董恩一个劲儿笑我今儿神经病，一会儿泼妇一会儿沮丧。

我嘀嘀咕咕地埋怨："要不说命不好呢，车限号就限号呗，非得在今天限我的号。"

我突然想到，这车还是郝泽宇买的。是了，人家花这么多钱，我怎么就不能主动给金主打个电话呢？

正琢磨着，有辆出租车擦肩而过，我立即伸手，出租车竟然就这么径直跑了！

我喊了两声，毫无作用，想说算了。但身边的董恩小旋风一样窜了出去，拼命追着车，追了好远，那辆出租车终于停下来。

我气喘吁吁地跑，脚跟疼得刺心，八成是被高跟鞋磨破了。我怨他："至于吗，不行就等下一辆呗。"

董恩帮我开了车门，迎着月光，灿烂地笑："万一没有下一辆呢？"

我有点恍惚，我认识郝泽宇时，他也是如此灿烂。然而他说出的话，却是郝泽宇不会说的。

机会摆在眼前，我干吗要错过？这话让我陡然清醒。在这倒计时的日子里，我为什么还要犹豫不决地浪费时间呢？

坐进车里，我决定给郝泽宇打电话。即使是吵架，也比现在不闻不问的好。

然而接通的提示音只响了两声，郝泽宇就把我的电话摁了。又打了几次，他干脆关机了。我安慰自己，说不定是他手机没电了。

我又打给他助理，电话却也被摁了。我紧紧握着手机，从后视镜看到自己的脸色很难看。

恼怒真是促进生产力最重要的情绪。我转头看董恩："我想到你下一个宣传点了。"

他一派天真无邪地问："什么呀？"

"演艺圈新四大翘臀王！"

〔四〕

我忙了一个月，只为让全天下都知道，我家董恩的娇臀翘到要上天。

然而我命好，也命不好，一不小心制造了潮流。

现在的粉丝可真够奔放的，都觉得自己偶像臀型完美。操心这个干嘛啊，又不会真的脱光了给你们看！干嘛这么热烈参与"演艺圈新四大翘臀王"这个活动啊，这本来是为我们董恩准备的！

几家粉丝撕得腥风血雨，纷纷爆着对家的黑料，活动都失控了，我做梦都忙着找水军，忙得披头散发。

我终于理解了那些工作狂是怎么回事了，以前我以为那些人天生贱命，不加班不通宵工作难受，现在我才理解，谁愿意受累啊，但如果你的工作特得心应手，累的过程也会分泌多巴胺，情绪愉悦着呢。

感谢中国娱乐事业的发展，让我这种边角料，也有了燃烧自己的机会。男人算什么！我要做女强人！等我发达了，郝泽宇算什么？我天天潜规则小鲜肉！

我发愤图强到大便干燥，嘴里长大泡，再加上每天抽两包烟，嘴巴臭得厉害，还要拼命为董恩制造声势。

公司的小孩都说，姐，你就差把董恩的裸照发到网上，然后喊着让大家评评理，看看我家孩子屁股翘不翘了！

我还真考虑过这招的可行性——有点走火入魔了。

此时，老牛唤我进他办公室，听一则电话。原来是跟郝泽宇进剧组的助理，哭诉郝泽宇如何难伺候，连睡觉的枕头都要他家那个。

老牛好生安慰着，挂了电话，却劈头盖脸地骂了我一顿，让我马上打飞的去送枕头，说我再作下去，郝泽宇真被作跑了。

"忙，没空。"我冲老牛扔下这么一句话，头也不回地跑了出去。

一直忙到脑袋发晕，我累得头一挨着枕头，就睡着了，然而勉勉强强睡了两个小时，我又醒了。

赶紧睡吧，睡吧，为了工作就够殚精竭虑的了，哪还有工夫考虑儿女情长呢！往常我这么给自己洗脑，想一会儿，还能多眯一阵子，但今天却越想越睡不着了，脑子里翻来覆去全都是郝泽宇。

哎，他毛病那么多，又特恋床，万一睡不好觉，第二天怎么拍戏啊？这部戏多重要啊，万一他演不好……

我越想越心焦，终于忍不了了，穿上衣服杀到他家。

到了他家门口，我真希望他家的门锁换了密码，这样我也不犯贱了。我试着按了一下，密码竟然还是我的生日。我有点感动。这是不是说明他还爱着我呢？

心里突然响起一个声音：如果他爱你，为什么不主动跟你和好呢？

可另外一个声音说：凭什么不是你主动跟人家和好呢？这一切都是福子你作出来的，你怨得着人家吗？

我是女人啊！我回驳心里的声音，就不能让让我，别跟我硬碰硬吗？

心底的声音哈哈大笑：你也是女人？你撒泡尿照照镜子。

我照了一下郝泽宇家的试衣镜。我眼角还带着眼屎，头大脸松，满脸浮肿，头发睡得跟鸡窝一样，套着起球的T恤，穿着夹脚拖——脚趾甲也该剪了。

真丑啊。胖子瘦了，也许会变成美女。但胖福子瘦了，只会变成一个丑福子。丑不可怕，但一个女人如果丑，还又虎又作，还装什么女强人啊？

我忽然胆怯了起来，觉得周围人对我也太好了。即使Rose姐那个老狐狸，也没当面说你长成这样，还想跟大明星谈恋爱？你要不要脸啊！

我抱着郝泽宇的枕头，心里百感交集，后来竟然就这么在他床上睡着了。

一通电话叫醒了我。我迷迷糊糊地接起来，听到老牛焦急的声音，呆了几秒，狠狠捏了自己一把。疼，不是梦魇。

我听到我冷静地跟老牛通话，"我听懂了，知道他从威亚上掉下来了，老牛你别哭，咱们现在就买机票去横店。"

在飞机上，我抱着郝泽宇的枕头，努力让自己再睡一会儿，养精蓄锐。

梦跟破抹布似的，支离破碎。我仍然在鞋堆里翻鞋，终于翻到我想要的那一双，一群人却围住了我。高中班主任、大学时抓住我作弊的女老师、我卖地铁票时的领导、《时尚风潮》的女魔头、我第一次参加时尚活动时不让我进去的保安……他们都是看低我的人，时常在梦魇里出现的人。我挥舞着手里的鞋打他们，嘴里嚷嚷着说我不怕你们了，我的脚不臭。他们都变成了不倒翁，被打倒后，摇摇晃晃又站起来了，他们嘲笑我，说这不是你的鞋。我手里的鞋，竟然是双男鞋。他们把头靠过来，每个人都变成了诡异的狐狸脸，他们集体说："他以后不用穿鞋了……"其中有个人捧着一个男人的腿，血淋漓，腿毛的长相我很熟悉……

我从梦里惊醒。脖子上的玉佩仿佛是种安慰，摸了半天，才止住了眼泪。

我转头，旁边座位的Rose姐和老牛手牵着手，睡着了。太吓人了，两个从不对付的女强人，此时竟然成为彼此的依靠。

我笑了。然而笑过后，我害怕了起来。能让他俩化敌为友，郝泽宇应该伤得很重吧。

我继续摸着脖子上的玉佩，伸手管空姐要了杯酒。头等舱就是好，酒一杯接一杯。

我在心里一遍一遍地祈祷，老天啊，让我跟他分手也可以，让我重新变成一头猪也可以，让我后半生还这么落魄下去也可以，让我少活十年也可以。只希望我心爱的这个男人，可以平安无事。

我拿出手机，查了一下自己的银行账户。钱不多，但还是令我稍微安心下来。没事，他就算残废了我也不怕，我还有一双手，我来养他。但……万一他死了呢？万一他成了植物人呢？

我去厕所匆匆洗了个头，冷静下来。我对着镜子，如此安慰自己：他要死了，也不怕。我先杀了导演，再杀了武行，最后干掉Rose姐，然后亡命天涯。

然而郝泽宇只是断了一条腿！吓谁呢！我暗骂了一句，高悬的心终于回到了肚子里。

冲进病房的时候，郝泽宇正躺在病床上，在投资方、制片人和主创的围绕当中，充耳不闻地打游戏，小嘴噘着使劲，更显孩子气。

两个月没见过面，此刻的他竟然有点陌生。黑了，瘦了，妆还没卸干净，是拍古装战场上的戏吧？工地的民工也比他干净。

但在满屋子齐头整脸的人之中，他却是那唯一一闪耀的存在。因为他的脸上带着一种独有的气息，那是千军万马爱慕过的痕迹——像个当红明星。

我突然有点敬畏。我给他一人的爱，怎么抵着过那多人对他的爱呢。但即使如此，他还爱我呢。相互依靠、相互拉扯、相互折磨的爱。曾经揣了满怀的不甘与埋怨，突然都在这一刻烟消云散了。

他抬起眼，眼睛还是那么亮晶晶的，目光飘过来，定在我身上不动了。

我俩隔着人群，就这么无声地对望了一会儿。

他忽然说："你来干什么？"

语气太冷漠，整个屋子都静下来，屋里的人都望向我。

其实我有很多话要说，以埋怨的方式，以恼怒的方式，以哀怨的方式。

然而开口，我只是有点哽咽地说："你可都改了吧？"

他看着我，这个肥版的林黛玉，笑了，又哭了。

我们紧紧拥抱在一起。

我也哭了，脑子里转着两个念头：竟然就这么和好了；老娘都做好你残废了养你的打算，结果你只是断了一条腿而已，我白感动自己了。

〔五〕

装了一阵子的女强人，我又被打回原形。把老牛送走后，我立刻化身二十四孝助理，买了个电压锅，天天熬大骨棒汤。

大导过来探病，我顺手给他盛了一碗汤，大导表扬我，"你助理不错啊。"

郝泽宇淡淡地接了一句，"这是我女朋友。"

大导捧着碗一愣，明显不知所措了。

我拿出海盐，热情地问大导，"我想着郝泽宇现在不能吃太咸的，就没放盐，是不是有点儿太淡了？"

郝泽宇盯着他，"您是第一个知道我有女朋友的。"

大导手一抖，半瓶盐都倒了进去。

郝泽宇继续说："这事儿要是被别人知道，肯定是您说的。"

一碗海水见底，大导遁走。真是，这么大腕儿的导演，还这么经不起玩笑。

我在剧组待了一星期。董恩跟我视频通话，光着膀子让我看他最近练块儿练得怎么样，还问："妈呀，你啥时候回来管我啊？"

郝泽宇把电话夺过去："你妈伺候你爸我呢，儿子你自生自灭吧。"

吓得他连忙把电话掐了。事后，董恩告诉我说手机都直接摔坏了，还特好奇地问我，什么时候开始的？

我惜字如金，分享给他一首歌，《大约在冬季》。也不知他能不能get到我这么老套的幽默感。

一个礼拜之后，郝泽宇就瘸着腿下地拍戏了，主治医师都快气疯了。郝泽宇的意思是，剧组停拍一天，就是上百万元的损失，不能再耗下去了。

大导为此深受感动，握着郝泽宇的手叹了又叹，自此跟他成了忘年交。这场景，是不是很像当年的《谁胖谁先死》？

过去断腿，不过是下雨时腿疼。现在断腿，他永远不能长跑，永远不能打篮球。

过去断腿，不过是赢得了过气香港导演的芳心。现在断腿，他成为大导御用的男主演，好风凭借力，送他上一线。

过去断腿，是他粗心，命苦。现在断腿，是他敬业，粉丝和圈内人组成的歌咏队，用各种形式歌颂他德艺双馨。

的确有点悲哀。

我忽然能够理解，为什么大家都拼了命地想成功，为什么那些弱智的"机场成功学"的书籍畅销不止。成功真好，不必念念不忘，也有交响乐团般隆重的回响。

我的感慨虽多，跟郝泽宇之间的话却很少。不是没话说，是千言万语只需一个眼神，彼此就能明白对方的心思。

眼看戏快杀青了，我对郝泽宇说了在剧组期间最长的一句话，"我先回去了，把董恩的经纪工作收一下尾，交给老牛，就专心陪你。"

他点点头："辞职的时候跟姑姑好好说，别让他多心。"

我笑，回答他："搞得定。"

我收拾好东西，拿酒店的信纸画了三张票，递给他。我解释："有求必应票，什么都答应你。"意思是，如果我以后再抽风，只要他给我一张票，我就马上不作，他什么要求我都答应他。

他珍惜地放进钱包里，送我上车。说话省事儿到闹鬼的地步。

回北京的飞机上，我突然想起一件事情来，现在是倒计时多少天了？

哼，谁记得。我伸了个懒腰，感到从未有过的轻松。干吗还记得倒计时？为什么还要在意别人知不知道我们俩的关系？我自己开心就行了，管其他人怎么想呢。我为什么要做女强人？我还带什么"小郝泽宇"？我已经有一个真正的郝泽宇了。我为什么要跟他分手？这么做对我有什么好处？跟他分了我明年可以上春晚吗？这本就不该是yes or no的问题，Rose姐干涉不了我！

我可以不分手，但我可以被牺牲掉。我可以不抛头露面地出来工作，可以注意不让狗仔拍到我，我就在家里做家庭主妇行不行？我天天做指甲、烫头发，白天喝茶，下午遛狗，每天最大的忧愁是凑不够一桌四人的麻将局。被人包养不是我一直的夙愿吗？从两岁想到三十多岁，梦想近在咫尺，我竟然没反应过来？

我甜美地做了个梦。我梦见我跟郝泽宇结婚后，又胖了，郝泽宇拍戏时跟同剧组的女演员好了，我去剧组一顿砸，砸得神清气爽。啊，真是好梦啊。

我下了飞机，已经是半夜十二点，我家都没回，直奔老牛家。他正穿着睡袍红酒配电影呢，一开门看我这阵势，吓了一大跳。

来的不是时候，但这事儿不能再拖，没时间了。我试图秉烛夜谈，打了半天感情牌，还没说到要辞职的事儿。

老牛直接问我，"你这是不想干了吧？"

就这么直接承认的话，老牛会不会不高兴啊？我一犹豫，刚要解释，老牛一拍桌子，"早应该不干了！"

我和老牛谈了一会儿关于董恩的工作，还现场打给董恩，开了一个电话会议，我以为董恩也会哭着喊着不乐意呢，谁知道他特冷静地说，"行。"啊，真心换绝情，还以为你们都留恋我呢。

解决完这一切，老牛问我说完了吗？说完了赶紧滚，就这样把依依不舍的我赶走了。真是，这结局也太利索了，跟我生离死别抱头痛哭的戏份呢？我这眼泪都蓄好了。

我噘着嘴出了电梯，慢腾腾地挪到小区门口，被一个自称是老牛邻居的人喊住，递给我一个袋子。

我打开一看，是一沓钱……给我这个干什么呀！我要回去找老牛，那人把我拦住了，"回去干嘛呀，你还不知道他？表面上是个超级大娘炮，实际上比谁都爷们，特爱面子，你别再回去招他哭了。"

上车后我立刻打给老牛。

"遣散费拿到了？"

"嗯。"

"那些虚情假意的人话我就不说了，我看出来了，你也成不了杜十娘，但手里得有点钱防身，别老花他的钱。"

"我没花，除了几件衣服，那也是买了让他高兴的。最多他给我一辆车，那也是挂着他名，账我都记得呢。别忘了，我是你教出来的人，咱们养男人在行，花男人钱心虚。"

"那我可教错你了，我是花不着男人的钱，才做独立自强的事业女性的。"

我俩都在电话里笑了。

"我最近重新看茨威格，他说，'她那时还太年轻，不知道所有命运赠送的礼物，早已在暗中标上了价格'，这什么鬼话啊，咱们现在得来的一切，都是拿双手换来的，没人拿得走。"老牛说着，哽咽了，"福子，咱们也算熬过来了，以后都好好的啊。"

郝泽宇说要换个大点的小区，我花了两天看房子。其实说"看房子"也不准确，应该说看小区。我相中东四环的一个高档小区，十多万元一平方米那种，好到我都有点惊呆了，这是北京吗？别的小区是楼和楼之间有点树，这小区是一片树林里有几栋楼，你压根也见不到几个中国人，连推婴儿车的，都是说着英语的菲佣。我逗小孩，今儿我也没怎么打扮，一个菲佣误认为我也是保姆，问我家主人是干什么的？我笑说那怎么能说呢。

我真的一点都不生气，没错，以后的生活，我就是郝泽宇的小保姆啊，他回家还可以玩肉肉女仆爱上我，没准还一不小心生个孩子什么的。我要有个胖宝宝，爸得多开心。

对了，我还在这儿看什么房子呀，爸的问题还没解决呢！

我回家，也是巧，刚到门口，就发现妈拖了个小包往外走，说去二姨家住两天。我拦她，吵架也别走啊，我还有话跟你们老两口说呢。

妈很生气地推我一把，"你跟他说去吧。"又指了指我，意味深长地来了一句"你呀"，这才走了。

还是应该拦住她的，但妈这句"你呀"，倒是让我头脑清醒了。为了眼前的幸福，我可以放弃一切。爸的问题，我还是得正面应对，我不能让郝泽宇再难做了。

我爸一见我进屋，自动往卧室躲，我拦住他，直截了当，直奔主题，"爸，我俩可能要结婚了。"

当然，我俩离结婚差远了，但要说什么我俩定下来了，我爸可能听不懂，那我就提前透支一下进展吧，让他安心一下。

爸果然停下了脚步。

我换了一副嘴脸，低下头跟他服软，"我不希望您不开心，您觉得女儿会受伤，但让我受伤，我也乐意。"

爸嘴唇颤了半天，终于说话了，"疯了吧你！"

我点头，"我是疯了，可这样不好吗？我瘦了，我那么怕打针，可我往脸上打了那么多针，我变漂亮了。如果我这样都算是错了，那我也不知道什么是对了。"

爸气得眼睛都红了，转过身，刚要发火。我扑腾一下跪下了，"爸，我不想跟您吵了，我错了，我错了还不行吗？但您让我错到底好不好？"

我看着爸，爸也看着我。父女俩互望了一会儿，爸崩溃地坐到沙发上，捂着脸，半天没声音。

说实话，我这一跪，跪得一点也不难过。

我甚至觉得许巍在我身边伴唱："没有什么能够阻挡，我对自由的向往。"

自由是什么？就是我现在想跟郝泽宇在一起，我牺牲掉自个儿也觉得幸福，为了这种幸福，我甘愿放弃一切——所以，跪又如何？

过了好一阵，爸的神色才恢复正常，他抹了抹眼睛，让我先站起来。他掏出一张卡，"这里头有五十万元，你拿着。"

我没明白。

"要疯一起疯吧，别的姑娘有的，你也得有。好好捯饬自己，你随你妈，底子好。"爸神色平静看着我，把卡塞到我手里。"结不结婚，他说的不算，我说了算。

他哪天回来，你叫他一起吃个饭吧。"

〔六〕

　　今儿的日程：打瘦脸针；带郝泽宇跟爸一起吃饭。

　　然而从早上起床开始，我的眼皮就一直跳。果然，这一天过得一直不顺。

　　我去私人整容诊所，前台把预约时间给弄错了，排在前面的客人又不断加项目，一来二去让我等了很久。

　　我没闲着，趁这个工夫打电话订饭店，但连着问了几家想吃的，都客满。要命的是，郝泽宇那边也出了幺蛾子，他打电话告诉我，今儿下午开发布会，后面还有采访，结束的时间不定，他尽量午夜之前回来。

　　我有点生气，问他知不知道今儿这顿饭，对我，对他，都很重要。

　　他说，不是他故意不赶回来。

　　我正要跟他吵架，他直接把电话撂了。

　　嘿，反了你了，我正要夺命连环call他，哪想着他发来一张图片，是一张"有求必应票"——"今儿可以不生气吗？"

　　我气得直跳脚，却也只能回复他："好。"

　　他电话打过来，没说话，笑声先传过来。

　　我含恨地说："你知道吗？你这种'一切尽在掌握中'的笑法，特别招恨。"

　　他继续笑了一会儿，忽然沉默了，沉默到我以为断线了，我"喂喂"了半天，他才说话。

　　"我有点得意是不是？原谅我，我才发觉。可我竟然马上要成功了？你知道吗福子，曾经有一度，我连吃饭的钱都没有。"这样心酸的话，被他说得如此云淡风轻。他接着说："仗打完了，往后都是好日子。"

　　我笑："瞧你说的，怎么跟电视剧的大结局似的，以后不过了？"

　　"大结局？别逗，这最多演了一半，以后才是高潮。"他的语气特别郑重，"福子，今天是我特别重要的一天，如果我赶不回去，你别介意，今天不能跟你爸吃饭，咱们明天吃，后天吃，今后，我们有的是时间。"

　　记者会马上要开始，郝泽宇又说了两句，匆匆挂了电话。放下手机，我神清气爽，既然订不到位置，就在郝泽宇家吃好了，我下厨，吃完了，让爸在他那儿住一宿，郝泽宇即使明早回来，还能一起吃早饭呢。

喜滋滋地计划着，护士来提醒我，到我了。打针的时候，医生说打在小腿上，可以瘦腿，就是贵点，要两万一。

我大手一挥，刷卡！这么重要的日子，我也送自己一份大礼吧。

结束之后医生嘱咐我，这几天腿会有点软，让我赶紧回家躺着。我把一条条的注意事项全答应了，然而也根本没听话，去郝泽宇家楼下的进口食品超市转了很久，对着手机里的食谱软件，挑了满满一车食材。

路过熟食区的时候，有点恍如隔世的感觉。貌似不久以前，我失业，跑到这里蹭吃的，还被一个老太太纠缠，郝泽宇从天而降。那时的我还觉得这儿一根黄瓜就得十元钱，来这儿买东西的都有病吧。如今，我也买东西不看价钱了。不是我有钱了，是我心里有"闲"了，闲情逸致的闲。

我耐心地排队，前面的两个女孩，正拿手机看直播。我瞥了一眼，哟，看的是郝泽宇的新片首映礼。

今天你还能赶回来吗？我想着，往前推车，脖子突然一紧。低头看，脖子上的玉佩，卡在了购物车的缝隙之间。我正要往外拿，前面的女孩也不知道怎么就激动了，一碰车，玉佩的绳子被扯断了，玉佩直接掉在地上，竟然摔成了两半。

我一个晴天霹雳。天！这可是郝泽宇的传家宝！我该怎么跟他交代！

刚把玉佩捡起来，我爸就来电话了，我一边心疼玉佩，一边想跟爸说你在哪儿呢，咱们吃饭改在郝泽宇家了。

可电话那头却传来一个略带焦急的陌生男声，"你是他女儿吗？你爸晕过去了。"

我愣了几秒钟，突然笑了，"真逗，劳烦问您一句，这么糙的骗法您能骗到钱吗？"

又换了个女的接电话，"你爸是不是挺胖的，叫福方树？开出租的，他出租车号是……"

我有点蒙，这骗子的资料还挺准确的，"你哪儿的？"

"我们链家的！你爸在我们这儿卖房子，晕过去了，你快去朝阳医院……"

我把购物车一推，想往外跑。然而上半身出去了，下半身还原地不动，我扑倒在地，小腿开始没有知觉，糟糕，瘦腿针开始起作用了。

前面女孩的手机，被我连带着扑了下来，耳机还在她身上，手机掉落在我眼前。手机声音开始外放，屏幕上的郝泽宇搂着女一号的肩膀，笑着说："我和她的确是恋爱关系……"

我傻笑了起来。别哭啊福子，别哭，爸只是晕倒了，没事的。我爬向门口，周围人纷纷给我开道，还有人叫保安。我不理他们，一直爬到门口。我分不清方向，只是往前爬，只是往前爬。

爸，爸，爸……

终于爬到门口，我爬不动了，拿出电话，想给郝泽宇打电话。电话响了几声，断了。啊，对，他在出席电影节，手机应该没带在身上。那你什么时候能回来呢？

我给他发信息：我爸出事儿了，你快回来。

你现在能不能先把什么电影节放到一边，改一天跟一姐炒CP，回来陪陪我？别让我一个人。求你了，我求求你。

手机屏幕上有水珠，我擦泪，哎，我没哭啊。我抬头，天哭了，下雨了。我突然笑了，又不是你爸，我都没哭，你哭什么哭，你添什么乱啊。天哭得更厉害了，浇着地面一片白茫茫。

老天的泪水里，我像只蜘蛛一样，继续往前爬。路边的人看到我怪异的模样，纷纷唯恐避之不及地躲开，没有一个人愿意伸出援手，我也没有多余的力气去求助，心里憋着一口气，催促自己说，我得快点儿走，快点儿，再快点儿。

爸应该没事，就像郝泽宇腿断了，我以为他死了一样呢，都是自己吓唬自己的。我这样安慰自己，脑中却想起老牛跟我说的那句话，他那时还太年轻，不知道所有命运赠送的礼物，早已在暗中标上了价格。

爸，爸，爸……

第十五章

与君离别后，
何日君再来

.——.

〔一〕

　　是警察把我送到了医院，急诊室门口，医生宣布我爸抢救无效的那一刹那，妈哭得晕了过去，亲戚们乱成一团。

　　几个阿姨帮忙照顾妈，爸那边的人分成两拨，一拨围着房屋中介，"你们到底干什么了？人到你那儿就出事！"一拨围着抢救的医生，"人送来还好好的，到你这儿怎么死了？"

　　医生的说法是，爸是心脏病突发，送来的时候呼吸已经停了。

　　房屋中介的说法是，爸在晕过去之前，还挺正常的。那会儿他们正闲扯着明星可赚钱了，有个小明星也在他们这儿看四合院呢，爸问是谁啊，中介嘿嘿一乐，指着电视，"就这人，哟，这是谈恋爱了啊？"

　　爸回头一看，电视上的郝泽宇正搂着一姐承认恋情。

　　"福先生突然激动了，猛地站起来，然后就晕过去了……"

　　我坐在轮椅上，面无表情，只盯着病床上的爸。爸像睡着了一样，仿佛下一秒就会睁开眼。

　　爸，那只是郝泽宇的业务需要，他没劈腿，我们还在一起。您快起来啊，待会儿您不出车了？别睡了，醒来之后，咱们还吃饭呢。

　　对了，郝泽宇你在哪儿呢？你为什么还不回来？事业对你来说真的那么重要吗？在一起这么久，我从来没有求过你什么，但现在，我求你回来，你回来告诉爸，那都是假的，你让他安心地走，好不好？

　　我很想大哭一场，但讽刺的是，刚打完肉毒杆菌的脸，根本没办法皱起来。

　　耳边闹哄哄的，无数声音交织在一起，像一张巨大的网。所有人的嘴巴一直动一直动，可我听不清他们在说什么。

　　有人重重推了一下我的肩膀，我茫然地抬起头。我看到妈缓过来了，有人拍着她的胸口给她顺气。

　　我看到二婶愁眉苦脸地在我眼前拍着巴掌，"你说话呀！你爸死了你怎么跟没事人一样？"

　　我看到三叔指着我的鼻子，大声骂，"要不是你，你爸不会没日没夜地急着卖房子！"

　　我脑子里嗡嗡作响，三叔的巴掌照着我的脸呼过来，我脑袋很迟钝，不想躲，也不想问什么。

一个人抓住三叔的手，是我妈。妈用身体护着我，把三叔推到一边。"老福就是把钱扔海里了，你们也管不着，何况是给自己的女儿花。"

三婶生气了："嫂子！你还护着她，要不是她，哥能就这么没了吗？"

"那也是我们自己家的事儿。"

我拉住妈的衣袖："妈……"

妈反手给了我一巴掌。这一巴掌把我的头打到一边，墙上的钟显示，零点整。

我人生中最重要的一天，就这样过去了。我人生中最漫长的一天，就这样过去了。

我一直等的人，他没来。我的心，好像死了。

后来几天，我和我妈住到了二姨家。郝泽宇不断联系我，但我一直没见他，因为我不知道该跟他说些什么。

我爸火化那天，天阴得很厉害，像是憋着场雨。

爸的棺材停在火化炉口，我扶着妈站在一旁，妈的脸上挂着肉眼可见的苍老憔悴，整个人很安静。这几天里，我们哭了太多，也哭得太累，累得已经像一双无知无觉的人偶，眼眶里枯竭到一滴泪水也没有了。

小松子从外面跑进来，在我耳边压低了声音说："郝泽宇跟老牛来了，但他们不是家属，火葬场的人不让他们进，堵门口了。"

我没回答。这时，控制火炉的师傅问："再看一眼吗？"

我们走上前，我微微俯下身，深深地看了爸最后一眼。经过遗体美容，爸的神态很安详，除了脸色异常苍白，跟平常几乎没什么两样，仿佛下一秒就会睁开眼睛骂我说，不是让你好好拾掇拾掇自己吗，你看你这是什么模样。

爸，我拾掇过了，真的。郝泽宇也来了，可他这时候来有什么用呢？咱们等他一块儿吃饭，最后也没等到。您的最后一眼，他也没资格见，他凭什么呀，您说是吧？您别不出声啊，您再跟我说句话啊，爸，爸？

师傅戴上手套，示意我们站开点儿，"开始了啊。"

"别，师傅，我先走，别，别。"我嘴里乱七八糟地说着，一步步退后，脚底发软，跟跄着往外跑。

我听见身后火化室里突然爆发出一阵女人的哭声，机械运作的巨大震动让地面都跟着一起颤抖。

我跑得没了力气，在一棵树下蹲下来，呼吸急促得像是肺要炸了，不住地干呕，却什么也吐不出来。这个刹那，我仿佛是被抽了魂，意识浮游在天际，无数错乱的回忆在这一刻相互交织。

　　我出生时，脐带没扎好，无法排便，医生无计可施，姥姥和妈都准备放弃我了。爸听说了个偏方，用沾着香油的咸菜条，刺激肛门。他几天都没合眼，一直重复做这个工作，结果我喷了他一身黑屎。

　　爸每天出班的时候，要偷偷走，要是被我看见，我"爸呀爸呀"地不让他走，他没办法，只好把我放在车上，一直哄到我睡着，再把我抱回屋里。

　　我在学校跟区长的儿子打架，学校护着对方，爸直接跟校长打了起来。校长骂龙生龙凤生凤，你一个司机的孩子，永远没出息。爸领着我回家的时候，我哭着跟爸说我会有出息。

　　然而我没有。我没出息到让爸把命给搭进去了，我永远没有机会去补偿，我的余生都将浸在恨意之中，我恨我自己，我恨我是爸的女儿，如果这个世界没有我，爸会好好活着。可人究竟为什么要活着？摸爬滚打、含辛茹苦地过一辈子，就为了在生命结束的那一刻，被推进一个冰冷的炉子里付之一炬吗？

　　妈越来越绝望的哭声钻进我的耳朵里，一下一下刺着我的耳膜。我听见小松子夹着哭腔劝我妈节哀，我的心狠狠地揪成了一团。我咬住了舌头，拼命抵抗即将汹涌而来的崩溃感。我突然意识到，爸走了，我就是这个家的主心骨。谁都可以倒下去，只有我不能。我必须要扛起一切，好好照顾我妈，我要替他活下去。这就是我唯一能够想到的，死亡的意义。

　　我抬起头，看到高大的烟囱里缓慢飘出一股股烟，我知道，那是爸。世界上唯一一个觉得我瘦、觉得我漂亮、把我视为瑰宝的人，就这样不在了。

　　我在原地蹲了很久，一个工作人员急匆匆跑过来告诉我，门口那边还在闹。我扶着树站起来，跟他赶过去。

　　郝泽宇正跟火葬场的人撕扯成一团。老牛死命地拦着他，看我过来，赶紧喊："你可算来了！快点儿的，这小子疯了！"

　　我走上前，干脆利落地扬手给了郝泽宇一巴掌，"闹什么！我爸还在里面呢，刚烧成灰！"

　　他像是被打蒙了，瞬间静了下来，不可思议地看着我。

　　火葬场的工作人员在一旁冷眼看着，像是见惯了这样的场面，满脸的嫌恶和不耐烦。

郝泽宇缓缓开口："你到底想干什么？"

我注意到有人冲着我们的方向指指点点，小声议论着，神色里显露出一点惊疑。

于是我说："咱们先换个地方，我再告诉你我想干什么。"

走向郝泽宇的保姆车时，悲哀一股脑儿冲上我的眼睛。在这个时候我还为他着想，怕他被人拍到，明天上新闻。我可真爱他。

我们俩和老牛一起进了车里。我烦躁地摸着身上所有的兜，没带烟。郝泽宇好像知道我想干什么，递给我一根，我连忙接过来点上，像是瘾君子发毒瘾一样，尼古丁让我镇定了下来，镇定得我万念俱灰。

郝泽宇也点了一根烟，他看着我，我看着他。两个人都没有说话，好像谁先开口，谁就背负着即将到来的离别的罪恶。

我细细端详着他，他越来越好看了，憔悴也不能掩盖他身上的光芒。我伸出手，轻轻摸着他的脸，摸着我那一巴掌落下去的地方。他的手覆在我的手背上。

老牛说，"你们说话啊。"

我努力压着声音的颤抖："你能不能，不做明星了？咱们钱也赚够了，我陪你回哈尔滨，啊，你们东北人不都喜欢三亚吗，咱们去三亚，不行咱们出国，找个谁都不会阻止咱们俩在一起的地方，行吗？"

他的手突然握紧了，顿了几秒，把我的手从他脸上拿开，看向我的眼神那么委屈，"你真的爱我吗？你确定你爱我吗？"

我哑然失笑。

他依然盯着我，仿佛我的模样变了，他在用力找寻曾经熟悉的痕迹，"福子，你不知道我想干什么吗？如果我不做这个，我还能干什么？你就不为我想想吗？"

"我为你想过了，真的，我一直在为你想，可现在我没有别的办法了。"我慢慢抽出我的手，"郝泽宇，现在我彻底为你着想，咱们分手吧。"

他的脸色忽然一变，"你开什么玩笑？你怎么了？你不见我，也不让我陪着你。我明白，你爸死了，你难受，我也很难过，可福子，这不是我的错啊。"

我摇摇头："跟你没关系，我爸死了，这才多大点事儿？可这点事儿，我自己已经扛不过去了。现实世界没有还珠格格遇到五阿哥，还珠格格还得是小燕子赵薇，如果她是一头猪，连动画片都拍不了。"我忽然笑了，像是受到观众鼓舞的十八线脱口秀艺人，继续侃侃而谈——谈的全是我破碎的心。"但我只是胖福子，我拼了命瘦成这样，纵观演艺圈，也没有任何女演员能演得了我……"

"贾玲啊。"他忽然说。

我们对视一眼，都哈哈大笑，笑得我要努力看着车顶，才能止住眼里的泪。

"哦，贾玲行，可人家多漂亮啊，不像我……我想起来了，有一个人可以，沈殿霞，她跟我挺像的，非要跟郑少秋待在一起，结果她死得早，赔了一辈子进去，临死前还要问那个男人有没有爱过她。可我怎么能跟她比啊，她身上挂着全香港人民的爱，我只有爸妈的爱，我爸爱我还把他自个儿的命给爱没了……"

郝泽宇小小的声音传进我耳朵里，"还有我呢，我还爱你呢。"

"不是的。"我看着他，摇摇头，"我们或许只是对彼此有好感，我特别想去相信你真的爱我，但我们得承认，这不是爱情，这只是两个病人，相互取暖。现在春天到了，也就该分开了。爱情多美好啊，可你看看，我们俩在一起，我成为你的软肋，我成为你的弱点……"

郝泽宇打断了我的话："我知道，Rose姐让你跟我分手，这件事我早就知道了。我明白，是因为我不够强大，保护不了你。所以我努力拍戏，我拼了命，换来了大导的信任。福子，往后咱们不用怕了，谁都伤害不了我们，只要我们俩扛住，都会好的，你相信我，好不好？"

"可我现在扛不住了。"我眼眶里一阵阵的发热，"郝泽宇，你知道吗？没跟你谈恋爱之前，我每天都特高兴，卖地铁票也高兴，去杂志打杂也高兴，可我现在不高兴了，我最胖的时候都没这么自卑过。这是谈恋爱吗？我为了跟你在一起，透支了这辈子所有的斗志，之前我想，为了你，我愿意放下我的人生，天天在家做家务，可最符合这种状态的，只能是住家的保洁，不可能是郝泽宇的爱人。你事业越来越成功，而我最后只能变成北京待遇最好的保洁，这样的人，值得你爱吗？你会开心吗？我会开心吗？是，我们共患难，我们甜蜜过，围巾……大雪……澳门……哈尔滨……可我们不能再拿回忆骗人了！我们曾经好过，但我们现在不好了，以后也不会好，为什么要绑在一起彼此拖累呢？郝泽宇，就这样吧。"

沉默弥漫了整个车厢，我强忍着不哭出来，打开车门要出去。

郝泽宇一把拉住我，迷惘地看着老牛，声音发着抖，"姑姑，你说点什么吧，我求求你了，你帮帮我。"

老牛抬头，目光却闪避着，"对不起啊小宇，这回，我没办法帮你。"

郝泽宇有一瞬间的茫然，突然厉声喊起来，"你们这是干什么？你也要离开我是吧？"

老牛抬起眼睛，却没有去安慰他。他犹豫了一下，然后下定了决心似的，慢慢点了点头。"公司的两个小孩也上这戏了，这戏肯定能红，便宜占了，我也该退了。"老牛说，"我这人，宁做鸡头不当凤尾，给人打不了工。我做红过郝泽宇，在圈内也算牛了，我还是专门发掘不红的小孩去吧，现在走，还能落个情谊，以后都在圈里混，总能念个旧帮个忙，反正山水有相逢。"

"哪儿那么多山水有相逢！"郝泽宇狠命地捶向车窗，手上的关节处渐渐沁出了血。

"干吗呢祖宗！"老牛眼疾手快地掏出了纸巾，要给他止血，他却把老牛推开，眼眶发红。

"我就知道，只要我喜欢的人，都会离开我！"郝泽宇打开车门跳了下去，我急忙下车去追，谁知道他又跑了回来，仿佛乞食的小狗一样，脸上带着巴结的笑容，"福子，如果我不当演员了，我把刚才所有的话都收回来，我……"他磕磕巴巴地说，掏出两张纸片递过来，"我还有这个，我们不必分手吧？嗯？"

我低头看，是那两张有求必应票，我接过来，几下就撕得粉碎。

"你干什么！"郝泽宇大叫一声，发疯一样地蹲在地上捡着纸片，要拼回原样。然而一阵风吹过，所有的碎片随风飘远，他尖叫着去追，却什么都没有抓到。

我望着他的脸："现在没有了，我们之间，什么都没有了。"

郝泽宇不可置信地看着我，到最后，像是受了天大的委屈，眼泪终于决堤，他咬住自己的拳头，阻止哭泣的声音。

"我就不该相信，有人会爱上我！"他狠狠抛下这样一句话，跌跌撞撞地走了。

我怔怔地盯着他的背影，所有的思绪都停了下来，这一刻，我真的疲倦到了极点。过了一会儿，我说："老牛，你叫司机过来，把他接上，这儿离市区远。"

老牛骂道："真够狠的，你就不能再给他一个机会吗？其实你压根儿没有刚才说的那么硬气，你还爱他，是吧？"

"他生下来就是要成为别人的梦，三亿少女的梦，三亿基佬的梦，三亿大妈的梦，无论是哪种梦，他本人的女朋友，角色设置都不应该是一只猪。我是猪没事儿，我接受，但我不能再继续异想天开下去。爸已经不在了，我得留着这条命，好好照顾我妈，我不敢再让我的人生出现任何差错了。"

我看着老牛，从他硬要塞那几个小鲜肉进组开始，我就隐约预感到他或许是在为自己铺一条后路，所以，当他说出要离开的决定，我并没有太多的惊讶。但我还是忍不住问他："你为什么也要挑在这个时间说？"

"怎么，又不忍心了？"

我垂下眼，摇了摇头："挺好的。真正的大明星就应该六亲不认，我们现在充其量是长在他人生上的瘤，早晚要割掉的。两个一起割，说不定会让他更清醒，以后的路才能更好走。"

"你还是没回答我的问题。"老牛瞟我一眼，"你是不是还爱他？"

我沉默了很久，缓慢地喘了口气，终于艰涩地开口，"我爱他，但截止在我问出能不能不再当明星那个问题之前。那个问题，就是我给我们之间的最后一个机会。他没有选择我，他还有更重要的事要去做。"我顿了顿，"那一刻之后的我，只剩下恨。甚至于爱情，对我来说，都是这个世界上最可耻的东西。"

我说得咬牙切齿，似乎想提醒自己，这份恨是实实在在的。但我明白，我恨的是只要一看见他，我就会想起那个肮脏的自己。我恨那个癞蛤蟆想吃天鹅肉的自己，那个曾以为只要瘦下来人生就会完美的自己。我恨那么爱着他的我自己，我恨那个以为世界上真有人会为了我放弃一切的自己。

我们同时沉默了很久，谁都没有再说话。我开门下车，走了几步，突然想起了什么，回头对老牛笑。

"真巧，今天，是倒计时的最后一天。"

老牛一脸困惑地看着我。我朝他挥挥手，转身离开，心里却想：连老天都帮在我们分手，我还有什么可不甘的；什么爱情，都是幻觉。福子，你本就不该相信有人会爱你。

〔二〕

鸡贼可真算是忠犬，爸火化后，它仿佛明白了什么，开始绝食，我们只好送它去宠物医院打点滴。

晚上，我把我妈送去小松子家住。我跟她说，我还是回去，想跟爸最后在家住一晚。

妈看了我一眼，"你不会动了什么歪念头吧？"

我笑说："您可真看得起我，我要真有那骨气，就不是我了。"

回家后，我躺在爸妈的床上，枕头上还隐约留着点儿爸的味道，让我特别有安全感。很快，我睡着了。梦里面，我在拼那两张被我撕碎了的"有求必应票"，拼好了，却又被风吹散，我只好再次东奔西跑地找碎片。如此反复几次，我在梦里也很累，突然有个声音说，别拼了，没用了。

我醒过来，看着姥姥躺在我身边。

我眼睛一湿，嘴里却没好话："你这老太太真没用，成天跟我扯皮，你女婿要出事儿，你也不来提个醒。"

姥姥说，她也想来啊，但我脖子上那块玉佩，不让她过来。现在玉佩没了，她才重新回来。

我坐起来四处看，屋子里只有姥姥，和那只崭新的骨灰盒。我问："爸呢？爸怎么没来。"

"你爸也想来见你，但他来不了，不要等了，让他走吧。"姥姥笑呵呵地起身，"我以后也不能来了，大福子，你好好的。"

我连忙爬起来想追姥姥，我想问，为什么爸来不了？为什么你也不来了？你们要去哪儿？谁知，仓促中反而摔到了床下。

这一摔，我真正地醒了过来，发现自己趴在地上，阳光明晃晃地照着我的眼。疼痛感散去后，我终于意识到，所有人都离开我了。以后，我只能靠我自己了。

我抱着骨灰盒，回到小松子家。妈一宿没睡，小松子枕着妈的腿，睡得直打呼噜。

电视还开着，只不过调了静音，妈入神地盯着看。

我走过去，坐下来。妈看我一眼，说："房子过户了，全款，一千多万，你说他们外地人怎么这么有钱，有钱真好。哎，你先拿个靠垫给他枕上，我腿都被压麻了。"

我依言用靠垫把我妈的腿换出来，小松子睡得也死，翻了翻身，继续打呼噜。

妈伸手把我放在沙发上的骨灰盒拿过去抱在怀里，像是捧着宝贝，掂了掂，继续说："我跟小松子商量好了，钱分两份，一份留给你，另一份我拿着，我要出去玩。"

"您去哪儿啊？"

"去海边啊，生你那年，你爸就说要带我去看海，可我们这一辈子只去过北海，没见过真正的海。现在，有钱了，也有时间了，我带他去看看海。"

"那让小松子陪你去吧。"

"你呢？"

"我得工作，我要让你过上好日子。"

妈笑了："你得让自己过上好日子，别太怪自己，妈那一巴掌，已经怪过你了。"

我低头不语。

妈又说："当然，我说这话也没用，你得自己想明白了，人活着，就得守活着的规矩。"

小松子突然哼哼了一声，嚷起了梦话，"爸，你放心吧，妈和福子，我都会照顾好……"

我们母女俩欣赏了一会儿小松子的睡相，妈说，儿子真好看，随后却掉了泪。

我给妈擦眼泪："咱俩都守着活着的规矩，好好活，你还得看小松子的孩子呢。"

"那你呢？"

我笑了。我想说很多，想跟她喊很多励志口号。但开口时，却只是说："我还是好好工作吧。"

〔三〕

我的脑子从未如此清晰，目前摆在我面前的，有两个选择：一是去老牛那儿复工，二是选择其他工作。

考虑了十分钟后，第一个被我内部否决了。一旦没出路就投靠老牛，老牛有什么义务要帮我兜底呢？上辈子是红十字会出身？何况他已经找到新的宣传总监和董恩的经纪人了，我再没皮没脸地跑去，这不给他添麻烦吗？

还是选择第二个吧，新工作新上司新祖宗，宛若新生。好歹我也是牛美丽娱乐有限公司的前任宣传总监，也做出过"新一代翘臀王"董恩这样的成功案例呢。

然而我低估了如今的就业环境，一连碰了好几次钉子。某次面试时，那个心善的HR委婉地暗示我，"我们的宣传团队，年纪最大的一个也是1991年的了。"

其实我能理解，这个圈子更新换代实在太快，粉丝的口味又一天一个样儿，团队必须年轻化，思维必须紧跟当下的流行趋势。但同时也觉得委屈：你怎么就知道我一定跟不上潮流呢？做董恩的时候，我也是一枚时代的弄潮儿啊。

所以一下子能找到的，只是一堆初级文案工作。可我再怎么样，也实在没法儿觍着脸跟刚毕业找实习的小孩抢这岗位。

最终，一个网红找我当经纪人，我做了28天，快到发工资的时候，她把我开掉了，理由嫌我不够细心，没随身带紧急避孕药。我倒是也不难过，以她的名义在网上发了一些约炮信息。面对她漫天的花边新闻，我真是心花怒放。

在这前不着村、后不着店的时刻，白莲花经纪人打来电话，问我愿不愿意给花姐当宣传。愿意，让白莲花天天给我扣一脑门子麻酱，我也愿意。

然而白莲花忘记了我，也许因为我瘦了，也许因为我剪短了头发。但无论如何，再见到她，我感慨万千，一时哽噎，说："花姐，你真的改变了我的人生。"

是，如果不是对她的采访，我也不会扣她一脑门子麻酱，被踹出时尚杂志；后来也就不能认识郝泽宇，又跑去跟他工作；我也不会瘦成这样，爸也不会死……行了，打住吧，再这么联想下去，1979年的春天，那位老人也没在南海画上一个圈呢。

所以我把这些话咽进肚子里，只是擦擦眼泪，昧着良心说，花姐是我的人生偶像，能给您工作，是我们家族的荣光。

上了年纪的白莲花十分受用这一套，在某次撞见我加班到深夜后，对我赞不绝口，赐予我一支她用了半管的高级眼霜，让我治治我的黑眼圈。然而我知道，治疗黑眼圈最好的方式是充足的睡眠，但我睡不着。一觉到天亮的安稳睡眠，跟减掉的肥肉一样远离了我。

地铁是我唯一能睡得着的地方。我经常会加班到晚上八点，然后坐上一班地铁，在车上睡一觉，直到末班地铁的列车员叫我下车。出了地铁站，拦辆出租车回家，然后坐在窗口抽烟，看着夜空从深蓝变成浅蓝，赶在健身房开门时，去健身房跑上一千米，再去上班。我的生活已经变成了循环的地铁2号线，好在有这份工作，可以冲淡这一切的无聊。

工作了一个月，我渐渐摸清了身边的人事关系。

白莲花像所有功成名就的老牌明星一样，肥水不流外人田，弟弟是宣传总监，弟妹是经纪人，他俩都是半路起家，这几年给白莲花捅了不少娄子。于是趁着弟妹怀孕，白莲花赶紧挖来现在的大经纪人安雯。安雯来时，也带了自己的团队，所以白莲花这儿分两派，安雯一派，花弟一派，两拨人平时相处起来，毫无疑问是面和心不合。可怜我是安雯招来的，还在花弟手下干活儿，两面不讨好。

安雯也是个胖女孩，倒是挺好说话的。有次闲聊时，我问她："你看过《甄嬛传》第一集吗？皇后赏给华妃一个宫女，没几天就被周宁海给扔井里了，那宫女恰好也叫福子，你说跟我现在的状况多像，说不定哪天我就被花弟弄死了。"她但笑不语，我又问她："在我之前，你应该送了好多'宫女'到花弟宫里，目前就剩我一个大福子还苟且偷生呢吧？"

"苦了你了福子姐，他要不走，你一直得这样，我也没办法帮你。"她这话说得赤裸裸，希望我是个二百五，直接跟花弟起刺儿。

其实倒也不是不行，但我很清楚，安雯和花弟最多是二老板三老板，即使拿我当枪使，我也不能随便开火，总得一枪放到关键的地方。

机会终于来了。花姐当制作人，拍了一部电影，上映在即，需要筹备一场新片发布会。这是个油水很多的活儿，我的顶头上司花弟当然自己揽着不放，我也乐得清闲，哪想着花弟心粗，把邀请函的日期搞错了。眼看发布会就要开始了，媒体区愣是没来几个记者，花姐东北老娘们的脾气犯了，眉毛一竖跟花弟大吵一架，花弟觉得没面子，扔下这烂摊子，自己跑了。大家一片愁云惨淡，臊眉耷眼地收拾东西，准备散了。

我拦住白莲花，"姐，这不行，钱都花出去了，就是扔水里，咱们也得听个响儿啊。这样，您和几个主演打麻将吧，咱们网上直播。"

花姐一愣，"这、这太low了……"

"Low才好啊，只要有新闻，谁要脸啊！"

第二天，白莲花新片发布会打麻将的新闻，果然爆了。本福子一战成名。

我这也算帮花弟善后，他找到我，让我跟他统一口径，把日期搞错这事儿推到别人身上，开掉几个小孩算了。我前脚答应了，后脚直接找到花姐，把来龙去脉清清楚楚说了一遍，顺便把他弟贪污发布会制作经费的证据双手奉上。

花姐倒是没生多大气，问我想怎么着。

我直截了当地说，"我想当宣传总监。"

一星期后，花姐大义灭亲，我走马上任。

彭松对这事儿一直心有戚戚，"这也太凶险了，万一白莲花最讨厌告密呢？你怎么知道她一定会把她弟开掉？那可是一个娘胎里出来的。"

我微笑，"她早就想找理由把她弟开掉，巴不得我出这个头呢。何况这种一线明星，利益为先，六亲不认，谁能给她带来利益，谁才是真正的亲人。"

我捏捏他的肩膀，"这些八卦先放放，说正事儿。现在白莲花造型团队的头儿，跟我不对付，我得想办法把他踢出去，然后让小松子你上。这么重要的位置，必须得是自己人。唔，手下的那几个宣传也不太服我，也得顺便换成自己人……"

小松子盯着我看，突然笑了，"你现在特像一个工于心计的上位者。"

我开心地接受了这句褒奖，"做上位者好啊，上位者只让人恨，从来不恨自己。"

郝泽宇的脸忽然浮现在我眼前。我维持着脸上的笑容，却下意识握紧了拳。还要继续加油啊福子，因为现在，你依然在恨自己呢。

〔四〕

有一天，我在书里看到一段话。"从现在起，我开始谨慎地选择我的生活，我不再轻易让自己迷失在各种诱惑里。我心中已经听到来自远方的呼唤，再不需要回过头去关心身后的种种是非与议论。我已无暇顾及过去，我要向前走。"

我把这段话抄下来，贴在了床头，每天一睁眼就能看到。从现在起，我什么都不怕，我要向前走。

白莲花越来越依赖我的意见。从什么时候开始的呢？大概是我把白莲花有点过时的德艺双馨女劳模形象，成功转型为男女通吃性感大总攻的时候？抑或她参加真人秀时，我把行李箱里金光闪闪的名牌，换成一水儿的家常服，展现她私下里亲民的形象的时候？又或在其他明星恨不得当着镜头翻跟头抢镜时，我让她不声不响地揉面、蒸包子、劈柴火，以勤劳的形象吸粉无数的时候？还是得知她怀念老牛，我巧妙安排他俩见面，让他俩冰释前嫌、抱头痛哭的时刻？我说不清具体是上述哪一条原因，但结果确实是我迅速成了团队里的顶梁柱。

安雯见大权旁落，主动递了辞呈。当时我正在跟白莲花确定她下一档真人秀的角色定位，白莲花并没表现出特别的留恋，敷衍了事地说了几句场面话，就同意了，转过头继续问我该走耿直率真路线还是索性扮娇憨。安雯也很镇静，自动退了出去。

谈完了事，我追上安雯，要开口时，却不知道该说什么。如果我告诉她，我真的从来没动过赶她走的心思，这一切只是我"无暇顾及过去，我要向前走"的产物，她会相信吗？犹豫了一下，我只说，"我请你吃顿饭吧。"

下班后，我请安雯去了一家爱打高贵牌的餐厅，酒过三巡，她拍着我的手，突然说起真心话来，"谁想到，我一个耶鲁毕业的海归，被你一三流民办本科的挤走了，大福子，你有本事，你才不是《甄嬛传》里那个倒霉催的，你的好日子还在后边儿呢。我还真有点儿后悔，当初就不应该听Rose姐的话，把你招进来……"

"Rose姐？"我有些惊讶，但安雯像是有点醉了，没有再说下去，颠三倒四地絮叨着下家也是个难伺候的主儿。

我想了想，便也释然。我已经如约跟郝泽宇分手，Rose姐这么做，也许只是单纯地附送给我一个人情，又或许是想监视我有没有偷偷摸摸地搞幺蛾子，但无论如何，她再也抓不到我的命门，我也构不成对她的威胁。不管她的目的究竟是什么，都与我无关了。

我叫了辆车送安雯回家，临走时，她大概还是有一丝不甘心，趴在我耳边说："你知道吗，其他人背地里，都说你有两副面孔……"

我点头，突然咧嘴笑了，说我知道，关上车门，送她离开。安雯，你真是个好女孩，连传小话都传得这么温和。相信我，我听到的，比你听到的难听多了。

有一次，我在公司的卫生间，听到隔间门外有人大骂，"福子真是个绿茶！在白莲花面前装奴才，在底下人面前装主子。"

如果是肥胖时期的福子，她可能会假装没听见；如果是减重时期的福子，她会自省检讨。只可惜，我已经是我。现在的我，锱铢必较，斩草除根。我抬脚踢开门，身子都没起来，坐在马桶上开骂，"对，我就是绿茶，我就是两面派，有能耐你也来啊！

女孩当即吓傻了。旁边的一个女孩连忙说："福子姐，我可没说什么……"

"听也有罪，听也去死，现在都给我滚蛋！滚回老家考公务员吧，你们有的是时间说我坏话！"

她俩哭着跑了出去，我内心一丝波澜都没有，关上门，继续我未完的事业。我摆弄着手机，章子怡偶尔也会在我的朋友圈里点赞，我幻想了一会儿为她工作的美妙场景，冲水、洗手、补妆，回办公室当老佛爷。

你以为我会高处不胜寒，孑然独立、形影相吊，一杯红酒配电影，阶前点滴到天明？对不起，没有，我过得很好。出差乘商务舱，有专门的司机，穿最闪的衣服，用最贵的护肤品，没人敢给我脸色，白莲花都敬我三分。过生日的时候，我包了整个酒吧，往来无白丁，十几个小鲜肉裸着上身，大跳艳舞为我这寿星献吻。

这才是做人！之前那么多年白活了，做狗都是做的串儿！

过年时，另一位更红的小花旦邀我过档，白莲花听到风声，为了安抚我，送我一辆车。我前脚高呼谢主隆恩明年我要为娘娘肝脑涂地，后脚却跟那位当红小花旦谈跳槽的条件。正谈着，碰巧收到了安雯的拜年信息。我脑袋里一下子浮现出安雯离开时，白莲花那张毫无波动的脸。这一行里，维系大家关系的无非是人情和利益。我从没奢望白莲花对我真心实意，我明白，她看重我，也不过是因为我能为她带来更多的利益。当年她也实实在在倚仗过安雯，安雯走了，她连眉头都没有皱一下。江山代有人才出，一旦我没了这么大的用处，就会被新一代的"福子"顶掉位置。到时候，同样也没有人会为我发出一声叹息。我突然醒悟过来，签在谁那儿也是当奴才，干吗不自己当主子？

假期结束之后，我开着那辆白莲花赠送的车，坦然地告诉白莲花，"花姐，我要创业去了，以后您多罩着我。"

自立门户不是件简单的事，但摸爬滚打这么多年，好歹积累了一定的人脉和威望。虽然不易，三步一坎五步一关，咬咬牙倒也都迈了过去。

公司业务步入正轨之后，我跟老牛商量好，又把董恩签回来了。我不敢跟Rose姐比，但我大概也明白，如果郝泽宇是Rose姐心里的白月光，我家董恩还是我胸口的朱砂痣呢。

后来在某次酒局上，我遇到了Rose姐。等到我们身边各自围的一大圈人都散了，我郑重地跟她敬酒。

"受不起了。"Rose姐笑着举杯，"你现在也是大经纪人了。"

我也笑："您别寒碜我，我还没谢谢您呢。要不是当时您背地做好人，偷偷把我介绍到白莲花那儿，我也没有今天。"

Rose姐拉着我的手，相姑娘一样把我仔仔细细打量了一遍，"看到你现在过得这么好，我也心安了。"

她说着，叹了口气，语气突然一沉，"福子，有件事我要告诉你，你别怪我。你爸去世那年，那时候你给郝泽宇发信息，说你爸出事儿了，当时他正在接受采访，手机在我手里，我怕他看见这条信息会失态，就把信息删了。

"后来你们闹得那么僵，我总觉得是我的罪过。我对不起你，要是我没删那条信息，说不定你们俩现在还在一起。"

我好像有点儿醉了，我感觉脑子里天旋地转，手心里的汗一阵一阵地往外冒。但我还是笑，"您说什么呢？我们俩分手分得不对吗？分手之后，他蒸蒸日上，我呢，现在走到哪儿，也有人叫我一声'姐'了，这还多亏了您。比起不小心被曝光，两个人一起下地狱，现在这样不知道好出多少倍，我想得清楚。"

Rose露出点儿欣慰的表情，语重心长，"福子，Rose姐走到今天，靠的不是心狠手辣。"

"当然，当然。"我点着头，"姐，我得先走了，我醉了，真得走了。"

我转身离开，没走出几步，Rose追上来，抓住我的手，说："小宇从我那儿离开，自立门户了。他这两年一直是一个人……现在的你，也许能配得上他，跟现在的他好好在一起了。"

我大笑着把她的手拂开，"姐，您演过了哈。"

露天停车场，我靠在车上，等着代驾司机来接我，视线落在旁边一辆车上，怎么看怎么眼熟。看一眼车牌，哦，是Rose姐的。为什么我记得这么清楚呢？我想了半天，想起来了，因为她车牌号后四位是我爸的生日。

风一吹，我清醒了一点儿，身上仿佛有了点儿力气。我从后备厢拿出一根高尔夫球杆，狠狠地砸向这个老女人的车。我！现在！能！配得！上他！

爸，她为什么要删那条短信？！如果不删！他会回来的！他一定会回来的！

保安匆匆忙忙赶过来，只看到一个崩溃的女人抱着高尔夫球杆哇哇大哭。

我眼花，看错车号，砸错车了。

没有什么如果。删没删那条短信已经不重要了，结局已定，我们回不到从前，一切都来不及，回不去了。

〔五〕

几天后，我陪着董恩赶通告，路上堵车堵得那叫一个海枯石烂。

这小子偷偷观察了我一路，到了这会儿，终于憋不住了，"你那天为什么砸车啊？"

"报仇。"

"跟谁有仇啊？"

"跟我自己。"

"现在还跟自己有仇吗？"

大姨妈驾到的我格外暴躁，翻着他的日程表，"今儿要是迟到，我仇更大，连你都砸。"

董恩立刻打开车门，"为了我的人身安全，咱们还是去挤地铁吧。"

一号线没变，依然有尿味儿，卖票的竟然是我的旧同事，还是丧着一张脸，然而她没认出我，撕票根的动作依旧是麻利中带着事儿妈的气息。

过了安检，我转头跟董恩说："几年之前，我就在这个地铁口卖票。"

我们下了电梯，我看着眼前排队等地铁的茫茫人海，喃喃自语，"你看，五点钟的地铁，有这么多人。我突然好庆幸我的人生，不用天天挤地铁。"

董恩有点忍不了了，"你知不知道你现在很欠揍？"

我点头："谁给了我这样欠揍的人生呢？"

"你自己啊，以前是卖地铁票的，现在当上金牌经纪人，牛得都忘本了。"

"是我自己吗？好像不是。"

"那是谁呢，鬼吗？福妈你最近真的很有病！"

直到上车，我都沉默着，看着玻璃上映出的自己，有个影子在我脑海里影影绰绰。那个一年上十本大刊封面的他好吗？那个提名金马奖、金像奖的他好吗？他睡觉还会被梦魇吗？一下雨他的腿还疼吗？我突然特别想他。

"小宇哥。"董恩叫道。

我陡然一惊，汗毛都竖了起来。他怎么也来坐地铁了？大明星体察民情吗？这也太偶像剧了，街头邂逅啊？我该怎么演才不丢人？打不打招呼？我先开口还是等他先开口？我今天妆化得是不是太浓了？一路挤过来，衣服上会不会有褶儿啊？

我转过头，却发现董恩盯着地铁里的电视，娱乐新闻正在播放郝泽宇暂停拍戏，去美国读书的消息。董恩若有所思地问我："福妈，我怎么觉得最近大家都爱去游学呢？等过几年，你是不是也会这么给我安排啊？"

我答："你走青春荷尔蒙路线，用不着，多泡泡健身房才是正道。"

"非得为了拗人设吗？那要是我自己真心想去呢？"他不依不饶。

"那我就亲自带你上名校、拜名师，再穷不能穷教育嘛。"

董恩咧嘴笑了。我叹口气，把他滑下来的墨镜推上去一点儿，"闭上嘴低调点儿吧你，生怕别人认不出你是怎么着。"

董恩点点头，过了一会儿，小声添上一句，"其实我觉得小宇哥也是真心想去，不过他一年那么多戏约呢，真想得开。"

地铁电视上的主持人还在快乐地念着稿子，水逆又来了，你被逆到了吗？嗯，一定是水逆加大姨妈，才让我突然这么失落。

隔天依然有点痛经的我去房产中介那里办手续。我随口说了一句，这小区房价涨得太快了。

"您以前看过这房子？"中介问。

我点头："两年前吧，差点儿住进去。"

"哎哟，可惜了，那时候房价正便宜，您怎么没买呢？"

"因为爱情啊。"

中介小哥赞我幽默："您这爱情够亏钱的。"

呵呵，何止亏钱，亏命呢，把一个与世无争的胖子，变成一个天天起刺儿的瘦刺猬。

小区里推着孩子晒太阳的，依然是说着英语的菲佣，真好，这小区就像个世外桃源，别管世事如何变换，世人如何改头换面，它依旧在这里，不疾不徐，仿佛一切都跟它无关。

一切都没有变，只是你不在我身边。这回水逆来得够凶的，我又抒上情了。

合同都签完了，办资格审核的时候，中介小哥一头雾水，说，"姐，你这是第二套房啊。"

去区房产局查，发现在我名下的确有一套房子。我按照房屋地址杀过去，一到地方却只觉得天旋地转，五雷轰顶。那是一套四合院。我心里突然浮现出一种似曾相识的感动，我努力回想起这种感动来源于哪儿，天煞的痛经此时来凑热闹，我疼得坐在了地上。

终于想起来了，有个人，曾经在哈尔滨给我买了个貂，我也是如此感动来着。

当年，是谁说，要给我买一套四合院的？我开玩笑的一句话，你怎么就当真了？

路边一个好心的大妈问我怎么了，我突然哭了起来。痛经真疼啊。

〔六〕

"现在掰弯郝泽宇，还来得及吗？"小松子正在看房地产网站，估算了一下那四合院的市值，略有悔恨。

"我找你过来，不是让你算这房子有多少零的！"我把电脑扔过去，"快给我查郝泽宇的一切采访。"

"你要干吗？"

"我要知道他怎么想的。"

"还能怎么想？四合院都买了，说明他肯定还爱你呢……"

我尖叫，要撕了小松子的嘴，"不要说了！再说我就从楼上跳下去了。"

我的疯癫让小松子很听话，然而他在搜索引擎上打出郝泽宇的名字，却搜不了。

我以胸口碎大石的力度，猛拍我脑袋，"我忘了，我把他的名字设为屏蔽了！"

这两年，我拼命回避着他的信息，我生怕他展露出一点柔情，打碎我所有的故作坚强。我又生怕他一直无情，让我在自作多情的毒瘾之中欲罢不能。我只好在微博上屏蔽"郝泽宇"、"小宇哥"、"下一站影帝"等所有他的关键词，公司的小孩都知道不能提郝泽宇，有时一些不明白状况的电影公司发来他主演的电影的主题礼物，这些公司都被我列入黑名单，再也不会合作。

然而此刻，铺天盖地的他，在电视上、在照片上、在文字中不断闪现，他梳背头真好看，他练出腹肌了，他的那条残腿有两颗钢钉，他一直不买任何房产，他对感情只字不提……我看着那一篇一篇的新闻，脑子锈得很厉害，怎么都转不动。

"这个东西，我觉得你应该看看。"彭松把电脑推到我面前，打开了一档真人秀的最新一期。澳门，包括郝泽宇在内的嘉宾们做完了游戏任务，坐在喷水池旁，等待看烟花。

郝泽宇很自然地靠在老牌女星铮姐肩上，捏了捏铮姐的手腕，"姐，你可真胖。"铮姐的脸果然变色。

郝泽宇见说错话，连忙说："我上一个女朋友也挺胖的……"

小松子调大了电脑音量，"注意，关键的部分来了。"

节目里，大家因为郝泽宇的这句话，瞬间八卦了起来。

"怎么，你喜欢胖姑娘啊？"

"我不喜欢胖子，我只是喜欢她，她刚好胖。"

"什么时候分的？"

"两年前。"

"为什么分的啊？"

他垂下眼睛："她觉得，我没那么爱她。"

有人开玩笑："这什么姑娘啊，连你都不爱，有病吧？"

郝泽宇突然笑了。

"她是有病，跟缺心眼儿似的，不管过得多不好，整天笑嘻嘻的，心大得不行。"

"听你这话，你现在还喜欢她吧？"

"哎。"他笑了一下，不说话了。

"怎么突然欲言又止了？把话说清楚不行吗？"铮姐把郝泽宇拉到镜头前，"来，跟她说句话吧，没准儿她就能看见呢。"

郝泽宇眼巴巴地望着镜头，睫毛忽闪忽闪的，像一只想讨好人的小狗，"你……"

节目里，突然下起雨来，周围人连忙站起来躲，他眼前的摄像机也晃了晃。然而他一直盯着镜头，张了张嘴，要说什么。

正在这时，他背后突然窜起一簇烟花，在空中绽开，形成巨大的花朵。他回头望，最终什么都没说，只是傻乎乎地淋着雨、看着烟花，那样的单薄萧瑟。

傻呀你，下雨都不知道躲。我在心里骂，看着他被雨打湿的头发，心狠狠地揪了起来。可他在屏幕里，我在屏幕外，我们之间的距离不止天南海北，甚至还隔了两个次元那么远。我什么都无法为他做。我站起来，满屋里翻箱倒柜，终于找出来一把雨伞，把伞撑开，遮在电视里的郝泽宇头上。

彭松惊恐地盯着我，大概觉得我疯了。

我想告诉他，我没疯，我只是很想为郝泽宇做点儿什么，我只是希望全世界的雨都落在我身上，不要去淋他。可我还没开口，天煞的节目编导，突然配上一首歌。

好花不常开，好景不常在。愁堆解笑眉，泪洒相思带。今宵离别后，何日君再来……

我撑着那把伞，眼泪突然气势磅礴地涌了上来，配合着郝泽宇在雨里看烟花的脸，最后一丝防线也宣告崩溃。

我有多久没有这么彻底地哭过一场了？自从爸去世后，我的心肠变得越来越硬。这两年来，不是不苦，也不是不委屈，有过几场逢场作戏的悲伤，有过几滴无足轻重的眼泪，却从来没有真正地难受过。人生中最珍贵的部分已经离开了，还有什么能够击倒我？但这段时间以来，我却又变得脆弱，每当听到有关他的消息，我的心就会不受控制地抽搐颤抖。眼前模糊到再也看不清屏幕上的他的脸，我声嘶力竭地痛哭着，好像从前的福子又回来了。

这一刻，我再也无法否认，我喜欢现在的自己，却也想念从前的我，想念那个明明不堪一击，却总是奋不顾身的胖福子。那个福子什么都没有，身边却站着她最爱的人。

很久之后，我终于哭没了力气，渐渐安静下来。

小松子任我靠在他肩头上气不接下气地抽嗒，默默递过纸巾，"行了你，蹭我一身大鼻涕，你蹭他去啊，他这么浓情蜜意的，还送你一个四合院。世界上最爱你的男的，也就他了吧。"

我摇摇头："是咱爸。"

"那他排第二！"

我叹了口气："他排第三，世界上第二爱我的男人，是你啊。"

他一愣。

我伸出手，抱住他："真的，永远都是你在陪我，永远都是你在我身后，只有你不会离开我，我为什么没有早点儿发现呢……"

话没说完，他突然噌一下跳了起来，"你打住！你瘦得脑子糊涂了？青天可鉴啊，我对你一点非分之想都没有，我宁可变弯了去搞基，我也不可能跟你啊！"

"小松子你听我说……"

他后退几步，"你别给我来这套'蓦然回首，那人却在灯火阑珊处'，我可不是你的阑珊处，你阑珊处在美国呐！"彭松说完，落荒而逃。

我仿佛一尊雕塑，张开双臂，尴尬地愣在那里。虽然我瘦了，我牛了，我学会不要脸了，但丢人的技能，倒是一直熟练。其实我只是想说，小松子，谢谢你，谢谢你一直以来这么支持我、陪伴我，虽然我们没有血缘关系，但我们永远是这世上最亲的姐弟。然而关键的内容我还没说出来，就被他抢先，还被他误会！气死了！我仰天长啸，好好的感人气氛全都不见了。

很久以后，久到彭松的孩子都会打酱油了，他才告诉我，那时他在楼下听见我怪叫，以为我离了他活不了，他犹豫了一下，还是觉得自己的清白重要，他决心还是让我死了，跳楼吧，最多我死了之后他给我多烧几炷香。

我把他痛打一顿，"真是没良心，就是跟姐乱伦，也别让姐那时候就死啊，不然我怎么去美国找我的'阑珊处'呢！"

〔七〕

我决定马上去美国找郝泽宇。

好在我的美国签证是十年签，没有太多烦琐程序。我买了时间最近的机票，也没带行李，直接坐上了飞纽约的航班。

难熬的十几个小时过去，我终于落了地。一打开手机，就看到董恩给我发了无数条信息，我找了个咖啡馆，跟他视频通话。

那头的董恩几乎要疯了，"福妈诶！你是忘了我今天拍广告吗？"

我微笑："还真忘了。"对不起，我今天爱美人不爱江山。

"忘了这不是提醒你了吗！快滚过来！"

"滚不过去，我在纽约呢。"我给他看了看远处的自由女神像。

"啊？你去纽约干吗？找汉子啊！"

"没错，我去找郝泽宇。"

他一愣，突然咣当一声，屏幕黑屏。我以为信号断了，拿着手机上上下下找信号，却听见那边董恩欢呼的声音，"她要跟小宇哥和好了！"

那边的助理尖叫："和好？他们什么时候好上的？小宇哥去美国不会就是他们约好的吧？"

我恨铁不成钢，这孩子！嘴怎么这么不严呢！但助理这句话提醒了我，我倒是风风火火地来了，可郝泽宇在纽约的联系方式是什么啊？

董恩发动一切资源，找郝泽宇的联系方式。然而郝泽宇在国内的号码早换了，给他发微信也不回，去他公司打听，公司的人嘴严得很，磨蹭了好一会儿，也只是知道他在纽约大学。

我让董恩继续帮我打听，直接杀到了纽约大学。谁知道纽约大学地方这么大，我去哪儿找啊。公司小孩发来一个情报，刚刚在微博上，有人说在纽约大学的某个自习室遇到他了。

我操着我的一口烂英文，一路连比划带用翻译软件，终于找到了那栋楼。我的运气还算不错，路上碰到一个中国留学生，求他帮我找郝泽宇。那孩子以为我是疯狂粉丝，死活不答应。正在掰扯呢，一个老外拎着一个扩音喇叭走了过来，我索性横下心，不管不顾直接把喇叭抢了过来。

那一天，方圆十里的纽约群众都能听到一个疯女人的破锣嗓子，声嘶力竭地喊着中文。如果身边有华人朋友，大概会给他们翻译，"郝泽宇，你给我出来！你不是给我买了个四合院吗？房本儿呢！我来找你要房本儿了！你给我滚出来！"我喊得眼泪都出来了，如果按照偶像剧的演法，这时候郝泽宇应该从我身后抱住我，笑着喊我傻丫头，然后我俩拥抱、接吻，身边的洋人都鼓起掌来。

但对不起，福子一直都没有偶像剧女主角的命（除了郝泽宇脑门被挤了，非要爱上这个死胖子），瘦了的福子也是很倒霉的，我没喊来郝泽宇，倒是把校警给喊来了。他们非常有效率地把我"请"出了校园，"请"的过程也挺惨烈，我的妆花了，头发上粘着树叶，衣服蹭得一塌糊涂，高跟鞋还崴掉了一个跟。

我坐在美国的土地上，拿出了一包中国带来的烟。目前的剧情也很美国式彪悍——北京的一傻娘们儿，虎了吧唧地漂洋过海来看旧爱，狠狠丢了回脸，大概又得灰溜溜地回中国了。

对了，要不要让董恩在微博上发条寻他信息呢？我家董恩人气还行，这么多人转来转去，他肯定能看到吧？那也不对，回头顶上热门了，话题是#寻找郝泽宇#，好事群众还指不定想什么呢。

我叼着烟，正满身找打火机，一只火机从头顶递了过来。我抬头一看，正是刚才拒绝帮我找郝泽宇的中国留学生。

他怯生生地问我："你们真的认识啊？他为什么要给你买个四合院啊？"敢情我刚才喊的，他都听到了，还跟了我一路。

"问得好，我这不就是跑到美国来问他的吗？"

"你是他什么人啊？"

我低头看看自己一身的狼狈，苦笑道："我说我是他女朋友，你也不相信吧。"

小孩点点头，又摇头。

我挥挥手："行了行了，你走吧，好好学习，将来回报祖国和人民——哎，火机能不能送我？"

小孩点头。

我道了谢，起身离开，走了两步，又回过头，"他乡遇故知，你也算是见证了我千里寻爱的过程，又给我一个火机，我还是得报答你一下。你喜欢哪个中国女明星？"

这孩子可能被我吓到了，表情有点儿懵，我又问了一遍，他说了某个演技特烂但特红的小花旦。

在这儿上学，不应该是高才生吗？眼光可真次。我腹诽着，拿出手机，翻到小花旦经纪人的号码，打了FaceTime过去。几句话后，手机屏幕上出现这美妞儿的脸，我让这孩子跟小花旦打了个招呼，也算回报了。通话结束后，这孩子看我的眼神就变了，仿佛瞻仰伟人。

"阿姨，你到底是干吗的？"

我眼前一晕，强忍下揍他的冲动。"往难听了说，跟拉皮条一个性质吧。"

孩子又一懵，看来是个纯洁的娃娃，听不懂这种词汇。

"现在咱们两清了，有缘再见吧。"我冲他笑笑，潇洒地转身离开。

身后传来一个声音："其实，我倒是能找到你男朋友……"

咔嚓一声，另一个鞋跟也被我扭断了。

到了小孩口中的郝泽宇家门口，我局促地盯着脚上被我搞得破破烂烂的高跟鞋，问他："是不是有点太邋遢了？"

那孩子看了看我，不声不响地从书包里拿出一双球鞋来。

我感激地接过来，有点儿大，但没什么妨碍。我深吸一口气，准备按门铃时，我又停住，诡异一笑，"今年圣诞节你想要什么生日礼物？"

"……啊？"

"快说！"

他吓得一哆嗦："想换台电脑……"

"姐姐给你买！"我不动声色地帮自己降了一辈儿，掏出信用卡塞给他，"不过你还要帮我个忙。"

我藏在一边，等着他去买我交代的东西。再次会合之后，我们重新回到郝泽宇门前。

按门铃，却没人应门。

"你确定他住这儿吗？"

他指了指对面："我姑姑说郝泽宇就住在他对面啊。"

旁边还有几栋房子，难不成这个"对面"指的是斜对面？我又按了按其他房子的门铃，出来的人却都不是郝泽宇。

我有些心灰意冷，转身就走。

那孩子连忙跟上："你去哪儿啊？"

我丧气地拖着长腔："我先在附近找个酒店住下，留在这里慢慢找吧。"

他看着手里鼓鼓囊囊的购物袋："这些东西怎么办？"

"送你了。"

"呃，那电脑呢？"

现在的孩子怎么这么财迷啊！事儿都没办呢还想要报酬？我正要回头教训他一顿，突然看到不远处，慢慢走来一个男人的身影。那身影，我在心里画了无数遍，化成灰我也认识。是郝泽宇。

他瘦了，下巴上一圈儿小胡碴，发带随随便便套在头上，箍住长了一些的头发，像个流浪艺术家，嘴里叼着支烟，不停地划着打火机，却始终打不着火。

我笑了出来。老天真逗，我设想了无数次重逢的方案，现在却只能全部放弃了。我把手里的火机阀门调到最大，走上前，一声不吭地把火机递给他。

他头都没抬，说了一句带点儿东北腔的Thank you，点火的时候，向我瞥了一眼，一下子愣住了。火机里的火猛然窜出来，嗤的一下燎着了他的刘海。

我赶紧扑上去，连吹带拍把火弄熄。整个过程中，他一直傻傻地站在那里，一动不动，只是睁大眼睛看着我。

"没烫着吧？"我焦急地问，"你倒是躲着点儿啊！"

他忽然笑了："第一次你给我火机，也是故意的吗？"

我被问得一怔，也笑了，"第一次不是，现在是。"

他看着我，我看着他，谁都没有再说话，大概生怕对方像蝴蝶一样飞走。

过了好久，他轻声问我，"你来干什么？"

我伸出手，"要房本儿啊。你不是给我买了个四合院吗？"

他重新打火，把烟点着，叹了口气，"今天下午，我在自习室睡着了，梦到你来找我，满世界地喊，管我要房本儿，没想到你就真的来了。"

"不是梦，那真是我，最后是你们校警把我抬出来的。"

他点了点头，仔细端详着我的脸，又笑了，"总觉得缺点什么。"

这个笑让我的眼睛突然花了。有冰冰凉凉的东西一点一点落在我脸上，我抬头看，下雪了。

纽约的雪跟北京的雪有什么不同吗？没有不同，仍然是一个我，还有一个他，只不过隔着两年分离的时光。

我心头一热，向他伸出手，"跳个舞吧。"

对，这次是我主动。他应该伸出手，抓住我，我们在今年初雪里跳舞，然后一切归零，重新开始。

然而他只是盯着我的手，脸上的笑容渐渐消失，最终抬起头，"你给我个地址，我安排人把房本儿给你。"

我手僵在空中。

"我们再联系吧。"他把火机递向我。

我没接，缩回了手，努力让自己不要失态，"哦，好，那，再联系吧。"我努力绷着脸，朝他点点头，失魂落魄地转身离开。

是啊，凭什么我来找他，我们就能重归于好呢？当初说分手的是我，现在要和好的也是我，凭什么次次都让我得偿所愿呢？我抬头看天空，真是的，我还以为这雪是来帮我的。

我强忍着眼泪，突然脚下一滑，又狠狠摔了一跤。我疼得半天没缓过来。原来这雪是让我丢人的，老天爷就是想看我的笑话而已。

郝泽宇从后面跑上来扶我，我把他推到一边，站起来，指着天空骂，"我受够你了！一辈子都没给我好脸，我都努力成这样了，还让我丢人！在中国丢人不够，我跑到国外来，你还玩我，你厉害啊！没用！人家这边儿信上帝了！我今儿还非不如你愿！"

郝泽宇过来拉我："福子，你说什么呢？你跟谁说话呢？"

我转过身，猛地推了他一把，"还保持联系，我要是有你的联系方式，至于今天像个傻帽一样被美国警察抬出去吗？谁要跟你保持联系，我永远都不想跟你联系，有话当面说清楚！"

我咄咄逼人地迈上前，一下一下地推他，肉没了，但我的力气还在，他招架不住，一步一步靠后。

"你不厉害吗？你现在不是大明星吗，怎么还是那个怂样儿？当初喜欢我那么久，到澳门才敢亲我，敢情我要不去澳门，你还得继续窝囊地暗恋我吧？当初我甩了你，谁像小狗一样眼巴巴说不行的！现在老娘给你机会，你还给我甩脸色，我呸！惯的你！我看是两年不揍你，你皮紧了！"

我一直把郝泽宇逼到了墙角，大概是声音太大了，周围的老外都从家里跑出来看。

郝泽宇退无可退，皱着眉头问我："你来美国，就是专程来骂我一顿？"

围观群众渐渐多起来，我恼羞成怒，觉得自己更丢人了。

好，那我就丢人丢到底，彻底地疯一次吧，如果这次不疯，我的后半生都会后悔。"谁闲得漂洋过海来骂你！我是想提醒你，别忘了中国的四大发明！"

他没听明白。"嗯？"

"火药，中国人发明了火药。"我的眼眶涩得厉害，"有了火药，才有了烟火，看来你都忘了！"

他只是看着我，什么也不说。

我心一横。"忘了就忘了，我给你变一个出来！"

我踮起脚，闭上眼，亲了他。

他的嘴唇还是紧紧地抿着，犹豫着，这让我很难过，我睁开眼，狠狠地捧住他的脸。

"郝泽宇，我不是以前胖得不分性别的福子了！我瘦了！我现在是大美女，大美女主动亲你，你不能这么应付……"

"闭嘴！"他狠狠地亲了回来。

泪水夺眶而出，眼前仿佛是漫天烟火，美丽的烟火之中，闪过我们过去相遇相识相知的一切过程，我恍惚见到姥姥的脸，爸爸的脸，妈妈的脸，小松子的脸，老牛的脸……

我还想着浮现出我家鸡贼的狗脸呢，周围却响起一片掌声，我睁开眼睛，嘿，还来了辆警车，警察也在鼓掌。

我突然害羞了起来。刚才我大吵大闹，现在还当众亲嘴，会不会给中国人丢脸啊。

我抬头问郝泽宇："现在怎么办啊？"

"还能怎么办？"他恶狠狠地说，"继续变烟火啊，我还没看够呢！"

他又向我靠过来，我抬手挡住他，"等会儿！"

我回头看，那个留学生杵在一边，跟海狗一样傻乎乎地正拍手呢。

我怒骂："还跟洋人学鼓掌！你想不想要新电脑了！"

他委屈地举起手里的烟花："打火机在你手里呢。"

我把火机扔了过去，继续强硬地亲郝泽宇。

烟花响起，响了几声，在半空中咋呼了几下，亮了几点光，马上就喷不起来了。

我们实在亲不动了，看那残次品一样的烟火，郝泽宇笑着骂道："真难看。"

"反正我就这水平，你爱看不看。"

他低下头看着我，嘟囔一句："好生气啊。"

"生什么气啊？生气我当初跟你分手，这两年都不来找你？"

"老实说，你是发现我给你买了四合院之后，才想到来找我的吧？"

我严肃了起来："还真是，因为四合院，我感觉我太爱你了！"

他狠狠地咬了我嘴唇一口，"你这个贪财的老娘们儿，看我下半辈子怎么折磨你！"

我俩笑着拥抱在一起。

纽约的雪，下大了。

这是结局吗？是吧。

也不是吧，毕竟只有童话里，王子和公主才能幸福地在一起。

他也许是王子，但我不是公主，我拼了命地进化成现在这样，最多是个三八红旗手，三八红旗手和王子破镜重圆，不一定会幸福，将来要面对的问题有很多，也许依然跌跌撞撞。因为我是福子，福子没有那么多的好运气，不要指望老天爷赐给福子点什么，她要的一切，都要自己争取。

今宵离别后，何日君再来？如果这是个疑问句，我其实有点想告诉这个"等君回来"的人，与其等君回来，不如你去寻找自己的幸福。

别对自己没信心，加油，你是最胖的。

加油，你是最棒的！

没人能真的做到感同身受，
但极光能一直陪在你身旁。

·——·

图书在版编目（CIP）数据

加油！你是最胖的 / 自由极光著. —北京：民主
与建设出版社，2017.6

ISBN 978-7-5139-1571-7

Ⅰ.①加… Ⅱ.①自… Ⅲ.①长篇小说—中国—当代
Ⅳ.①I247.5

中国版本图书馆CIP数据核字（2017）第114500号

加油！你是最胖的
JIAYOU NISHI ZUIPANG DE

出 版 人	许久文
著　　者	自由极光
责任编辑	王　越
封面设计	青　空
出版发行	民主与建设出版社有限责任公司
电　　话	（010）59417747　59419778
社　　址	北京市海淀区西三环中路十号望海楼 E 座 7 层
邮　　编	100142
印　　刷	三河市金泰源印务有限公司
版　　次	2017 年 6 月第 1 版　2019 年 8 月第 2 次印刷
开　　本	690mm×980mm　1/16
印　　张	22
字　　数	380 千字
书　　号	ISBN 978-7-5139-1571-7
定　　价	39.80 元

注：如有印、装质量问题，请与出版社联系。